圈套背后

丁爱敏 ◎ 著

中国华侨出版社

图书在版编目(CIP)数据

圈套背后/丁爱敏著. —北京:中国华侨出版社,2011.3

ISBN 978-7-5113-1232-7

Ⅰ.①圈… Ⅱ.①丁… Ⅲ.①长篇小说-中国-当代 Ⅳ.①I247.5

中国版本图书馆 CIP 数据核字(2011)第 021441 号

● 圈套背后

著　　者 / 丁爱敏
策　　划 / 刘凤珍
责任编辑 / 宋　玉
责任校对 / 志　刚
装帧设计 / 兰旗品牌设计
经　　销 / 全国新华书店
开　　本 / 710×1000 毫米　1/16 开　印张 18　字数 380 千字
印　　刷 / 北京中印联印务有限公司
版　　次 / 2011 年 4 月第 1 版　2011 年 4 月第 1 次印刷
书　　号 / ISBN 978-7-5113-1232-7
定　　价 / 30.00 元

中国华侨出版社　北京市朝阳区静安里 26 号通成达大厦 3 层　邮编:100028
法律顾问:陈鹰律师事务所
编辑部:(010)64443056　64443979
发行部:(010)64443051　传真:(010)64439708
网　　址:www.oveaschin.com
E-mail:oveaschin@sina.com

目录

楔　子　夤夜枪战 / 1

第一章　不期而遇 / 6

第二章　毒女浮尸 / 26

第三章　真诚帮助 / 43

第四章　重大发现 / 64

第五章　野心渐露 / 82

第六章　遭遇屈辱 / 99

第七章　心有所依 / 117

第八章　密谋运毒 / 133

第九章　白色通道 / 151

第十章　情感旋涡 / 168

第十一章　街头遇险 / 181

第十二章　调查真相 / 196

第十三章　死里逃生 / 210

第十四章　猝然相逢 / 226

第十五章　意外罪证 / 239

第十六章　卑劣交易 / 254

第十七章　殒命山崖 / 267

尾　声　获得真爱 / 282

楔子　夤夜枪战

　　2005年6月2日凌晨1：02，一列客车驶进中国北方滨海旅游城市——永平市时，天上响起了几声闷雷。
　　雷声离永平火车站月台上的旅客很远很远，没有人为此惊慌，只是海洋性气候特有的夹带着潮湿水气的风使人们感到了阵阵寒意。虽然是在暑期，但在大雨将至的深夜，寒冷总是不可避免的。随着一阵兜头风，旅客们不由自主地加快了脚步，穿过灯光昏暗的地下通道，向出站口走去。杂沓的脚步声和着人们或大或小的说话声、咳嗽声仿佛一支无主题变奏曲在空气中振荡。
　　并排走在长长的旅客队伍尾部的是两个身高不足1.70米的男子，走在左边的穿红色T恤衫，走在右边的穿深色西装，手里拎着一个淡蓝色皮箱。他们南方特征明显的脸庞上没有什么表情，晃晃荡荡地向前走着。
　　这个时候，在出站口值班的警察是车站派出所的小李。小李的目光扫视着从面前走过的每一位旅客，一扭头，发现灯火通明的车站广场上不知什么时候停放了一辆普通小型面包车，三个警察站在车旁一起往出站口这边张望着。
　　"是同行在执行任务呢。"小李很自然地这样想着。他的职责是把那些可疑人员堵在出站口内，而出站口外的不法之徒就得由地方同行来"照顾"了。
　　一个个旅客从出站口的铁门里鱼贯而出，很快消失在了夜幕中。
　　就在旅客快要完全走出出站口的时候，那两个南方男人出现在了小李的视线中。蓦地，经验带来的直觉使小李感觉到，这两个人看起来若无其事可神态却不怎么自然。小李决定把这两个人列为可疑人员。
　　事实上，小李的直觉非常准确，这两个南方男人并非普通旅客，他们是从云南来永平市进行毒品交易的，那个淡蓝色皮箱里就装着足有十公斤的海洛因！在他们动身来永平之前，永平的买方就告诫他们要以巧妙的方式把"货"运进来。但是他们执意要以自己认为最好的办法带"货"来永平，并嘲笑对方是"没见过大世面的缩头龟"，对方便让他们"好自为之"了。
　　"外面有人接咱们吗？"穿红色T恤衫的男子悄声问同伙。
　　穿深色西装的男子把皮箱倒了一下手，鼻子里轻轻哼了一声，也小声说："他们就是不接咱们也得接'货'……注意，那个警察在看我们！"
　　两个人目不斜视地接近了出站口。
　　小李拦住了他们，冷峻地说："对不起，二位，请出示一下有效证件。"
　　穿红色T恤衫的男子"惊讶"地望了望小李，脸上现出了无辜的神情，问道："凭什么让我们出示证件？"

穿深色西装的男子往后退了两小步，以一副老板的派头冲小李笑了笑，说："警察兄弟，你很敬业，但这样做太浪费时间。"

小李的目光迅速在他们身上打量了一遍，最后落在穿深色西装的男子手中淡蓝色皮箱上，不卑不亢地说："请你们配合我的工作，把证件出示一下！"

穿深色西装的男子拍了拍衣袋，故作惊慌地说："证件？我们的证件……哎呀，忘在火车上了……"

小李严厉地说道："先把皮箱打开，我要依法检查！"

穿深色西装的男子眼里闪过一丝阴冷的光，他轻轻把皮箱放在地上，右手伸进西装贴胸衣袋里握紧了里面的手枪。如果这个比他年轻五六岁的警察真的打开皮箱的话，他就立刻开枪打死他，然后夺路而逃，到预定地点进行完毒品交易后马上离开永平市，把一个枪击警察的惊天大案留给永平警方——作为贩毒路上的"老手"，他不是第一次用这种方式为自己的老板赚钱了。

万万没有料到，事情突然发生了变化。

小李刚要弯腰打开皮箱，几分钟前站在车站广场上的那三名警察闯到了出站口里面，把那两名男子围了起来。

为首的警察显然听到了刚才小李说的话，用公事公办的口气对小李说："不用查了，这两个人是我们正在通缉的逃犯。"

小李直起身子，冲为首的警察问道："你们是……"

不等小李的话说完，为首的警察抢先说："我们是市公安局刑警队的，今天晚上奉命来抓这两个逃犯！"然后冲那两个警察一挥手，"把他们带走！"

面对四名警察，身份的暴露使穿深色西装的男子在一秒钟之内就做出了鱼死网破的决定，那名为首的警察摁住了他掏枪的胳膊，同时把一个羊状的钥匙链在他眼前晃了一下，同时厉声喝道："你们都落入法网了还不老实？走，跟我们去刑警队！"

看到那个精致的羊状钥匙链，穿深色西装的男子悬起来的心一下子落地了，他把手从西装内衣袋里拿出来，拎起脚边的皮箱，和穿红色T恤衫的同伙一起，在另外两名警察的推搡下，乖乖地走出了出站口。

一行人向车站广场上那辆面包车走去，小李也跟着走出了出站口，目送着那三名警察。

那两名男子先被带上了面包车，就在为首的那名警察弯腰上车的时候，距他不足十米远的小李忽然发现他后腰上露出了一截红色裤带，和那身笔挺的警服极不相称——而且这样着装是绝对违反警察内务管理条例的！

"刑警怎么会系这种裤带呢……不对呀……"小李皱着眉头自言自语着，一个念头在他脑海里闪了一下，使他几个箭步跃过去，拦住了那辆已经发动起来的面包车，大声喊道："喂，你们等一等！"

为首的那名警察把伸到车上的左脚放了下来，瞥了小李一眼，说："你怎么回事？不要妨碍我们执行公务！"口气里充满了不耐烦。

小李没有在意对方的态度，毫不让步地说："我也是警察，我也在执行公务，请你们出示一下证件，否则不能把人带走！"

为首的警察好像听到了一句笑话一样，先是揶揄地笑了笑，然后又似乎漫不经心地往四周看了看。此时，四周除了灯光之外静无一人。于是，他拍了拍小李的肩膀，说："好吧，我给你看看证件！"他说着，把手伸向衣袋，但掏出来的不是证件，而是一把匕首。他手一挥，匕首猛地刺进了小李的胸膛。

小李猝不及防，双手捂住伤口，剧烈的疼痛使他来不及做出任何反应就跌倒在地，鲜血染红了一大片水泥地。

为首的警察蹿上面包车，面包车扬着尾气开走了。

面包车在街上疾驰着。车里，那三名警察脱下警服，换好了衣服。为首的那人身子靠在座位上，长出了一口气，似乎感慨又似乎得意地说："对我马晓强来说，吸毒、玩儿女人都不新鲜，可穿这身皮还是第一次哪！"

穿深色西装的男子有些阴阳怪气地对马晓强说："亏你们想出这么个主意来接我们。多谢了！"

马晓强撇了撇嘴，回敬了一句："要不是这么个办法，你们现在真得到刑警队了。我们老板叫你们不要这样明目张胆地来，你们就是不信邪，怎么样，差点儿出事吧？"

穿深色西装的男子干笑了几声，说道："干咱们这行挣的就是玩儿命钱，遇上点儿麻烦算不了什么，即使你们不来，我们也能闯出去的。实话实说，我们不会太感谢你们的！"

马晓强不高兴地瞪了穿深色西装的男子一眼，说："算了，事情都过去了，咱们谁也不用打嘴仗，剩下的麻烦由我们来摆平。你们挣的是玩儿命钱，我们挣的也是玩儿命钱。既然'货'带来了，过会儿我们就按规矩交易吧！"

这时，一直没有出声的穿红色T恤衫的男子冲马晓强说："交易可以，你们要绝对保证我们的安全！"

马晓强把一口痰吐到车窗外，说："放心吧，我们哥儿几个冒这么大风险把你们接出来不就是保护你们吗？"

穿深色西装的男子眼睛盯着坐在身边的马晓强，问道："马先生，我问你一句话，如果你刚到一个陌生的地方和一群陌生的人做这笔生意，你会完全放心吗？"

"……"马晓强被问住了，停了片刻后，不服气地抬杠道："这话你算是问着了，我会放心的！"

穿深色西装的哼了一声，冷冷地说："那是你，我们做事的原则不是这样的。我们要为老板负责！"

马晓强不想再斗嘴了，便息事宁人地说："你们这些南蛮子真不实在，好，我保证你们的安全，交易完后立刻送你们离开永平市！"说完这句话，马晓强不再说话了，嘴角却荡起了一抹别有意味的微笑。

借着车窗外路灯的灯光，穿深色西装的男子明显看到了马晓强嘴角的微笑，但他无法揣度那笑容里的含义，只得装做什么也没有看见。

一时间，车内谁也不再说话了。双方都知道，这个时候话说多了并不是一件讨巧的事情。

面包车在几个人的沉默中拐了一个弯，顺着沿海公路向市区西面驶去。

一刻钟后，面包车悄悄停在了一片槐树林外。车门打开，几个人下了车，在马晓强的带领下走进了林子里。

槐树林里黑漆漆的，在这个阴天的夜晚，每一棵树都好像往外散发着一种无形的阴森、怪异的气息。风在梢头上游荡，高一阵低一阵地呜呜啸叫着。在这种气氛里，胆小的人即使待上三两分钟也会被恐惧吞掉的。

马晓强在几棵间距较大一点的槐树旁停下步子，这意味着交易马上要开始了。刚才还混走在一起的几个人立刻分成了两个阵营，双方努力在黑暗中注视着对方。

穿深色西装的男子先开了口："大家的时间都很紧张，我们做该做的事情吧！"说完，左手"嚓"一声打着了一只耐燃的防风打火机。火光映着几张缺少血色的脸，每张脸都像是一块无法刨平的木板，既棱角分明而又枯朽至极。

马晓强顿了顿嗓子，不紧不慢地说："你们应该做的事情就是把'货'给我们！"

穿深色西装的男子立即接过话茬："钱呢？80万现金，我们是不见兔子不撒鹰！"

马晓强梗了一下脖子，嘴角隐隐约约又浮现出了一丝冷笑，骂道："撒你妈蛋的鹰，老子先要你的命！"

穿深色西装的男子这才明白自己在车上看到的马晓强笑容里的含义了，不由大声冲马晓强斥责道："你们太不守规矩了！"

马晓强摆出一副纯粹"地头蛇"的样子，恶声恶气地说："规矩是什么？规矩是给讲规矩的人定的，对我们这些不讲规矩的人没用处，我们做生意的规矩就是只要'货'不给钱！你们哥儿俩就认倒霉吧！哈哈哈……"

马晓强得意地笑着，掏出枪对准了穿深色西装的男子，他身旁的那两个人也举枪在手。

穿深色西装的男子没有慌张，而是慢条斯理地说道："姓马的，刚才我跟你说过，我们挣的是钱，玩儿的是命，最不怕的就是死。别以为到了你们永平市这块儿破地上你们就称老大了，你们他妈的也不想想，敢提着十公斤毒品大摇大摆走火车站剪票口的人还怕你们黑吃黑吗？不许动！"

穿深色西装的男子和穿红色T恤衫的男子同时掏出了手枪。穿深色西装的男子手一松，就在打火机熄灭的瞬间，他冲着马晓强的脑袋狠狠开了一枪。

马晓强早预料到对方会冲自己开枪，所以，在穿深色西装的男子勾动扳机前一秒钟蹿到了一棵槐树后面，子弹打到他身后的一棵槐树上，掀掉了巴掌大一块树皮。与此同时，双方都躲到树后对射起来，一声声沉闷的枪声在槐树林里骤然响起，在饱含着雨水的天空下回荡，像颤抖的嗓音在给大地讲述着一个可怕的故事……

穿深色西装的男子和穿红色T恤衫的男子在三支手枪面前无法占据优势,只得边还击边往槐树林外撤,打算逃离险境。然而,志在夺取那个装有十公斤海洛因皮箱的马晓强三人紧紧追赶着他们,使他们难以脱身。

拎在穿深色西装的男子手里的那个皮箱成了他的累赘,在一次转身时失手掉在了地上。马晓强借着子弹出膛时射出的光看见皮箱掉在地上,猛地扑过去,居然准确地搂住了皮箱,刚要往树后闪,穿深色西装的男子接连三枪击中了他的胸部。

马晓强的身子立刻软塌塌地瘫在了地上,但他攒足最后的力气,把怀中的皮箱抛给了一个同伙。那个同伙接住皮箱,和另外一名同伙像受惊的兔子一样跑进了密林深处。

穿深色西装的男子懊丧而漫无目标地冲那两个人逃走的方向开了几枪,随后发泄地死命踹了马晓强的尸体几脚。

"'货'给他们抢走了,回去怎么见老板?"穿红色T恤衫的男子声音虚软地问穿深色西装的男子。

穿深色西装的男子无可奈何地说:"'翻船'了,回去老板饶不了我们,干脆谁也别见了,躲几天是几天吧!我们快离开永平市,让警察替他收尸!"

穿深色西装的男子再次摁亮了防风打火机,两个人高一脚低一脚地向槐树林外急急走去。

夜安静了。黑暗依旧,风声依旧。

雨,终于没有下起来。

第一章 不期而遇

齐凤瑶记不起自己几天没有来海边了,八天?十天?半个月还是更多天?

齐凤瑶喜欢海。当年大学毕业分配时,齐凤瑶可以自由选择两个地方,一个是河南省的南阳市,另一个就是家乡永平市,到南阳市能进政府机关,而回永平市只能进纺织厂。齐凤瑶选择了后者,她觉得在一个没有海的城市里生活实在是没有情趣。分到永平市纺织厂后,她把许多工余时间都给了大海,即使和丈夫杜桥结婚也是在海边举行的婚礼。那天,大海迎来了有史以来第一对新人,身穿洁白婚纱的齐凤瑶和杜桥一起在柔软的沙滩上漫步、拥抱、亲吻,引来了许多围观者,人们都为这个别出心裁的婚礼而羡叹。时至今日,在海边举行婚礼已经成了永平市延续好几年的时尚形式了,而开创这种形式的第一人却在年前一个寒冷的日子里成了永平市下岗工人中的一员,尽管她才刚刚32岁,但在厂子经济效益急剧滑坡面前,年龄根本不能成为她继续工作的理由。

自从下岗以来,齐凤瑶便把自己关在家里没有下楼。在此之前,她几乎每周都要到海边去走一走,但现在,她的心情糟透了,身子也软软的没有力气,要不是今天在家里过星期天的七岁的女儿华华强烈要求去海边捡贝壳,她还真想不起来去海边呢。其实这种忘记只是暂时的,她是不会忘记和大海亲近的……

华华玩儿得很开心,一双灵巧的小手虽然已经捡了十多个漂亮的小贝壳,但依然兴致盎然地继续捡着。

望着可爱的女儿,坐在沙滩上的齐凤瑶心里涌起了一股暖暖的温情。

"可爱的女儿,妈妈爱你,爱我们的小家!"齐凤瑶喃喃自语起来。

"哦——太好了,妈妈你看呀,多好看的海星呀!"华华在细沙里发现了一只红色的小海星,举在手里,像一只纤灵的小鸟一样兴奋地欢跳起来。

齐凤瑶回送给了女儿一个甜甜的微笑,以作为对女儿的奖赏。

海风撩动着齐凤瑶的长发,她的目光从华华身上移到海面上几艘箭一样飞驰的游艇上。每一艘游艇都保持着一定的距离,划出白色的弧状水线,使原本碧蓝色的大海突然有了一种别样的灵动的情致。这种感觉是齐凤瑶独有的,它那么微妙,就像一朵小小的浪花在齐凤瑶心里跳跃。

齐凤瑶莫名地激动起来了,她闭上了眼睛,任海风吹拂着身子……

齐凤瑶在海边一直静静地坐到了太阳下山,才牵着华华的手走到了距离海滩500米处的公路上,坐上3路公共汽车回了家。

这天晚上,在海边玩闹累了的华华很早就睡下了,齐凤瑶洗完澡也和衣上了床。这段时间,身为一家小公司老板的丈夫杜桥总是很晚才回家,齐凤瑶就无论吃饭还是就寝都不等他了。

半夜的时候，华华突然从梦中惊醒了，大声喊叫起来："妈妈，妈妈——"

正在熟睡的齐凤瑶被华华尖厉的喊声惊醒了，她不知道发生了什么事情，"腾"地一下跳下床，连鞋子都没有来得及穿就闯进了华华独睡的小屋里，拉亮灯，见华华正呆坐在小床上，两只大眼睛里含着委屈的泪水。

齐凤瑶扑到华华身边，把华华抱在怀里，不解地问道："华华，华华，你怎么啦？"

华华把身子靠在齐凤瑶的怀里，仰起小脸，望着齐凤瑶，颤抖着嗓音说："妈妈……我刚才……做噩梦了……"

齐凤瑶长长出了一口气，爱怜地在华华脸上亲了一口，柔声问道："什么噩梦？能告诉妈妈吗？"

华华点了点头，说："妈妈，我梦见……梦见你和爸爸都不要我了，你们两个人把我一个人孤零零地扔在一道大峡谷里，然后就飞走了。我好怕好怕呀……"华华的声音依然在颤抖，显然还置身在梦境中。

齐凤瑶轻轻笑起来，说："华华，你的梦做得太离奇了，妈妈怎么能不要你呢？世界上所有人做的梦都是假的，梦里的情景是不会真正发生的。"

华华相信了齐凤瑶的话，擦干了眼泪，不再作声了。过了一会儿，又问道："妈妈，爸爸呢？这么晚了，爸爸怎么还不回来呀？"

齐凤瑶扶华华躺好，安慰道："华华，爸爸公司里的事情很多，你睡觉吧，等睡醒了爸爸就回来了。听妈妈的话，不要去想梦里的事了，不管到什么时候，你都和妈妈的生命一样重要，也就是说，这个世界上妈妈是最爱你的人，妈妈永远也不会离开你的！"

华华乖巧地冲齐凤瑶笑了笑，放心地闭上了眼睛。

齐凤瑶半搂着华华，直到华华睡着后，才走出了华华的房间，一时间竟然睡意全无。她信步走进客厅，坐在沙发上，不知为什么，耳边竟然响起了华华那充满童真的声音："你们会不会有一天真的不要我了？"齐凤瑶感觉有些不可思议，禁不住喃喃地嗔怪道："华华怎么会做这样的梦呢？这孩子！"

夜很静，屋里很静，空荡荡的客厅被乳白色的吊灯灯光填充着。齐凤瑶顺手从茶几上拿起本市出版的广播电视报翻看起来。她看到一部自己比较喜欢看的古装言情电视连续剧正在这个时段里播映，便打开电视机，看起电视来了。

齐凤瑶看了不到半小时，屏幕下方出现了一行本市电视台插播的滚动字幕："本市文化西路刚刚发生一起交通事故，一辆'桑塔纳'轿车撞到了护栏上，司机受伤……"

还没等完全看完这段简短的文字，齐凤瑶的身子就像被针扎了一样从沙发上跳起来，同时一颗心"咚咚"地激烈地跳动着，一个不祥的念头像涨潮的海水一样涌上了她的心头："难道是杜桥……"她不敢想下去了，下意识地换好衣服，急匆匆出了家门，跑到街上拦了一辆出租车。她钻进车里，刚对司机说完一句"去文化西路……"就再也没有力气说下去了。司机用诧异的眼光瞥了一眼这个女乘客，一踩油门，车子向文化西路驰去。

五六分钟后，出租车驶到了文化西路，坐在副驾驶座位上的齐凤瑶看见前面果然有一辆"桑塔纳"轿车侧翻在马路中央，一辆警车闪着刺眼的红蓝两色警灯停在一旁，几名交通警察正在忙碌着，他们身上特制的马夹在车灯的照射下闪着更为刺眼的荧光。齐凤瑶示意司机在肇事现场旁停下来，扔下十元钱，从出租车上下来，向那辆"桑塔纳"轿车奔去。她距离轿车不足十米，脑海里几乎一片空白，她害怕看见杜桥出事的场面，但她又不能不去看。一名警察试图拦住她，而且询问了她一句话。她没有听清那名警察的话，猛地推开他，一阵风一样扑向"桑塔纳"轿车。

齐凤瑶的手触摸到车体的时候才看清这是一辆黑色"桑塔纳"轿车，顿时长舒了一口气，剧烈的心跳也渐渐平复了——杜桥开的"桑塔纳"轿车是蓝色的，凭此一点就能证明受伤的司机不是杜桥！不是杜桥！齐凤瑶捋了捋散乱在额头上的头发，转身走到那名给她狠狠推了一把的警察面前，不好意思地说："真是不好意思，我……我看了电视上……以为是我丈夫出……出了事就……就……"

"没关系，没关系。"警察打量了几眼仍有些喘着粗气的齐凤瑶，善解人意地说，"其实这辆车的司机也没有什么大事，受了点儿轻伤，我们已经送他去公安医院了。天都这么晚了，你快回家吧！"

齐凤瑶冲警察笑了笑，转身往回走。一辆出租车停在她身边，司机弯着身子，用期待的目光望着她。齐凤瑶冲司机摆了摆手。她不想打车回家，打算走一走，彻底缓解一下刚才过度紧张的身心。

齐凤瑶在街上脚步轻快地走着，高跟鞋踏在水泥路面上发出清脆的声音。

齐凤瑶走到一座桥头时，路边一盏路灯后突然蹿出来一个20多岁的男青年，拦住了她的去路，凶巴巴地盯着她的脸。

就在齐凤瑶一怔愣的时候，男青年恶声恶气地说道："靓姐儿，哥们儿没钱花了，你借给哥们儿几个钱花吧！"

齐凤瑶知道眼前这个男青年的身份了，心提到了喉咙口，颤抖着嗓音说："你……你……我是办急事出来的，身上没带钱……"

男青年色迷迷地冷笑了一声，说："你带没带钱哥们儿搜搜就知道了！"说着，他把手伸向了齐凤瑶高耸的乳房。

"你这个混蛋！"齐凤瑶本能地骂了男青年一句，使劲在男青年手背上挠了一把，然后转身就跑。

"靓姐儿，你他妈的跑不了！"男青年显然没有在意手背上的伤痕，在齐凤瑶身后追赶。

齐凤瑶不顾一切地跑着。路边一座写字楼的门还开着，齐凤瑶扭身跑了进去。男青年见齐凤瑶跑进了楼内，不敢再追，捂着淌出了鲜血的手背躲进了一个暗处。

惊魂未定的齐凤瑶跑进写字楼后，顺着楼梯一口气跑上了三楼。

这座极具现代化建筑风格的写字楼是四方旅行社的办公楼，此时，总经理苏江礼正在办公室里坐着，像是在等什么人。

"嗒嗒嗒……"一阵高跟鞋走路的声音清晰地传进了苏江礼的耳朵里。他奇怪地睁大了眼睛，从办公桌后站起身，正要到外面看看，一个神色慌张的年轻少妇突然从半开着的房门外闯了进来。

苏江礼吃了一惊，脱口问道："你是什么人？这么晚了到这里来干什么？"

齐凤瑶把身子靠在门上，一边急剧喘息着一边望着苏江礼说："对不起，先……先生，有坏人追我……"

"坏人追你？"苏江礼眼睛紧盯着齐凤瑶，满腹狐疑地问了一句，同时走到门外看了看。走廊上空无一人，他返回身，不冷不热地对齐凤瑶说："小姐，我们素不相识，请不要开玩笑。"

齐凤瑶急切而真诚地冲苏江礼说道："真的，先生，刚才路上真的有坏人劫我，我慌不择路，就跑到您这里来了，打搅您了。"

苏江礼坐回到了办公桌后，说："好吧，我相信你的话了。近来一段时间这里确实发生了几起单身女性被抢劫的案件，你跑到我这里来就什么都不要怕了。哦，对了，你请坐吧！"

苏江礼用手指了指办公桌对面的沙发，话语里充满着热情。齐凤瑶坐了下来。

苏江礼有充足的时间认真打量起这位不速之客了：她有着一张耐看的瓜子脸，皮肤白皙、滑嫩；双眉长而弯，很浓，这使她恰到好处地有了一点点年轻男子的英武之气；两只眼睛如同一对正在秋风中成熟的葡萄，闪着晶纯、俏皮的光；鼻子高耸、小巧而又立体感很强；薄嫩红润的嘴唇微张，唇边飘荡着非常富有礼节的笑容。她身上穿了一件粉红色的连衣裙，裙摆下露出一双结实、极具曲线美的小腿。由于没有穿丝袜，这双腿在灯下显得格外真实、健康。她周身荡漾着一种成熟女人的韵味，那绝对是一种强烈的魅力，是任何力量也阻挡不了的魅力。她虽然静静地坐在沙发上，但却动感十足，好像一片美丽的彩云在这间宽大、豪华的办公室里浮动……苏江礼看得出来，这是一个没有经过任何现代美容手段修饰过的自然天成的俊俏少妇！

苏江礼的心被齐凤瑶的美丽撩拨得一动，又一动。

"小姐，认识你很高兴，能告诉我你的芳名和在哪里发财吗？"苏江礼很想用平和的嗓音和眼前这个靓丽的女人交谈，但话语出口，他就明显地感觉到声音有些发颤。他知道，自己是被对方的美貌震惊所致。

齐凤瑶还未完全从夤夜贸然闯进别人办公室的歉意中解脱出来，双手有些局促地绞在一起。苏江礼注意到，那双手十指纤长，指端饱满——美丽的女人身上的任何部位都是美丽的。

"我叫齐凤瑶，十几天前从棉纺厂下岗了。您是……"齐凤瑶望着这个陌生的中年男人，小心地说着，同时望了对方几眼。只见苏江礼身材高挑，传统的中分头，大概抹了一层高档发油，黑黑的头发在灯光的照射下闪着亮光。他的脸型呈

第一章 不期而遇

椭圆形，眼睛细而长，闪动着似乎狡黠又似乎冷静的光；鼻梁略微有点歪，但这并不影响他容貌的周正；短短的胡髭，薄厚适中的嘴唇；白色半袖衬衫，一丝不苟地扎着一条蓝底白色斜边领带。"他肯定是个精明的人吧？"齐凤瑶心想。

苏江礼从办公桌上拿起一张名片，目光又迅速地落回到齐凤瑶身上，说："我是四方旅行社的总经理。哦，这是我的名片。"

齐凤瑶站起身，走到苏江礼身边，双手接过那张散发着淡淡香水味道的名片，惊讶地睁大了眼睛，说："呀，您就是咱们永平市有名的私营企业家苏江礼苏总？今天晚上见到您真高兴！"

苏江礼微微一怔，问道："凤瑶小姐知道我？"

齐凤瑶用一种尊崇的目光望着苏江礼，说："您的四方旅行社在全市各个媒体上都做了宣传，我当然也就知道您的大名了。"

苏江礼仿佛满不在意地笑了笑，眼光继续盯住齐凤瑶那张俏丽的脸，尤其是那对具有着男人般英武的眉毛，说："说实话，今晚能够和你邂逅我也很高兴。凤瑶小姐年轻漂亮，即便不下岗，在棉纺厂也会耽误了前途的。"

忧愁浮现在了齐凤瑶的脸上，她叹了一口气，说："苏总，我在棉纺厂只不过是办公室的一名职员，除了上好班从来没有想过别的事情，可是现在连班都上不成了。唉，都怪我自己没有本事。"

苏江礼以一副洞察世事的口吻对齐凤瑶说道："企业改制工人下岗是这个时代很正常的事情，凤瑶小姐没有必要在这件事上自责。你这么年轻，下岗了可以做别的事情嘛。比如说我吧，我原来只不过是市旅游局一名普通职员，现在……"

齐凤瑶轻轻摇了摇头，说："苏总，我怎么能跟您比呢？其实我家里生活还过得去，我爱人开了一个公司，但我想自己做点事情。我还年轻，不想待在家里，可又不知道自己能做好什么。"

苏江礼有百分之二百的兴趣和齐凤瑶聊下去，他的眼光始终不离开齐凤瑶的脸，继续说道："说句文雅的话，人的自信心是需要培养的，没有天生的富翁，富翁的财富是他本人用智慧和勇气换来的。我们虽然初次见面，可是我从你的言谈举止中发现你是一个确实很有志向的人，这点嘛和我当年很相似，所以我能理解你的心情，希望我能帮助你做点什么。"

苏江礼轻柔的嗓音里充满着一种令人感动的真诚，使齐凤瑶像遇到了知音一样，她心里对面前这个永平市大名鼎鼎的"旅游大鳄"产生了一股浓重的信任感。凭直觉，她想苏江礼会给自己某种帮助，于是说道："苏总，您说我能做什么呢？也许我这个问题提得太幼稚了，可这个疑问一直在困扰着我。"

苏江礼脸上再次浮现出宽厚的笑容，说："凤瑶小姐，我虽然身处商海，也算有所建树了，但是对旅行社之外的行业没有什么发言权。不过，由于我虚长你几岁的原因，我想告诉你，有些事情可遇不可求，有些事情水到渠成，套用一句话说，世界上总有一个行业适合你。"

在这一瞬间，一个念头突然像一只麻雀似的蹿上了苏江礼的脑海，那么突兀，以至于连他自己都被震惊了，脸上的肌肉甚至都颤抖了一下。他意识到自己失态了，赶紧点燃一根香烟，以作为掩饰。

齐凤瑶根本没有发觉苏江礼脸上的变化，由衷地冲苏江礼说："苏总，您的谈吐太不俗了，很有大家风范！"

苏江礼谦逊地晃了晃手中的烟，说："只要凤瑶小姐开心就行了。"

齐凤瑶真的很开心，笑着对苏江礼说："苏总，谢谢您鼓励我。"

苏江礼用熟人般那种毫无间隙的口气说："看得出来，凤瑶小姐是一个要强而且有一定个性的女性，我就欣赏这样的女性！""谢谢苏总的夸奖。"齐凤瑶有些不好意思了，脸上飞起了两片红晕，这种羞赧更增添了她的俏丽，更让苏江礼的心底涌起了无可名状的情愫。

苏江礼的思维似乎比以往活跃了十几倍，滔滔不绝地说："我这可不是什么夸奖，凤瑶小姐，我感觉你是一个非常具有灵性的女性。请注意，我说的是灵性，女人不应该仅仅具有灵气，更应该具有灵性。一个女人如果只具有灵气，那说明她还不很完美，既具有灵气又具有灵性的女人才是完美的。凤瑶小姐属于后者。"

齐凤瑶分明被苏江礼的话语打动了，她再次由衷地夸赞道："苏总，您很懂得分析人，这可不是一般人能做得到的。"

苏江礼继续哲学家一样地讲述着："我有这样一个观点，人在世界上最应该懂得的就是人，男人要懂女人，女人也要懂男人，这样生活才能有意思。你说是吗？凤瑶小姐？"

齐凤瑶显然没有想到苏江礼会提这样的问题，一时间不知道怎样回答好，但苏江礼在用期待的目光望着她，只得边思忖边说："我……我以前从来没有想过这些，感到这些事情和自己没有什么关系，现在想的也是尽早有一份工作……"

苏江礼看似漫不经心地跨前一步，缩短了和齐凤瑶之间的距离，说："凤瑶小姐，简单也好复杂也好，这对于你来说都不重要。"

齐凤瑶不解地问道："怎么会不重要呢？您不觉得生活对我太不公平了吗？"

苏江礼神色严肃地说："凤瑶小姐，你完全没有必要怨天尤人，生活对任何人都不公平，换句话说就是生活中本来就没有公平的事情……这个问题很宽泛，我们今天还是不要探讨这个问题了。"

齐凤瑶释然地冲苏江礼笑笑，说："苏总，您留给我的印象太深刻了，我不会忘记您的。"

苏江礼不失时机地反问道："这么说我们都得感谢那个不法之徒？"

齐凤瑶气愤地说："世界上有坏人太可怕了，我就恨做坏事的人！哦，苏总，时间不早了，我得回家了，打扰了您好长时间，真是过意不去。"

苏江礼知道自己没有理由阻拦齐凤瑶离开自己的办公室，索性说道："没什么，凤瑶小姐太客气了。我一会儿还有事情要办，否则我会开车去送你的。路上多加小心。"

齐凤瑶最后冲苏江礼真诚地笑了笑，转身走了出去。

苏江礼怔怔地站在原处,眼睛望着齐凤瑶刚才站立过的地方,仿佛齐凤瑶仍旧站在他面前一样——齐凤瑶深深印在了他的脑海里,那对美丽的具有年轻男人气质的眉毛深深印在了他的脑海里。

"这是我遇到的真正的女人,这是我遇到的真正的女人……"苏江礼自言自语地重复着,声音像香烟飘出的烟雾一样在宽大的办公室里散开了。

这时,苏江礼的外甥——永平市宏海贸易公司经理曾晖猫一样轻手轻脚地走了进来。

曾晖有着一副武高武大的身材,头扁扁胖胖的,不论白天还是晚上,额头上经常架着墨镜,乍看上去活像一个飞行员,只不过比照真正的飞行员显得过于滑稽罢了。

"舅舅,你这办公室里好像有一股女人的味道。"曾晖掩好门,走到苏江礼面前,一边抽着鼻子一边说。

苏江礼瞥了一眼曾晖,说:"你对女人比对钱都敏感,我这办公室里是来过一个漂亮女人,刚刚离开。"

曾晖双手撑在苏江礼的办公桌上,饶有兴致地问道:"什么样的女人?"

苏江礼依然沉浸在对齐凤瑶的遐想中,对曾晖说:"一个下岗女工,非常漂亮。"

曾晖继续调侃道:"下岗女工?真没想到舅舅和下岗女工……哈哈?"

苏江礼皱了皱眉头,说:"我对她讲了许多话,她也对我讲了许多话。我们聊得很投机,我喜欢上她了!"

曾晖还想把关于女人的话题讲下去,但突然想起的一件事情使他打住了玩笑的话头,说:"舅舅,舅母给我打电话,要从我公司的账转一笔钱……"

苏江礼的脸色顿时阴沉起来,猛地提高了嗓门,打断了曾晖的话:"别跟我提她!我这么晚叫你来可不是吃饱了撑的!"

曾晖一屁股坐在刚才齐凤瑶坐过的沙发上,赔着小心转换话题说:"舅舅,第二批'货'又要到了。"

听了曾晖的话,苏江礼的中枢神经像受到了强烈刺激一样腾地站起身,眼里闪起了凶光,一字一顿地说:"再'吃'下去!"

曾晖望着苏江礼那张阴沉着的脸,重重地点了点头。

"走,去外面玩玩儿吧!"苏江礼伸了个懒腰,站起了身。

"好,好的。"曾晖答应着,他知道舅舅说的"去外面玩玩儿"的含义。

在走下楼梯的时候,苏江礼眼前又浮现出了齐凤瑶那双漂亮的眉毛。

此刻,齐凤瑶已经回到了家中,电视机依然开着,她关掉电源,抬头看了看墙上的石英钟,凌晨1点多钟了,丈夫杜桥还是没有回来。她再次寂寞地坐到沙发上,眼前倏然出现了一个既模模糊糊又清清晰晰的中年男人的影子。她知道这个男人是四方旅行社的总经理苏江礼——一个纯粹偶然相遇的男人。直到现在,她才发现自己手里还紧紧握着苏江礼的名片。

齐凤瑶承认，苏江礼给她留下了很深的印象，尽管她不了解苏江礼，但她喜欢和他谈话，甚至产生了一种继续和他谈下去的欲望。为什么呢？她说不清楚。

齐凤瑶还有一件事情没有想到，就在她为丈夫杜桥深夜不归而牵肠挂肚的时候，杜桥却根本没有忙生意，而是在一家歌舞厅包房里和三陪小姐徐兰娟鬼混。

从外表上看，杜桥算个潇洒的男人，所以他很懂得"生活"。他的人生观也很简单，那就是刺激。他觉得，生活中没有刺激就没有乐趣了，只要能带来刺激，什么事情都可以去做，包括和三陪小姐在一起唱歌、跳舞，当然也少不了做爱。一个月前，杜桥认识了三陪小姐徐兰娟，他被徐兰娟的漂亮和性感迷住了，几个电话、几次约会、几沓钞票就把她牢牢地拴在了裤带上，尽管他知道徐兰娟图的是钱，可漂亮女人喜欢钱是上帝赐给的权利。"我杜桥大小也是个老板，身边怎么能没有漂亮女人呢？现在有本事的男人谁没有一两个'小蜜'呢？"杜桥的这个想法就是理由，至于对美丽的妻子齐凤瑶会带来怎样的伤害，他还没有来得及去想，他现在最紧要的事情就是和风骚的徐兰娟玩得开心。他是生意人，他花了那么多的钱，不能不从她身上寻找乐趣。

包房里暧昧的气氛催生着杜桥和徐兰娟的情欲，他们像一对勤奋的野鸳鸯一样做完爱后，在沙发上肆无忌惮地拥抱着继续缠绵。杜桥的手机不合时宜地响了。

电话是杜桥母亲打来的。

杜桥抓起手机，漫不经心地按下了接听键："妈，你有什么事情吗？"

手机里传来杜母着急的声音："杜桥，妈刚才做了一个梦，梦见你爸的那几件东西丢了。我醒来一找，真的找不见了，那可是值大钱的东西啊，妈急得再没心思睡觉了。你知道放哪儿了吗？"

"什么东西呀，用得着三更半夜地找？"杜桥说着话，抽了抽鼻子，用手捂了捂嘴。在一旁注视着杜桥的徐兰娟觉得这是两个怪异的动作。

杜母的声音里依然充满着急迫："就你爸留下的比心肝还珍贵的那几件东西啊。你爸临去前告诉过我放在箱子底下了，不会放到别处去呀……妈现在怎么也找不到了！"

杜桥却不紧不慢地说："你找它们做什么呀？"

杜母不无责怨地说："妈眼下倒是没有什么用处，可总不能不让它们见天日吧，再说我还指着它们养老呢……你要是知道快告诉妈。"

杜桥把手机换到了另一只耳朵旁，说："那些东西不是一直放在你那里吗，我怎么知道放在哪儿了……我真的不知道，你慢慢找吧。好了，有话明天再说吧！"

杜桥挂断电话，又和徐兰娟亲吻起来。

"你还回家吗？"徐兰娟声音轻柔得如同一阵风在杜桥耳边撩拨。

"家嘛……"杜桥双手把弄徐兰娟两只肥硕的乳房说，"当然得回了。"

徐兰娟半是气恼半是撒娇地在杜桥脸上打了一下。直到现在，她心里也不知道杜桥到底是不是真的喜欢她，所以从来不敢要求这个小老板整天整夜地陪她。

凌晨3点，杜桥回到了家中，开门声惊醒了已经在沙发上睡着了的齐凤瑶。

齐凤瑶望着杜桥，嗔怪地说："都这么晚了你才回来，公司里什么要紧的事情办到现在？你不在家，华华直做噩梦呢！"

杜桥脱掉外衣，说："公司里的业务多，我总得处理好了才能回家吧。"

齐凤瑶并没有怀疑杜桥的话，只是仍然责怪地说："你前一段时间还说公司不景气想兑出去做别的事情，怎么突然之间业务多起来了呢？再说就是再多的业务也没有必要谈到这么晚的时间啊？"

杜桥继续扯着谎："光谈业务是不能这么晚，可我得陪人家聊聊天、唱唱歌什么的吧。我可没有你这么清闲！"

杜桥最后一句话里明显地带着嘲讽，齐凤瑶不高兴地冲杜桥抢白道："你……你气我。杜桥，你谈业务我没有什么可说的，但……"

杜桥皱着眉头斜了一眼齐凤瑶，嗓音硬邦邦地打断齐凤瑶的话头，说："但什么？总不能我也下岗吧？"

齐凤瑶忍不住大声说："杜桥，你怎么可以这样说话？我下岗怎么啦？下岗能怨我吗？咱们永平市下岗工人那么多，我又算得了什么呢？你明明知道我心里并不轻松的，偏偏还用这种口气说话，真让人伤心！"

杜桥忽然厌倦和齐凤瑶说话了，他有些心烦意乱地甩出一句："我说什么了？我什么也没有说！"说完，穿着拖鞋踢踢踏踏地进了卧室。

"杜桥，你简直是一个无赖，自己刚刚说过的话都不承认了！"从客厅里传来齐凤瑶气愤的声音。

杜桥把身子扔到床上，毫不客气地回敬了齐凤瑶一句："你下岗有道理，我办公司业务也有道理的，我不高兴别人干预我的事情！"

齐凤瑶吃惊而委屈地说："干预？杜桥，我是你妻子，我过问你的事情能算是干预吗？你一整天不回家，我为你担心，到外面找你差点儿遭歹徒抢劫。这些你知道吗？"

杜桥理屈词穷地蔫了声。

齐凤瑶身子仰在沙发上，眼里涌出了泪水，冲卧室说："杜桥，你是不是觉得我没有工作了就什么都没有了？是不是我下岗了就意味着精神也要下岗啊？你说话啊，杜桥！"

没有声音。

卧室里，杜桥闭着眼睛，眼前浮现出了徐兰娟躺在他怀里嬉闹的情景。现在，他觉得今天晚上离开徐兰娟回家实在是一件错误的事情，这装修简单的屋子、普普通通的双人床和歌舞厅的陈设比起来简直让他败兴到底了，他要寻求的刺激更是一丝一毫也没有。

"徐兰娟，你这个十足的女人，我他妈的就是喜欢你！"杜桥心里说着，困意上来，扭过身子呼呼大睡起来。

杜桥的冷言粗语使本来由于下岗而心情沉重的齐凤瑶情绪越发低落了。她根本想不到丈夫的情感已经从她身上转移到另外一个女人身上了，她想的最多的是要尽快找到属于自己的新起点,像苏江礼说得那样"做点事情"。其实这个念头已经不是第一次在她脑海里出现了,只不过现在比以前想得更深、更多,决心下得更大罢了。

齐凤瑶在沙发上一直呆坐到了早上。她站起身踱了踱步,见华华和杜桥还在熟睡,忽然觉得屋里的空气很闷,便走下楼,在居民区小花园里的一张椅子上坐了下来。

夏天的早晨,空气里含着一股类似于刚刚成熟的草莓的清新滋味,让经过一夜沉睡的人们神清气爽地跑步、跳舞、练拳、买菜、喝豆汁……齐凤瑶却望着对面街上骑着自行车来来往往的行人出神,她在想:"以前这个时候,我也会像他们一样骑着自行车去上班的,可是现在……我是那样的热爱工作,那样的想平平静静地生活,但生活却把我推向了一个难言的境地,难道生活真的本来就没有公平吗?"

齐凤瑶正想着,一个粗重的中年男人的嗓音传进了她的耳朵里:"二十大几的姑娘找不到工作整天在家待着,真是个不争气的东西!"

"爸爸,我不是在找工作吗……"是一个年轻姑娘委屈而无奈的声音。

齐凤瑶听出来了,这一老一少的声音是从自家楼上张婷婷家阳台上敞开着的窗子里飘出来的。齐凤瑶家住二楼,张婷婷家住四楼,距离小花园不过二十几米远,加之这两个声音都很高,因此齐凤瑶听得清清楚楚。那是张婷婷和爸爸在顶嘴。张婷婷是省旅游专科学校的毕业生,一直找不到合适的工作,待在家中,家里又不太富裕,因此经常被修自行车修鞋子的父亲责备。

"你都毕业大半年了,找的工作在哪儿了?"张父显然大为光火了。

张婷婷不满地回应说:"有的工作和我学的专业不对口儿,我要找一个专业对口儿、能发挥我个性的工作!"

张父的嗓音越发高起来:"你少他妈的跟我甩新词儿,当初我就不同意你报考旅游学校,你不听,拧着我上了三年那个破学校,结果怎么样,毕业这么长时间了也没有哪个旅游单位录用你,让你找别的工作还挑三拣四的。我没本事,修一辈子自行车和鞋子,怎么就养了你这么个比我还窝囊的女儿,为了供你上学,这几年我省吃俭用受了多少苦!"

张婷婷哽咽着说:"爸爸,我知道我上学的三年时间经济上给您带来了很大压力,我会尽快找一份工作的!"

兴许见女儿哭了,张父的语气稍微缓和了:"婷婷,你就非想在旅游口儿工作吗?做别的事情就不行了?"

张婷婷执拗地说:"爸爸,我喜欢旅游工作,我不想做别的工作,我就想当导游!"

张父不无嘲讽地说:"你想,你想,你想的事情就能做到吗?你再找不到工作,我不养你待在家里吃闲饭了!"

张婷婷的声音里充满了不被亲人理解的痛苦:"爸爸,难道在您心目中我就是一个一无是处的人吗？我只不过没有别人那么好的运气罢了！"

张父的嗓门又大起来："你是个倒霉蛋，你的运气好不了！"

说实话，齐凤瑶心里非常喜欢刚刚20岁、漂亮、善良的张婷婷，也很能理解她，正想上楼到张家劝解一番，张婷婷哭着从楼道里跑了出来，于是，她紧忙迎了上去。

张婷婷一见到齐凤瑶就说："凤瑶姐，爸爸又骂我了，他嫌我太窝囊，说我要是再找不到工作就不养我了！"

齐凤瑶拉着张婷婷的小手坐到椅子上，劝解道："傻丫头，你爸爸那是一时的气话，他是为你找不到工作急的，大学生嘛，心眼儿可不能这么小。"

张婷婷一双好看的大眼睛里充满着晶莹的泪水，说："凤瑶姐，爸爸着急，难道我就不着急吗？我学的是旅游专业，我想当导游，别的工作我都不喜欢，可是全市旅行社和景区景点我几乎都跑遍了也没有人肯要我，他们想录用的是有经验的导游。说实话，我一天也不愿意在家里待下去，就是爸爸不骂我我也在心里自己骂自己不争气！"

齐凤瑶掏出纸巾，替张婷婷擦了擦眼泪，声音轻柔地说："婷婷，我们住在一个单元里，我们是好朋友，姐姐了解你，也理解你现在的心情。我也下岗了。工作对一个人来讲太重要了，在某种程度上，它也是一种自尊的表现，失去它就会失去许多。我下岗的原因不在我，你找不到合适的工作也不能怨你。"

听着齐凤瑶善解人意的话，张婷婷渐渐止住了哭泣，她忽闪着大眼睛，有些天真地对齐凤瑶说："凤瑶姐，你要是旅行社的总经理就好了，你肯定能让我当导游的！"

张婷婷一句漫不经心的话使齐凤瑶突然有了一种茅塞顿开的感觉，她禁不住大声说："哎，婷婷，你这句玩笑提醒了我，我为什么不能成立一个旅行社呢？连四方旅行社的苏总都能做旅行社能赚钱呢！"由于兴奋，齐凤瑶的脸上飘荡起了红晕，连呼吸也变得急促起来了，身上就像被困在迷谷中多日的人经过左冲右突之后于精疲力竭中找到了出口一样顿时充满了无穷的力量。

张婷婷望着齐凤瑶，说："凤瑶姐，我也知道做旅行社能赚钱，可是要注册一家旅行社必要的手续很多不说，光注册资金最少就得30万元呢。"

齐凤瑶依然沉浸在兴奋中，说："只要想把事情做起来，一定会有办法的！"

张婷婷继续善意地提醒道："凤瑶姐，注册旅行社真的不是一件容易的事情。"

齐凤瑶像一个即将出征的尽管胜败未卜但勇气十足的将军一样，望着张婷婷那张俊俏的脸蛋说："咱们市最大的旅行社四方旅行社苏总对我说过，自信心是需要培养的。婷婷，你能给我勇气吗？"

张婷婷的情绪受到了齐凤瑶的感染，也兴奋地说："凤瑶姐，你的勇气就是我的勇气！"

齐凤瑶突然想起了杜桥和华华，对张婷婷说："婷婷，我不会改变办旅行社的主意了，我们先谈到这里，我要去照顾华华和她爸爸了。你有什么好想法就告诉我。好吗?"

张婷婷甜甜地笑了笑,说:"好的,我会认真去想的。凤瑶姐,你快回家吧!"

齐凤瑶冲张婷婷摆摆手,跑上了楼。一进家门,她发现杜桥不知什么时候已经走了,华华刚刚睡醒。于是,齐凤瑶就在有了奋斗目标的激动中照顾华华吃完了早饭,然后送华华去了学校。

杜桥确实走得很早。他开着自家那辆蓝色"桑塔纳"轿车径直去了位于开发区中部的公司里,坐在办公室里玩一支玩具步枪。当他瞄准门口时,从准星里看见徐兰娟走了进来就冲徐兰娟"砰"地开了一枪。

徐兰娟扭动着顾长的腰肢走到杜桥身边,涂着化妆品的脸上挂着讨巧的笑容,娇滴滴地说:"杜老板玩儿心不小啊!"

徐兰娟不约自到,杜桥非常高兴,他抚摸着徐兰娟的手说:"我就是喜欢玩儿,而且最喜欢玩儿刺激的,就像跟你在一起那样。"

徐兰娟把身子靠在杜桥怀里,望着杜桥那双写满了欲望的脸,说:"我可不是好玩儿的女人,你跟我玩儿就要玩儿到底。"

杜桥兴致勃勃地在徐兰娟腮上响亮地吻了一口,说:"怎么个玩儿法?"

徐兰娟两条白嫩嫩的胳膊缠在杜桥脖子上,依旧用那种像哼歌一样的腔调说道:"怎么玩儿都行,就是别玩儿得不开心。别忘了,我可是把初夜权交给你了。"

杜桥撩开徐兰娟的裙子,在她的大腿上轻轻掐了一把,说:"我不是毛头小子,你不用提醒我。"

徐兰娟笑了,笑容如同一朵正在怒放着的玫瑰花——这也是一个漂亮的女人。她问了一个很实际又很不高明的问题:"杜桥,我和你夫人谁漂亮?"

杜桥没想到徐兰娟问他这样的话,顿了顿,说:"她漂亮,但她是一块炭,你是一团火。我需要的是火。"

徐兰娟非常满意杜桥的话,尽管她不排除杜桥故意讨好她的成分,决定也给这个男人一点"甜头",便收起荡笑,"郑重"地说:"说实话,杜老板,你是一个让我动心的男人。如果你能把'燃料'加足,我会让你知道你那个漂亮的夫人不是女人了。"

杜桥当然知道"燃料"的含义,他知道已经由三陪女转化成被他固定包养的情妇的徐兰娟是不能离开"燃料"的。他已经"冤大头"式的给过她许多"燃料"了,不能总平白无故地"冤"下去,就对那张粉嫩嫩的脸说:"近来我的生意很难做,你不要贪得无厌,该给你钱的时候我自然会给你的。"

徐兰娟躺在杜桥怀里,噘起嘴唇,挑逗地冲杜桥吹了一口气,说:"钱嘛,我知道你不会少了我的,可是我们既然要玩儿就玩儿个痛快。你不会让我失望吧?"

杜桥不解地问:"什么失望?你把话说明白点儿行不行?"

徐兰娟诡诈地一笑,说:"带我去兜兜风,怎么样?"

杜桥略微怔愣了一下,随即明白了,问:"你是不是想打我车的主意?"

徐兰娟从杜桥怀里站起身,沉下脸说:"你要不开心就算我什么也没有说,以

第一章 不期而遇

17

后你也别想再在我身子上找乐子了！"

杜桥重新把徐兰娟揽到怀里，妥协地哄劝道："你呀……我的车还不就是你的车吗？你想开就去开好了。"

徐兰娟见降伏了杜桥，自然得寸进尺了，说："你光嘴上说我可不放心。"

杜桥信誓旦旦地说："我可以给你立个字据嘛。"

徐兰娟撇了撇嘴，用不容置辩的口吻说："字据有什么用？我要那辆车实际上属于我！"

杜桥索性一应到底了，说："我喜欢你，只要咱们玩儿得开心，我都是你的了，一辆车更不在话下！"

徐兰娟心花怒放地对杜桥说："你可不许反悔！我们去野生动物园玩一天吧！"

"行！"杜桥拉起徐兰娟的手走出了办公室。

傍晚，放学时间到了，在玉华路小学上一年级的华华站在学校门口的马路边上等待着妈妈来接她。

妈妈还没有来，华华背着书包，一双水灵灵的大眼睛四处张望着，忽然看见爸爸杜桥的"桑塔纳"轿车被一个打扮得妖里妖气的陌生女人驾驶着停在了马路对面一家歌舞厅门口，随后，爸爸从车上下来，吻着那个女人走进了歌舞厅。

见此情景，华华奇怪地自言自语起来："爸爸和那个女人怎么这么亲热呀？"

这时，齐凤瑶骑着自行车走过来，把华华抱到自行车后座上，说："华华，等妈妈着急了吧？妈妈想注册一家旅行社，上工商局咨询事情，来晚了。"

华华觉得非常有必要把刚才看到的情形告诉妈妈，就说："妈妈，爸爸……"

齐凤瑶顺着华华的话茬说："爸爸公司里事情更多，我们快回家吧！"

在单元门口，齐凤瑶遇见了收摊回来的张婷婷的父亲。张父向齐凤瑶发布了一个已经在全市传得沸沸扬扬的消息："凤瑶啊，我今天修鞋时听见人说前几天晚上一个小伙子被人开枪打死在郊外槐树林里了，公安局在电视台打字幕说有人举报破案线索奖五万元钱哪！"

齐凤瑶把华华抱下自行车，说："张叔叔，我也听说这件事了，那片槐树林本来是个旅游休闲的好去处，出了这件枪击案，真遗憾。"

张父边和齐凤瑶母女往楼道里走边说："这杀人不是好事，咱就不说它了。你下岗了，我这心里也怪难过的，婷婷说你想办旅行社，这是好事，可那得多少钱哪？"

齐凤瑶轻轻叹了口气，说："张叔叔，这也是我最发愁的事情，可我不能因为有困难就不去做了。"

张父夸赞地说："凤瑶，你真要强，你婷婷妹妹要是像你这样我就……哎，她真让我操心哪！"

齐凤瑶劝慰地说："张叔叔，婷婷也是个要强的孩子，她想找一个自己热爱的工作，作为长辈，您首先应该支持她……"

二楼到了，齐凤瑶和张父简短的谈话结束了。

齐凤瑶打开房门，和华华进了屋子。华华忘记了刚才要对妈妈说的事情，坐到电脑前玩起了游戏。齐凤瑶到厨房里边做饭边思考着办旅行社的事。今天下午，她专门到工商局详细询问了关于旅行社注册的必需程序，更加坚定了自己办旅行社的信心。至于注册资金的事情，她想用自家的"桑塔纳"做抵押向银行贷一笔款，再向在县城里开造纸厂的姐姐借一些钱，注册资金筹齐了，别的事情就迎刃而解了……齐凤瑶想着，感觉生活为她敞开了一扇大门，而大门后就是一条笔直的通向远方的大道，不由得轻轻笑出了声。

她想用一个晚上的时间把注册旅行社要做的事情的每一个环节都想清楚。

就在齐凤瑶憧憬着美好未来的同时，永平市公安局刑警队的紧急会议正在进行着。

今天上午，市刑警队接到了郊外槐树林发现了一具因枪击而死亡的尸体的报案，刑警队长姜正立刻带人赶到现场，除了在现场提取到了一些散落的弹壳外，没有收集到有价值的线索。《永平晚报》记者丹明进行了现场采访。

姜正，今年42岁，正在调查6月2日凌晨铁路车站派出所民警小李被歹徒捅成重伤后牺牲一案。此案尚未见端倪，枪击案又突如其来，职业的敏感使他把此案和小李的案子联系在了一起，因为法医告诉他说那个年轻男子的准确死亡时间是在两天前，和小李遇害是同一天，而且时间也相差不了几个小时。所以，在下午召开的案情分析会上，姜正把自己的想法作了重点发言，得到了所有人的支持。

姜正神色凝重，扫视着众刑警队员们说："关于这两起案子我就不多说了，我想说的是，我刚刚得到消息，几天前，云南两个胆大妄为的毒贩携带十公斤海洛因动身来我市进行交易，时间就是小李遇害的那天凌晨，枪击案极有可能就是由毒品交易引起的！更让人震惊的是，我市有毒品交易的平台，这是一个非常危险的信号！"

姜正的话再次在会议室里引起了强烈反响，一名刑警队员气愤而吃惊地说道："十公斤毒品，数量可不算少啊，这些贩毒分子把永平市当成什么了？"

姜正接着说道："据我们推测，我市位于华北东部，是首都北京的东大门，连接东北三省，特殊的地理位置使那些所谓有眼光的贩毒分子想在我市建立一条罪恶的'白色通道'，如果他们的阴谋得逞，后果是非常严重的。我们要把小李被害案和槐树林枪击案并案处理，决不能让我们的同行含恨九泉！"

听到"含恨九泉"四个字，侦察员林伟的心像被锤子重重地砸了一下，眼睛蒙上了一层泪花，那个令人心痛的场面清晰地浮现在了眼前——

6月2日凌晨2时，市刑警队接到小李被捅成重伤并被送往医院紧急抢救的报案后，林伟和同事毛建强火速赶到了医院。当听医生说小李极有可能发生不测之后，他们闯进了急救室，俯身难过地望着小李。

"小李，小李——"林伟嗓音哽咽地呼唤着。直觉告诉他，小李的情况真的不妙了。

脸色苍白如纸的小李醒来了，但呼吸急促。

林伟急切地说："小李，我们是市公安局刑警队的，是什么人把你刺伤的？"

"是……是……是……"小李微睁着双眼，嘴唇剧烈地翕动着。他极力想把凶手的模样告诉给两位真正的同行，但严重的伤势造成的失血过多使他已经没有能力进行语言表述了。

林伟握住小李的右手，说："是谁？我们一定把凶手抓到！你要坚持住啊……"

小李费力地抬起左手，指着林伟的警服，同时望着林伟，眼睛里闪动着微弱的却分明充满着某种含义的光。

林伟和毛建强费解地相互对视了一眼，无法理解小李眼光里的含义。

小李鼓足最后的气力，用带血的左手抓住了林伟身上的警服，抓得很紧，同时停止了呼吸，把一个巨大的秘密带到了另外一个世界……

"小李死得很惨，连一句完整的话都没有留下来。我和毛建强到现在也不明白他临咽气前为什么紧紧抓着我的警服。不抓住凶手，我们真的对不起他！"林伟收回思绪，嗓音低沉地说。

姜正眼里也涌起了泪花，拳头在桌子上重重敲了一下，说："这两起恶性案件的影响太坏了，是永平市这么年来绝无仅有的连环大案，已经惊动了省厅和公安部，我们……"

毛建强望着姜正，用洪亮的嗓音说："队长，你就布置任务吧，你的压力就是我们的压力！"其他刑警队员也期待着望着姜正。

姜正点了点头，说："据下面派出所反映，最近我市吸毒人员突然增多了，这些人几乎清一色是发廊的按摩女或三陪小姐，这很不正常。我和赵青华暗访全市的发廊和歌舞厅，从吸毒女身上寻找毒品的来源。调查小李被杀的原因和寻找枪击案中那具男尸尸源的工作由林伟和毛建强主要负责！对了，还有一点不要忘了，鉴于这两起案件的特殊影响力，散会后给晚报的丹明记者打个电话，告诉他在案子未告破之前不要登报了。小赵，这件事由你来做吧。"

"行，我马上和丹明记者联系！"赵青华站起身走出了会议室。

电话很快打到了《永平晚报》记者部，记者丹明接完赵青华的电话后表示在继续关注这两起案子的基础上充分尊重市刑警队的意见，暂时不进行报道。

放下电话，丹明走进了记者部对面的编辑部。编辑小齐向丹明问道："丹明，听说市郊发生枪击案了？你是不是去采访这件事了？"

丹明边翻看着小齐办公桌上的几份报纸边说："是的，一个年龄和咱们差不多的男青年被人开枪打死了，据市公安局刑警队的同志讲，这起案件极有可能牵扯到我市的吸毒贩毒活动。"

小齐惊诧地说："吸毒贩毒？这可不是普通的凶杀案了。这下，你又有抢眼的重头儿稿了。"

丹明摇了摇头，说："为了不给侦破工作带来负面影响，刑警队建议我慎重处理这篇稿子，我决定暂时不发了，等结案以后再发。"

小齐想了想，说："客观报道一下消息总可以吧，否则会影响你本月上稿量的。"

丹明笑了笑，说："我考虑的不是这些，我总认为，惟恐天下不乱的记者一定不是合格的记者。"

小齐赞赏地说："你的好多观点总是和大家不同，也许你是对的。"

丹明神色庄重地对小齐说："小齐，我们不讨论观点的问题了。我想对你说一件事，从一到案发现场起，我心里突然有了一种感觉。"

小齐不解地望着丹明，脸上挂着一副敬听下文的神情。

丹明皱着眉头，仿佛陷入到了一种奇特的意境当中，说："究竟是什么感觉我说不出来，真的说不出来，它仿佛就在我身边，可我就是抓不住它。"

小齐来了兴趣，把手中改稿用的红笔放好，启发似的问丹明："你能更具体地说说吗？比如说死者是你认识的人？"

丹明用手拍了拍脑门，说："我和死者素不相识，那是一种什么样的感觉呢……你的话倒是提醒了我……对，那种感觉就是这起枪击案和一个人有着某种联系。唉，我实在是说不清楚。"

小齐替丹明拍去肩上的一抹尘土，说："这和谁有关系呢？你是一个非常有个性的人，为什么会产生这种感觉呢？"

丹明像是对小齐又像是自言自语地说："我也想不透为什么，太奇怪了！"

小齐释然地说："丹明，你不要乱想了，之所以有第六感官这个概念，就是因为它在人体上是不存在的，它和现实是有不可比拟的差别的。你不是想搞一个'问题家庭'的采访吗？主任已经批准了。准备做这个选题吧，别奇思怪想了。"

丹明依然在努力思索着说："我为什么会有那种感觉呢？那个和我有某种联系的人又是谁呢？"

快到下班时间了，小齐埋头改起了稿子，丹明走出编辑部，回到记者部坐在电脑前写起了稿子。

又一个晚上来临的时候，华华终于想起把自己那天放学时看到的事情讲给妈妈听："妈妈，我看见爸爸和一个女人又搂又吻地进我们学校对面的歌舞厅里了。妈妈，爸爸是不是不喜欢你喜欢别人了？"

齐凤瑶怔愣了一刹，随后不相信地笑着说："华华，你胡说什么呀？爸爸怎么会做这样的事呢？"

华华认真地说："妈妈，我没有胡说，真是这样的。我看得清清楚楚，那个女人开着咱家的车去的歌舞厅！"

作为母亲，齐凤瑶知道华华不是一个会撒谎的孩子，但她还是难以相信华华的话。

"难道真是这样吗？"齐凤瑶在心里问了自己一句，她想给杜桥打一个电话，刚拿起话机，又放下了。她决定不打这个电话了，原因却说不清楚。

齐凤瑶无法知道，此刻，丈夫杜桥正和情妇徐兰娟在他惯常去的那家歌舞厅的包房里寻欢作乐。

不知为什么，徐兰娟总是把自己往齐凤瑶身上扯，问："杜桥，想没想过你老婆知道咱俩好上了会怎样呢？"

杜桥显然没有想过这个问题，眨巴了眨巴眼睛，说："能怎样呢？只要我们不张扬，她是不会知道的。再说了，如果她闹着跟我离婚，我还巴不得呢，那样咱俩可就不用做露水夫妻、明铺暗盖了。"

徐兰娟嫣然一笑，搂住杜桥，柔声说："算我真的没有跟错人，不过你舍得离开她？"

杜桥眼睛盯着徐兰娟高耸的乳房，色欲膨胀地说："什么舍得舍不得，你俩比起来能让我动心的还是你呀！嘻嘻嘻……"

伴随着杜桥轻佻的笑声，他的手机响了起来。

杜桥接听手机："妈，我忙着呢，你又有什么事情啊？"

杜母再次用焦急的口气在电话里说："杜桥啊，妈这几天一直在找那几样东西，连墙缝儿都找遍了还是找不到。你好好想想你爸能放在哪儿？"

杜桥不假思索地说："我不是说过了吗，我不知道那些东西在哪儿，你老问我干什么？"

杜母加重了语气："杜桥啊，你怎么这样和妈说话呢？我就你一个孩子，家里出了这么大的事情不问你问谁？你爸临终前明明告诉我东西就藏在箱子里的，怎么就找不到呢？那可值好多钱哪！"

杜母的声音清晰地传到了徐兰娟的耳朵里。

杜桥感觉到徐兰娟在用心听他们母子的对话，身子往一旁挪了挪说："你慢慢找吧，说不定哪天就找到了。我挂了啊。"

杜桥把母亲的声音关在了手机里。徐兰娟凑过来，饶有兴趣地问："杜桥，你们家里有值钱的东西？是什么？"

杜桥皱了皱眉头，说："我们家能有什么值钱的东西？我妈是找一些过去的东西，她年纪大了，时间长了不知道放哪儿了。"

徐兰娟不高兴地说："我明明听见你妈说那些东西能值好多钱的，你不和我说实话，信不过我呀？"

杜桥把徐兰娟搂在怀里，哄劝道："这件事和你没关系，你别缠着问了！"

杜桥这样一说，等于承认有事情隐瞒着徐兰娟了，徐兰娟越发不依不饶地追问着："到底是什么值钱的东西，你告诉我嘛，对我保什么密呀？你越不告诉我我越要问！"

杜桥被她缠得没有办法，搪塞道："说到底，那些东西用在你身上了。"

徐兰娟奇怪地瞪大了眼睛："杜桥，我什么时候用那些没有影子的东西了？你拿我当小孩子耍弄，是吗？"

杜桥吸了一口烟，抚摸着徐兰娟的脸蛋说："你别和我凶了，总有一天你会知道的。"

徐兰娟知道，要想从杜桥嘴里问出他家有什么值钱的东西此时是最好的时机，等过了今晚，再让他说实话就不容易了。于是，她摆出一副死缠烂打的架势，对杜桥说："不行，我非现在让你把话说明白不可！你说，你说呀！"

杜桥不耐烦地把徐兰娟的手甩开，说："我现在真的没有法子说，以后你会知道的。你别逼我啊，能告诉你的事情我一定告诉你，不能告诉你的事情说什么也不能告诉你！"

徐兰娟见杜桥死活不肯把话说明白，只好作罢，悻悻地说："将来你要不告诉我我可放不过你！你先待着吧，我去洗手间。"说完，拎起小皮包走出了包房。

这个时候，一个身材高大、大眼睛、秃脑门的男人晃了过来。他叫马三儿，是从黑龙江省某市看守所逃出来的杀人犯，在各级公安机关的通缉下居然流窜到了永平市，结识了宏海贸易公司总经理曾晖，二人很快成了朋友。曾晖为他指了一条出路：跟他做几笔大"生意"——贩毒，赚一大笔钱之后就出国，并安排他先在这家歌舞厅里蛰伏下来。

马三儿在一间小屋里像困兽一样把自己关了一个多月，有些心烦意乱，胸膛里窝着一股无名火，就溜出屋子，想发泄发泄，正巧碰上了从卫生间里出来的徐兰娟。

马三儿只扫了徐兰娟一眼就断定她是一个荡货。说实话，马三儿不是一个好玩女人的男人，但他鄙视"小姐"，也鄙视玩小姐的男人，决定拿徐兰娟开开心。

"喂，妹子，陪大哥坐会儿，今天晚上你就是大哥的人了！"在徐兰娟和马三儿擦肩而过的时候，马三儿拦住了徐兰娟，故意色迷迷地说。

徐兰娟不惊不慌地打量了马三儿几秒钟，她看出来，眼前这个身材高大的男人绝不是杜桥那样有几个钱的人，更不是什么"大款"，便沉下脸，训斥道："你这个愣头儿青，想让老娘陪你过夜，瞧你那爹死娘嫁人的鬼样子！走开，老娘不稀罕你！"

马三儿本来想解解闷，没料到被徐兰娟骂了个狗血喷头，额头上暴起了青筋。他恶狠狠地盯着徐兰娟，回骂道："小婊子，少跟我养汉老婆哭坟顶——净装贞节烈女，在这里玩儿的男人都是骚狗子，女人都是破烂货！话挑明了，大哥我今天看上你了，你晚上就得陪我睡，是在这里还是去外面任你选！"

徐兰娟一听马三儿的话就知道他并不是一个"会玩"的男人，更加鄙视地说："就是找小姐睡觉也没有你这样咋咋唬唬的，老娘有男人陪，不陪你，也用不着你陪，你要是上了驴劲儿，搂着石头睡去！"

马三儿被徐兰娟激怒了，一把扭住徐兰娟的胳膊，说："你他妈的嘴太臭了，夜里大哥教教你怎么说话！跟大哥走吧！"

徐兰娟慌了，她知道五个自己也不是眼前这个粗壮男人的对手，赶紧扯开嗓子喊起来："杜桥，杜桥，有人对我撒野——"

徐兰娟的声音夸张、尖厉，像一只受了惊吓的母猫。包房里的杜桥闻声冲了出来。

"哥们儿，这里有的是靓姐儿，你找她们去玩儿吧，她是我的人！"杜桥望着比自己高出一头、乍出一膀的马三儿，尽量用平和的声音说。

见出来个男人，马三儿心里涌起了一种想打架的冲动。他丢开徐兰娟，挑衅地对杜桥说："我本来不想真睡她，你他妈的这一管我倒非和她上床不可了。你从哪间屋出来再乖乖回哪间屋去，不然我让你脸上画画儿！"

杜桥清楚，真要动起手来，自己绝非对方的对手，但他更不想让自己在徐兰娟面前丢掉面子，就抬高嗓门说："你厉害，可你总得守点儿规矩吧，都是世面上的人，谁也不用吓唬谁，你去找别的小姐我给你点儿面子，否则——"

马三儿粗暴地打断杜桥的话，吼道："否则你妈个头，我他妈打趴下你，让你啃地砖吃！"说着，先发制人，挥拳向杜桥的脸上打去。杜桥很机灵，一转身，马三儿的拳头打空了，他飞起一脚，踢向马三儿，腿却被马三儿扳住。就这样，两个男人在歌舞厅那不算宽敞的走廊里扭打在了一起。

站在一旁的徐兰娟发现马三儿会些武功，杜桥根本打不过人家，她虽然和杜桥没有什么真正的感情可言，但想到如果杜桥被打趴下进医院的钱还不如花在自己身上，于是高喊道："打架了，哎呀，打架了！报警了，报警了——"

一句报警使马三儿想起了自己的身份，他把已经狼狈不堪的杜桥推到一边，说："小子，老子不跟你打了，为一个女人，丧气！我把她让给你，女人有的是！"说完急匆匆走了。

徐兰娟瞥了杜桥一眼，上前扶起他，不无得意地说："怎么样，最后还是我把他吓跑了吧？"

杜桥喘着粗气，夸赞地对徐兰娟说："我……小乖乖，你还真有办法……不过他今天走了，以后不会……和我善罢甘休的。遇上这路人最麻烦！"

徐兰娟满不在意地说："他跑了也就算了，就当玩儿了一场！"

杜桥苦笑了一下，说："你什么事情都当玩儿，这样玩儿下去我可受不了……走吧，去吃晚饭吧。"

杜桥整理了一下凌乱的衣服，和徐兰娟走出歌舞厅，走进了旁边一家餐馆。他们点了几个炒菜，几瓶啤酒，对喝起来。

杜桥属于那种不能喝酒但喜欢喝酒的男人，两瓶啤酒下肚后，他的脸就红了起来，眼光在徐兰娟那张漂亮的脸蛋上溜来溜去，说："兰娟，你不是我的女人，我也不是你的男人，但我会让你成为我的女人！女人，女人！我看过一本书，上面说古代外国男人看女人的标准不是容貌漂亮不漂亮，而是看她会不会挑逗起男人的性欲。怎么样，够刺激的吧？"

徐兰娟把一杯啤酒送到杜桥嘴边，说："杜桥，你不要和我谈书，书里掉不下钞票来，书里教不了人现实的东西。现实就是钱，钱就是现实。读书多的人不一定懂得这里面的道理。你不要忘了，我是一个女人，漂亮但没有社会势力的女人……"

杜桥捧住徐兰娟的手，完全不管啤酒洒在桌子上，说："我知道你和我在一起图的是什么……只要你一心一意跟着我……我……我绝对亏待不了你……你不是想要车吗，明天我就让给你办……办手续去……"

徐兰娟像喝了兴奋剂一样欣喜地把身子贴在了杜桥身上。

杜桥搂着徐兰娟，接连打了好几个酒嗝。

情场上春风得意的杜桥不会想到，他即将成为曾晖和马三儿手中的一颗小棋子了。

马三儿在歌舞厅被徐兰娟吓跑后，百无聊赖地去了宏海贸易公司，在总经理办公室里找到曾晖，吸起毒来。他俩不止一次这样偷偷在一起吸毒了。

吸完后，曾晖郑重地对马三儿说："这东西吸的人越多越好，越有人吸，这东西卖的价钱越高，你应该物色几个人，让他们都沾上毒瘾，到那时钱可就有的赚了。你听见没有？这是我舅舅让你去做的。"

马三儿躺在沙发上，不服气地问："你舅舅是谁？他凭什么对你我发号施令？"

曾晖敬畏地说："他比咱高明，听他的话咱就能赚钱，不听他的话咱就得倒霉。你别不把他的话当回事，尽快找那么一两个人拉过来。"

马三儿为难地说："我戴着手铐从老家逃出来，永平市也不认识几个人，我上哪儿找人去？你别硬管尼姑要孩子！"

曾晖鼓动地说："这年头儿尼姑生孩子也不是什么新鲜事，你记着这件事，我不相信没人好这口儿！"

马三儿知道曾晖的话有一定的道理，他沉思了一会儿，突然自言自语道："要不我找他试试？"

马三儿想到了刚才同他打架的那个男人。

第二章　毒女浮尸

永平市东部有一条河，弯弯曲曲地绕过了大半个市区，据说是当年颇具军事意义的护城河。如今，这条弥漫着历史气息的护城河成了少有人问津的水沟，如果不是河上有一座能容两辆卡车并行的水泥桥，真不知道还会有几个人认真地瞧上它几眼。

但是今天，一具突然漂浮在脏污的水面上的尸体吸引来了许多市民，尤其"那具尸体可能是一个年轻女子"的消息传开后，人们关注的热情陡然增加了一百倍。

呜呜啸叫的警笛声把姜正和林伟、毛建强、赵青华等一干刑警队员送到了河边。此时，尸体已经被先期赶来的派出所的几名民警打捞上来了，停放在一丛茅草上。从轮廓上看，死者确实是一个年轻的女子。

姜正走到尸体旁边，仔细看了看，一名民警走过来向他介绍情况："这具女尸是今天早晨自己从河里漂起来的，已经有些腐烂了，据我们估计，死者是身上绑着石头之类的重物坠到河底的，由于时间长了绳子腐烂等原因重物脱落后才浮上水面的。"

"尸体检验了吗？"

一名法医说道："姜队长，我们已经在现场对尸体初步进行了检验，可以确定是他杀身亡，年龄20至23岁之间，死亡时间不少于两个月。面目虽然有些腐烂，但对其照片经过技术处理后还是可以基本复原的。"

姜正回头对赵青华说："小赵，回去后尽快让技术部门把死者的照片进行处理，在报纸和电视台发布寻尸启事！"

就在寻尸启事通过新闻媒体向全市发布后的第二天，"红苹果"夜总会的刘老板给刑警队打电话说死者是他那里的陪酒女姚佳佳。这个重要的线索使姜正阴郁的脸上露出了一丝笑容，他带上赵青华立刻赶到了"红苹果"夜总会。刘老板在办公室里热情有加地接待了他们。

姜正落座后，开门见山地问刘老板："刘先生，你能确定那具女尸就是姚佳佳吗？"

刘老板肯定地说："要说阴天下雨咱不知道，我手下的人还能不认识吗？错了算我妨碍你们执行公务，我负法律责任！"

姜正很满意刘老板的态度，笑了笑说："负法律责任那倒不至于。关于姚佳佳的情况回头你写一个书面东西给我，我现在想知道的是她是不是吸毒。"

刘老板皱起了眉头，谨慎地说："这个我可不敢说了，这种事她自己不说谁也不知道。你说是吧？不过我可以告诉你她最后陪的一位客人是谁。"

"谁？"

刘老板刚要说话，瞧见一个身材瘦高的人从门口走了过去，说："就是他，姚佳佳两个来月前陪完他后就失踪了。我还以为她到别的夜总会干去了，没想到丢了命……"

姜正也注意到刚才从门口过去了一个人，问："这个人是谁？"

刘老板用羡慕的口吻说："他是四方旅行社总经理苏江礼，永平市旅游业里的'大腕儿'！不过他是不会杀人的，人家有身份有地位，不会为一个三陪女跳火坑……"

主要事情谈完了，姜正和刘老板握了握手，走出了刘老板的办公室。在走过一间包房门口的时候，赵青华隐隐约约听见里面似乎传出了一阵女孩的哭声，但他没有在意，和姜正急急走了过去。

哭声是三陪女杨小倩发出的，此刻，她正神情呆滞地在包房里坐着，身子由于紧张而轻轻颤抖，俨然一只孤独的迷了路途的小麻雀。

杨小倩的家在永平市下属的一个贫困县城，两年前和做服装生意赔了钱的姚佳佳一起到"红苹果"夜总会"工作"，逐渐结识了一个"大款"——四方旅行社的总经理苏江礼。一天，苏江礼把她俩带到了一个地方，微笑着送给了她们两小包"白粉"，让她们"品尝"。尽管她们知道那是可怕的东西，但寻求刺激的心理使她俩接受了这特殊而贵重的"礼物"，同时也落进了一个圈套。在那个静谧的夜晚，苏江礼撕去了温文尔雅的外装，告诉姚佳佳和杨小倩，只要她们每个人至少发展十个吸毒女，他就可以免费供应她们"白粉"，否则她们一毫克也得不到，而毒瘾发作时她们就会陷入到难以言说的痛苦当中……在诱惑和威胁下，她们屈从了，姚佳佳当三陪女或坐台女的朋友多，很快发展了十多人，而杨小倩却直到今天也没有达到底线，苏江礼对她很不满意。刚才，苏江礼和她一阵缠绵之后，丢给她一小包海洛因，以肯定的口气对她说十天之内不发展三个吸"白粉"的女孩儿，他再不会免费供应她"白粉"了。杨小倩知道苏江礼说话是算数的，但是她没有勇气也不想去"发展"别人了，因为毒瘾发作时的那种深入骨髓和灵魂的痛苦让她越来越感到自己在做一件罪孽深重的事情，她自己走错了路，实在没有理由再把别人拉到陷阱里啊。然而，她又不敢违抗苏江礼的命令。

"怎么办呢……"杨小倩望着手里那一小包苏江礼恩赐的海洛因，眼里充满着矛盾、惊惧和贪婪。这时，杨小倩的毒瘾发作了，她颤抖着双手，急不可待地展开了纸包……在完成最后一道程序的时候，杨小倩想到了"成绩卓著"的姚佳佳。她已经两个月左右没有见到姚佳佳了，姚佳佳突然像一片树叶一样从她身边消失了。

姚佳佳去哪儿了？

齐凤瑶家。又是一个燥热的夜晚。

快到12点钟的时候，和徐兰娟在一起喝得醉醺醺的杜桥一回到家，倒头便睡，完全没有在意正在客厅里等他的齐凤瑶。

齐凤瑶是想郑重地把自己注册旅行社的决定告诉给杜桥，她相信杜桥一定会支持她、为她出许多主意的，所以一直在等他回来，没想到杜桥喝醉了。

"杜桥，你怎么喝成了这个样子？你起来，我有重要的事情同你商量！"齐凤瑶走进卧室，上了床，推着杜桥。

杜桥翻了个身，嘴里嗳嚅着："车……兰娟……你的了……"

齐凤瑶没有在意杜桥的话，继续推搡着他。她必须在今天晚上把事情和杜桥说清楚，好明天去银行办理手续："杜桥，我要办旅行社，要用车抵押贷款……哎呀，你这个该死的酒鬼，醒醒吧，明天就是星期五了，不知道人家有多急吗？"

杜桥没有睁开眼睛，嘴里依然喃喃着："在……在包里……"

齐凤瑶却误以为杜桥在和她说话，问："杜桥，什么在包里呀？"

杜桥迷迷糊糊地接着齐凤瑶的话茬说："兰娟，你……高兴了……"

这次，齐凤瑶虽然清清楚楚地听到了一个女人的名字，但也没有多想，见杜桥一时半时醒不了了，顺手拿过杜桥扔在床头上的皮包，从里面拿出一张纸。

齐凤瑶把纸展开，见那是一份汽车过户手续，车牌号是自家的"桑塔纳"轿车，再仔细一看，车主已经由杜桥变成徐兰娟了——十有八九就是刚才杜桥睡梦中提到的那个女人。她的脑海里"嗡"地响了一下，一个预感潮水一样猛地袭上了她的心头，不由得轻声惊叫起来："车怎么过户了？怎么回事？这是怎么回事？杜桥，杜桥，这是怎么回事？我们家的车怎么过户给徐兰娟了？徐兰娟是谁？你起来，说话呀！"齐凤瑶的嗓音急切、颤抖，在寂静的房间里显得格外尖厉。

杜桥梦呓的声音仿佛从地狱深处传来，每一个字都像一把锤子敲在齐凤瑶的心上，把她砸得简直要晕倒了："兰娟……兰娟，车是你的……了……你喜欢……我高兴……你是我的情妇……你……你不说话……你反悔……我放不过你……我老婆……比你漂亮……可我也要……也要跟你……好……"

明白了，齐凤瑶什么都明白了，原来自己一直深爱着的丈夫和社会上那些无耻的男人一样做出了无耻的事情——包养情妇！

齐凤瑶跌越了一个巨大的深不见底的冰窖，那个冰窖里盛满了屈辱、盛满了痛苦、盛满了失望……她望着身边这个道貌岸然的男人，眼前浮现出了他和那个名叫徐兰娟的女人在一起苟且偷欢的场景。尽管这个场景是虚幻的，但它却是那么的清晰，令她一阵阵恶心。

"杜桥，你这个混蛋，我真没想到你会做出这种事情来！"齐凤瑶脸色苍白，身子像刚刚翻越了一座高山一样疲累得没有一丝力气，她慢慢捱下床，离开了那个浑身上下散发着难闻气味的男人——她的丈夫。直到这时，她才发现自己早已经泪流满面了。

齐凤瑶动作缓重地把手中那张纸塞进杜桥的皮包里，然后挪出卧室，走进华华的小屋里。华华在熟睡。

齐凤瑶的内心在翻江倒海,轻轻地对着华华喃喃自语:"华华,你知道爸爸做了什么事情吗?你知道妈妈心里多么痛苦吗?你知道妈妈最不能容忍的是什么吗?这件事情对妈妈来说太突然了,妈妈该怎样面对呢?妈妈万万没有想到爸爸和别的女人混在了一起!"

齐凤瑶双手捧住脸,努力压抑嗓音痛哭起来,泪水从手指间汹涌而出……

不知过了多长时间,一个小时?两个小时?三个小时?齐凤瑶激愤的情绪渐渐平复下来了。她想到,尽管杜桥做错了事情,伤害了自己,但他还应该是这个小家庭中的成员,即使自己不需要他,但女儿华华是需要他的,那辆车从法律意义上来讲已经不属于杜桥了,可杜桥还是她的丈夫,她要把他从迷途中拉回来,给他一次改正错误的机会,用宽广的胸怀感动他,只有这样,她才是一个真正意义上的妻子、一个无愧于良心的女人……她做出了和注册旅行社一样坚定的决定!

这天晚上,苏江礼回来得也很晚。他刚刚走到自家门口,瞧见廊灯下站着一个苗条的身影。是三陪女郑敏。

"你?你来我家干什么?"苏江礼怔愣了一下,因为他虽然和郑敏、姚佳佳等几个三陪女在家里有过床笫之欢,但那都是他主动带她们来的,像郑敏这样自己找上门来还是第一次。他不知道郑敏这么晚了找他做什么,但有一点可以肯定:绝不是为了上床。

"苏总,我……我……"郑敏眼睛红肿,神情阴郁,心头仿佛压着一块大石头。

"进屋说话吧。"苏江礼说着,掏出钥匙迅速打开房门,把郑敏拉进了屋子。

一进门,郑敏就跪在了苏江礼面前,哀求说:"苏总,求您了,您放过我吧……我……我不想再这样下去了……不能再吸下去了……"

郑敏颤抖的嗓音很低,两个浑圆的肩膀由于抽泣而不停地抖动着。她和姚佳佳、杨小倩在一起租房住,是一个"自由"的三陪女,也是姚佳佳"发展"的吸毒女,不止一次陪苏江礼过夜了。和其他三陪女比起来,郑敏算是比较文静的,所以苏江礼有些喜欢她,但是她刚才说的那句话把自己推向了一个危险的境地。

苏江礼蹲下身,冷笑了一声,说:"郑敏,你长得漂亮,非常漂亮,做天天陪男人睡觉的妓女确实可惜,成了海洛因的奴隶更可惜,是我害了你。"

郑敏被苏江礼的话吓坏了,赶忙抬起泪眼,说:"不,不是您害的,是……是我自己不好……"

苏江礼却固执地说:"是我害的就是我害的,你不用不敢说,我免费让你吸毒,让你快乐,目的是为了让你发展更多的像你一样的三陪女都来吸毒,都来买毒品,这你是知道的。你吸上了瘾,却没有给我发展一个人,你太让我失望了。毒你要吸下去,人也要给我发展来!听见没有?"苏江礼不高的话音里充满着威胁和阴毒。

郑敏继续哀求道:"苏总,我真的不能……不能吸下去了,我是三陪女,可我也是女孩子，我将来还要嫁人啊。您送我去戒毒吧，我为您当牛做马都可以，只是别让我这样下去了……我被你哄骗得吸了毒，不能再去哄骗别人，我的良心让我做不下去……苏总，您放了我吧……"

苏江礼双手捧住郑敏的脸，说："我既然把你领上了这条路，你就得走下去，我不仅让你替我做事，还要利用别的漂亮女人为我建立一个'白色通道'！"

郑敏身子抖得更加厉害了，执拗地说："苏总，你不能再去害人了，我也不会为你做坏事的。认识你我真后悔！"

苏江礼两只眼睛紧紧盯住郑敏，一个念头升上了心头，说："郑敏，你想知道姚佳佳现在怎么样了吗？"

郑敏不解地问："你不是说两个多月前送她去美国了吗？"

苏江礼一字一顿地说："现在我要告诉你，她不在美国而是在天国！也就是说她已经不在人世了，是我一手送她去的天国。她虽然为我发展了包括你在内的十几个三陪女吸上了毒，但是她以30万元要挟我，所以我就……我不希望你步她的后尘！"

郑敏尖叫了一声，身子瘫软在地上，惊恐地望着苏江礼，像望着一个可怕的怪兽，声音虚弱地问道："你……把她杀……杀了？"

郑敏惊怕的样子使苏江礼心理上获得了某种满足感，他笑了笑，说："我去洗下脸，你稳定一下情绪，今晚我不送你走了。"

苏江礼去了卫生间，郑敏突然想起了什么似的抓起手机迅速地发起短信来了："我在他这里他杀了佳……"刚写到这里，卫生间的门打开了，郑敏慌忙按下发出键后，把手机塞进了随身带来的小包里。

苏江礼眼里闪动着欲火，弯腰抱起郑敏，解开了她的裙带。

郑敏挣扎起来："不，不，你放开我，放开我！你杀了人，我要去告发你！"

苏江礼把郑敏重重甩在沙发上，恶狠狠地说："既然你铁了心不上我这条船了，那你也去天国吧！"说完，他扑过去，用裙带死死勒住了郑敏的脖子……

十分钟后，苏江礼驾驶着他那辆"奔驰"轿车驶出了市区，向通往山区的盘山公路上驶去。在一个拐弯处，他停住车子，从后备箱里抱出郑敏的尸体，扔到了几十丈下的杂草丛中，随后开车前行了一段路，绕回了市里。

苏江礼开着车，不再想郑敏的事，齐凤瑶那张美丽的脸和那双极有个性的眉毛透过夜色清晰地浮现在了他眼前——他不知道这是第几十次想起齐凤瑶了，一种男人特有的躁动涌上了心头，继而分流到了全身。这种躁动，苏江礼是熟悉而又陌生的，那绝不是任何一个三陪女带来的，而是发自他本心的冲动。一个计划早就在他头脑中形成了，他要以百倍、千倍的热情去实现这个计划。

"齐凤瑶，齐凤瑶！"他心里默默地叫着这个名字，似乎这个名字本身就有一种非凡的魔力。

眼前出现了一辆警车，苏江礼赶紧猛踩刹车，"奔驰"和警车同时停住，两辆车的保险杠距离不足十厘米！

警车上坐的是姜正和赵青华。

望着警车，苏江礼的眉梢稍微挑动了一下，他知道，按照驾驶规则，自己属于违章者，于是走下车，对也下了车的姜正和赵青华说："二位先生，我驾车有些鲁莽，真对不起！"

赵青华不无责怪地冲苏江礼说："你是谁呀？开车技术不高，车开得倒挺快！"

苏江礼自我解嘲地笑了笑，依然满怀歉意地说："哦，我是四方旅行社的总经理苏江礼。耽误你们宝贵时间了，以后我会多加小心的！"

姜正和赵青华一怔，他们没有想到在这个夜晚会以这种方式认识和姚佳佳被杀案有关的苏江礼。姜正下了车，望着苏江礼不动声色地说："苏总经理不必客气，我们谁也没撞着谁嘛。请便吧。"

苏江礼冲姜正和赵青华颇有风度地点点头，说："那好，我们改日再会！"

苏江礼驾着"奔驰"车走了。

赵青华问姜正："队长，他就是那个苏江礼？姚佳佳的死和他……"

姜正转身上了警车，说："现在还不能说他和姚佳佳的死有直接关系，看上去这是个很稳重的人，按说开车不应该这么毛躁啊。"

赵青华坐到驾驶员的位置上，边发动引擎边鄙夷地说："这么晚了他开车干什么去？大概跑不了夜总会和歌舞厅这些个纸醉金迷的地方。浮华，哼！"

姜正有些疲惫地把身子靠在椅背上，说："我们也跑了大半夜娱乐场所，连半点线索都没找到，明天看看林伟和毛建强他们有没有进展。走吧，回队里吧！"

姜正走进办公室不到三分钟，林伟和毛建强走了进来。姜正劈头问同样满脸倦容的林伟："你们两个负责调查小李的死因和枪击案中死者身份的事不会让我失望吧？"

林伟摇了摇头，说："队长，我们就是来向您汇报调查情况的。由于小李是在凌晨被杀的，没有目击者，暂时不会有任何线索。另外，我们拿着枪击案中死者的照片夜以继日地走访了全市各个派出所和居民小区，除了鞋底快磨破了以外一无所获。"

姜正皱紧了眉头，说："不管有多大困难，你们也得继续查下去。我不相信，他人是在咱们永平市死的，生前就不留下一点线索！"

林伟喝了一口纯净水，说："队长，您说得对，我们两个继续往下查，一有进展马上向您汇报。"

毛建强提醒地对姜正说："队长，前几天我听说黑龙江省一个名叫马三儿的杀人犯从当地看守所逃了出来，现在正在通缉，我们要查的死者会不会就是这个马三儿？"

姜正摆了摆手，说："我看过通缉令了，在逃犯马三儿和死者没有任何关系。你们哪，别想着省事了，抓紧时间睡会儿觉，明天继续查吧！"

林伟和毛建强走了出去，来到自己的办公室里，一个躺在沙发上，一个趴在办公桌上睡着了。

天亮后，林伟和毛建强各自用湿毛巾抹了几把脸，然后驾驶着警车上了街。

毛建强一边开车一边问林伟："哥们儿，你到咱刑警队几年了？"

林伟得意地说："我嘛，年轻的老刑警了，十年了。在我面前你可算是个后来者。"

毛建强讥讽说："得了吧，十年的老刑警又能怎么样，还不是查不到死者的身份跟我这个后来者在大街上开车瞎转？"

林伟再也"牛"不起来了，说："要说调查死者身份这活儿这些年我可不是干一次了，可哪次也没这次费劲。从某种程度上来说，那小子死了倒不是什么坏事！"

毛建强随口说："当然，可是他身上连身份证都没有，永平市光外来人口就那么多，我们想查清他的身份真是太难了！"

毛建强漫不经心的话触动了林伟的"某根神经"，他眼睛猛地一亮，说："我听我老婆说过，海边儿有几排出租的平房，里面住的净是没有身份证的外地人。咱俩到那里去查查，说不定……"

毛建强也受到了启发，打断林伟的话，说："行了，快走吧，你哪儿像个十年的老刑警，整个儿一长舌妇！"

警车向海边驶去。

大街上，杜桥驾驶着已经不属于自己的"桑塔纳"行走着，手机响了。杜桥瞧见显示屏上显示的是徐兰娟的手机号码，高兴地冲手机吹了一声口哨，按下了接听键："兰娟，怎么这么早给我打电话？这说明你想我了，我很开心。"

徐兰娟在手机里用命令的口气说："杜桥，我要开车去办事！"

杜桥为难地说："哎呀，今天我也要用车的，你……"

徐兰娟不高兴了，更加蛮横地说："你什么你？杜桥，你可别忘了，你开的这辆车的车主现在是我了！"徐兰娟又尖又利的嗓音震得杜桥耳鼓直响，他妥协地说："好，好，宝贝儿，车是你的，你是车的主人，我把车给你送过去。不过，你可要谢谢我呀……对，对，昨天晚上在床上怎么谢我的今天还怎样谢我！"

徐兰娟目的达到了，用轻缓的声音说："我得告诉你一件事，刚才我瞧见在歌舞厅和你打架的那个家伙了，他像是在找什么人，你可要当心他报复你。"

杜桥故意满不在乎地说："我才不怕他呢，他报复我？哼，我还想收拾他呢！他找我别说打架，吸毒才刺激呢，就怕他没那个本事！哎，听说郊外发生了一桩杀人案，你知道吗？"

徐兰娟不耐烦地说："你真够啰嗦的，我现在跟你要的是车，不想听什么杀人不杀人的，反正人不是你我杀的，我不管，我就管玩儿得开心！你快过来，我现在在建设里小区门口！"

"好，我这就去接你这个小妈儿！"杜桥说完挂断电话，开车直奔建设里小区。

徐兰娟正站在小区门口，杜桥将车停在她身边，下了车，徐兰娟坐到了方向盘前。

杜桥笑着对徐兰娟说:"宝贝儿,车给你了,我打车去公司。中午我们在一起,好吗?"

徐兰娟暧昧地冲杜桥说:"我知道你一天不会撒开我的。"

杜桥把头伸进车里,在徐兰娟脸上吻了一口,说:"谁让你是招人喜爱的金丝鸟呢?养这种鸟的人是不会让她……"

徐兰娟慢慢启动了车子,说:"好了好了,我不是鸟,你也不是鸟笼子,我是女人,你是男人。拜拜——"

"桑塔纳"融进了车流里,杜桥招手打了一辆出租车。

十几分钟后,出租车停在了杜桥公司楼下。杜桥刚从出租车上下来,戴着一副墨镜的马三儿从旁边走了过来,用一种友好的口气说:"杜老板,今天算咱俩运气都好,又见面了。"

杜桥吃了一惊,以为马三儿真的像徐兰娟说的那样来报复他,色厉内荏地说:"你是谁?是不是还想让我吃地砖哪?我告诉你,我姓杜的可不吃你这一套!"

马三儿笑着说:"杜老板,我叫马三儿,不会再跟你争那个漂亮女孩,更不想再跟你动手了,我想和你交个朋友……"

杜桥听说马三儿不是来和自己打架的,心里平稳下来,又听马三儿说交朋友,以为马三儿怕了他,就摆出一副老板的派头,鄙夷地冲马三儿说:"你?我杜桥和你交朋友?就算是不打不相识,我也不想和你交往!走开,走开!"

马三儿却是一副和杜桥缠磨到底的样子,说:"杜老板是生意场上的人,不会不懂得怎样交朋友,我既然找到你,就认为你是我马三儿的朋友,我对待朋友跟对待亲爹娘没有什么区别!"

杜桥知道遇到"狗皮膏药"了,无可奈何地说:"真没见过你这样交朋友的,你可以到我办公室里坐一坐。不过,如果你让我不感兴趣,我会立刻轰你走的!"

马三儿凑到杜桥耳边,压低声音神神秘秘地说:"杜老板看完我送你的礼物之后就知道对我感不感兴趣了。"

杜桥颇感兴趣地追问道:"什么礼物?拿出来!"

马三儿依然小声说:"我的礼物非同一般,不能让别人看见,还是到你办公室里说话吧!"

杜桥对马三儿产生了一丝好感,领着马三儿走进了自己办公室。马三儿反锁好房门,从裤裆中抠出一包海洛因,递给杜桥。

杜桥把那包海洛因接过来看了看,像被针扎了一下,问:"姓马的,你这是什么意思?你以为我不认识这是什么东西吗?我没吃过猪肉也见过猪走,你是不是想进监狱?"

马三儿拍了拍杜桥的肩膀,说:"杜老板别吓唬人,这可是享福的事,想多刺激就有多刺激,比你在歌舞厅里玩儿漂亮妞儿强一百倍、一千倍。这年头玩儿法很多,就看你会不会玩儿、敢不敢玩儿。怎么样,我这个礼物不错吧?"

杜桥长长出了一口气，说："马三儿，真看不出来你敢玩儿这个，玩儿不好就完蛋啦！"

马三儿眼睛盯着杜桥的脸，说："咱既然玩儿了就能玩儿好，不过话说回来，一个人玩儿毕竟没有多大的意思，这才找到你搭个伴儿。这东西能让你当神仙！"

杜桥掂着手中的海洛因说："这可不是说玩儿就玩儿的事……"

马三儿一把夺过海洛因，故意激杜桥说："杜老板不敢玩儿？算我马三儿看走了眼！"说着，收起海洛因转身就走。

杜桥脸上有些挂不住了，说："慢着，想和我做朋友还发这么大的脾气？你他妈的怎么知道我不敢玩儿？"

马三儿回过头来，很义气地说："杜老板，只要我们能做朋友，我马三儿保证让你知道什么是哥们儿！"

杜桥重新把那包海洛因抓在手里，说："都是在河里练狗刨儿的人，你不怕淹死我他妈的也不怕！"

杜桥就这样轻而易举地落入了曾晖和马三儿设下的圈套。在这几天里，曾晖已经帮马三儿把杜桥的底细摸得清清楚楚的了。

"队长，查到了，查到了！"中午，林伟和毛建强一走进队长办公室就兴冲冲地对姜正说。

姜正用期待的目光望着他俩，说："案子有进展了？"

毛建强擦了擦额头上的汗，说："我和林伟转到了海边儿出租平房，在那里租房的一个河南小伙子看了照片后确认死者也在这片平房里住，但不知道他叫什么名字，只知道他是唐山市乐亭县人，很能打架也很会打架，没有工作，就是靠帮人打架挣钱吃饭。队长，知道我下面想对你说什么吗？据那个河南小伙子反映，死者生前吸毒！"

姜正霍地站起身，问："吸毒？能确定吗？"

林伟肯定地说："能！这是调查笔录，上面有那个河南小伙子的签名。"

姜正兴奋地分析说："在云南贩毒分子来我市进行交易期间这个吸毒的人就在槐树林里发生的枪击案中被打死了，这说明那起枪击案是典型的贩毒团伙火拼！"

毛建强继续笑着说："队长，我们今天的收获不止这点儿，还有更重要的线索呢！那个河南小伙子为我们提供了一个非常重要的情况，他说死者出事前一天，一个开着车号为永C99900白色'桑塔纳'的男人来找过死者，他估计十有八九是雇死者打架、伤人的。"

姜正说："这些线索太重要了。我说嘛，只要死者人在永平市活动过就不能一点线索留不下嘛。哎，我这里都急得火上房了你们两个还愣着干什么？不知道下一步该查什么吗？刚夸你们几句就成猪脑子了？"

毛建强冲姜正做了个鬼脸，大声说："队长，我们知道案子该怎样查！"

林伟和毛建强没顾得上休息就又上街寻找线索去了。

这个时间，街上正是人多的时候，也是阳光正毒的时候。一个身材清瘦的农村老太太在街上走着，她显然迷了路，急得脸上淌满了汗珠，在毒热的阳光照射下头晕眼花，突然跌倒在地上。《永平晚报》记者丹明驾驶着采访车正好从这里路过，见此情景将车停在了她身边。

丹明急忙下了车，扶起了老太太，关切地问："大娘，大娘，您怎么了？"

老太太费力地睁开了眼睛，望着丹明，声音虚软地说："我……我……是从乡……下来找我……闺女的，天儿热……我走迷……了路，腿脚……就不听……使唤了……"

丹明替老太太擦掉汗珠，问："大娘，您闺女住哪里？我送您去她家里！"

老太太感激地轻轻点点头，掏出一张纸条，说："小伙子，你心肠真好，跟我闺女一样。你看这张纸条，这上面写着哪……"

丹明从老太太手里接过纸条，展开，只见上面用圆珠笔写着一行字："平安里21栋6单元202室"，看完，对老太太说："大娘，我这就送您去平安里！"

丹明把老太太小心地搀扶到采访车里，掉过头，向平安里驶去。

平安里21栋6单元202室是齐凤瑶家。

这时，齐凤瑶正站在窗前望着窗外的高楼，神情忧郁地自言自语着："杜桥，自从我们走到一起以来，我曾经做过许多猜测，这些猜测有甜蜜也有幸福，也预料到我们之间不可避免地会发生不愉快，可我万万没有想到你居然走到了那条路上，你忘记了许多，忘记了我们相爱时的诺言，忘记了一个男人的尊严，也忘记了我的尊严……杜桥，我只愿这是你在人生路上一时的迷惘，也但愿这是我的一场幻觉……"

有人敲门，齐凤瑶打开房门，见一个陌生的男青年搀扶着母亲站在了门口。

齐凤瑶又惊又喜地脱口而出："妈？妈！您怎么来了？快进屋啊！"

齐母一只手拉住齐凤瑶的胳膊，另一只手拉住丹明的手，激动地对齐凤瑶说："凤瑶啊，妈在大街上迷了路，又急又热，晕倒了，这个小伙子帮了妈的大忙……咱可得好好谢谢人家。"

齐凤瑶用感激的目光望着丹明，瞧见丹明胸前挂着《永平晚报》的胸卡，说："丹明先生，真得好好感谢您帮助我母亲！"

丹明冲眼前这个不仅漂亮而且气质也很好的女主人微微笑了笑，说："我们都不要客气了，老人能够及时见到你我就高兴了。你们母女谈吧，我还有采访任务。再见。"

齐凤瑶依然感激地说："那好吧，丹明先生，我没有理由影响您的工作，对于您的帮助，我和我母亲再次向您表示谢意！"

丹明真诚地说："相识是一种缘分，下次再相见我们就会是朋友了。你说对吗？"

齐凤瑶脸上露出了灿烂的笑容，说："当然了，我们会成为好朋友的！"

丹明又望了齐凤瑶一眼，转身下了楼。

齐凤瑶目送丹明走后，把母亲扶到客厅的沙发上坐下，然后轻轻偎依在母亲身上，望着母亲苍老、疲倦的脸，不解地问："妈，您怎么突然来了？还差点儿出事，多让人后怕呀！"

齐母抚摸着齐凤瑶的手，说："凤瑶，妈啥时候不来都行，就是这阵儿不来不行！"

齐凤瑶越发奇怪了，说："妈，为什么呀？家里出什么事情了吗？我这一段时间心情不好，没有回家去看望您。"

齐母宽慰地说："家里倒是没有啥事，可你有事了，下岗了，又要办旅行社，妈咋不惦记你呢？"

齐凤瑶惊讶地问："您怎么知道我要办旅行社呢？"

齐母捋了捋花白的头发，说："前几天你姐姐回家看我时跟我说的，还说你向她借了不少钱。妈就是给你送钱来了。"

几天前，齐凤瑶给开造纸厂的姐姐打了电话，把自己想注册旅行社和想借一笔钱作为注册资金的事情对姐姐说了，姐姐当即把准备进原料的20万元借给了齐凤瑶，没想到这件事还把乡下年过六旬的母亲给惊动了——母亲是没有什么钱的呀。想到这里，齐凤瑶疑惑地问："妈，您哪里来的钱啊？"

齐母从怀里掏出一个纸包，塞到齐凤瑶手里，像完成了一项艰巨的任务一样长出了一口气，慈祥地笑着说："妈手里头是没有啥钱，可咱家有你爸留下的五间老房子，妈托村委会主任卖了四间，剩一间妈自己住就行了。这是三万块钱，妈全都给你带来了。你数数。"

齐凤瑶心头顿时涌起了一股热浪，眼泪也一下子涌到了眼眶外，颤抖着嗓音说："这……妈，您怎么能够……卖……卖房子呢……有姐姐……帮助我……不用您操心……"

齐母自责地说："你是妈亲生闺女，妈除了卖房子别的啥本事也没有。妈知道这三万块钱做大买卖不算多，可有这三万块钱总比没的强。妈原以为你下岗了会挺不住，没想到你不光挺住了还要做大买卖，妈的心就算放肚子里了。"

齐凤瑶抚摸着那个纸包，说："妈，我做旅行社也不是什么大买卖，可我得有事情做，为了我自己，也为了华华。"

齐母理解地点了点头。

吃过午饭后，齐母执意回乡下照看一群母鸡和一头母猪，齐凤瑶挽留不住，只得送母亲去了市内长途汽车站。

齐凤瑶把母亲送上了汽车后，转身往回走，正巧遇见了华华的班主任齐小梅。齐小梅的家就在长途汽车站附近住，她和齐凤瑶是高中时的同学，几年来一直有着不错的交往。

齐小梅走到齐凤瑶身边，同情地说："凤瑶，听说你不久前下岗了，这也是没有办法的事。当初大学毕业分配时你就不应该选择回永平。"

齐凤瑶淡淡地笑了笑，说："小梅，我根本不后悔当初的选择，到别的城市也许还不如在永平呢。下岗并没有让我失去什么,相反让我深刻地认识到了一些事情。我准备注册一家旅行社,注册资金需要 30 万,我姐姐和我妈妈为我凑了 23 万元,还有 7 万元的缺口,我不知道到哪里去找这 7 万元钱,这才是我发愁的事情。"这的确是齐凤瑶发愁的事情,她原来想用"桑塔纳"轿车做抵押从银行贷款的念头随着车主的过户而打消了。一想起这件事,她的心就像被撕裂了一样疼痛……

齐小梅望着齐凤瑶那张有些憔悴的脸,思忖着说:"凤瑶,我爸爸做了几年建材生意,现在不好做了,他看好了旅游市场,也正想投资办旅行社,如果我爸爸为你的旅行社注入一部分资金你们合作办旅行社,事情不就好办了吗?"

齐凤瑶看到了希望,高兴地说:"那当然好了,我可是求之不得,如果齐叔叔肯投资的话,我会分股份给他的!"

齐小梅爽快地说:"我回家就去跟爸爸讲,晚上在电话里告诉你消息!"

尽管街上热得像下了火,可高档空调散发出的冷气使四方旅行社总经理办公室里凉爽宜人,几条色彩斑斓的肥硕的金鱼在玻璃容器里舒惬地甩着尾巴。苏江礼正在观赏着它们,随着一阵敲门声,曾晖走了进来。

"舅舅,马三儿为我们找了一个人。"曾晖的语气里很有一种成就感。

苏江礼把目光从金鱼上收回来,望着曾晖,问:"什么样的人?"

曾晖认真地说道:"一个小公司的老板,家里有老婆还养了一个靓妞儿,马三儿为争这个靓妞儿和那个小老板在歌舞厅里干过一架。"

苏江礼踱了几步,说:"人哪,有时候是朋友,有时候是敌人。那个马三儿还算是有点儿能力。"

曾晖从舅舅的脸色上得到了鼓励,继续说:"他现在是落魄的凤凰,老家在黑龙江,为了一个女人杀了人被判死刑,从看守所里逃出来后跑到了咱永平市,在歌舞厅里认识了我,我们也算是投缘吧。我让他做事他还算听话。"

苏江礼一字一板地说:"你要让他永远听话!"

曾晖胸有成竹地说:"他就是不听咱们的话也得听钞票的话,他想逃出国去,缺钱,咱们让他贩毒挣钱是在帮助他!话说到这儿,我总觉着我们出手太慢了。"

苏江礼分明不满意曾晖这样说话,问道:"我也想把那些'货'一下子转手卖出去,可是现在公安局查得死紧,你能保证我们不出事吗?"说完,不等曾晖回答,又说道:"你不能保证的,还是听舅舅我的话吧!"

曾晖嘴上虽然没有反驳苏江礼,可心里却很不服气。他想尽快把马晓强用命换来的那十公斤海洛因一下子出手,挣大钱。

就在苏江礼和曾晖密谋贩毒事情的时候,杜桥和马三儿在办公室里又一次刚刚吸完了毒,一时间,两个人都像是充足了气的皮球,浑身上下每一个汗毛孔都散发着精气神儿。

马三儿试探地问:"怎么样,感觉不错吧?"

杜桥神采飞扬地说:"真过瘾,你还有吗?我要他几包!"

马三儿讥讽地说:"说到底杜老板还是没入门儿,这东西可不是面粉,奇'货'可居,不仅要花大价钱,还要等时机才能买得到。有不少人都为倒腾这东西稀里糊涂丢了小命儿,前几天郊外槐树林那个……警察控制得严着哪!"

杜桥知道马三儿说得不错,可还是忍不住说:"你能买到吗?你去买,我出钱!"

马三儿以好朋友的口气对杜桥说:"我不是不让你买,而是让你挣大钱!"

杜桥一时间不明白马三儿话里的意思,问:"挣什么大钱?"

马三儿诡秘地笑了笑,说:"到时候你就知道了。"

马三儿在杜桥的办公室里一直待到傍晚才离开,到宏海贸易公司去找曾晖。

曾晖坐在办公桌后,扔给马三儿一根烟。马三儿点着烟,得意地对曾晖说:"姓杜的那个小子很好钓,几句话就咬钩儿了,他尝到了玩儿那东西的甜头儿,慢慢地就会顺着我走了。"

曾晖也高兴地说:"好,继续钓牢他。不过你别忘了,我们钓他的目的是让他帮我们销'货',可不是让他享受的,要说享受还轮不到他呢!"

马三儿央求地对曾晖说:"你再给我点儿'货'吧,我手里快'断线'了。"

曾晖双手一摊,为难地说:"现在正是禁毒日前夕,公安局查得更紧了,我手上也没有散'货'了!"

马三儿提醒地说:"你手上不是有那些吗?"

曾晖摇摇头,坚定地说:"你呀,趁早别惦着那些'货'了,我舅舅发话了,不能轻易出手!"

马三儿阴阳怪气地说:"又是你舅舅,他姓什么叫什么呀?"

曾晖戒备地说:"你小子又多嘴了,我不会告诉你的,反正听我舅舅的话一定没有错儿!"

马三儿鄙夷地说:"听你这口气,你舅舅好像是救世主,他那么有本事,为什么连名字都不敢往外说?"

曾晖抬高了声音,说:"马三儿,你少他妈废话,不该让你知道的事情你干脆别打听!"

马三儿也翻起了眼睛,说:"曾晖,你跟我狂什么呀?我不喜欢别人在我背后对我指手画脚!"

在市区一间出租房里,杜桥和徐兰娟做爱完毕了。

杜桥惬意地伸了个懒腰,穿好衣服,忽然发现手机没带在身上,想起来落在公司沙发上了,便对徐兰娟说:"宝贝儿,我去公司里拿手机,先回去了,你开车随意去兜兜风吧。"

徐兰娟也把短得不能再短的裙子套好,说:"杜桥,你是不是想回家向你那位漂亮妻子磕头认错啊?"

杜桥冷笑了一声，说："磕头认错？我杜桥可不是轻易认错的人，事情做就是做了，不管她怎么想，我是不会甩掉你的！"

徐兰娟侧身躺在床上，一只手托着腮，望着杜桥，没话找话地问："杜桥，你为什么和我好呢？"

杜桥不假思索地回答说："我没法儿告诉你原因，只能对你说我需要你。需要，懂吗？你不是说只凭自己的性情做事吗？难道和你在一起不是我的性情吗？"

徐兰娟手里摆弄着一支口红，说："你没有明白我的意思，我是说……"

杜桥回头望了一眼徐兰娟，说："算了，你没有必要再说下去了。有些事情不明白反而更好，再说我也不需要明白什么。我不认为我和你好上了就是对我妻子的背叛，我要面对的是现实，无法改变也不想改变的现实。以后你最好不要再对我说这样的话！别忘了，你是一个……"

徐兰娟忽地坐起身，双眼怒视着杜桥，等待下文。杜桥知趣地停住话头，走了出去。

徐兰娟自言自语地说："杜桥，老娘要把你捏在手心里，你他妈的有钱吸毒就得有钱养着老娘！"

杜桥打了一辆出租车回到了公司，刚打开办公室的门，发现地上扔着一封信。他拿起信，见是妻子齐凤瑶的字迹。"杜桥：我思考了很久，觉得还是以这种方式和你交谈的好。作为爱你的妻子，我有一百个理由指责你、痛骂你、怨恨你，因为你做出了令我痛苦万分和蒙受屈辱的事情。最初知道你把车过户给一个叫徐兰娟的女人的时候，我就想好好和你吵一架，以此来阻止你和她的交往，维护我的尊严。但我没有这样做，我不想让自己成为一名攻击手，我要让理智和道德战胜你，让你感到羞愧并从此改正错误。你知道吗？这几天里，我一直在痛苦的泥潭里挣扎，我不愿相信你背叛我的情感是事实，我的泪水偷偷地流了许多、许多，我的心被你撕扯成了碎片，我不知道你为什么包养别的女人，也许她比我年轻、优秀，但这不是你的借口和理由……杜桥，当我从阵痛中慢慢抬起头的时候，我发现我心里依然深爱着你，尽管你重重伤害了我，但我宁愿相信这是你不经意间犯下的错误，我宁愿失去身外之物包括金钱、轿车，也要你离开本来就不应该和你在一起的那个女人，我只需要一个完整的你来维护我们这个小家庭。难道你不知道吗，华华幼小的心里是多么地爱爸爸妈妈啊，她在梦中梦见过失去了爸爸妈妈，你真的想让华华的梦境成为现实吗？杜桥，我愿意闭上眼睛，不去看这可悲的一幕，愿意让这一切化成一缕微风，只要你回到我身边，回到华华身边，你依旧是值得我付出真爱的丈夫。杜桥，你的妻子虽然是一个下岗工人，可你在她心中比什么都重要，她懂得怎样去生活，懂得怎样爱丈夫和女儿……"

杜桥没有勇气再看下去了，他把信纸扔到办公桌上，抓起沙发上的手机走出了办公室。他没有想到，自己做的一切都被妻子知道了，但他已经不可能也不想回头了……

在这个夜晚里，齐凤瑶预感到齐小梅会给她打来电话的。那个电话将是她的希望。

7点15分,电话铃响了。守在电话机旁的齐凤瑶迅速拿起听筒,里面果然传来齐小梅的声音:"是凤瑶吗?"

齐凤瑶不知道齐小梅将告诉她一个怎样的消息,一颗心提到了嗓眼,说:"小梅,是我,我在等你电话……"

电话里,齐小梅用探询的口气说:"凤瑶,我把你做旅行社缺少资金的事情跟爸爸说了,他非常赞同你,也同意投入资金,不过他有一个条件。"

齐凤瑶急忙问:"什么条件,只要我能接受的一定答应。"

齐小梅说:"爸爸说你的旅行社做成后要归入他开的一家化妆品公司的旗下,成立一个集团公司,只有这样他才能为你投资。凤瑶,你考虑一下,这样做可以吗?"

齐凤瑶几乎一秒钟也没有思考,说:"小梅,我现在就请你转告齐叔叔,就说他提的这个条件我很难接受。我做旅行社是要自己做事业,所以一定要有独立的法人资格,否则我很难实现自己的想法,而且现在我缺少的只是注册资金,不是寻找合作伙伴。"

齐小梅劝慰地说:"凤瑶,我非常理解你的心情,可是我知道你不可能一下子拿出那么多的注册资金来,你可以先和我爸爸合作,然后再图发展,我觉得这样你会少走弯路的。"

齐凤瑶依然坚定地说:"小梅,我知道你为我好,可我实在不能在这件事情上有所让步,我已经有了23万元,虽然那7万元对我来说不是一个小数目,但我会尽一切努力去筹集的。我欢迎齐叔叔投资帮我做旅行社,但我坚持我的说法,绝不做别人的分支企业!"

齐小梅在电话里说:"那好吧,凤瑶,我没有任何理由反驳你,其实从我内心里来讲还是赞同你这样做的。那你下一步想怎么办呢?"

齐凤瑶眼里涌出了泪水,她强压着,尽量不让电话那头的齐小梅感觉到自己的失态,说:"说实话,小梅,我真有一种山穷水尽的感觉,不知道该怎样去做。我的心都快急飞了,你想啊,咱们永平市是一个旅游季节与非旅游季节差别非常明显的城市,如果不尽快注册,旅游的黄金季节就要过去了。"

齐小梅轻轻叹了口气,说:"凤瑶,你真难,可我实在没什么办法帮助你。"

齐凤瑶感激地说:"小梅,你不用为我着急。对了,你是华华的班主任,对她可要严加督促啊。我们再见吧!"

齐凤瑶放下电话,心里一阵空荡荡的。此刻,她感到自己就像一只背负着沉重硬壳的蜗牛一样在人生之路上慢慢爬行着。丈夫的背叛、事业的受挫使她承受着从来没有承受过的痛苦。她从写字台的抽屉里取出母亲送来的那三万元钱,轻轻抚摸着,一股无形的力量从心底渐渐涌起来,她对着钱小声说:"妈妈,我一定把旅行社做起来,不管遇到多大的困难!"

齐凤瑶忽然感到非常困倦,连澡都没有洗就躺到了床上,迷迷糊糊地睡着了。

她梦见了波光潋滟的大海……

太阳升起来的时候，永平市公安局刑警队办公室里，一个名叫白文杰的中年男子正在接受林伟和毛建强的传讯。他是作为槐树林枪击案涉案者——永C99900"桑塔纳"轿车车主被"请"到刑警队的。

毛建强望着白文杰，严厉地问："白文杰，刚才对你进行拘留的时候你不是说要老实交代吗？现在你可以坦白了！"

白文杰低垂着头，结结巴巴地说："我……我真的向政府坦白交代我的罪行……你们一到我家里我……我就知道那件事……瞒不住了……我作了孽啊！"

毛建强把马晓强的照片举到白文杰面前，问："你认识照片上这个人吗？"

白文杰抬起头看了一眼照片，说："不认识。"

林伟生气地说："白文杰，你别跟我们耍花招，你几天前开着车号为永C99900的'桑塔纳'找过他吗？"

白文杰慌得双手摇得像风扇一样，说："这几天我和几个朋友一直整天打麻将，除了上卫生间连麻将桌都没有离开过，怎么会去找这个不认识的人呢？我朋友可以为我作证的！哦，对了，你们刚才说到了车号为永C99900的'桑塔纳'，那辆车两年前我卖给别人了，车主已经不是我了，不信你们去查嘛！"

毛建强冷笑了一声，说："我们当然不信你的话，我们到车管所去查过了，永C99900'桑塔纳'的车主就是你白文杰，而且已经两年没有进行车检了。别以为照片上的人死了我们就不知道你去找过他，实话告诉你，你现在就是槐树林故意杀人案的犯罪嫌疑人！怎么样，还想抵赖吗？"

白文杰越发颤抖的声音里带出了哭腔，说："我……我是有罪，可……可不是故意杀人，也不是在槐树林里，而是在街上啊。你们可不能冤枉我呀，我是酒后开车撞死人逃跑，真的不是故意杀人哪！前年夏天一个周末的晚上，我在饭店喝醉了酒开着新买的永C99900'桑塔纳'在路上撞死了一个老头儿，当时我见四周没有人，就开着车跑了，我满以为除了自己没有人知道这件事，可是第四天下午，有个男人给我打电话说他看见我撞死了人，让我三万块钱把那辆'桑塔纳'卖给他，他就不向公安部门检举我，否则……这还用我多说吗？为了不进监狱，我明明知道对方是在讹诈我，可还是按他在电话里说的把车开到了郊外，从一棵树下抠出了三万块钱，拿上钱留下车走了……两年来，一直平安无事，我只说躲过了一劫，没想到你们……你们办杀人案把我……唉，什么也别说了，事到如今我认罪服法……"

林伟和毛建强失望地对视了一眼，他们没有想到事情会是这个样子。林伟继续问白文杰："你以后也没有和讹诈你的那个男人见过面，是吗？"

白文杰老老实实地回答道："那几天我害怕极了，哪敢见人家呀？"

"这两年里你见过那辆'桑塔纳'吗？"

"我心里有鬼，一年四季很少出门……"

……

白文杰被押下去了，毛建强无可奈何地叹了口气，说："没抓着老鼠，逮了只蚂蚱！走，我们向队长汇报去吧。"林伟和毛建强走进姜正的办公室，正巧赵青华也在向姜正汇报工作："队长，我去唐山市乐亭县查了，死者确实名叫马晓强，是个吸毒者……"

姜正满意地点点头，见林伟和毛建强走进来，示意赵青华稍微等一下，对林伟说："我现在最关心的是传讯白文杰的结果。"

林伟脸上罩着一层暗灰色，有些沮丧地说："队长，这件事麻烦了，我们抓的这个司机兼车主白文杰两年前就把车低价卖给了别人，详细情况有时间再向您汇报，去找死者马晓强的那个人根本不是他！"

姜正的眉毛也拧到了一起，说："你们下一步的重点是查找那个神秘的男人，就是磨破十双鞋底也要把那个人找到！十公斤海洛因流落到了我们永平市，我们肩上的担子有多重我就不重复了，归根结底一句话，贩毒分子必须抓获！"

毛建强的手机响了。毛建强接听完手机后对姜正说："队长，又有麻烦了！刚才车管所的人在电话里说有人在垃圾箱里捡了一副车牌子……"

林伟插话问："是永C99900?"

毛建强点了点头。

姜正气愤地说："狡猾的东西，想得还真周到！"

第三章　真诚帮助

　　一个星期过去了，永平市旅游黄金期马上就要来到了，可是齐凤瑶注册旅行社的资金仍然没有全部落实。
　　周三的晚上，齐凤瑶安顿好华华睡下后又陷入到了孤独之中。自从那天下午她把自己的心里话全部写在纸上塞到杜桥办公室里之后，她就一直盼望着杜桥能够回家，向她承认错误，那样，她依然会爱他。但是杜桥一连几天都没有回家，齐凤瑶的心被一种惶惑紧紧笼罩着，既充满着期待又心神不宁……此时，她百无聊赖地坐在沙发上，连看电视的兴趣都没有了，喃喃自语着："我该怎么办呢？怎么办呢？我的家庭、我的事业，一切都离我那么遥远，生活仿佛改变了本来的色彩……谁能帮我解脱苦恼呢？杜桥，我多么希望这个时候你能给我支持和力量啊……再没有人能够帮助我了，我太孤独了……"
　　有人敲门，齐凤瑶打开房门，张婷婷走了进来。
　　见到张婷婷，齐凤瑶脸上浮现出了笑容，亲热地拉着张婷婷的手坐下，问："婷婷，找姐姐有事情吗？"
　　张婷婷一双水灵灵的大眼睛望着齐凤瑶，说："凤瑶姐，我心里乱得很，想和你说会儿话。"
　　齐凤瑶关切地问："张叔叔还在为你找不到工作的事情同你发脾气吗？"
　　张婷婷眼里又闪动起了泪光，说："这几天他虽然没有再训斥我，可脸色一直阴沉着，这比骂我还让我心里难受。可我就是横下了一条心，除了我最喜欢的旅游事业，别的什么工作我也不做！"
　　齐凤瑶非常理解这个小妹妹的心情，说："婷婷，姐姐很佩服你为了一个目标进行到底的决心，可有时候现实不允许我们坚持自己的目标，比如说我吧，自己做旅行社的想法非常好，可就是还差七万元钱注册资金没有着落，心里也是七上八下的。"
　　张婷婷有些羡慕地说："不管怎么说，姐夫是做生意的，他能够帮助你。不像我，爸爸妈妈都没有正当职业，姐夫他……"
　　提到杜桥，齐凤瑶的心再次痛楚地跳动了一下。尽管是好朋友，齐凤瑶也不想把家里发生的变故告诉给张婷婷，便岔开话题说："婷婷，华华睡着了，咱们到外面走走吧。"
　　张婷婷答应一声，站起身，挽着齐凤瑶的胳膊走了出去，在车水马龙的街上并肩走着。不知不觉地，两颗心越发贴紧了。
　　一丝迷茫的神情写在张婷婷那还有些稚气的脸上，她问："凤瑶姐，你说人还有比没有工作更痛苦的事情吗?"

齐凤瑶一只胳膊轻轻揽住张婷婷的肩头,说:"婷婷,人是不可能没有痛苦的,没有工作当然是一种痛苦,可比这痛苦的事情还有许多。和有的痛苦比起来,没有工作只不过是一种苦恼而已,算不上真正的痛苦。"

张婷婷觉得齐凤瑶的话很有道理,思忖着问道:"凤瑶姐,那真正的痛苦是什么呢?"

齐凤瑶望着街边五光十色的霓虹灯,用凝重的嗓音说:"真正的痛苦是一种难以言说的、超越身体痛苦的、只能隐藏在心底甚至灵魂深处的感觉。"

凭着少女的直觉,张婷婷隐隐约约感觉到齐凤瑶胸中压抑着某种东西,但是她又说不清楚是什么,便说:"这样的痛苦我没有经历过,也许以后能经历到。凤瑶姐,你经历过这样的痛苦吗?"

齐凤瑶的目光落回到张婷婷的脸上,淡淡地笑了笑,说:"婷婷,你还是个孩子,好些事情没有经历过。生活中,有些痛苦你能想象得到,而有些痛苦是突如其来的,让你无法防范。"

她们慢慢往前走着,张婷婷又问:"凤瑶姐,痛苦一直是一个很时髦的词,对吗?"

齐凤瑶仿佛在思考一个重大的人生课题,边想边说:"怎么说呢,最起码痛苦是每一个时代、每一个人都无法逃避的事情,正因这样才让人感到时髦吧。你说对吗,婷婷?"

张婷婷停下步子,捧住齐凤瑶的手,说:"凤瑶姐,我知道你最大的痛苦就是办旅行社遇到了障碍。我是没有钱,我要是有钱,一定给你干事业!"

听着张婷婷真诚的话语,齐凤瑶激动地说:"婷婷,你真是个孩子,而且是个好孩子!"

张婷婷满怀憧憬地说:"以前爸爸也这样说我,可自从我旅游学校毕业后找不到工作,爸爸就不这样说我了。哎,凤瑶姐,等你的旅行社办起来后,我去做导游,一定让每一位游客满意。这段时间,我把咱们永平市各个旅游景点的导游词都背熟了!"

齐凤瑶信服地点点头,说:"婷婷,姐姐相信你是一个合格的导游,姐姐一定想方设法把旅行社办起来!"

一辆"奔驰"轿车从对面开过来,停在了齐凤瑶身边,车门打开,从车里下来一个颇有风度的中年男人。这个人是苏江礼。

齐凤瑶没有想到会在街上第二次遇到苏江礼,一时间非常高兴,和苏江礼打过招呼后对张婷婷介绍说:"婷婷,这就是我对你说过的四方旅行社的苏总。"

张婷婷也用敬佩的目光望着苏江礼,很有礼貌地说:"苏总,您好,我叫张婷婷。"

苏江礼把轻柔的目光落到齐凤瑶脸上,嗓音里透着几分恭敬,说:"凤瑶小姐,我说过我们还会见面的,只是没有想到今晚这么巧。这样吧,我请二位小姐去喝咖啡吧。"

齐凤瑶摇了摇头，说："苏总，您太客气了，我们出来随便走走，没想到遇上了您，怎么能让您破费呢？"

苏江礼以老朋友那种随意而不容置辩的口气对齐凤瑶说："凤瑶小姐，这就是缘分嘛，我们坐在一起聊聊天总该可以吧，何况时间也不算晚。就这样说定了。"

齐凤瑶觉得自己实在不好意思拒绝苏江礼的盛情，其实她内心里也希望能够和这位永平市旅游业的顶级人物在一起聊天的，毕竟可以增长见识嘛。于是，她冲苏江礼笑了笑，俏皮地说："苏总盛情邀请，我们只好遵命了！"

张婷婷却摇了摇头，说："凤瑶姐，今晚妈妈身体不舒服，我得早点儿回去，你陪苏总去吧！"

苏江礼微笑着和张婷婷握了握手，说："看来婷婷小姐是个孝顺的孩子，那我只有说遗憾了。"

张婷婷冲齐凤瑶摆了摆手，转身回了家。苏江礼打开车门，用温情的目光看着齐凤瑶苗条的身子坐到车里，然后上车启动了车子。

几分钟后，他们来到了一家虽然不大但充满外国风情且播放着萨克斯吹奏出来的温馨音乐的咖啡店里，在一间小小的包间里对坐下来。待应生很快按照苏江礼的要求端上来两杯咖啡。

苏江礼的目的当然不是喝咖啡。自从一坐下，他的目光就不曾离开齐凤瑶那张漂亮的脸，还有那双令他无比欣赏、给他带来许多遐想的充满着英武之气的眉毛。他越来越清楚地知道，自己从心灵深处喜欢上了这个性格有些传统的少妇，此刻，他身体里涌荡着的那股欲望就是证明——其实在此之前，他也没有想到会在街上遇见齐凤瑶，能和她在一起喝咖啡绝对是一种巧合，一种上天安排的巧合。

齐凤瑶的头似垂非垂，矜持地慢慢呷着咖啡。

苏江礼忽然从齐凤瑶的神情中捕捉到了一丝忧愁，问："凤瑶小姐，从你的脸色上看，你是不是遇到什么不开心的事情了？"

齐凤瑶没有想到苏江礼能够洞察到自己有心事，脸上飞起了红晕，说："苏总，我……我……"

齐凤瑶吞吞吐吐的话语使苏江礼肯定了自己的猜测，不过他不想立刻得到谜底。他往面前的杯子里轻轻丢了一块方糖，似乎很随意实则试探地问："凤瑶小姐，我能直呼你的名字吗？"

"嘻嘻……"齐凤瑶被苏江礼这个问题逗笑了，说："苏总，您刚才还说我们是老朋友了，既然是老朋友就不要客气了。说实话，您称我小姐我还真有些不习惯呢。"

苏江礼爽快地说："那好，从现在起，我就叫你凤瑶了。凤瑶，你真的有不开心的事情吗？"

有了刚才轻松的气氛，齐凤瑶感觉和苏江礼的距离拉近了许多，自然也更加信任他了，于是忧愁地说："苏总，我不仅是不开心，简直是要难死了。"

苏江礼坐直身子，一副认真倾听的样子，说："哦？什么事情让你这么为难呢？看来我得好好听听了。"

齐凤瑶直视着苏江礼，激动地说："苏总，我性格虽然有些内向，可也不是屈从命运摆布的人，大学毕业参加工作不长时间就下岗了，我痛苦，但没有失望，我想拥有属于自己的事业，想做一家旅行社。当然，这个想法是受了您点拨的，我觉得自己真的非常适合做这项工作，也相信自己能够做好，可是……"

苏江礼接话道："可是缺少资金，你因此苦恼，是吗？"

齐凤瑶点点头，继续说："苏总，我的确是在为注册资金犯愁呢！我姐姐为我凑了20万元，她在县城开一个造纸厂，把进原料的钱借给了我，我妈妈卖了老家的房子，可还是凑不够……"

苏江礼把咖啡杯推到一边，问了一句话："你丈夫难道不能够给你帮助吗？"

齐凤瑶的心像被针扎了一下，眼里涌起了一层薄如轻雾的泪花，说："苏总，我们今晚不提他，好吗？"

苏江礼眼里闪起了一团亮光，说："哦——我明白了。"

齐凤瑶却不解地问："您……您明白什么了呀？"

苏江礼摆摆手，说："没有什么。凤瑶，你也不必继续说了，还是那句话，我非常欣赏你，你有不服输的倔犟脾气，这一点无论对男人还是女人都是很重要的。干事业嘛，哪能一蹴而就呢？别看我现在坐稳了永平市旅游市场老大的位置，可当初遇到的困难一天一夜也说不完哪。所以你现在的心情我非常理解。你的力量确实很单薄，可你忘记了一点：在你遇到困难的时候应当借助别人的力量来壮大自己。"

齐凤瑶迷惑地睁大了眼睛，重复道："借助别人的力量？"

苏江礼点点头，意味深远地说："凤瑶，我给你讲一个故事吧，这是我从书上看来的。一个小男孩在一个大木箱子里玩耍，他的父亲站在一旁看着他。那个小男孩想把木箱里的一块石头搬到箱子外面，可好几次他都是吃力地把石头举到箱子的边沿就再也举不动了，只好让石头滑落下来，有一次还差点儿砸伤了脚。那个小男孩失望地放声大哭起来，他的父亲弯下腰，轻而易举地把石头搬到了箱子外面。父亲对那个小男孩说：孩子，你的目的是把石头搬到箱子外面，你太小，没有力气，为什么不向我求助呢，我很容易地就把石头搬了出来呀。记住，向别人求助也是帮助自己呀。凤瑶，你明白我的意思了吗？"

齐凤瑶似乎明白了故事里的含义，却又仿佛什么也不明白，说："苏总，您的话总是那么富有哲理。其实我心里也真希望有那么一个人突然出现在我眼前，给我以力量和帮助。我知道我的这个想法非常幼稚、非常好笑。苏总，您不会笑话我吧？"

苏江礼用近乎贪婪的目光望着齐凤瑶的脸，说："我不仅不会笑话你，而且还要告诉你一句话。"

齐凤瑶好奇地问："什么话？"

"你想象中的那个人已经出现在你眼前了。"

"那……那他是谁呢？谁肯帮助我呢？"

"凤瑶，那个人就是我。"

齐凤瑶那双对苏江礼极富诱惑力的双眉猛地一挑，轻声惊叫起来："苏总，您……您帮我？"

在齐凤瑶惊讶的同时，苏江礼已经把一张闪着豪光的信用卡递到了齐凤瑶眼前，柔声说："对，凤瑶，我决定帮助你。这张信用卡里存有八万元钱，你带好，它会让你实现梦想的。"

仿佛置身于梦境中，齐凤瑶简直惊呆了，她无论如何没有想到永平市最大的旅行社的总经理会这样轻描淡写地把一笔钱递到她面前，以至于涨红了脸，局促地说："苏总，我怎么能……能拿您……这么多的钱呢……您对我……不是非常了解的……"

苏江礼拈着信用卡，轻柔的、充满着关爱的嗓音如同一阵春风吹拂在齐凤瑶耳边："凤瑶，我们交往虽然不是很多，但我知道你是一个做事业的女性，你甚至比我妻子都令我信赖。哦，这么说也许不太恰当，可我的心情你应该理解的，我希望你能够撑起一片绿荫。"

齐凤瑶感激而推托地说："苏总，虽然我现在很需要钱，可是这么多钱我真的无法面对……"

苏江礼打断齐凤瑶的话："凤瑶，我欣赏你有志气，可你现在迫切地需要钱去做事业，而且我绝对没有轻视你的意思。收下吧，就算我是你的股东了。股东入股总是无可厚非的。"

齐凤瑶笑着说："您的四方旅行社已经是全市最大的旅行社，怎么会再投资办旅行社呢？"

苏江礼却郑重地说："难道多赚钱不是最好的理由吗？凤瑶，我以朋友的名义真诚地希望你把这张信用卡接过去。记住，拒绝真诚是一种错误！"

齐凤瑶望着那张薄薄的信用卡，嗓音激动得有些颤抖："苏总，我丝毫不会怀疑您的真诚，也非常感激您的真诚，只是我真的不好意思用您的钱。"

苏江礼把信用卡轻轻塞到齐凤瑶手里，说："凤瑶，事情就这样定了，我以咖啡代酒祝你早日成功！"

齐凤瑶心头顿时滚过了一股热浪，这热浪吹散了她心头积郁多时的愁云，给了她一片万里晴空。她没有理由拒绝眼前这个男人的真诚，紧紧握住信用卡，眼角涌出了晶亮亮的泪花，说："苏总，谢谢您……谢谢您！"

苏江礼脸上笑了，他心里也在笑。单纯的齐凤瑶正在他的牵引下逐渐走进一个圈套。就在几小时前，他还在为如何接近齐凤瑶，让她钻进自己的圈套里为难，没想到上天给了他这样好的一个机会！

这天晚上，齐凤瑶感觉自己心里有许多话要和苏江礼倾诉。现在，除了张婷婷，他就是她最信任的朋友了。但是，由于她不放心华华独自在家，所以不得不及早结束和苏江礼的谈话,和苏江礼分了手,一出咖啡屋就飞快地跑回了家。

齐凤瑶一进家门,见华华正在熟睡,她抑制不住兴奋,抓起电话,拨通了张婷婷的手机。

"凤瑶姐,你回家了?"张婷婷接听了电话。

"是的,阿姨的身体怎么样了?"齐凤瑶尽量让自己的心绪平静下来,问。

电话里,张婷婷轻叹了一声,说:"不要紧的,凤瑶姐,我妈妈就是头有点儿晕。唉,其实也不算什么病,还不是为我工作的事情愁的。"

齐凤瑶感觉到自己握着电话听筒的手在颤抖,说:"婷婷,告诉你个天大的好消息,我有注册资金了,我的旅行社就要注册成功了,名字我早想好了,就叫碧海旅行社!"

张婷婷兴奋地喊了起来,嗓音震荡着齐凤瑶的耳鼓:"碧海旅行社?凤瑶姐,这个名字太好了,既雅致又有诗意!咦,两个多小时前你还为注册资金发愁呢,怎么这么快就有眉目了?"

齐凤瑶用感激的话语说:"是苏总拿出了八万元钱算做入股才解了我的燃眉之急的。苏总真是我的贵人啊!"

张婷婷也感激地说:"苏总可真是一个大救星,凤瑶姐,我真为你高兴!"

齐凤瑶以肯定的语气说:"婷婷,等我的碧海旅行社注册成功后,你就是导游,就可以做你喜欢做的工作了!"

张婷婷又像一只小鸟一样欢笑着说:"我就要有自己热爱的工作了,到时候我一定好好工作,豁出一切去干!"

齐凤瑶知道这是婷婷的心声,说:"你快把这个好消息替我告诉阿姨和叔叔吧,我明天就去办理注册手续,估计用不了半个月我们就可以营业了!"

张婷婷说:"我马上把这个天大的好消息告诉爸爸妈妈,凤瑶姐,你早点儿休息吧,明天还有好多事情需要你一个人做呢!"

齐凤瑶放下了电话,心情依然没有从激动中平静下来。她拿出那张充满着无限魔力的信用卡,托在掌心,轻轻地、一遍又一遍地抚摸着,眼前浮现出了苏江礼那张真诚的面孔,她心里涌起了一股温馨的感觉,就是这个男人,在她需要帮助的时候给了她最有力的支持,使她从坎坷中走向了坦途,从苦闷中走向了欢畅。很自然地,她想起了几夜没有归家的丈夫杜桥,沉重、痛苦像两条蛇缠住了她的心。

"杜桥啊,你在哪里啊?"齐凤瑶踱到阳台上,望着窗外沉沉夜色喃喃自语道。

此刻,杜桥在徐兰娟的住处过夜。

齐凤瑶那封长长的充满着真诚和泪水的信不仅没有打动这个男人的心,内心的羞耻使他反而不想再回家了,一心一意和情妇徐兰娟厮混在了一起。尽管他知道自己和徐兰娟不属于两情相悦,只不过是金钱和情欲下的一种交易而已,但是他们既然谁也不想说破,索性就都沉醉在这"玩耍"之中了。

杜桥和徐兰娟赤裸着身子在床上躺着,不知为什么,杜桥显得有些心烦意乱。

徐兰娟拥着杜桥，问："杜桥，你怎么了，像只蔫头鸡似的？"

杜桥一遍又一遍抚摸着徐兰娟那仿佛抹了一层瓷釉似的光洁的大腿，说："你才是蔫头鸡呢，我在想怎么才能挣到钱。我那个小公司眼看就要撑不住了，再不想办法，公司一倒闭，成了彻头彻尾的穷光蛋，连你都得离开我喽——"

徐兰娟未置可否地哼了一声，说："杜桥，你答应过我每半个月送我一笔钱或者给我买一套千元以上服装的。怎么样，又该兑现了吧……我知道你忙，所以提醒你一下。"

杜桥有些厌烦地瞥了一眼徐兰娟，说："你就知道张嘴闭嘴地朝我要钱，阎王爷什么时候能欠小鬼儿的钱？该给你钱的时候我肯定给你，不该给的时候你就是磨破了嘴皮也没有用！"

徐兰娟不高兴地说："杜桥，我讨厌你用这种口气和我讲话，我需要钱，需要钱，你懂吗？"

杜桥的语气里充满着鄙夷："你需要钱，难道我就不需要钱吗？我已经把'桑塔纳'都白白送你了，你还要怎么样？我劝你在我身上不要贪得无厌！"

徐兰娟一副刀枪不入的样子，说："我就知道你会发火的，可是我不在乎，我是有些贪得无厌，这一点我比谁都清楚。你既然知道我的性格，就应该满足我！"

杜桥气恼地说："满足你？你是轻易能够满足的人吗？你是知道的，我的公司差不多成皮包公司了，哪有闲钱满足你？真是不知天高地厚！"

"杜桥，咱们根本不必要争论，反正你今天必须让我高兴！"

"高兴？哼，我还不知道高兴的事情在哪儿呢。你也别烦我了，行不行？这段时间我手头的确是没什么钱了！"杜桥有些不耐烦了。

徐兰娟放肆地笑了起来，说："我不认为自己这样做是在逼你，相反应该是你自己在逼自己！"

杜桥听出徐兰娟话里有话，便直视着她，说："你有什么话直说，别阴阳怪气的让人莫名其妙！"

徐兰娟厚颜无耻地说："我一直以为你是个明白人，现在看来并不怎么明白，那我就告诉你吧。我是一个女人，年轻、漂亮的女人，这是我的优势，我不可能不利用我的优势让自己活得快乐一点。和你好上了兴许是一个机会，所以我无论如何不能放弃……"

杜桥打断徐兰娟的话，说："算了，我不想听你说这些对我来说没有任何意义的话，反正我眼下没有钱再给你了。可话又说回来，你和我在一起待这么多天了，不会一点儿情分也没有吧？"

徐兰娟的口气有所缓和地说："说实话，杜桥，你很让我动心，否则我是不会做你专职情人的。但这并不等于我改变了人生准则，你是个生意人，最懂得游戏规则。我们按照规则做事，你不会反对吧？"

一时间，杜桥不知道该如何反驳徐兰娟了，就挥了挥手，说："你……你……随你怎样想、怎样说，反正我还是那句话，没有钱了！"

徐兰娟不在乎杜桥耍赖，也不相信杜桥的话，问："杜桥，我怎么能够相信你的话呢？"

杜桥霍地坐起了身，一把把徐兰娟推到床下，大声训斥道："你他妈的有完没完哪？给我滚一边儿去！"

徐兰娟冷不防地跌了个仰面朝天，她在地上翻了个身，爬起来，一只手揉着摔疼了的腰部，一只手指着杜桥，像一头吃了亏的母狮子一样恼羞成怒地说："好啊，杜桥，你对我翻脸了，你他妈打老娘……"

在徐兰娟的骂声中，一阵敲门声响了起来。杜桥下床，从门缝往外望了一眼，马上打开了房门，马三儿走了进来。

杜桥看见马三儿，高兴地说："马三儿，你来得真是时候，我……我来瘾了，快……快……"

马三儿从怀里掏出一小包海洛因，说："杜老板，我费了九牛二虎之力又从朋友那里弄了一点儿，'货'色不错，不过……"

杜桥再次急迫地打断马三儿的话，从西服袋里摸出一叠钱，甩给马三儿，说："别他妈啰嗦了，这是四千块钱，你拿去！"

马三儿拍着钱，说："好，我就知道杜老板出手大方！'货'你收好，钱我收下了！"

一旁，徐兰娟不顾马三儿在场，冲到杜桥身边，发疯般喊道："杜桥，你刚才口口声声对我说没钱了，怎么弄这种事就有钱了？你他妈的耍弄老娘，你这个混蛋！"

杜桥一心想吸毒，边拿出吸毒用具边有些气急败坏地冲徐兰娟骂道："你他妈的凭什么教训老子？滚开，滚开，别妨碍老子的好事！"

徐兰娟也红了眼，冷笑一声，说："好，好，杜桥，老娘滚，老娘这就滚！"说着，她迅速穿好衣服，带着一股火气冲了出去。走到楼下，她眼珠转了几转，打开了手机，拨通了110报警中心……

屋里，杜桥正要吸毒，马三儿不放心地对他说："杜老板，不是我这个人嘴冷，我总觉得你这个小'二奶'有些不对劲儿，你过于信任她了，咱们玩儿这个你都不避讳她，当心将来坏在这娘们儿身上。"

杜桥满不在意地说："马三儿，你小子别吃不着葡萄净说葡萄酸了，那天在歌舞厅里咱俩因为她干了一场架，你没有占着便宜又看她和我铁了心里犯了醋劲儿，是不是？我杜桥什么都能看得出来，你以后少在我面前玩儿这些小把戏！"

马三儿颇有城府地笑着拍了拍杜桥的手，说："杜老板，你还是不了解我呀，我不像你好玩儿女人。女人是阱，陷进去就跳不出来，这些道理你这种人弄不明白，我也不想多对你说。天底下最麻烦的事情就是和女人狗扯羊皮，别说你这个小'二奶'，就是再漂亮的女人投怀送抱我也觉得没劲。那天在歌舞厅里我和你争她是因为我心里一时烦闷想找人打架，你还真以为我看上她了？你不想办法封住她的嘴，你我倒霉是迟早的事。要讲看女人，尤其是她这样的女人，你杜老板不见得比我眼光准。得了，你好自为之吧，我走了。"马三儿说完，走了出去。

马三儿走后，杜桥开始吸毒，就在这时，几名警察破门而入，拧住了杜桥并且当场收缴了毒品和吸毒用具。

杜桥万万没有想到警察会在这个时候出现在面前，不由得惊呆了，脑子里一片空白，身子也颤抖起来。一名警察严肃地对他说："别发愣了，跟我们走吧！"

翌日早上八点，毛建强走进了市公安局刑警队办公室。他顺手拿起一件警服就往身上穿，不提防，一旁比他早到十分钟的林伟冲他揶揄道："傻小子，看清没，穿错了，这是我的警服。我是二级警司，你才是个警员。穿上我的警服你也是个假警……"

林伟刚说到这里，毛建强的脑子里突然闪出了一个念头——林伟的玩笑话无意间提醒了他，使他脱口叫道："假警察！对，假警察！对！"

林伟被毛建强一串没头没尾的话弄糊涂了，瞪着毛建强问："我说毛建强，你没毛病吧？怎么假警察对了？"

毛建强脸上浮现出了一种因茅塞顿开而激动的红光，冲林伟说："对了就是对了，你刚才说的那个假字使我猛然间明白了枪击案发生那天晚上是什么人杀死小李了。是假警察，一定错不了！"

毛建强这么一说，林伟的眼睛里也放射出了两道亮光，思忖着说："哎，还别说，你的话真有道理，我以前怎么没想到呢？"

毛建强接着说："我说话是有根据的。林伟，你记不记得小李临终前先是用手指着你的警服，最后又抓住了你的警服？"

林伟郑重地说："我清清楚楚地记着那天晚上医院里的情景，一辈子都不会忘记的。现在想来，小李当时是在告诉我们对他下毒手的人是穿警服的人，而且肯定不会是我们自己人……是的，是这样的，难怪小李的眼神中有一种愤恨。这些天来，我一直努力在想小李目光里的含义，可是总也没想明白，今天解开了这个谜，抓住凶手，小李就能瞑目了！"

这时候，刑警队长姜正走到林伟和毛建强面前，肯定而又鼓励地对他俩说："你们的分析我都听到了，非常合情合理，小李十有八九死于假警察之手！通知分局和各派出所，在全市范围内搜捕穿假警服的人！摸到这根藤，瓜就不难找了！"

外线电话突然响了，赵青华拿起了电话："对，是刑警队……啊？好，我报告姜队长！"赵青华放下电话，对姜正说："队长，'红苹果'夜总会刘老板来电话说他那里有个叫杨小倩的吸毒小姐吃安眠药自杀在医院急救室里抢救呢！"

姜正神情一凛，对赵青华说："走，我们去医院！"

姜正和赵青华急匆匆走出办公室，钻进吉普车，向医院赶去。

他们走上医院二楼的时候，"红苹果"夜总会的刘老板正在楼梯口等着姜正，一见姜正来到，顾不上多说什么，就领着姜正和赵青华走进了急救室。

那个吃安眠药自杀的杨小倩已经醒过来了，一双失神的眼睛望着屋顶。

"哎呀祖奶奶，你怎么这么想不开呀……要不是你留下封遗书……我真不知道你吸上了毒。究竟是怎么回事，你对这两位警察先生说说吧！"刘老板一进门就一边擦着额头上不断冒出的虚汗一边对杨小倩说。

姜正走到床边，望着杨小倩，柔声说道："是啊，有什么为难的事情可以对我们讲讲，你年纪轻轻的，这样做可是谁也对不起呀。"

"呜——"杨小倩悲从中来，眼睛里闪动着恐惧的光，说："我知道自杀谁也对不起，可是我不想活了，就算我自己不死掉，他也会杀掉我的！"

姜正追问："谁？谁会杀你呢？"

杨小倩望着姜正，嗓音颤抖地说："他、他真的……会杀掉我的，我感觉他……已经杀掉两个人了！姚佳佳和郑敏十有八九是他杀的！"

姜正劝慰地对杨小倩说："杨小姐，你不要激动，慢慢说，那个人是谁？他杀了谁？你有证据证明他杀了人吗？"

杨小倩擦了把眼泪，依然没有从恐惧中走出来，摇摇头说："没有，我没有证据证明他杀了人，可是我的感觉是不会错的，而且感觉他早晚会杀我的，所以我才寻短见！"

姜正回头望了一眼刘老板，精明的刘老板知趣地退了出去。姜正从包里取出钢笔，在手掌上写了三个字，然后伸到杨小倩眼前，问："你看看这个名字，是他吗？"

杨小倩盯着那三个字，说："是，是他！你们也知道他杀人了？"

姜正笑了笑，说："我们也没有证据，但是我们是不会放过坏人的。你认识他吗？是怎样认识的？能告诉给我们吗？"

杨小倩抽泣着说："他是永平市有名的人物，经常到我们夜总会来，和我、姚佳佳还有郑敏都很熟，我们也都和他睡过觉，但我们没想到他会引诱我们吸食海洛因，我们上瘾后，他就逼迫我们在干我们这一行的女孩子中发展吸毒的人，他说吸的人越多他手里的海洛因卖得越快，并且答应免费提供我们海洛因。姚佳佳为他发展了十多个女孩，可是两个多月前，他和姚佳佳在包房里过了一夜后把姚佳佳带走了，从那以后姚佳佳就没有回来。前几天，我从报上看到姚佳佳被人杀死扔进了河里就怀疑是他……前天夜里，我的手机上收到了郑敏发的短信，总共九个字，'我在他这里他杀了佳'，我猜想郑敏一定是在紧急情况下发的短信……这几天，郑敏突然失踪了，我就有了不祥的预感。我一个吸毒的女孩子也没有为他发展，他不会放过我的，而且我想自己大概也戒不了毒了，与其让他杀死不如自己死掉算了，反正做三陪女活着本来就没有什么意思。"

杨小倩的话语是真诚的，透着一股凄凉和无奈。赵青华在旁边气愤地说道："怪不得最近三陪女吸毒者增多了，原来都是这家伙操纵的！"

姜正用一种同情的目光望着杨小倩，说："你讲的这些情况很重要，对我们搜集证据很有利。我很理解你此刻的心情，我们会安排你戒毒的，你还知道些什么请都告诉我，包括毒品的来源。"

杨小倩不无气愤地说:"他从来不亲手交给我们毒品,都是我们到他指定的地方去取。"

"哪里?"

"青河里76栋402室。哦,其实就是青河里67栋204室,我们一般故意把楼房栋号和门牌号码说颠倒,这规律外人是不可能知道的,但是我和郑敏都知道。"杨小倩认真地说。

赵青华嘲讽地插话说:"你们吸毒的过程还真有点儿神秘色彩哪!"

姜正问杨小倩:"你知道青河里67栋204室主人是谁吗?"

杨小倩摇摇头,说:"不知道。"

姜正目光一闪,继续问:"那又是谁送给你们海洛因呢?"

杨小倩说:"没有固定的人,每次我们拿完海洛因就走,几乎不看对方的模样。"

姜正点点头,扭头对赵青华说:"小赵,你现在就回队里去查一下神秘的青河里67栋204室的主人是谁。"

"是!"赵青华答应一声走出了急救室。

杨小倩苍白的脸上渐渐有了一点血色,她从病床上坐起身,急切地望着姜正,问:"凭我刚才对您说的这些还不能把那个坏家伙抓起来,是吗?"

姜正肯定地说:"是的。"

杨小倩低下了头,双手捧住脸,再次悔恨交加地痛哭起来。

姜正又安慰了一番杨小倩,把刘老板叫进来,叮嘱他照顾好杨小倩,尽快和戒毒所联系送杨小倩去戒毒,然后回了刑警队。

姜正刚走进自己的办公室,赵青华走进来,说:"队长,我查到青河里67栋204室的房主是谁了。他叫曾晖,是宏海贸易公司的总经理。"

姜正对赵青华说:"好,马上对青河里67栋204室进行监控!"

赵青华点点头,随即又问道:"对苏江礼是不是也监视起来?"

姜正沉思了一会儿,说:"证据太不充分了,先缓一缓,但有必要找他正面了解一下情况。今天下午我们就去找他!"

下午三点,姜正和赵青华很顺利地在四方旅行社总经理办公室里见到了苏江礼。

苏江礼脸上浮现着不卑不亢的笑容,他请姜正和赵青华在齐凤瑶曾经坐过的沙发上坐下后,嗓音不高不低地说:"二位警官先生,我们这是第二次见面了,有什么话请当面直说,我会很配合你们的。"

姜正笑了笑,说:"既然苏总经理这么坦诚,那我们就开门见山了。您认识'红苹果'夜总会的姚佳佳、郑敏和杨小倩吗?"

在姜正严厉却不失礼貌的目光中,苏江礼吸了一口烟,不假思索地说:"'红苹果'夜总会是我经常消费的地方,其实我本身也是做娱乐的,只不过大家的方式方法不同而已。不瞒二位说,姚佳佳、郑敏我是认识也很熟悉的,我们经常在一起聊天、喝酒，有时候也让她们随我的旅行团到周边各地玩玩儿。至于那个杨小倩嘛，我没有什么印象。"

姜正很有分寸地问："你和姚佳佳、郑敏在一起的时候就是聊天、喝酒吗？"

苏江礼略略沉吟了一下，说："当然。我知道你们的潜台词是什么，不过我对自己把握得还是很到位的。即使发生一些事情也不属于你们管辖的范围。"

姜正索性直入主题了，严肃地说："姚佳佳在两个多月前被人杀死沉尸河底，有人说她在临死前的那个晚上和你在一起，另外郑敏失踪那天也和你在一起。我们想听听你的解释。"

苏江礼掐灭烟蒂，双手自然交叉着放在办公桌上，不急不慢地说："不用解释，至少目前我没有必要向你们解释什么。方才你说了，姚佳佳是两个多月以前死的，她人生的最后一个夜晚是不是和我在一起我忘记了，时间过这么久了，作为永平市最大的旅行社总经理，我每天事情都很多，不能把两个多月前的事情全部记在脑子里，就是你们也不可能把两个多月前某一天发生的事情都记住的。如果你们非要让我回忆的话，请给我一个提醒，好吗？哦，对了，前几天晚上我是和郑敏在一起来着，而且还是在我家里，大约11点钟，我就开车送她回住处了。这件事我只能说到这里。"

赵青华问："她的住处在哪儿？"

苏江礼皱着眉头笑了笑，说："大半夜里我可能去一个小姐家里吗？我把她放在路口就算不错了。"

"有人证明吗？"

"有！"

"谁？"

"你们。"

"我们？"赵青华一怔。

苏江礼继续保持着原有的声调，说："你们不会忘了那天晚上我和二位差点儿撞车的事吧，我就是送郑敏回来时巧遇二位的。"

赵青华想起来那天晚上他驾驶着警车险些和苏江礼的"奔驰"相撞的事，一时间无话可说了，便转换了话题，问苏江礼："你真的不认识杨小倩吗？"

苏江礼目光平静地直视着赵青华，说："警官先生，我没有说过不认识，只是说没有印象，也许她认识我，也许她是我的一个客户。我这个人不怕出名，认识我的人越多我越高兴。"

姜正站起身，说："苏总经理，我们可以结束谈话了，谢谢你配合。"

苏江礼也站起了身，说："我很尊重你们、尊重法律、尊重疑罪从无这一律条！二位慢走。"

姜正和赵青华走出四方旅行社办公楼，赵青华驾驶着警车在街上中速行驶着。

赵青华愤愤地说："苏江礼哪是配合我们工作，他这是和我们绕圈子呢。正义在我心中，证据在人家手中。没办法！"

姜正手里把玩着一副明晃晃的手铐，说："越是滴水不漏越是漏了滴水，别着急。"

红灯，赵青华停住车。在等红灯的时间里，姜正的目光投向了车窗外，他望见路边一栋20世纪80年代末期建成的办公楼二楼处悬挂着一块普通办公桌面大小的广告牌，上面写着五个绿色大字："碧海旅行社"。凭直觉，姜正知道这是一家刚刚成立且规模很小的旅行社。

事实上，姜正的感觉是正确的，但是他不知道，碧海旅行社就是苏江礼准备打通的一条"白色通道"。这一点，连齐凤瑶都蒙在鼓里！

此刻，齐凤瑶独自坐在刚刚租下的只有十多平方米的办公室里，一抹灿烂的阳光透过窗户照射在她身上，使她心里感到了一种难以言说的熨帖的感觉，当然更多的是激动和兴奋。和那些现代气息很浓的办公场所比起来，碧海旅行社这间小小的办公室确实寒酸了许多，但齐凤瑶仍然觉得它是那么的亲切和瑰丽，它就像她身体的一部分那样让她珍爱无比。

"新的生活开始了，这是一个全新的世界，没有谁能够告诉我碧海旅行社的未来是什么样子，但我必须让自己爬过这座高坡。我深深地感谢一个人，是他在我最困难的时候给了我最大的帮助，否则此时的我只有迷惘和焦虑。他的出现，像一道电光照亮了我生命中的一个瞬间，他使我知道了友情的价值……"齐凤瑶心潮起伏，心里默默地说。

导游张婷婷领着一个中年妇女和一个20岁上下的女孩走进办公室。张婷婷对齐凤瑶说："凤瑶姐，她们是我负责招聘来的会计和导游。这位是赵姐，注册会计师。这是小黄，做过宾馆服务员和销售员，上个月考取的导游证。我觉得她很适合做导游。如果你同意的话，她们就是我们碧海旅行社的员工了。"

齐凤瑶脸上荡漾着真诚的笑容，站起身，和赵姐、小黄握了手，对张婷婷说："婷婷，我看过赵姐和小黄的简历，觉得她们可以和我们一起工作。作为碧海旅行社的总经理，我欢迎她们！"

赵姐郑重地对齐凤瑶说："谢谢齐总，我会尽力工作的。"

扎着两个羊角辫的小黄也向齐凤瑶表态说："齐总，我也保证做一个好导游！"

张婷婷分别拉住赵姐和小黄的手，说："凤瑶姐，我们都会努力的！"

一种欢快、和谐的气氛洋溢在办公室里。

齐凤瑶把华华接到家的时候，已经接近傍晚了。一进门，她就疲惫地躺在沙发上了。

华华放下书包，扑到齐凤瑶怀里，关切地说："妈妈，我知道你这几天累坏了。都怪爸爸！"

齐凤瑶望着华华一双水灵灵的酷似自己的大眼睛，问："为什么怪爸爸呢？"

华华撅起小嘴，说："妈妈做旅行社多不容易呀，可爸爸好几天都不回家。他不帮妈妈，不是一个好爸爸。妈妈，爸爸为什么不回家呢？"

该怎样对孩子说呢？齐凤瑶抚摸着华华的头，选择着词汇："爸爸……爸爸公司里的事情很多，再说妈妈也不需要爸爸帮忙的。"

华华把头晃得像一个灵巧的拨浪鼓，说："妈妈，你说的不是心里话，你需要爸爸帮忙的。爸爸没有时间回家，可他有时间和那个阿姨去歌舞厅。妈妈，你说话呀？你为什么不说话呢？"

齐凤瑶鼻子一酸，说："好华华，你还小，你现在应该做的事情是好好学习，不要去想妈妈和爸爸的事，爸爸会回来的，因为这是他的家……"

华华突然叫了起来："妈妈，你哭了。妈妈，你为什么哭呀？"

齐凤瑶把华华搂在怀里，爱怜地说："华华，妈妈对你说过，不管什么时候，妈妈都是爱你的。妈妈爱你！"

华华伸出小手，为齐凤瑶擦去了眼角的泪珠，天真地问："你爱爸爸吗？爸爸爱你吗？"

齐凤瑶无法直接回答华华的问话，只能嗓音轻柔地说："华华，你快去做作业吧，妈妈还要想一些事情。不要打搅妈妈，好吗？"

华华乖巧地点点头，说："我不打搅妈妈了，我也要想一些事情。"华华说完，进了自己的小房间写起作业来。

齐凤瑶的心再一次难以平静了，她痛苦地喃喃自语着："杜桥，你在哪里？我留给你的信难道打动不了你的心吗？你回家吧，不要再往泥潭里走了，道德和良心都不允许你再继续错下去了。回家吧，杜桥，你的幸福应该在我和华华身上而不是在那个女孩身上。我会原谅你的，一定会的！"

房门开了，杜桥和两名警察走了进来。

齐凤瑶站起身，望着杜桥，问："杜桥？这几天你到哪儿去了……他们是……这是怎么回事？"

杜桥脸色灰暗，低下头嗫嚅着："我……我……"

齐凤瑶不知道发生了什么重大的事情，心剧烈地跳成了一团，颤抖着嗓音问："怎么了？这到底是怎么了？杜桥，你说话呀？快说呀？"

杜桥头垂得更低了，依然说不出完整话来："我……你问……他……他们吧……"

齐凤瑶急切地问那两名警容整肃的警察："警察大哥，我爱人怎么了？他怎么了？"

一名警察瞥了杜桥一眼，说："他不好意思对你说，那只好由我们来说了，你丈夫杜桥因为吸毒被我们依法强制去戒毒所接受治疗，我们是陪他来家里取衣物的。"

警察的声音像一记闷棍，几乎把齐凤瑶砸蒙了，她根本不相信自己的耳朵，睁大了眼睛，问那名警察："吸毒？不可能，他怎么会吸毒呢？你们抓错人了，我丈夫不会吸毒的！"然后，她紧紧抓住杜桥的手，大声问道："杜桥，是不是他们抓错人了？你说话呀！"

杜桥知道自己不能不说话了，摆出一副破罐子破摔的样子，对齐凤瑶说："他们没有抓错人，我是吸毒了。"

齐凤瑶下意识地后退了两步，痛心疾首地说："啊？你……你……说什么？吸毒？你怎么走上这条路了？杜桥，我无论如何没有想到你堕落到了这种可怕的地步！那是绝路，那是毁灭啊！你太让我失望、伤心了！"

杜桥恬不知耻地说："我是让你失望、伤心了，其实即使我不吸毒也已经让你失望、伤心了。你什么都知道了，我……我不知道该怎样说了……"

杜桥的话被和齐凤瑶说话的那名警察打断了："杜桥，现在不是说这些话的时候，快收拾东西跟我们走吧！"

杜桥打开衣橱，收拾了几件衣服，和那两名警察走了出去。

齐凤瑶愣愣地站在屋地上，泪水汹涌而出——她如同置身在寒冬里，心凉到了冰点……

天黑了。

晚上十点钟，曾晖正躺在床上吸烟，一个武高武大的男人突然从窗外跳了进来。这个不速之客是马三儿。

曾晖一激灵，坐起身，问："马三儿？你怎么回事？是不是遇上什么麻烦了？"

马三儿若无其事地一屁股坐在床上，说："别大惊小怪的，我他妈的哪天没有麻烦？哪天不是兔子一样竖着耳朵？"

曾晖长出了一口气，有些不高兴地问："那你为什么不走门？"

马三儿嘿嘿笑了两声，说："这是为了不给你添麻烦。"

曾晖仍然有些不放心地说："有事情你可别瞒着我，尤其是和咱们这笔买卖有关的事，要是坏了大事……"

马三儿接话道："你舅舅饶不了我，是吗？"

曾晖重新躺下，说："你知道就好。你肯定有事情来找我，因为从来都是我找你，你一次也没有主动找过我。"

马三儿边用右手小指的指甲挖着耳窟边说："我是遇上了点儿麻烦事，不过不大，杜桥那小子被警察弄走了。"

曾晖又惊得坐直了身子，问："杜桥被警察抓了？为什么？"

马三儿晃晃头，说："为什么我可不知道。我按照你的意思又给他送去了一包'货'，我刚离开他住的地方，就见一伙警察闯进了那栋楼，不一会儿，杜桥被带了出来，我估摸他肯定是让警察抓了现行。"

曾晖懊丧地骂道："他怎么让警察堵住了呢？这事还小吗？你小子也差点儿栽进去，你还没事人一样，幸亏你跑得快，要是出了差错就全他妈完蛋了！"

马三儿冷笑了一声，说："曾老板，大晚上的咋唬什么呀？我马三儿是一帮小警察就能抓得住的人吗？我要是没有点儿道行，不早就上刑场了吗，还能和你称兄道弟吗？"

曾晖望着马三儿，担心地说："不管怎么说，杜桥被警察抓了对我们来说是一件大事，他到了公安局非把你供出来不可，到那时你危险了，我们……"

曾晖诚惶诚恐的样子把马三儿逗乐了："哈哈哈……曾老板，杜桥进了局子对我们来说确实不是件好事，可你也用不着担心，就算他供出我来警察又能把我怎样？最多再发一次通缉令，我最多再藏些日子，伤不了筋动不了骨。我都不怕，你怕什么？"

曾晖疑惑地问："杜桥吸毒的事不是挺保密的吗，警察怎么知道的？"

马三儿也皱着眉头说："我也在想这个问题，警察分明就是冲着杜桥来的，他们是怎么知道的呢……对了，我明白了，十有八九是她把杜桥卖出去的！对，是她！"

曾晖追问："马三儿，你说的那个人是谁？"

马三儿鄙夷地说："杜桥的二奶，姓徐，我进门那会儿杜桥和她正吵架呢。我早就告诉过杜桥避着那个小骚娘们儿，可他就是不听，什么事情也不瞒她。可她为什么要报警呢？她吃的、用的可都是杜桥给的，杜桥倒霉了她能有什么好处呢？我真他妈的想不明白这浪娘们儿！"

曾晖哭丧着脸说："真倒霉，杜桥就要钻进我们的套子里了，偏偏在这个时候被警察抓住了，我怎么向我舅舅交代呀？"

马三儿揶揄地说："你怎么向你那个宝贝舅舅说不关我的事，你也怪不着我，我今晚来不是来看你发愁的。"

曾晖不解地问："那你来干什么？躲难？"

马三儿冲曾晖吹了口气，说："你这个人真没劲，我早就对你说过了，我不怕警察。再说就算我来你这里躲避风头，你能收留我这个杀人犯吗？你不能，我也不指望你能。我是来找一样东西的。"

曾晖东瞧西望了一阵，问："什么东西？我这里哪儿有你的东西？"

马三儿抬起胳膊指了指衣橱，说："那里面的东西。"

曾晖吃了一惊，摇着手说："啊？你……你怎么知道的？我……我不能给你……"

马三儿站起身，阴沉下脸，说："曾老板，别忘了我们现在不仅是朋友，也是生意上的合作伙伴，你这么小家子气可不行。那东西我拿定了！"

马三儿说完，走到衣橱前，拉开橱门，从里面翻出了一把手枪，在手里掂着说："都说酒壮英雄胆，那是屁话，闯世界还得靠这东西！"

曾晖无可奈何地说："马三儿，枪你可以拿走，可你别胡来，别忘了这里不是你老家，是永平市！"

马三儿把枪塞进裤腰里，说："放心吧，曾老板，我只让你发财，不让你晦气。"说完，跳出窗子走了。

一夜没睡好的齐凤瑶走进碧海旅行社办公室的时候，张婷婷已经到了，正在擦抹两张办公桌。

张婷婷望着齐凤瑶满脸的倦容和一双红肿的眼睛，心疼地说："凤瑶姐，你瘦了。我知道你心里苦，杜桥姐夫的事情我也知道了。说实话，谁也没有想到杜桥姐夫会走到这一步。凤瑶姐，你可要挺住啊，现在正是旅游旺季，你要是出了事情咱们碧海旅行社怎么运转啊？"

齐凤瑶坐在椅子上，感觉自己周身没有力气，她缓慢而低沉地说："婷婷，你放心，我能挺得住，我不会因为杜桥被送进戒毒所而消沉的。你刚才说没有想到他居然会吸毒，我也没有想到，我还没有想到他把轿车白白送给了另外一个女孩子，没有想到他在包养'二奶'，没有想到他在我心上狠狠地连捅了两刀。婷婷，我不知道他为什么会变成这样，这恐怕连他自己也说不清楚啊。"

张婷婷握住齐凤瑶凉冰冰的手，动情地说："凤瑶姐，杜桥姐夫有外遇这件事早已经伤了你的心，可是你依然在不断地给他机会，连续几天也不归宿还在惦念着他，这些事情我都知道，你是一个最能压抑痛苦、最善良的人……"

齐凤瑶嘴角露出了一丝凄凉的笑纹，说："婷婷，不要对我说这些了，我没有能力改变现实，也不知道怎样来面对现实。"

张婷婷眼里涌起了泪水，说："可是你现在正在面对现实啊，凤瑶姐，你没有垮下来这就说明你已经勇敢地接受了现实！"

齐凤瑶望着张婷婷，仿佛问张婷婷又仿佛在问自己："勇敢？我是一个勇敢的人吗？"

张婷婷郑重地点点头，说："凤瑶姐，你真的是一个勇敢的人！"

齐凤瑶飘忽的目光移到窗外，喃喃地说："那我为什么不和他分手呢？为什么还要做他的妻子呢？"

涉世未深的张婷婷不知道该怎样回答齐凤瑶的话，只是问道："凤瑶姐，你还爱杜桥姐夫吗？"

两行泪水再次从齐凤瑶眼角滚落下来，她轻声说："我们……已经没有爱了……"

张婷婷掏出纸巾，为齐凤瑶擦去泪水，说："凤瑶姐，我敢肯定，你心里一定还有杜桥姐夫，否则你就不会这样忧郁和悲痛了。杜桥姐夫走错了路，他会为自己愚蠢的行为后悔和付出代价的。"

齐凤瑶握着张婷婷的手在微微颤抖，说："代价？他的代价还是我的代价？他付出得多还是我付出得多？婷婷，你能告诉我答案吗？"

张婷婷摇摇头，说："凤瑶姐，我没有答案，但我觉得杜桥姐夫欠你的太多太多了，无论到什么时候他对于你来讲都是一个没有灵魂的人。"

"婷婷，你很理解我，而且也是在帮助我，谢谢你。"

"凤瑶姐，我要感谢你才对……"

"婷婷，我们工作吧，不要因为我个人的事影响了旅行社的工作。"齐凤瑶说着，像一名刚刚攀越了高山的运动员一样，虽然疲惫，但还是抖擞起精神向着另

第三章 真诚帮助

外一座高山爬去。

张婷婷从抽屉里拿出自己早已经写好的一份策划书，认真地说："我们碧海旅行社虽然刚刚成立，推出的特色线路还是正确的，比如到附近农村采摘果品、吃农家饭，都很时尚。"

齐凤瑶赞同地点点头，说："婷婷，你推出的这几条周边游线路确实不错，我很欣赏。毕竟你是专门学旅游的，可比我这个半路出家的总经理强多了。宣传单已经散发下去了，你和小黄也到各单位去做业务了，应该会有效果的。"

张婷婷眨动着长长的睫毛，说："凤瑶姐，昨天我在晚报上看到一个名叫丹明的记者写的一篇稿子，他说入世以来咱们永平市旅游市场大战已经开始了。"

齐凤瑶想了想，说："丹明？我认识他，他说得很对，培育市场的时候已经过去了，每个旅行社都想占领市场，别看我们的旅行社无论规模和名气上都不能和四方那样的大旅行社比，但只要公平竞争，我们的希望绝对不是幻想！"

张婷婷充满信心地说："我也是这样想的，一会儿我还和小黄去居民区做业务。"

齐凤瑶感谢地拍了拍张婷婷的小手，说："眼下我们没有资金在媒体上做广告，只能印一些宣传单，你们会很辛苦的。"

张婷婷甜甜地笑着说："做事业没有理由不付出辛苦，我不怕辛苦，我就怕没有业务。"

"婷婷，你真是一个好妹妹！"

这时，齐凤瑶的手机响了，齐凤瑶接听："喂，请问您是哪位？"

手机里是齐凤瑶熟悉的声音："凤瑶，我是苏江礼呀。"

齐凤瑶不由自主地微笑起来，惊喜地问："苏总，您好……您找我有事吗？"

苏江礼爽快地说："凤瑶，我中午想请你吃饭……"

齐凤瑶赶忙打断苏江礼的话："苏总，您请我吃饭？这怎么好意思呢，您帮我成功注册了旅行社，我应该感谢您，请您吃饭的。别忘了，您还是我的股东呢！"

苏江礼的声音透着一种磁性："凤瑶，帮助你是想让你做一番事业，我是不会做你的股东的。好了，关于这件事就不要多说什么了。我请你吃饭就是想和你在一起聊聊天，我们做旅行社的是让别人轻松，其实自己活得很累。不是吗？"

齐凤瑶赞同地说："是的，苏总，我真的感到非常累……"

苏江礼笑了几下，说："那就出来轻松一下嘛，就算给我一点面子。总之，我不希望听到你拒绝我的声音。"

齐凤瑶依然有些难为情地说："这多不好意思啊，我很少在外面吃饭的。"

齐凤瑶的顾虑显然使苏江礼忍俊不禁了："哈哈哈……凤瑶，既然我们是朋友，你再客气就让我很扫兴了。答应我，好吗？再说你做总经理了，以后迎来送往的事情多得很，应该锻炼锻炼嘛。"

齐凤瑶也觉得自己不应该拒绝苏江礼的邀请，便说："苏总，那我就恭敬不如从命了。"

苏江礼满意地说:"这样我们才都高兴嘛,中午12点,我在佳盛大酒店三楼雅间等你。可不许失约啊。"

齐凤瑶肯定地说:"我会准时赶到的!"

说完,他们几乎同时挂断了手机。

这时,齐凤瑶想起来今天上午应该去市旅游局宣传科咨询碧海旅行社上本市旅游网的事情,就和张婷婷打了声招呼,去了市旅游局。从市旅游局咨询完出来,已经11点多了,齐凤瑶坐上公共汽车,径直去了永平市唯一一家四星级酒店——佳盛大酒店。

她并不知道,一双黑手在推着她往一个陷阱里走。

佳盛大酒店三楼雅间里,齐凤瑶见到了已经等候她的苏江礼,直到这时,她才明白自己潜意识里是非常想和这个可亲可近的男人接近的,包括一起吃饭。

在服务员上酒菜的过程中,苏江礼的眼光始终不离齐凤瑶那丰满、俊俏的脸。齐凤瑶虽然有所感觉但并没有多想什么。

苏江礼今天单独请齐凤瑶吃饭是有目的的。自从认识齐凤瑶以来,他再也没有兴致去找三陪小姐过夜了,因为在他眼里,那些虽然也漂亮的小姐们谁也没有齐凤瑶让他这样魂牵梦绕,他早已下定了决心,不仅要把碧海旅行社作为他苏江礼贩毒的一个"白色通道",而且还要把齐凤瑶弄上床,永远从经济上和精神上占有这个美丽的少妇。今天,他就要张开情网了,他有把握达到目的。

苏江礼先是给自己斟了一杯白酒,然后把一杯褐红色的葡萄酒放到齐凤瑶面前,柔声说:"凤瑶,这是我特意给你要的东北野生葡萄酒,口感很好,很适合女士饮用。"说完,他端起酒杯,"为了我们成为更好的朋友,我先干为敬!"

苏江礼将杯中酒一饮而尽,齐凤瑶也呷了一口葡萄酒。

苏江礼慨叹地说:"我这个人哪,最看重那些能干事业的人,尤其是像你这样漂亮的女孩子。你能从一个下岗女工坐到旅行社总经理的位置上,这种魄力不是每个女孩子都有的,着实让人佩服。现在旅游市场前所未有的火,可旅行社也是前所未有的难做,我说句不中听的话,凤瑶,你的碧海要想生存下去不是一件很容易的事情。"

齐凤瑶并不反对苏江礼这样说:"是的,苏总,我的碧海刚刚注册不久,根本谈不上规模,长线团很难组成,就是本地、周边的客源也没有拉到,我都快要愁死了。"

苏江礼高深莫测地说:"凤瑶,在商海里仅凭魄力和能干是不够的,有的事情不是人为的因素所能决定。"

齐凤瑶心情沉重地默然无语。

苏江礼再次用火辣辣的目光盯视着齐凤瑶的脸,这张几乎没有任何瑕疵的脸太让他着迷了,太让他情欲难捺了。他慢慢地说着:"凤瑶,自从那天晚上见到你,你就像一块磁石一样吸引住了我,你是我在永平见过的最优秀的女人,比我老婆强十倍……"

齐凤瑶怎么也没有想到苏江礼会说出这样的话来，震惊地说："苏总，您……您……有些失态了……"

苏江礼摇摇头，想以此证明自己比任何时候都清醒："凤瑶，我说的都是心里话，我确实喜欢上你了，我刚才说过，你是我心目中最优秀的女人！"

齐凤瑶的脸窘迫得像一块红绸布，一时间有些语无伦次地说："苏总，我们之间是朋友……您……您……一定是喝多了……您怎么能说出……这样的话呢？您快回家吧……"

苏江礼苦笑了一下，脸上浮荡着一种由痛苦、委屈交织的复杂的表情，冲齐凤瑶说："家？哼，凤瑶，你以为我有家就有幸福、有老婆就有感情吗？不瞒你说，我们的关系在十几年前就出现裂痕了，我们只是在维持，你懂吗，维持。凤瑶，我对你说的都是真心话，希望你能理解我，我……我确实是喜欢，不，是爱你呀！"

苏江礼这番话是真诚的，对于一个男人来讲，他的婚姻和感情的确不幸。这一点读者渐渐会明白的。

齐凤瑶相信了苏江礼的话，她甚至认为堂堂四方旅行社的总经理能把自己的隐私告诉她是把她当作了最好的朋友，其实她的婚姻……想到这里，一种惺惺相惜的情愫攫住了齐凤瑶的心，她理解了苏江礼，尽管觉得苏江礼向她表达爱意是一件有些荒唐的事。她望着苏江礼，话语得体地说："苏总，我们不谈感情这个话题，好吗？不管怎么说，您是有家室的男人，再这样说就是对我的不尊重，那样我们就无法成为朋友了。苏总，您的情绪很激动，我们到街上去走走吧。"

齐凤瑶站起了身，苏江礼也只好站了起来，但他仍然不放过向齐凤瑶表白的机会，急切地说："凤瑶，我对你说的都是心里话，这些我从来没有对别人说过。凤瑶，我是真心爱上你了，我会对你好的……"

齐凤瑶及时打断了他的话，坚定地说："苏总，我很尊敬您，我们可以交往，可以是朋友，但绝不能超出这个范围，我不能破坏您的家庭。请您以后不要再提这样的话题了，好吗？我们都是有家庭的人，都应该为自己的家庭负责！"

苏江礼仿佛找到了一个突破口，振振有词地说："凤瑶，你是一个对家庭有责任感的人，可是你的丈夫是一个有家庭责任感的人吗？他值得你去爱他吗？我尽管不认识他，可他的所作所为我已经非常清楚了，我真的为你感到莫大的惋惜啊！"

苏江礼的话触到了齐凤瑶的痛处，她央求地对苏江礼说："苏总，您不要说这个话题了……"

苏江礼继续说："凤瑶，我知道以我现在的状况追求你不会有结果的，但我相信，我们慢慢会有感情的。"

齐凤瑶再次真诚地对苏江礼说："苏总，杜桥虽然不是一个好丈夫，但我毕竟还是他的妻子，请您理解和尊重我。您在我最困难的时候给了我最大的帮助，我感谢您，可是您这样和我说话是不恰当的。"

苏江礼急忙解释道："啊，不不不，凤瑶，你理解错了，我今天说的话和我帮助你的那点儿钱没有任何关系……"

齐凤瑶手机发出的电子音乐使苏江礼不得不停住了话题。

"华华，给妈妈打电话有事情吗？"齐凤瑶对着手机问。

"妈妈，你回家呀，快回来呀……"手机里，华华的声音带着哭腔。

齐凤瑶以为家里又发生了不幸的事情，紧张得脸色都变了。因为一般情况下，华华午饭都是在学校食堂里吃，今天中午回家来肯定是发生了什么事情。她不敢往下想了，急急地说："华华，你不要着急，妈妈这就回家！"

齐凤瑶挂断手机，对苏江礼说："苏总，我家里有急事，得马上回家，先告辞了！"说完，不等苏江礼说什么，转身跑了出去。

苏江礼冷笑了一声，也走了出去，把几张钞票甩给收银台，迈着他那惯有的平稳的步子向佳盛大酒店明亮的旋转玻璃门走去……

齐凤瑶急匆匆跑进家的时候，华华在伤心地哭泣。

齐凤瑶吃惊地把华华抱在怀里，问："华华，华华，你怎么啦？"

华华一双泪眼望着齐凤瑶，哽咽着说："妈妈，今天早晨……我从写字台抽屉里……拿了一张纸做演算纸……到了学校，小梅老师看见了……说这是妈妈写的离婚协议书，上面签着……妈妈的名字。妈妈，你不要爸爸了吗？你为什么不要爸爸？你不要爸爸了就是不要我了……你说过不管到什么时候都爱我的……你说话不算数……"

知道了华华痛哭的原因，齐凤瑶"怦怦"乱跳的心才平静下来。她一边给华华擦着泪水一边说："华华，这张离婚协议书是妈妈写的，妈妈……妈妈该怎样对你说呢？妈妈不会不要你的，妈妈说话永远算数。好华华，别哭了。"

华华紧紧搂住齐凤瑶，生怕妈妈一下子离开她似的，执拗地说："妈妈，你答应我，不要离开爸爸，我害怕你们离开我！"

齐凤瑶故意用轻快的声调对华华说："华华，妈妈……妈妈会认真考虑一些事情。妈妈不要爸爸不等于不要你，妈妈是爱你的，你是妈妈的乖女儿，妈妈为有你这么懂事的女儿非常自豪。听妈妈的话，不要哭了，哭丑了妈妈多心疼啊！"

华华笑了起来，把一个小物件举到齐凤瑶眼前，说："妈妈，我不哭了。我知道你比爸爸喜欢我。你看，这是我在手工课上做的手工！"

齐凤瑶在华华的笑脸上响亮地亲了一口，接过华华手里的那件东西仔细一看，见是用红色橡皮泥捏成的三个抱在一起的小人儿，背面贴着一张纸条，上面写着"爸爸妈妈和我永远在一起"，是华华稚嫩但工整的字。立时间，齐凤瑶心里泛起了一股难以言说的情感，眼眶湿润了。她再次搂紧了可爱的女儿，颤声说："华华，你真是个懂事的孩子！就把它们放在写字台上吧，妈妈留作纪念。好吗？"

华华愉快地说："当然好了，我本来就是送给爸爸妈妈的嘛！"

第四章　重大发现

作为海滨城市，永平市夏季里的夜是凉爽而又喧闹的，每一条街道上纳凉的人都摩肩接踵，路边摆摊卖服装和向外地游客兜售旅游纪念品的小商贩的加入使原本还算宽敞的马路狭窄起来，多么豪华的轿车在这种路况下也只能忍气吞声地慢慢爬行。"永平市一大怪，开车没有走着快"这句顺口溜并非完全夸张。

苏江礼驾驶着"奔驰"轿车也是费了九牛二虎之力才从人流和车流中钻出来。40分钟前，他找到了外甥曾晖，郑重告诉他近一段时间内停止贩卖毒品，包括青河里曾晖那套闲置的住房零散毒品的交易，因为警察可能"瞄"上他了，这绝不是一个好兆头，他要避开风头，等待时机把手头马晓强用命换来的十公斤"货"出手狠狠捞上一大笔钱。曾晖当然听从了他的吩咐。

"滴——滴——"苏江礼的手机响了。

苏江礼瞟了一眼显示屏上显示的手机号码，厌恶地皱了一下眉，但还是接听了。

"我一猜就是你这个讨厌的女人！"苏江礼一只手把着方向盘，一只手举着手机，恶声恶气地说。

手机里是一个中年女人圆润的声音："怎么，生气了？"

苏江礼不耐烦地说："我想知道你给我打电话干什么。"

女人却不急不慢地说："很简单，我想提醒你还有一个妻子，名义上的，也是中国法律意义上的。"

苏江礼冷笑了一声，说："多此一举。我不会忘记我还有一个老婆的，更不会忘记她脱光了身子用一晚上时间换来了一本出国护照。其实我倒是希望彼此都忘记了。"

女人也冷笑了一声，问："彼此忘记？可能吗？"

苏江礼按照自己的思路说："所以我更要忘记你，所以我做了永平市最大的旅行社的总经理，而且还要挣更多的钱，用钱洗刷我的耻辱。至于做什么怎样做你是无法知道的！"

女人用平静的嗓音说："我对你做什么怎样做不感兴趣，我感兴趣的是我的床上躺过多少个女人。"

苏江礼说："我不缺女人，但我从来不让她们躺在你躺过的床上，那样我会没有兴致的。"

女人旁敲侧击地说："你爱玩儿女人，三陪小姐、下岗工人，只要你看中了，她们都绕不出你的迷魂阵！"

苏江礼吃了一惊，问："你……你在哪里？国内还是日本？"

女人似乎感觉自己占据了上风，有些得意地说："日本，不过我会随时回永平的。记住，我说的是随时。"

苏江礼气恼地说："这和我没有关系！"说完挂断了手机。

苏江礼把车子停在了平安里齐凤瑶家所在的楼下。

此时，齐凤瑶正在屋里望着离婚协议书和华华做的小人儿难以入睡，良久，她慢慢撕掉了离婚协议书，拿过小人儿亲吻起来。

有人敲门，齐凤瑶打开房门，一个她怎么也想不到能来到她家里的人站在了门口。

齐凤瑶脱口问道："呀，苏总，您……您怎么来啦？"

苏江礼笑了，彬彬有礼地对齐凤瑶说："凤瑶，看得出来，你很惊讶，是吗？请原谅我的唐突，不过我想你是不会反对我登门造访的。"

齐凤瑶从惊讶中走出来，连连点着头，说："当然了，我怎么会反对您呢？您是贵客，我请都请不到呢。您是怎么认识我家的？"

苏江礼反客为主地问："凤瑶，这个问题我可以不回答吗？"

齐凤瑶俏皮地吐了一下舌头，说："对不起，苏总，我也许不该这样问的。快请坐，坐呀。只不过我们谈话的声音要小一点，我女儿正在睡觉呢。"

苏江礼走进客厅，在沙发上坐下，说："凤瑶，你是一个贤妻良母，无论哪个男人娶了你都是他的福分。"

齐凤瑶不知道苏江礼因何夜里来访，就问："苏总，您找我有什么事情吗？"

苏江礼双手交叉在胸前，语气里带出了些许自责，说："凤瑶，今天中午和你分手后我才想起有一件重要的事情忘了告诉你，都怪我当时心情不好……你别见怪啊。"

齐凤瑶善解人意地笑着说："苏总，我相信您的家庭生活不算和谐，也感谢您对我说了这些隐私，可见我们是最好的朋友了。一个人是应该倾诉的，心里的委屈说出来就是一种解脱，我非常愿意倾听您的话。对了，您有什么事情要告诉我呢？"

苏江礼拍了一下头，说："下个月北京有一个华北地区旅游工作会议，这是一个旅行社宣传自己的大好时机，所以我想和你一起去在会议期间搞促销，向社会各界推介线路。怎么样，这是件好事情吧？"

齐凤瑶颇感兴趣地说："苏总，这的确是一件好事情。可是我的碧海旅行社刚刚开业，有到北京做宣传的必要吗？"

苏江礼望着齐凤瑶的脸，尽管他心里涌动着一股欲火，但外表上却谦谦君子地说："凤瑶，我不太赞成你的话，旅行社争的是客源，只要能组到团或者拉到客源是无所谓大小的。我的经验你还不信吗？"

齐凤瑶由衷地说："苏总，瞧您说的，您的经验我怎么能不信呢？好吧，到时候我跟您去北京参加会议。谢谢您时时处处为我着想。"

苏江礼环视了一下客厅四周，又用中午那种轻柔的嗓音说："凤瑶，你怎么总是跟我客气呢？你是我最喜欢的……你的家庭是不幸福的，你……"

齐凤瑶不想在苏江礼面前隐瞒什么，说："苏总，我的家庭生活确实不能算作幸福，这是我心底的痛，可是为了我的女儿、为了这个家，我必须承受这种痛苦，至少目前应该这样。"

苏江礼望着齐凤瑶身上穿的那件粉红色的睡衣式长裙，弦外有音地说："凤瑶，你太传统了，太富有美德了，我欣赏！"

齐凤瑶轻轻叹了口气，说："苏总，我的心里很乱，也很疲劳……"

苏江礼站起身，说："凤瑶，我也有这种感觉，我们都很累。哦，你赶快休息吧，有时间我们再联系。"

苏江礼说完，站起身走出了齐凤瑶的家。齐凤瑶站在门口，目送那个高高的身子走下了楼。

苏江礼驾驶着"奔驰"车离开了平安里，他的心里空落落的，像丢失了什么重要东西。直到现在，他也不知道自己为什么夜里来找齐凤瑶告诉她去北京开会的事情，这件事他完全可以明天上班后在电话里讲给齐凤瑶的。

"我爱上她了，一天也离不开她了……"苏江礼心里默默地说着。除了这个理由他再也找不出别的托词了。

在路过一家餐馆的时候，苏江礼在车里发现有两个穿警服的人在餐馆里喝酒，其中一个好像是张全。

那两个穿警服的人当中确实有一个人名叫张全，曾经在四方旅行社做过保安，后来成了马晓强手下的兄弟，6月2日凌晨接连发生的两起大案他和此刻坐他对面同他一起喝酒的刘生都参与了。自从槐树林枪击案发生后，他俩就在曾晖的授意下在一间民房里躲了起来，刚开始挺害怕，这两天胆子又大起来，穿着假警服到外面混吃喝来了。他们已经喝了有一个多小时的酒了。

好心的餐馆老板走过来，对张全和刘生说："你们两个别再喝了，都喝这么多了……"

张全翻着眼睛望了老板一眼，粗横地说："去去，我们喝酒关你什么事，别找不舒服！"

这时，身着警服的林伟走进来，招呼老板说："老板，麻烦你给我来一份炒饼。"

老板答应着走进了厨房。

张全和刘生见林伟坐在了门口旁那张桌子前，做贼心虚，彼此心照不宣地站起身，想溜。

从厨房里走出来的老板见状，冲他们喊道："哎，别走，你们得买单哪，警察也得……"

刘生回过头粗声粗气地对老板说："阎王爷欠不了小鬼钱，下次再说吧！"

林伟虽然在进门时看到了张全和刘生，但没有多想，以为是自己的同行，但看不惯他们这种"记账式"的吃喝法，就责怪地对张全和刘生说："你们怎么能这么办事？该多少钱就得掏多少钱。你们是分局机关的还是派出所的？这样做可不合适！"

张全抖了个机灵，说："我们是分局的，临时出来没带钱，明天补上，补上。"说着和刘生快步往餐馆外走去。

林伟突然发现两个"同行"胸前没有警号，禁不住纳闷地自言自语起来："他们怎么没有别警号……"一个念头猛地闪了出来，"他们是假警察！"

林伟迅速追出门，见张全已经发动了摩托车，刘生坐在摩托车后座上。

林伟冲他们大喊了一声："站住，你们两个给我站住！"

张全见露了馅，驾着摩托车跑了。林伟飞身上了停在餐馆门前的警车，紧追不舍。

张全胯下的摩托车像一只受惊的兔子在街上左冲右突，专往人缝里钻。最终，林伟由于躲避行人停下车，摩托车怪叫着从他的视线中消失了。

张全和刘生在街上绕了半天，最后在租住的一间民房前停住了车。他们喘着粗气，钻进屋子里，两个人都大汗淋漓。

刘生点着一支烟，狠命地吸了几口，后怕地说："他妈的，真丧气，酒没喝足还差点儿让一个真警察给咬住。咱们杀过一个警察，身上有命案，马晓强死了，我看咱们也别在永平市混了。"

张全抓过一条毛巾，边擦脸边说："没钱往他妈哪儿跑？曾老板不是说了吗，等这批'货'出手了就分钱给咱们吗？"

刘生像突然想起了什么似的冲张全说："咱不用他分钱了，自己卖钱去！"他说着，弯腰从床底下拉出一只箱子，从里面摸出十几包海洛因揣进怀里，刚要直起身，一把尖刀压在了他的脖子上。

刘生吓得浑身一哆嗦，见是曾晖不早不晚地站在了身后。曾晖脸阴沉得能掉下雨水来，气恼地对刘生说："你小子真够朋友啊，我让你在这里看守着'货'，你他妈的却想被窝里放屁——吃独食！"

刘生也是街面上的"人物"，知道自己今天肯定是得罪曾晖了，便毫不示弱地回敬道："姓曾的，事情已经逼到这份儿上了，你能把我怎么样，我们为你卖了好几次命，都这么多天了一分钱也没见着，你他妈的别拿我们哥们儿不当回事——"

刘生的话还没说完，曾晖眼里早已经射出了两道凶光，额头上也暴起了青筋，他手一挥，尖刀"噗"一声扎进了刘生的肚子里。刘生连叫都没叫一声就瘫软在了地上，手刨脚蹬了一会儿，断了气。

事情发生得太突然了，一旁的张全把经过看了个满眼，惊恐得说话的嗓音都变了："曾……曾老板，我……我可没……没动那……心思啊！您……您可别……"

曾晖换上了一副笑脸，说："我知道，我不动你一根毫毛，不过你要回答我一个问题，这小子该不该死？"

张全紧忙连声说："该死，他该死！"

第四章 重大发现

曾晖满意地拍了拍张全的肩膀，说："他要是有你这么懂事就不会挨刀了。来，帮我把他处理掉！"

张全连连点着头："哎，哎，好。那这些'货'……"

曾晖把刘生怀里的那十几包海洛因掏出来，重新装进箱子里，不小心把一包海洛因失落在地上，又被张全无意中一脚踢到了床底下。

曾晖收拾好箱子后，说："我把这些'货'带走，放在一个只有我一个人知道的地方，说实话，你们这些人真不让我放心！"

曾晖让张全帮他把刘生的尸体抬到门外轿车后备箱里，然后拎着箱子上车，走了。

曾晖连夜把刘生的尸体抛到市区南郊一个废弃多年的小砖窑里，把一面窑壁推倒，盖住尸体，随后把那个装满了十公斤海洛因的箱子放到了一个隐秘的地方。

这时，天已经亮了。

曾晖在街上吃完早点后，径自去了四方旅行社。

曾晖走进总经理办公室时，苏江礼阴冷地望着他，目光里含着一种曾晖似懂非懂的东西。

曾晖走到苏江礼面前，小心地问："舅舅，您……您怎么啦？"

苏江礼翻着眼皮望着曾晖，气哼哼地说："曾晖，你这个吃里扒外的小狼崽子！"

曾晖被骂进了五里雾中，瞪大眼睛，说："舅舅，您说的什么呀，没头没脑儿的。"

苏江礼拍了一下桌子，继续骂道："有头有脑儿的话你听吗？你他妈的拿我当成三岁小孩子了？"

曾晖确实糊涂了，委屈地说："舅舅，我到底做错什么啦，一进门就挨你训！"

苏江礼知道不把话挑明这个没有多少智商的外甥是不会领悟到他的意思的，便以一种无所谓其实很在意的口气说："曾晖，她给我打电话了。"

曾晖明白了，却故意怀揣侥幸地眨巴着眼睛发问："她？她是谁呀？什么电话？"

苏江礼看透了曾晖的小把戏，严厉地说："我没心情和你斗口舌，你老老实实告诉我，她给了你多少钱？"

曾晖知道自己斗不过精明的舅舅，便做出一副懊悔的姿态，说："舅舅，我……我错了……我再也不听……她的话了！"

苏江礼语气有所缓和地说："曾晖，我把丑话给你说在头里，你再敢把我的事情出卖给她，我不会轻饶了你的！"

曾晖尴尬地说："舅舅，舅舅，您别发这么大的火嘛，我不是……"

苏江礼明知故问："不是什么？"

曾晖讨巧地笑了笑，说："我不是喜欢钱吗，她给过我一笔钱，我就把你和哪个女人好上了的事情告诉给她，反正你是不会在乎这些的。"

苏江礼玉树临风般地说："我是不在乎这些，可是我不想让她的眼睛在我背后盯着我，掌握我的一举一动，谁又知道她此时此刻在日本没有躺在别的男人怀里呢？"

　　曾晖讨巧地把一支烟放到苏江礼嘴上，转换话题说："您说的这些我都明白，不管怎么说，我们从那两个云南人手里抢来的那批'货'得尽快出手，夜长梦多不说还当不了钱花。"

　　苏江礼吸着烟，从办公桌上拿起一个小梳子，梳了梳头发，说："这道理我比你懂，可现在绝对不是时候！"

　　曾晖显摆功劳说："舅舅，我不放心那些'货'，夜里到张全和刘生那儿去了一趟，幸亏去了，要不就出大事了。张全倒挺规矩的，可那个刘生竟然想自己把'货'卖出去，正给我撞见，这小子反了，我把他弄死了，免得出乱子！"

　　苏江礼不置可否地望着曾晖，说："你赶快把'货'送到这里来，然后你再到张全那儿去一趟，让他搬走。去吧！"

　　曾晖点点头，走了出去。开着车来到张全的住处，见房门锁着，便掏出纸和笔，写了一张纸条从门缝塞进了屋里。

　　下午四点钟，市公安局刑警队有了好消息。赵青华向姜正汇报说："队长，我们根据林伟描绘的那两个假警察的相貌用电脑制作了他们的画像，在东河派出所的协助下查到了其中的一个人的下落。他叫张全，山西人，现租住在我市东河派出所辖区内一间民房里。"

　　姜正揉了揉充满倦意的脸，命令道："不管他是不是杀死小李的凶手，凭他冒充警察这一点就能拘他了。立即行动，拘捕张全！"

　　姜正说完，带领赵青华、林伟、毛建强驾车赶到了东河派出所，在派出所民警的指引下来到张全的住处。见房门洞开着，屋内空无一人，东西凌乱。

　　姜正扫视了几眼屋子，对林伟说："连生活用具都没有，只剩下一张空床，看来这小子搬走了。仔细搜搜！"

　　林伟和赵青华仔细搜查起来。林伟从床底下发现了一包海洛因，大声对姜正说："队长，你看，毒品！"

　　赵青华也兴奋地叫起来："你们看，这里有干了的血迹！肯定是人血！"

　　姜正接过海洛因，又蹲下身仔细看了看血迹，肯定地说："看来这个张全百分之百和贩毒有关，小李的死十有八九也是他干的，说不定这间小屋里……"

　　姜正的话还没有说完，毛建强把从墙角捡起的一张纸条递给姜正，说："队长，你看这张纸条！"

　　姜正拿过纸条，见上面用蓝色圆珠笔写着一行字："这里不能再住了，快搬走。"

　　姜正望着纸条，嘲讽地说："这个张全哪，不在二百五以上也不在二百五以下，正好二百五，把这么重要的东西都给咱们留下了，咱们可别对不起他啊！"

赵青华向姜正建议说:"队长,发布通缉令,缉拿张全吧!"

姜正摆了摆手,果断地说:"按照常理应该这样做,可是我猜想张全在这个案子里只是一颗小棋子,真正的黑手在他后面。我们给他来个内紧外松,不大张旗鼓地抓张全。张全不是搬走了吗,既'走'之则安之,正好让我们的对手认为他们很高明,让他在自我感觉良好中自己现出原形!今天收获不小,咱们回队里再详细碰碰。"

几个人离开了小屋。

徐兰娟从马路对面欲往碧海旅行社楼下一家超市走去,她刚穿过马路,马三儿骑着一辆摩托车把她撞倒在地,然后逃之夭夭。徐兰娟在倒地的瞬间只瞥见了马三儿的一个背影就昏了过去。

从外面办完事情回碧海旅行社的齐凤瑶见此情景,忙不迭地跑上前抱起徐兰娟,急切地呼唤着:"小姐,小姐,你醒醒啊……"

徐兰娟紧闭着眼睛,一动不动。齐凤瑶决定送她去医院。

这时,《永平晚报》的记者丹明驾驶着采访车路过这里,职业的习惯使他停住车,挤进人群,举起相机拍下了齐凤瑶抱起徐兰娟的情形,然后帮助齐凤瑶把徐兰娟抱上了自己的车,向医院驶去。

等车子走出一段路后,他俩才相互认了出来。齐凤瑶惊喜地说:"丹明记者,是你呀?上次你送我妈妈回家我还没来得及好好谢你呢,这次又帮助我送这位小姐上医院。你真是一个热心的好人!"

丹明边开着车边说:"你不也是非常热心吗?请告诉我你的姓名和工作单位,我要把你热心救人的事迹在晚报上发表。"

齐凤瑶赶紧摇着头说:"可千万不要这样,我救她是看她可怜,怕送医院晚了出人命才救她的,千万不要登报啊。"

丹明回头望了一眼这个曾经给自己留下过极为深刻印象的女人,说:"你做好事不图回报令我感动,我可以尊重你的意见不登姓名和工作单位,但这件事我还是坚持上报的,因为它会起到为见义勇为者摇旗呐喊的作用。这也是我们这个社会所需要的。"

齐凤瑶还要再说些什么,医院到了,她和丹明用最快的速度把徐兰娟送到了抢救室。丹明本来想和齐凤瑶再说一会儿话的,但由于他一个约定的采访时间到了,只好先离开了医院。"感觉告诉我,我们还会再见面的。"临走前,丹明这样对齐凤瑶说。

十几分钟后,一名医生从抢救室里走出来,对守在外面的齐凤瑶说:"她伤的不重,过一会儿就能醒过来。"

齐凤瑶高兴地说:"那我就放心了,我还有事情,得马上走,请你们在她醒来之后帮助她通知家属。"

医生望着齐凤瑶,问:"你走?难道她和你没有任何关系吗?"

齐凤瑶向医生解释说:"她在大街上被撞伤昏倒了,我路过那里和晚报一个记者把她送到了这里。"

医生皱着一对短眉毛,说:"那你也应该留下通讯方式,有事情我们只能找你。"

"必须要留吗?"齐凤瑶问。

医生冷冰冰地对齐凤瑶说:"必须得留,万一她醒来后支付不了医疗费用,我们找谁去?我们医院以前碰到过这种事情,有的病人家属为了达到不交或少交医疗费的目的,就采取这种……"

齐凤瑶打断医生的话:"您不要多说了,我理解您的心情,我把工作单位和姓名都给您留下。这是我的名片,上面有我的手机号码,您随时可以和我联系。"

医生把齐凤瑶递过来的名片塞进白大褂宽大的衣兜里,感慨地说:"我看得出来,你是一个比较坦诚的人,这个徐兰娟真是遇上好心人了!"

齐凤瑶吃了一惊,说:"徐兰娟……她……她是徐兰娟……哼!"

医生说:"刚才我从她包里找出了她的身份证,确定她就叫徐兰娟。你怎么了?"

齐凤瑶礼貌地冲医生笑了笑,掩饰地说:"没什么,我想祝愿她早日康复。再见。"

齐凤瑶转身离开了医院,她一秒钟都不想待在这里了。

齐凤瑶走进碧海旅行社,在椅子上坐下,还未来得及梳理一下自己的情绪,张婷婷神情郁闷地走了进来。

齐凤瑶问张婷婷:"婷婷,业务跑得怎么样了?"语气里透着急切。碧海旅行社正式营业至今已经半个多月了,一单业务也没有,齐凤瑶心里非常焦急。

"凤瑶姐。"张婷婷拉过一把椅子在齐凤瑶身边坐下,揉着走疼了的双腿,忧愁地说:"情况很不乐观,顾客们普遍对我们旅行社不太了解,加上别的旅行社宣传攻势很猛,又是在报纸上打广告又是在街上挂条幅,相比之下,我们这方面的力量几乎没有,所以尽管我尽了最大努力推销我们的路线,可就是没有人报名。"

齐凤瑶叹了口气,说:"我们碧海刚刚营业,人们不了解我们是很正常的事,要想让人们了解我们得有一个过程,我想慢慢会好起来的。"

张婷婷受到了鼓舞,说:"凤瑶姐,你说的很对,可是时间不等人啊,旅游黄金时期一过去,我们可就惨了……凤瑶姐,我都不愿意去想……"

齐凤瑶俯下身帮张婷婷揉着腿,说:"婷婷,你的心情我最理解不过了,你是真心替我着急,可是目前我们除了自己出去做业务外,实在没有更好的办法啊。作为总经理,我比谁都急,但不能乱了阵脚,事情必须得一步一步去做。"

张婷婷抬起头,望着齐凤瑶,说:"凤瑶姐,你心里有数就行,我一定努力去做业务的。呀,凤瑶姐,你眼睛里有泪水,你哭了吗?"

齐凤瑶犹豫了一下,点了点头,说:"是的。"

张婷婷自责地说:"为什么呢?是不是因为我没有做好业务?"

齐凤瑶轻轻摇了摇头。

张婷婷凝神想了一会儿，问："凤瑶姐，是不是因为杜桥姐夫的事？"

齐凤瑶信任地对张婷婷说："婷婷，我们是好姐妹，我不瞒你，刚才我遇见那个女人了。"

思维敏捷的张婷婷惊讶地问："和杜桥姐夫相好的那个女人？"

齐凤瑶语调沉重地说："对，就是她。她让我心里有一种说不出来的痛苦，以至于无法面对这个现实，可我又必须得面对这个现实……"她哽咽了。

张婷婷非常理解齐凤瑶痛苦的心情，气愤地说："凤瑶姐，你受到了伤害，受到了杜桥姐夫和那个女人的双重伤害。做错事的人总有一天要付出代价的，我敢说，他们不会长久的！"

齐凤瑶把头抵在办公桌上，说："婷婷，你还没有谈恋爱，不了解男人，尤其是像杜桥这样没有什么大志向的男人，他们一旦走上玩弄女人这条路，可不是说断就断的。"

张婷婷抚摸着齐凤瑶的肩头，感动地说："凤瑶姐，我感觉到你对杜桥姐夫还没有完全失望的，你还在爱着他！"

齐凤瑶抬起头来，整理了一下有些散乱的头发，真诚地说："婷婷，你说得对，尽管我心里特别怨恨他，可是还把他当作了可以依靠的人，我盼望他迷途知返。我已经对他说过了，不管过去发生过什么事情，只要他回到我身边，我一切都不在乎。他进戒毒所了，这也不一定是坏事情，我在等待着他，等待着他重新回到我身边，等待着一个希望……"

说到这里，苏江礼那端正的男人的相貌突然闪跳在了齐凤瑶脑海里，使她暗自吃了一惊，不由自主地停住了话头。

为什么会这样呢？

齐凤瑶忽然觉得自己应该去看海了。

夏季夜晚的海滩绝对是一个喧闹的场所，从住所出来纳凉、在浅海里游完泳后休憩、吃大排档的各色人等制造出的声音和着波涛声组合成了一首典型的海滨夜曲。

在相对清静一些的一块岩石旁边，两个年轻的女人并肩坐在柔软的沙滩上，借着月光可以看出来，她们是齐凤瑶和齐小梅。

齐小梅是刚刚来到这里和齐凤瑶见面的，她不解地问老同学："凤瑶，你现在是个大忙人了，约我到海边来一定是有什么事情。怎么样，我猜得对吗？"

海风吹动着齐凤瑶的头发和裙裾，她望着夜色中越发显得苍茫而辽远的大海，说："小梅，我现在还算不上很忙，但我约你出来确实是有事情想请你帮忙的。"

齐小梅笑着轻轻捶了齐凤瑶一下，说："我的智商不低吧？可是我能帮你做什么呢？"

齐凤瑶郑重地说："过几天我要和四方旅行社的苏总到北京开一个很有规模的

旅游会议，我的碧海旅行社目前经营状况很不好，所以这个会就显得对我很重要，我想把华华托付给你照看几天。"

齐小梅说："照顾华华我能够做到，也愿意帮你做些事情。你和杜桥之间的事情我也听说了……哦，我不该在你心情低落的时候谈起这件事，你只管放心去北京开会吧，真心希望你的碧海旅行社做大做强。"

齐凤瑶又恳求地说："小梅，在去北京之前我还要你陪我做一件事情。"

"什么事情？"

"到戒毒所去看望杜桥。"

齐小梅惊诧地说："凤瑶，能告诉我为什么要我陪同呢，你们可是夫妻呀！"

齐凤瑶幽幽地对齐小梅说："我找不出来让你陪我去戒毒所的理由，但我很想让你陪同我去，也许是我太脆弱了？"

"凤瑶，我一定陪你去！"

翌日早晨，张婷婷拿着一份晚报跑进了办公室，大声冲齐凤瑶和赵姐宣布："哎，好消息，凤瑶姐上晚报了！看哪，头版头条大照片！"

赵姐首先从张婷婷手里拿过报纸，说："是吗，我看看……这儿了，救助被撞伤的陌生人上医院……齐总这是助人为乐呢，照片拍得不错，可惜没有写上齐总的名字。"

张婷婷欢快地搂住齐凤瑶的肩膀，不无遗憾地说："这个叫丹明的记者当时肯定没有问凤瑶姐的名字，我们打电话告诉他吧！"

张婷婷说着就要拿电话，手却被齐凤瑶捉住了。齐凤瑶在那只白嫩的小手上"掐"了一下，说："婷婷，别瞎闹了，这件事没有什么好张扬的，我们要做的是尽快打开市场，不是给报社当通讯员。这么多天了业务没有任何进展，我简直都要急死了，你还有闲心开玩笑！"

赵姐放下报纸，说："是啊，婷婷，这么多天了，我们一个团队也没有组成，难怪齐总着急。"

张婷婷收起了玩闹，坐到椅子上，说："我知道凤瑶姐着急，其实我心里也不轻松啊！"

齐凤瑶眼里闪动着忧虑的光，对张婷婷说："婷婷，我知道你和小黄都在尽力，也许我这个总经理还不合格，我应该好好想一想……"

杜桥在戒毒所里过了不到一个月的戒毒生活。他属于初期吸毒者，加上强制措施，尤其是不想尽早结束生命，这三方面的原因使他比较成功地戒了毒，于今天告别了高墙铁门，回了市里。他根本没有想回家，直接去了公司。不管怎么说，有这么个越来越不挣钱的公司撑着就能拴住徐兰娟。

杜桥走到办公室前，掏出钥匙开门，却怎么也打不开锁，不由得骂了一声："真他妈的倒霉，连锁都跟我过不去，我非把你砸开不可！"

身后传来徐兰娟嗲声嗲气的声音："亲爱的，别费劲了，那锁我已经换了。"

杜桥回过身，尽管他这么长时间没有见到漂亮的情妇，身体里早已经积满了急需释放的情欲，但还是不高兴地劈头质问徐兰娟："你他妈的为什么要换我办公室门上的锁？"

　　"哟——"徐兰娟一步三摇如同风摆杨柳一样走到杜桥跟前，说："杜桥，你跟我说话的口气还这样冲，告诉你吧，这不是你的办公室了，而是我的了！"

　　杜桥一时间没有明白徐兰娟话里的意思，继续问："你他妈的胡闹什么？谁让你换锁的？"

　　徐兰娟掏出一把明晃晃的钥匙，打开房门，俨然以主人的姿态对杜桥说："有话进屋说嘛。来，进来吧。"

　　杜桥迷迷瞪瞪地进了办公室，瞪起眼睛问徐兰娟："你到底在搞什么狗屁名堂？早就告诉过你，在我的公司里你不要太过分了！"

　　徐兰娟把坤包抛在沙发上，咧开两片薄嫩的嘴唇笑起来："哈哈哈……你的公司？你看看营业执照就明白了。"

　　杜桥走到墙边，仔细看了看挂在墙上的营业执照，发现营业执照是新换的，而且法人代表也由原来自己的名字改成了"徐兰娟"，不由又惊又恼地冲到徐兰娟面前，像要一口把她吞下去似的吼叫起来："怎……怎么？营业执照上的法人代表怎么是你的名字了？"

　　徐兰娟慢条斯理地说："所以说我是这家公司的主人了，你在公司里什么也不是了！"

　　杜桥气得脸色发白，挥舞着胳膊大声问："你……你怎么干出这样的事情来？你是怎么换的法人代表？"

　　徐兰娟一副处乱不惊的样子，说："亏你还做了这多年的生意，这还不容易办吗？"

　　杜桥依然叫喊着："我就不明白，没有我的身份证你怎么能把法人代表换掉？"

　　徐兰娟炫耀地说："这根本就不是什么难办的事，我工商局有朋友，想变更什么就变更什么。"

　　对徐兰娟这句话，杜桥是服气的，他用手指着徐兰娟的鼻子，骂道："徐兰娟，你……你太卑鄙了，趁着我不在公司的这些天窃取了我的公司。毒，毒，你真比蛇蝎还毒！"

　　徐兰娟仍旧脸不红心不跳地说："看你要吃人的样子，不就是一个破公司嘛，你就那么在乎吗？"

　　杜桥呼哧呼哧地喘着粗气，说："废话，没有了公司我拿什么挣钱？"

　　徐兰娟走到杜桥身边，撒娇地把自己塞进杜桥的怀里，说："谁说公司没有了，你不还可以经营它嘛！"

　　杜桥气急败坏地说："法人代表不是我了，辛辛苦苦养的孩子让狼给叼走了，你心里能他妈的情愿吗？"

　　徐兰娟坚持不懈地用"柔情"做着挡箭牌，说："话不能这么说，谁让咱俩好上了呢，而且你一再说爱我，既然爱我就不要让我不开心嘛。"

杜桥被徐兰娟气得哭笑不得，说："这不是开心不开心的事情，你想经营我的公司也不要紧，最起码跟我打个招呼嘛，你这样偷偷摸摸地把法人代表换了算怎么回事？"

徐兰娟强词夺理地说："你不是在戒毒所里嘛，人家又不知道你什么时间出来。"

杜桥再次被徐兰娟轻描淡写的神态激怒了："徐兰娟，你这个臭婊子，你眼里太没有我杜桥了，我是跟你好上了，这几个月来花在你身上的钱也不在少数，到头来你这样玩儿老子，老子……老子真恨不能打死你！"

徐兰娟也急眼了，冲杜桥叫起来："杜桥，你这个王八蛋，别一口一个婊子婊子的，你见过真正的婊子吗，我徐兰娟对你也算是有情有意了。我一不逼着你离婚娶我，二没有榨干你的钱财，自从跟了你，我连别的男人的边儿都没沾过，这还换不回来一张营业执照吗？"

杜桥发泄地一脚将一把椅子踢到墙角，说："我他妈的倒霉到家了，养了你这么个丧门星！"

徐兰娟眼珠转了转，像变脸演员一样换上一副笑脸，哄劝杜桥说："行了行了，你刚从戒毒所出来是件好事，害你的人是马三儿，不是我。你懂吗，我的杜大少爷。"

杜桥的情绪也平稳了许多，他知道事情到了这个地步是无法挽回了，他和徐兰娟之间虽然没有什么感情，但他毕竟还是离不开这个风情万种能让他在床上尽显风采的女人，于是把徐兰娟揽在怀里，嗔怪地说："你呀，少跟我耍贫嘴！"

徐兰娟胜利地撇开嘴笑了，说："我知道你舍不开我，这样吧，我们到海滨玩儿去，让你消消火儿，顺顺气儿，怎么样？"

杜桥把手伸到徐兰娟的鼻子底下，说："把车钥匙给我，我开车去！"

徐兰娟冲杜桥做了个鬼脸，双手一摊，说："车？没了，我们打车去吧，花不了几个钱。"

杜桥又惊诧地瞪大了眼睛，问："你说什么？车没了？车呢？"

"上个星期卖了。"

"卖……卖了？谁让你卖的？"

"车是我的，我想卖就卖呗。"

杜桥气得身子在原地转了个圈，带着哭腔说："你……你真够可以的，天底下没有你不敢做的事情，有朝一日是不是敢杀人啊？卖车的钱呢？"

徐兰娟眯着眼睛反问道："你说呢？"

杜桥听出了徐兰娟话里的含义，他一只手揪住徐兰娟的脸蛋，说："你他妈的独吞了？徐兰娟哪徐兰娟，以前算我小看了你，我像猴子一样被你耍得团团转，以后你要是敢对不起我，我绝对不会轻易放过你！听见了没有？"

徐兰娟头一甩，把脸蛋从杜桥手里挣脱出来，说："我要是想做对不起你的事

第四章 重大发现

情早就做了，还用等到现在吗？"

杜桥厉声喝问道："我问你听见了我的话没有？"

徐兰娟拉着杜桥的胳膊边往门外走边说："听见了。哎呀，你烦死人家了——"

两个人就这样说着骂着闹着走出了公司，在街上打了一辆车，上海滨寻找浪漫去了。

两天后，星期六的上午，齐凤瑶和齐小梅来到了位于市区东部的戒毒所。她们刚走进门卫室，值班员态度很好地问："你们找谁？有证件吗？"

齐凤瑶把居民身份证递给值班员，说："我是杜桥的妻子，今天我看望他。"

值班员对杜桥的名字并不陌生，把身份证还给齐凤瑶的同时，说："杜桥已经离开这里了。"

齐凤瑶不相信地说："什么？他离开了？不会的，他才来这里戒毒不到一个月啊！"

值班员笑着对齐凤瑶说："他确实是走了。他吸毒时间不长，加上我们对他的治疗有方，他戒毒基本上成功了，没有必要再待在这里了。你们要相信我的话！"

齐凤瑶没有想到会发生这样的事情，一时间呆愣在了那里。齐小梅忙对值班员说："我们不怀疑您的话，那么杜桥是什么时候离开戒毒所的呢？"

值班员说："我查一下值班记录吧……哦，对了，杜桥是两天前上午离开的。怎么，他没有回家吗？不管怎么说，他人已经不在这里了，你们快走吧！"

齐凤瑶喃喃自语着："杜桥去哪儿了？去哪儿了……"她与其说是在齐小梅的搀扶下离开门卫室的不如说是被齐小梅抱出来的——她的身子虚软得几乎站立不住了。

齐小梅小心地扶着齐凤瑶在一片草坪前坐下，关切地说："凤瑶，凤瑶，你怎么了？你可要挺住……别着急，你可千万不要着急啊！"

齐凤瑶的泪水滂沱而出，气恨而又担忧地轻声说："杜桥……杜桥……他又不回家了……难道……小梅，你说他会不会还去走这条路啊，那样会把他完全毁掉的……"

齐小梅怜爱地望着齐凤瑶，说："凤瑶，只有等我们回去了才能想办法把事情搞清楚。先别伤心了，啊？"

"我……我知道他……他去……去哪里了……"齐凤瑶的声音很低很低。

"凤瑶，为这种人牵肠挂肚根本就不值得！"齐小梅以好朋友的口气对齐凤瑶说。

齐凤瑶默然无语。

齐凤瑶在齐小梅的陪同下在戒毒所外从上午一直坐到了傍晚，天擦黑时才回到家中。

齐凤瑶躺在床上，一动也不想动。做完了作业的华华走进卧室，说："妈妈，明天是星期日，你带我去海滨玩儿，行吗？"

齐凤瑶点点头，平静地对华华说："当然可以了，明天妈妈也要放松放松呢……"

第二天上午，齐凤瑶和华华乘坐公共汽车来到了离市区30多公里的海滨。母女俩在狮子石公园海滩上散步，正前方十几米处就是蔚蓝色奔腾不息的大海。

齐凤瑶对华华说："华华，这里是狮子石海滩，是海滨的中心景区，你看那几块礁石，像不像大老虎？"

华华顺着妈妈的手指望去，果然看见不远处的海滩上卧着几块大岩石，样子真的像几只凶猛的大老虎，便欢快地说："像，像极了！"

齐凤瑶牵着华华的手走向那几块岩石，说："华华，妈妈给你讲一个故事吧，故事的名字就叫狮子石的来历。我国古时候有一个皇帝，名叫秦始皇，他打败六国统一了全国以后，不仅天天吃喝玩乐，而且还要寻找长生不老的灵丹妙药。一天，他来到了这里，正走着，忽然从地下冒出来一座大山，挡住了他的去路。秦始皇可不高兴了，他举起手中的兵器，冲这座大山砍了一下，山被打碎了，几块碎石子变成了大老虎，它们想吃掉秦始皇。秦始皇吓坏了，骑上马就跑了。那几只老虎跳进海里，变成了狮子石。华华，这个故事有意思吗？"

华华被故事深深吸引住了，高兴地说："有意思！妈妈，你懂得真多！"

齐凤瑶感觉口有些渴了，就对华华说："华华，你先在沙滩上坐一会儿，妈妈去买两瓶矿泉水来！"

齐凤瑶说着，向远处一个冷饮摊走去，买完矿泉水后，她突然发现冷饮摊旁摆放着一张躺椅，上面紧紧搂抱着躺在一起的竟然是丈夫杜桥和那个被她送到医院里的徐兰娟！顿时，齐凤瑶的心被一只无形的手狠狠揪了一下，疼得几乎要晕倒。她猛地转过身，跑到华华身边，拉起华华，说："华华，我们不在海滩上玩儿了，妈妈带你去莲峰山公园里玩儿……"

华华把目光从狮子石上收回来，望着妈妈，问："妈妈，莲峰山有故事吗？"

"有，妈妈讲给你听……"

齐凤瑶和华华走了，沙滩上留下了两大两小四串脚印……

就在齐凤瑶痛苦而又孤独地离开的时候，杜桥和徐兰娟还在拥抱着躺在躺椅上。一直闭着眼睛晒太阳和享受着情妇半裸的身体的杜桥根本不知道妻子曾经无意中来到过他身边，只顾惬意地吹着口哨。

徐兰娟放肆地几乎把整个身子都扑在了杜桥身上，说："亲爱的，这儿多凉快，多让人开心啊！"

杜桥搂抱着徐兰娟，双手轻轻抚摸着她那光洁的后背，说："你呀，让我怎么也恨不起来。你就像是一只可爱但又不老实的小兔子，我把你抱在怀里你用爪子挠我，我不抱你吧心里又痒痒。"

徐兰娟卖弄风情地说："兔子要是不挠人还叫兔子吗？你们男人嘴上说的和心里想的就是不一样，你们喜欢挠人的兔子，不喜欢把爪子收起来的兔子，否则……"

徐兰娟停住了话头，杜桥问："否则什么？"

徐兰娟望着杜桥，说："我有必要说出来吗？"

杜桥摇了摇头，用一种看破红尘的口气说："算了，别说了，能快活一天是一天吧！说实话，和你在一起就是快活，人生苦短哪，人要学会快乐！"

徐兰娟仿佛有着无限委屈地说："那你以后不要再骂我了，我给你快乐，给你你想从我身上得到的一切快乐。"

杜桥眼里充满着淫欲，说："只要你乖，你也会从我身上得到快乐的！"

徐兰娟把头埋在杜桥胸口，说："我跟你说实话吧，我之所以趁你在戒毒所戒毒的机会找人把你公司的法人代表换成我的名字，就是图一个心理上的安慰，让别人尤其是看不起我的知道我在做事情。其实我是做不好生意的，公司的实际老板还是杜桥你。你说我是不是有些可笑又可怜？你说呀？"

杜桥听天由命地说："你都说了，我还说什么呀。事情都到这份儿上了，也只能像你说得那样你做名义上的总经理，我做你的幕后老板了。"

徐兰娟忽然想起了一件事，说："杜桥，我想起了一件事，前几天我在街上被一辆摩托车撞晕了，那个骑摩托车的人跑了，我只恍恍惚惚望见了他的背影，总觉得有些眼熟，可又说不上来是谁。一个女人把我送进了医院，我这里有医生留给我的她的名片。你要看看吗？"

杜桥不屑一顾地说："一张破名片我看什么呀，她救的是你，又不是我！"

徐兰娟努力回想着那天的事情，说："我总觉得那个人是故意撞我的，真的，我这种感觉强烈得很。"

杜桥在徐兰娟脸上亲了一口，嘲讽地说："你呀，纯粹是瞎说，他故意撞你做什么？一场交通肇事案罢了。他跑就跑了吧，就是有的杀人案公安局也没有办法破，就说前些日子郊区槐树林里那起枪击案吧，不是到现在也没有破案吗？该你命中有这场劫难，过去的事就别提了。"

徐兰娟无法反驳杜桥的话，停了一会儿，她嗓音低沉地说："杜桥，有时候我总在心里问自己：你到底是一个什么样的女人？你抢了人家的老公，她会恨你的，别人也会骂你的，归根结底，痛苦总是由女人来承担的，或许是你，或许是她，或许是你和她共同承担。"

杜桥吐了口痰，不耐烦地说："别说这些了，这些不是开心的话题。"

徐兰娟抓住杜桥的手，央求地说："杜桥，我们就在海滨住些日子吧，我知道你不想回家……"

"好吧，你想住到什么时候就住到什么时候。"

"我要每天都到海边来吹风。"

"随你。"

下班的时候，齐凤瑶和张婷婷一同走出了碧海旅行社，在凉风习习的街上慢慢往家里走。

张婷婷挽住齐凤瑶的胳膊，说："凤瑶姐，今天早上我听华华说你们昨天到海滨去玩儿了，华华很开心。华华真是个乖孩子，我就像喜欢亲妹妹一样喜欢她。"

齐凤瑶脸上浮现着一种冷峻的神色，说："华华确实是个好孩子，我爱她胜过爱自己。也正是这样，有的事情我才不敢面对现实。"

张婷婷仿佛成熟了许多，说："凤瑶姐，你是一个很能承受痛苦的人，但我要提醒你，有的时候承担痛苦是一种责任，是一种能力，而有的时候，承担痛苦却是要付出代价的，我所说的代价是幸福！"

齐凤瑶深有感触地点了点头，说："婷婷，你说的这些话我在心里已经不知道说过多少次了，我曾经认为杜桥是一个走错了路还能再走回来的人，直到昨天，我才发现我对杜桥的原谅是一个错误，甚至是一种纵容！"

张婷婷疑惑地问："昨天？"

齐凤瑶痛苦地说："是的，昨天我带华华到海滨玩儿的时候看见杜桥和那个女人躺在一张沙滩椅上，当时我真正体会到了心碎的感觉，我知道杜桥不会回到我身边了。他从戒毒所出来连家都没有回就和那个女人混在一起了，我鄙视他、仇恨他！"

这时，齐凤瑶的手机响了。

齐凤瑶接听电话："啊，是苏总啊，您好……我刚刚下班，正在回家的路上呢……哦，不用您送我的，我家里离旅行社只有两站地，这就到家了。谢谢您！"

手机里，苏江礼用亲切的声音说："凤瑶，这些日子你肯定是非常忙碌了吧？现在永平市旅行社的业务不太好做，旅游旺季马上就到了，你可要抓住机会啊！"

齐凤瑶重重地叹了口气，说："苏总，我旅行社里的业务糟糕透了，我都有些焦头烂额了！"

苏江礼问："凤瑶，你大概忘了一件事情吧？"

齐凤瑶愣了一下："什么事情？"

苏江礼提醒道："后天北京那个旅游会议就要召开了，我们不是说好了一起去开会的吗？"

齐凤瑶醒悟地说："哎呀，我忘记了，真的忘记了，多亏您提醒了！"

苏江礼以征询意见的口吻说："那我们明天下午就坐火车去北京，怎么样？"

齐凤瑶沉思了一下，说："好，我们明天下午火车站见面吧！"

几天后的下午四点多钟，提着旅行包的齐凤瑶回到了碧海旅行社。

张婷婷和另外一名导游小黄正面带忧愁地对坐着，齐凤瑶一进门就冲她们说："婷婷、小黄，我回来了，业务情况怎么样？"

张婷婷首先说："我们碧海的业务很不好。你去北京这几天，我和小黄一天也没待在办公室里，到各个单位和街道办事处散发我们的线路和报价单，可是依然很少有人报名。"

小黄接着张婷婷的话说："是的，齐总，现在旅游虽然很火，可是由于我们碧海旅行社规模小，没有名气，信用度底，所以很难拉到顾客，我们都快没有信心了。齐总，我们还是想办法在市内各媒体上做广告吧，把碧海的名气打出去，这样情况肯定会有所好转的。四方旅行社已经是全市 60 多家旅行社中规模最大、实力最强的一家了，可人家还是在电台、电视台、晚报、日报上长期做广告，相比之下，我们太无声无息了。齐总，请你考虑一下我的建议。"

齐凤瑶坐在椅子上，说："小黄，我知道在媒体上做广告的重要性，不要说我们碧海，世界上任何一家现代企业都离不开广告，而且越是大型企业越应该在媒体上树立自己的强劲形象，但是那需要一大笔资金，咱们碧海刚刚成立几个月，实在没有能力投入资金做广告。四方旅行社经过了 20 多年的发展，有了一定的知名度，这确实是一笔无形的资产。这次北京全国旅游促销会上，四方的苏总几乎没费什么周折就和南方 20 多家旅行社达成了地接意向，组长线团就更不用说了，而我逐个拜访那些老总，可以说是费尽了口舌，但由于没有合作基础，他们都不愿意和碧海合作。说实话，这次北京之行对我们来讲毫无意义，除了发出去一些名片，没有一个客户，这对我也是一个打击。眼下我们的业务的确不尽如人意，可我有信心在永平市旅游市场上闯出一块属于自己的天地来，对于我来讲，这条路无论多难我也要走下去。婷婷、小黄，我希望你们帮我做一番事业，也希望你们理解我。"

张婷婷理解地说："凤瑶姐，我们并没有灰心，正在努力呢！"

齐凤瑶看了看表，说："下班时间到了，你们先回家休息吧，明天再去跑业务，好吗？"

张婷婷、小黄先后走出了办公室，赵姐手捧着账本走到齐凤瑶面前，说："齐总，除去员工的工资，账面上只剩几百元钱了。"

齐凤瑶沉默了片刻，说："赵姐，我知道了，我会想办法扩展业务的。"

赵姐收好账本，望着齐凤瑶，感慨地说："凤瑶，你一个女孩子做旅行社真不容易呀！"

齐凤瑶淡淡笑了笑，说："这种负重的生活也许是命运使然吧。"

赵姐有些信心不足地说："咱们永平市这么一个仅有 60 万人口的小城市光登记注册的旅行社就有 60 家，竞争非常激烈，再加上那些黑旅行社兴风作浪，没有一定的实力和背景是很难立足的。"

齐凤瑶没有说什么，站起身和赵姐一起走出了办公室。赵姐回家了，齐凤瑶去接华华。

齐凤瑶刚刚来到学校门口，见齐小梅、华华和丹明从校园里走出来。

齐小梅望见齐凤瑶，问："凤瑶，北京之行收获大吗？"

齐凤瑶："一言难尽……"

华华扑进齐凤瑶怀里，说："妈妈，您可回来了，我可想您了！"

齐凤瑶把华华抱起来，说："华华，妈妈也想你呀，一会儿妈妈带你去吃麦当劳。好吗？"

"好！"

这时，齐小梅指着身旁的丹明对齐凤瑶说："凤瑶，我给你介绍一位朋友吧。他是《永平晚报》记者丹明，今天下午是到我们班采访素质教育成果的。丹明，这是我的同学齐凤瑶，碧海旅行社的老总。"

齐凤瑶和丹明相视而笑，齐凤瑶说："我们算是老朋友了，是吗，丹明记者？"

丹明一直在默默地注视着齐凤瑶，听齐凤瑶语气里充满了友好，便说："老朋友没错，可是我今天才知道了你的名字。很有诗意。齐老师，你们谈吧，我得回报社赶稿子。"

丹明走了，齐凤瑶、华华和齐小梅也分手了。

这个夜晚，对于杜桥和徐兰娟来讲是不平静的。

杜桥和徐兰娟住在海滨一家临街宾馆的标准间里，晚上入睡前，徐兰娟在拉窗帘时借着路灯灯光无意中发现一个男人从街上走了过去。女人的直觉告诉她：这个男人就是那天在市里骑摩托车撞她的那个人。

这个男人是马三儿。

徐兰娟像被针扎了一样，忙不迭地拉上窗帘，诚惶诚恐地对已经躺上了床的杜桥说："杜桥，我们明天不要在这里住了，我怕——"

杜桥不解地问："你他妈咋唬什么呀？有什么好怕的？"

徐兰娟惊魂甫定地说："我刚才看见了一个人，他的背影特像骑摩托车撞我的那个人。像，太像了！杜桥，我有一种不祥的预感，觉得要出什么麻烦事了！"

杜桥也被徐兰娟那发自内心的恐惧"感染"了，他跳下床，检查了一下门锁，自我安慰地说："没事的，过来，睡吧。"

徐兰娟乖乖地爬到床上，失去了往日和杜桥做爱的激情，大睁着眼睛望着天花板。杜桥也心神不定地吸着烟。

他俩直到后半夜才入睡。

天亮了，徐兰娟先醒了。她长出了一口气，推了推身边的杜桥："杜桥，你还睡呀……你睡吧，我到外面转转去了。"

杜桥闭着眼睛，说："你去吧，我再睡一会儿。"

徐兰娟走出去不久，一个男人悄无声息地走进来，猛地扑到杜桥身上，双手使劲掐住了杜桥的脖子。

杜桥被惊醒，扯着嗓子大叫起来："啊——啊——"

第五章 野心渐露

来人是马三儿。

杜桥使劲把马三儿从身上翻下去，震惊地问："马……马三儿……你想……干什么呀？"

马三儿"噗嗤"一声笑了，说："别紧张，我不弄死你，我这是和你闹着玩儿呢。"

杜桥坐起身，瞪着马三儿，说："有你这么闹着玩儿的吗？可吓死我了！"

马三儿盘腿坐在床上，揶揄道："从戒毒所出来你还挺风光的啊，没把我忘了吧？"

杜桥忽然打了一个愣征，问马三儿："你是怎么找到这儿来的？"

马三儿不知是没有听清杜桥的话还是不想回答，阴下脸问杜桥："我问你话呢！"

杜桥有些讨好地说："我怎么会忘了你呢，哦，我在警察面前可什么也没有说，我只说毒品是我从一个不知道叫什么名字也不知道住在哪里的南方人手里买来的，而且是第一次吸。"

马三儿脸上没有任何表情，对杜桥说："你说和我在一起吸毒警察没抓住我，你没说警察也没有抓住我，你不用对我表白这些，我不在乎，我只在乎今后。"

杜桥伸了个懒腰，说："今后我可是不能再沾那东西了，戒毒的滋味不好受哇。"

马三儿乜斜着杜桥，说："你呀，除了玩玩儿女人，再没有什么大本事了。你想金盆洗手我不拦你，但是你得帮助我发财，也可以说成咱俩共同发财。"

听见"发财"两个字，杜桥一下子来了精气神儿，忙不迭地问："发财？发什么财？"

马三儿做了个吸毒的姿势，说："当然还是这个了。"

杜桥谈虎色变地叫起来："啊？你还想弄这个？我不干，我再不干了，你是没有尝过进戒毒所的滋味，跟进监狱没他妈什么区别。"

马三儿不无得意地笑了几声，说："杜桥，你少跟我来这套，监狱里那点儿事瞒谁也瞒不了我，里面到现在还留着我的铺位呢。你跟着我干，保证少不了你赚钱。"

杜桥挠着头，说："吸毒光花钱不进钱，要想在这上面挣钱除了贩卖毒品。"

马三儿拍了一下巴掌，说："你说对了，我们就做这样的生意。"

杜桥脸色顿时变白了，说："什么？你……你胆子太大了，你不想要命了？这可是掉脑袋的事。我不干！"

马三儿知道杜桥说的是实话，也知道越是像杜桥这样爱玩爱寻找刺激的人越是怕死、越容易被金钱和欲望所引诱，他心里有底：别看现在杜桥信誓旦旦地拒绝和他"合作"，用不了一会儿他就得缴械投降。马三儿开导般地说："杜桥，做贩卖毒品生意确实是玩儿命的事，可是不玩儿命能挣到大钱、发财吗？"

杜桥想了想，还是晃着头说："你别再拉我往火坑里跳了，进戒毒所已经把我弄苦了。你死了心吧，我才不和你做这种生意哪。"

马三儿说："杜桥，你别以为做这种生意的人都掉脑袋，只要做隐秘了什么事情都没有。听我的没错……"

杜桥打断马三儿的话，说："不行，不行，你是杀人越狱犯，敢情破罐子破摔了，我还想好好过日子呢。哎，我到现在还不知道你为什么杀人呢。"

马三儿伤感地叹了口气，神情似乎陷入到了对往事的追忆中，说："为什么？哼，就为你所说的好好过日子！"

杜桥不相信马三儿的话，说："胡扯，哪有好好过日子的人杀人的？算了，你不跟我说杀人的原因我也不多问了，反正你少拿我开涮！"

马三儿眼里闪射出了一种阴冷的光，对杜桥说："我可以告诉你我为什么杀人，还可以告诉你这年月没有钱没有权活着都他妈不如一条狗，我杀人纯粹是让钱和权给逼的。我他妈命苦，爹妈都是工人，我高中毕业后我爹我妈几乎跑断了腿也没有给我找到一份像样的工作，最后让我到没人去的垃圾转运站运垃圾。我哭着上了班，一干就是四年。到谈恋爱的时候了，没有一个女孩跟我谈，就连街道里长得最丑的女孩子都他妈看不上我。后来，一个从四川来的打工妹看上了我，我愿意娶她，她愿意嫁给我。没想到临结婚的时候她向我提出来要四万块钱给她爹妈寄去，我没有钱，她就跑了。我的第一次恋爱就这样收场了。一年后，我追上了本市一个女孩，她倒是不嫌我人穷，可她爹妈嫌我，硬逼着她离开了我。第三次，我妈给我介绍了一个长得不错的名叫黄白菊的寡妇，我想寡妇就寡妇吧，只要跟我好好过日子就行。我和她好上了，可是一个有老婆的局长看上了她，逼迫她跟他睡了半年觉。她告诉那个局长，她要嫁给我了，他俩的关系就到此为止，可那个局长不答应，他想长期霸占她，警告我不许沾他的人。我他妈的连一个寡妇都不能娶，明摆着这是欺负人。我没拿他的话当回事，跟黄白菊把话挑明了，我不怪她过去的事，但要跟我结婚后不能给我戴绿帽子，她也答应了。那个局长知道她铁了心要跟我结婚后，狠狠把她打了一顿，打得特狠，就像打畜牲一样。正好被我赶上了，我当时就急眼了，上去就把他砸死了。我被关进看守所后，越想心里越不服气，那个局长把我欺负得那么苦，我凭什么给那王八蛋偿命？也是老天有眼，我和同号子里的另外一个人合伙儿从看守所逃了出来。我知道我这辈子算完蛋了，警察迟早不会放过我，可是我把人情世故看透了，只要活一天我也要想法儿挣到钱，哪怕抱着钱去死都行。但我也给自己立下了一条规矩，那就是不玩儿女人，我也看不起你们这些包养'二奶'的男人！"

说完这一大段话，马三儿眼里涌出了几滴泪珠，身子也由于激动而微微颤抖起来。

杜桥虽然听得很认真，但只当是听一个和自己无关的故事，说："马三儿，不管你看得起看不起我，我都不会跟你做贩毒生意的，我不是杀人越狱犯，我大小也是个老板、正经人！"

马三儿冷笑一声，鄙夷地说："杜桥，你和我比起来除了不是通缉犯以外别的地方一点儿不比我强，装什么大尾巴狼？你是老板？是老板就应该老老实实做生意，是正经人就别撇下老婆、孩子在外面玩儿女人，我马三儿最容不得别人在我面前装腔作势！听着，你既然已经沾上毒字了，在我马三儿没有从永平市消失掉以前，你别想下这条贼船。别以为我不知道你也缺钱，你的公司快倒闭了，你再不赚钱，拿什么养那个小娘们儿？"

杜桥被马三儿戳到了痛处。他的公司即使不被徐兰娟窃取，也没有什么业务可做了，而且存款也不多了，出于自尊心，他在徐兰娟面前摆的是大款的派头，可心里早就发愁了。但是马三儿这种一针见血、毫不留情的话还是让他听着有些刺耳，便打肿脸充胖子地说："马三儿，你不用威胁我，我是喜欢玩儿刺激，但最多吸吸毒，这不算犯罪，可贩毒是犯死罪的，我再缺钱也不能拿身家性命开玩笑的。你就死了这份儿心吧。如果这次不进戒毒所我或许还能跟你稀里糊涂地走下去，在戒毒所待了些日子我说什么也不玩儿这种刺激了！"

马三儿打定主意，不把杜桥拉下水死不罢休，用一种阴森森的目光望着杜桥，说："你不觉得跟我说这些是废话吗？我刚才说过，你只有跟我干下去，没有选择的余地。你进戒毒所不是我的错，那是因为有人想整治你！"

杜桥不相信地问："整治我？谁整治我？"

看着他傻呵呵的样子，马三儿不想把话说太明白了："这我就不多说了，你如果聪明的话就自己想想吧，我不关心这件事，我关心的是如何做一笔生意把钱赚到手！"

杜桥依然一副油盐不进的样子，说："马三儿，从今天起，你不要再纠缠我了，我能跟你混在一起已经很给你面子了，逼急了我一个电话就能把你送进公安局，你服气不？"

马三儿见杜桥当真是入了死扣，三两句话很难说动他，就离开宾馆，到市里去找曾晖了。

马三儿在宏海贸易公司曾晖的办公室里找到曾晖，把自己和杜桥谈话的内容讲给了曾晖，说："我他妈的把话对杜桥说尽了，可他就是不敢跟我干，这小子，进了一趟戒毒所就怕了！"

曾晖不无讽刺地对马三儿说："你以为别人都像你一样不怕进大牢啊？不管怎么说，要尽快物色人替我们做事，他不仅是一个送'货'的人，也是遇到麻烦时咱们的替罪羊，明白吗？"

马三儿点点头，问："这事很着急吗？"

曾晖推心置腹地对马三儿说："我舅舅的意思是在绝对安全的情况下尽早把'货'脱手，免得夜长梦多。马三儿，我们现在手里这点儿'货'发不了太大的财，可也能让咱们赚一笔，而且这次干好了以后还会有大动作。我和我舅舅都很欣赏你，所以宁肯冒点儿风险找一个人送'货'也不让你抛头露面。你可要知道我们的良苦用心哪！"

马三儿感激地望着曾晖，说："你算是我的一个恩人，我刚逃到永平的时候，如果没有你的资助，我恐怕混不到现在。我他妈的穷怕了，恨不得今天就能把钱赚到手！"

曾晖江湖气很浓地说："钱当然是要赚的，但要看准时机，不管怎么说这也是有风险的事，成也是它败也是它。只要你一心一意听我舅舅的话，绝对出不了错，不管到什么时候你都是我的好哥们儿！"

马三儿"咕咚咕咚"地喝下一杯凉茶，把茶杯一墩，说："曾晖，你放心，我马三儿信任你，愿意跟你干，可是你没有拿我当朋友！"

曾晖双手一摊，问："你这话是什么意思？"

马三儿气咻咻地冲杜桥说："你我走出的每一步都是你舅舅设计好的，你为什么到现在还不把你舅舅的名字告诉我？我想见见他。"

曾晖深有苦衷地说："说实话，马三儿，到目前为止你这个要求我根本不能满足你。我以前对你说过，我舅舅是不会轻易露面的，再说你我赚的是钱，见不见我舅舅没有什么关系。把在前面给咱们卖命的人找好了，我舅舅就高兴了。"

马三儿咬了咬牙，说："人我一定能找到的，我还就认准那个杜桥了，我他妈非把他拉下海不可！"

曾晖思忖着说："他不是铁了心不做这笔生意吗？要是这样，我们早早干掉他，省得走漏风声。"

马三儿冷笑一声，握紧了拳头，说："他现在还有用，实在不行我不会留他坏事的！"

曾晖怀疑地说："你能让他……"

马三儿打断曾晖的话茬，说："从他包养的那个'二奶'身上下手，那个小娘们儿把杜桥送进了戒毒所，不管怎么说也是差点儿坏了我们的大事，我已经警告过她一回了！"

曾晖一边往头上抹着发油一边问："能有几成把握？"

马三儿眼里射出两道阴冷的光，说："不是几成把握的问题，我必须得做到。我有办法！"说着，他抓起曾晖放在办公桌上的手机，拨通了徐兰娟的手机……

夜幕即将笼罩住狮子石公园的时候，徐兰娟来到了一块岩石后面。她刚刚站稳脚，马三儿走了过来。

徐兰娟心里很惧怕马三儿，她不想和他多说话，就以尽快结束谈话的口吻问马三儿："你鬼鬼祟祟地背着杜桥约我到这里干什么？"

马三儿把一只一元钱硬币大小的生螃蟹扔进嘴里,"嘎嘣嘎嘣"地嚼着,说:"聊聊天儿。"

马三儿的回答显然大大出乎徐兰娟的预料,她惊异地问:"聊天儿?我们之间有什么好聊的?"

马三儿阴阳怪气地说:"干嘛用这种口气说话?我把话跟你说透了,你没有资格小瞧我。"

马三儿把嚼烂的螃蟹咽下肚,徐兰娟赶紧把目光移到了海面上,她觉得心里一阵恶心,加快语气说:"你有什么事情就快说吧!"

马三儿索性用命令的口吻说:"我要让你给我办件事!"

徐兰娟往后退了几步,身子靠在岩石上,故意和马三儿保持着距离,预感到自己要有麻烦了,但又不敢走,颤抖着声音问:"什……什么事?"

马三儿一字一顿地说:"让杜桥和我合做一笔生意。"

徐兰娟推托地说:"这事儿你去找他啊,他就是个生意人嘛!"

马三儿双眼紧盯着徐兰娟,说:"我找过他了,他不肯做。"

徐兰娟身子又往一旁蹭了蹭,推诿地说:"他不做生意拿什么赚钱?哎,什么生意?"

马三儿并不在意徐兰娟对自己的态度,自顾往下说:"卖他玩儿过的那种东西。"

徐兰娟是个聪明的女人,听了马三儿的话,脑子一转圈就明白了,惊怕得脱口而出:"毒……毒品?"

马三儿笑了,说:"你别嚷嚷,也不用害怕。"

徐兰娟镇定了一下,说:"我怕什么呀?杜桥做不做这生意跟我有什么关系?我就知道你们肯定得闹腾点儿事。"

马三儿"夸赞"地说:"你是个聪明人,最起码比杜桥聪明。"

徐兰娟紧张得手直抖,问:"这是赚大钱的生意,可也是玩儿命的生意,不要说杜桥,天下有几个人敢做?"

马三儿拍了一下胸脯,说:"我就敢做!"

徐兰娟瞥了一眼马三儿,嘟囔着说:"你?你本来就已经没有命了,我跟杜桥的命可还值钱呢。你想让我说服杜桥跟你做这笔生意?这个忙我可帮不了,也不敢帮。"

马三儿走到徐兰娟面前,阴冷地说:"你不敢帮?那杜桥是怎么进的戒毒所?你差点儿坏了我的大事!"

徐兰娟虽然不敢得罪马三儿,可毕竟不是省油的灯,昏暗中,她迎着马三儿的目光,说:"马三儿,你怎么跟老娘说话呢?杜桥进戒毒所是警察把他抓进去的,跟我徐兰娟可没有任何关系!"

马三儿恶狠狠地对徐兰娟说:"杜桥进戒毒所是警察抓进去的不假,可是谁告诉警察他吸毒呢?是你,是你徐兰娟!"

徐兰娟心里一惊，她以为马三儿是在诈自己，说："你越来越胡说了，我是靠杜桥吃饭、混日子的，我怎么能把他吸毒的事情告诉给警察呢？血口喷人！"

马三儿冷笑了一声，伸手使劲扯住徐兰娟的头发，说："你蒙杜桥可以，但蒙不了我。除了我，杜桥吸毒的事只有你一个外人知道，那天晚上你出去后没多长时间警察就来了。你敢说不是你报告的警察？哦，对了，我忘记问候你徐小姐了。"

徐兰娟头皮疼得直咧嘴，但却没有勇气反抗，问："你问候我什么？"

马三儿把手松开，提醒似地说："你好像不是一个健忘的人，不会这么快就忘记在医院里住了几天这件事吧。"

徐兰娟下意识地整理着头发，说："不错，我是住了几天医院，是被人骑摩托车撞伤的。你怎么知道这件事？"

马三儿弦外有音地说："你年轻漂亮，可要注意身体健康啊。哼哼……"

徐兰娟眼前浮现出了那天在街上被撞的那可怕的一幕，身子猛地哆嗦起来，惊恐地问："什么？你……你就是那个骑摩托车的人？"

马三儿继续恐吓地对徐兰娟说："我是谁并不重要，重要的是你差点儿坏了我的事情，那只不过是对你的一个小警告。我这里还有一样东西，请你过过目。"

马三儿从怀里掏出了手枪，对准了徐兰娟的胸膛。

徐兰娟险些跌倒在沙滩上，叫起来："啊？枪……"

马三儿手中的枪在徐兰娟头上画了几个圈，说："你不用害怕，只要你答应帮我的忙，我再不会动你一根汗毛了，包括你向警察告密这件事就一笔勾销了。"

徐兰娟彻底被马三儿降住了，带着哭腔说："你……你可千万不要把那件事告诉杜桥呀，我……我求你了，只要你守住这个秘密，我把什么都给你……来，来呀……"徐兰娟急中生智，对马三儿施展开了女人的妙招，准备脱裙子。

马三儿却不轻不重地在徐兰娟浑圆的屁股上踢了一脚，鄙夷地说："我不需要这个，我不是杜桥，一见漂亮女人裤腰带就系不住！"

徐兰娟望着夜色中马三儿那张阴沉的凶巴巴的脸，胆怯地说："那……那你需要什么？你可要为我保密呀，我现在离不开杜桥的。"

马三儿心头敞开了一扇门，问："这么说你答应我的要求了？"

徐兰娟连连点着头，说："当然了，可是我怎么才能让杜桥答应和你做生意呢？"

马三儿手里的枪变魔术似的不见了，但仍然硬邦邦地说："怎么让杜桥听你的话，这你可比我有办法。我只给你一天时间，听清楚了吗，一天时间！"

"我会……让杜桥听话的……"低垂着头的徐兰娟虚软软地说完，慢慢抬起头时，发现马三儿已经不见了，眼前只有浓浓的夜幕。她双手紧紧捂着胸口，一步一步地向宾馆走去。

几分钟后，徐兰娟恢复了常态，也想好了对付杜桥的方法。她知道，如果不治服杜桥，马三儿那家伙绝对不会饶过自己的。

第五章 野心渐露

这个时候，杜桥正焦急地在房间里踱着步。徐兰娟出去一个多小时了没有回来，他刚要出去找，徐兰娟走了进来。

杜桥皱着眉头说："哎呀呀，这么半天你去哪儿了，急死我了。"

徐兰娟演起戏来，故意表现出急三火四的样子，说："杜桥，我倒霉透了！"

杜桥听徐兰娟的语气很反常，不知道发生了什么事情，急忙问："怎么啦，出什么事了……哎呀，你别哭嘛，我最见不得你的眼泪了。快告诉我，发生什么事了？"

徐兰娟扑进杜桥怀里，眼泪汪汪地说："我……我炒股赔了。"

杜桥以前虽然没有听徐兰娟说过炒股的事情，但并不怀疑，因为敢背着他把他公司法人代表更换掉、把轿车卖掉的主儿瞒着他炒股就算不足为奇了。他嘴上关切地问："赔了多少钱？"心里却幸灾乐祸地说："好，你都他妈的赔光了才好呢，你有了钱就更不知天高地厚了！"

徐兰娟擦抹了一把"眼泪"，说："我把卖车的钱全都赔进去了。我真倒霉……"

杜桥模仿外国人耸了耸肩，说："这件事我可没什么办法了，你把我送你的车卖掉没有跟我商量，这次炒股又没有跟我商量，直到傻眼了才告诉我。小傻瓜，晚了！"

徐兰娟娇嗔地说："杜桥，你幸灾乐祸，是不是？你一点儿也不替我着急，是不是？"

杜桥把徐兰娟抱到床上，说："说实话，我还真有点儿幸灾乐祸，我的车主变成了你，你卖车的钱一分也没有交给我，挣钱了你想当富姐儿，赔钱了再靠我养着。我知道你的小心眼儿，跟我玩儿这套，你实在是太嫩了。所以，你炒股赔了钱跟我没有任何关系，你自己的梦自己去圆吧！哎哟，我困了，睡觉喽——"说着，就要躺下身。

徐兰娟推开杜桥，望着他的脸，郑重地说："我还有件事没有告诉你。"

杜桥吻了徐兰娟一下，漫不经心地问："什么事？"

徐兰娟的双臂勾住杜桥的脖子，说："为了炒股，我跟一个朋友借了一笔钱。"

杜桥笑着说："我不是说了吗，你炒股的事跟我没有任何关系，我也不想听你在我耳边唠叨这些。我跟你在一起就是图个……啊，哈哈……来吧，上床吧！"

徐兰娟把一颗炸弹抛给了杜桥："我用公司做的担保，我们约定好了，到时候还不上钱公司就归人家了。"

杜桥吃惊地挺直了身子，大声说："什么什么？你他妈的把我的公司抵押出去了？你胆子也太大了！我的公司不能给你做抵押！"

徐兰娟"懊悔"地叹了口气，说："杜桥，现在你说这些没有用了，我们之间的协议很快就要生效了，因为现在我是法人代表。"

杜桥气得脑门上的青筋都崩起来了，斥问徐兰娟："你真是个丧门星，你把轿车赔进去也就得了，怎么还要把公司搭进去？"

徐兰娟倒蛮有理地说："人家不是想赚大钱，跟你好好在一起吗？"

杜桥冷笑着说："你别跟我玩儿花屁眼儿了，你要是真当了富姐儿，鬼才信你还死心塌地跟着我呢，你是什么人我比谁都清楚！"杜桥依然根本没有意识到这是徐兰娟在和他撒谎，信以为真，坐在床头，喃喃自语："这可怎么办？怎么办？我不能没有公司，不能没有公司啊！"

徐兰娟逐渐把话头往正题上引："杜桥，你可要想办法啊，想办法挣到了钱就什么都不怕了。"

杜桥扭头冲徐兰娟吼道："你说得比放响屁都轻松，怎么挣？"

徐兰娟把头扎到杜桥怀里，引诱地说："只要你想挣，办法总应该有的！"

杜桥随口说道："事情都让你搞到这种地步了，我能有什么办法？除非去贩毒！"

徐兰娟逮着了机会，说："贩毒有什么不可以的？这才是大男人做的大生意，你也可以去做嘛！"

杜桥的正常思维已经被徐兰娟搅乱了，没有多想，说："胡说，贩毒不仅是蹲监坐狱的事情，而且还得上刑场，真亏你他妈想得出来。这几天犯什么邪劲，真是怪透了，先是马三儿让我贩毒，现在你又让我做这种生意，我倒霉就得倒在你们手里！"

徐兰娟不服气地说："刑场上枪决的要都是毒贩子那就没有什么禁毒日了，你也就吸不上毒了。警察不是神仙，他们不知道谁是毒贩子，等钱一到手，谁也找不到你了。我要是个男人就去做这样的生意！"

杜桥赌气地说："要做你去做，我可做不了！"

徐兰娟抱住杜桥，温柔地说："那我们的公司可就要归别人了，你甘心吗？你要是甘心，我也就没有什么可说的了。可我知道你是不甘心的，既然不甘心就得拿钱来说话。杜桥，事情已经到这个地步了，你可得想法子挣钱呀！"

杜桥无计可施地说："钱，钱，钱，我他妈的花在你身上的钱还少吗？你说对了，我是不甘心公司白白地被别人拿过去，可要在很短的时间内挣到一大笔钱根本是不可能的事。"

徐兰娟进一步引诱杜桥说："所以你更应该做大生意挣大钱的，有了钱，想怎么快活还不都随你的心意了？杜桥，别把事情想得那么坏，有人既然想贩毒，那他们一定有绝对的能力保证不出任何偏差，你怕丢命，他们就不怕吗？有他们给你做后台，你怕什么？"

杜桥被徐兰娟劝说得有些动心了，但贩毒毕竟是风险极高的事情，他真是不敢涉足，可是他又丝毫没有办法保住自己的公司，沉默了一会儿，他问徐兰娟："你……你说做那种生意能……能行？"

徐兰娟的话像针一样，直刺杜桥的要害，说："反正公司危在旦夕了，救公司就是救你自己。懂吗？"

杜桥垂下头，犹豫着说："我……我好好想想……"

徐兰娟双手抚摸着杜桥的头，说："杜桥，你要是挣了大钱，我就能带你到澳大利亚去定居，那是世界上最适合人居住的地方，我们可以过上天堂般幸福的日子。"

一听说出国、享福，杜桥有了精气神，望着徐兰娟，说："你有出国的关系？你要是跟我吹牛我可要治你！"

徐兰娟从杜桥的口气里听出事情越来越有希望了，便说："我是什么人哪，你以为永平市我就认识你杜老板一个人啊，我说话肯定算话，这笔生意一挣到钱，咱们就离开永平，就是事情败露了也没有关系，何况事情还糟不到那一步呢。怎么样，想好了吧，宝贝儿，别让我失望。"

尽管徐兰娟为杜桥描绘的是一幅虚无的"蓝图"，可杜桥没有想到徐兰娟会把自己推到陷阱里，对金钱的极度渴望使他慢慢失去了理智。他咬着后槽牙对徐兰娟说："舍不得一身剐，皇帝拉下不马，他妈的，我可都是为了你呀！"

徐兰娟兴奋地"奖励"了杜桥一个响亮的吻，撅着嘴说："为了我？为了我还让我费这么多的口舌？"

市郊槐树林成了马三儿最好的临时栖身场所，以前，许多市民都到这里游玩，自从发生了震惊全市的枪击案后，没有人敢再来了。这正合了马三儿的心意。

这天上午，马三儿正在槐树林里百无聊赖地喝着曾晖送来的啤酒，手机响了。

显示屏上显示的手机号码告诉马三儿，这个电话是徐兰娟打来的。徐兰娟用轻快的口气对马三儿说："告诉你吧，我把杜桥给你拽下'水'了！"

马三儿得意地笑了，他知道，只要杜桥一入伙，离"开盘"的日子就不会太远了，因为需要钱的可不仅仅是他马三儿一个人，这里面包括曾晖，也包括他那个躲在幕后的舅舅。

"电话里什么也不要说，晚上我们在市郊树林外见面再说。"马三儿按捺着兴奋，对着手机说。

徐兰娟极不情愿地说："什么？树林外？晚上？我可不敢去，那里前些日子出过人命案，我在电话里告诉你事情的结果不就行了吗……"

马三儿不容置疑地打断徐兰娟的话，说："你老老实实给我听着，电话里不许说那件事，晚上你必须来找我，我还有事！"

徐兰娟嗫嚅着说："那……好吧，不过你一定得保证我的安全……"

"废话！"马三儿挂断电话后又拨了一个号码。

晚上八点钟，徐兰娟溜出了宾馆，来到了槐树林外。她东张西望地走着，忽然，眼前人影一晃，马三儿出现在了她面前。

徐兰娟吓了一跳，惊叫起来："啊——"

马三儿伸手操了徐兰娟一下，把徐兰娟弄了个趔趄，说："喊什么？我又不是鬼。跟我进里面去！"

徐兰娟战战兢兢地说:"就在这儿说吧,我……"

马三儿小声但严厉地对徐兰娟说:"别啰嗦,这儿离道边儿近,里面说话才方便!老子不是那个杜桥,什么事情都依着你,到这儿了你得听我的话。走!"

徐兰娟不敢还嘴,无可奈何地跟随马三儿深一脚浅一脚地往槐树林里面走去。

他们走了六七分钟,马三儿停住了脚步。徐兰娟忙不迭地说:"马三儿,杜桥答应做'生意'了,我可是费了九牛二虎的力气才说动他的。"

马三儿满意地哼了一声,说:"看来你还是挺知趣的。"

徐兰娟央求地说:"以后你可不能再对我下手了,干嘛呀,动不动就……"

马三儿没有兴趣听徐兰娟重复往事,说:"算了,以前的事情就算冒犯了。你回去什么也不要告诉杜桥,明天上午九点钟老板会跟他讲话的!"

徐兰娟很知趣地停住了话头,说:"好的。不过我想不明白的是,你为什么非找杜桥做这笔生意呢?"

马三儿趾高气扬地说:"我没法儿回答你这个问题,也没必要回答你。"

徐兰娟知道马三儿不待见自己,她也不想同他多待下去,就说:"好吧,算我没问你行了吧?我该走了。"

徐兰娟回到宾馆房间内,见杜桥已经睡了,就去卫生间草草洗了洗,上床睡了。

早上九点,手机的响声惊醒了还在睡懒觉的杜桥。他闭着眼睛摸过手机,按下接听键后,把手机按在耳边,问:"喂,哪位?"

手机里是曾晖的声音:"杜老板,很高兴和你合作做大生意。"

杜桥困意全无,眼睛一下子睁得老大,问:"你……你是谁?"

曾晖电话里的声音几乎没有任何感情色彩,像一台机器一样向杜桥发布着指令:"我是你的老板,过几天我们可能会见面的。现在我想跟你说的是,我们肯定能赚到大钱,而且绝对安全,你的任务就是送'货'!"

事已至此,杜桥干脆地说:"我杜桥不和钱闹生分,不管你是谁,只要能挣到钱,我听你的!"

"好,爽快!"

"什么时候送'货'?送到哪里?"

"到时候我会提前告诉你的,你现在要做的事情就是等待!"

话说到这里,电话挂断了。

杜桥扫了一眼手机显示屏,说:"他妈的,来电显示还是保密的!"随后,他问已经睡醒正大瞪着眼睛倾听他说话的徐兰娟:"兰娟,我昨天刚答应你做那种生意了今天就有人盼咐我了。是不是有人早就找过你了?"

徐兰娟把身子翻过去,不置可否地说:"我不是跟你说过了吗,永平市我不只认识你一个人的。"

杜桥伏下身,贱溜溜地说:"我为了和你在一起,讨你喜欢,撇下老婆孩子不说，都快成穷光蛋了，你可别吃着碗里看着锅里的，要是那样，我可让大家都不开心了！"

徐兰娟"真诚"地对杜桥说："我要是对你三心二意能陪你玩儿到今天吗？我还怕你玩儿够了一脚把我踢开呢。我不提防你，你倒提防起我来了。本来有一件事我是不想跟你说的，既然你这么说话，我也就说了。这笔生意是我给你做的中间人，你挣钱了咱俩四六分成，怎么样？我可都是让你给逼的！"

杜桥脸上的笑纹倏地一下飞走了，沉下脸，说："你和我四六分成？笑话，咱俩还用得着弄这些文章吗？自从咱俩好上那天起，我的钱不就是你的钱吗？"

徐兰娟也沉下了脸，摆出一副要和杜桥干架的样子。杜桥不敢把事情张扬出去，赶紧哄劝说："乖乖，你生气了？我说错话了，行吗？我向你道歉……哎呀，我的心肝儿，别生气了，我没有怀疑你什么，真的没有！"

"既然没有怀疑什么，那以后就少在我面前放这种没有味儿的屁，老娘不爱听！"杜桥一主动服软，徐兰娟倒来了劲。

碧海旅行社里洋溢着一股欢快的气氛，这是由张婷婷宣布的一个消息带来的。

早晨的时候，齐凤瑶刚一走进办公室，张婷婷就高兴地说："凤瑶姐，告诉你一个好消息，我刚刚和承德市的一家旅行社通了电话，后天他们有一个28人的旅游团来咱们市，决定让咱们做地陪，收费是每个人200元，明天他们就把合同传真过来。我们就要有生意了！"

齐凤瑶笑着说："那太好了，婷婷，到时候你可要大显身手啊！"

张婷婷拍着巴掌说："凤瑶姐，我一定做好我们碧海旅行社接的第一个旅游团的导游，让他们以后还和我们合作！"

齐凤瑶关切地对张婷婷说："婷婷，你在办公室里休息休息吧，今天就不要出去跑了，这些天你够辛苦的，我到外面去办点儿事。"

张婷婷点了点头，齐凤瑶走了出去。

齐凤瑶去了四方旅行社。

齐凤瑶走进苏江礼办公室的时候，苏江礼正在打电话，一见齐凤瑶走进来，赶忙放下电话，笑着迎了上去。

"哎哟，是凤瑶啊，你怎么有时间来我这里啊？稀客，稀客，快请坐！"苏江礼主动拉住齐凤瑶的手握了握，请齐凤瑶在自己办公桌对面的一把椅子上坐下。

苏江礼的热情使齐凤瑶心里再次感受到了一股暖流，她有些不好意思地说："苏总，您太客气了，我已经是第二次到您办公室里来了。"

苏江礼在办公桌后面坐稳身，仍旧笑着望着齐凤瑶，爽快地说："凤瑶，不管你来多少次都是我苏江礼的贵客！"

齐凤瑶从挎包里掏出一张信用卡，递到苏江礼面前，望着苏江礼，说："苏总，我知道您很忙，所以我也就开宗明义了。这张信用卡里的八万元钱是您借给我注册资金用的，今天我提出来了，还给您，再次真诚地向您表示感谢。谢谢您，苏总！"

苏江礼没有去接那张信用卡，皱起眉头，不高兴地说："凤瑶，你这是干什么？八万元钱对我来说算不得什么，我不是对你说过了吗，那是我送给你的。快收起来吧！"

齐凤瑶再次把信用卡往前递了递，声音真诚而坚定地说："苏总，我怎么可能要您这么多的钱呢？您在我最困难的时候给了我最大的帮助，这我已经感激不尽了。您的心意我领了，这钱您无论如何要收回去，但您仍然是我碧海旅行社的股东。"

苏江礼摇了摇头，语重心长地说："凤瑶，你的旅行社还没有任何业务，你是需要钱的，而我是不需要这区区几万元钱的。我们是最好的朋友，我有责任和义务帮助你。"

齐凤瑶固执地说："苏总，我现在确实一个旅游团也没有组到，我和我的员工正在努力，我相信自己会成功的。但是这钱您必须收回，这是我做人的准则，请您不要让我破坏自己的准则。好吗？"

苏江礼为难地说："凤瑶我能够拒绝你吗？"

齐凤瑶肯定地说："不能，苏总，欠债还钱是天经地义的事情，您没有理由拒绝我。"

苏江礼有些尴尬地挠了挠头，说："哦，这……凤瑶，我真的没有理由拒绝你了，但是我有理由喜欢你，我渴望你能填补我空虚的情感空间，你知道我的婚姻是不幸的……"

齐凤瑶打断苏江礼的话："苏总，我是一个有家庭的女人，我只能当你跟我说的这些话是对我的一种信任。"

苏江礼眼睛紧紧盯视着齐凤瑶的脸，声音真诚得连他自己都感到有些陌生了："凤瑶，我是一个成功的男人，在这种事情上是不会跟你开玩笑的。我真的喜欢上你了，你的漂亮、你的个性让我心动，让我夜不能寐。最重要的是，你的家庭也不幸福，我知道你丈夫包养了一个小情妇，他置你的感情于不顾，你何必为他守着空巢呢？这不是你的美德，而是你的悲哀。凤瑶，我们才是合适的一对啊。难道你一点都没有感觉出来吗？"

齐凤瑶摇摇头，说："苏总，我还是对您说那句话，我们只能永远做朋友，因为我没有别的选择。"

苏江礼激动地站起身，说："不，凤瑶，你有的，你有十个理由和那个不忠于你的男人分手！"

齐凤瑶不想再谈下去了，便站起身，说："我们之间是不会有什么的。哦，苏总，我现在必须得回旅行社，再见吧。"

苏江礼的眼光依然不肯离开齐凤瑶那张俊美的脸，声音颤抖地说："凤瑶，你在逃避我吗？"

齐凤瑶轻轻地说："不，我们之间谈不上逃避，我也不会逃避您的，我们是好朋友。"

齐凤瑶说完，不等苏江礼有什么反应就走了出去。苏江礼把齐凤瑶放在他办公桌上的信用卡使劲塞进了抽屉里。

齐凤瑶走后不久，曾晖走进来，说："舅舅，送'货'的人物色好了。"

苏江礼莫名其妙地挥了挥手，坐回到椅子上，不无担心地问曾晖："可靠吗？"

曾晖胸有成竹地笑了笑，说："绝对可靠，他有两个爱好，爱女人，爱钱。"

苏江礼点了点头，说："这就好，有这两种爱好的人我最放心了。他叫什么名字？"

曾晖点上一根烟，坐到沙发上，说："他叫杜桥。"

苏江礼双眉猛地一挑："杜桥？嘿嘿……"

曾晖不解其意地望着苏江礼，问："舅舅，您笑什么？"

苏江礼脸上浮现出一种似笑非笑的神情，顾左右而言他地说："曾晖，你干得不错！"

得到了舅舅的表扬，曾晖有些得意了，他凑到苏江礼面前，小声问："舅舅，那批'货'什么时候交易啊？我做梦都想拿到钱呢！"

苏江礼稳坐钓鱼台地说："慌什么？别慌，等待时机比交易本身更重要！"

曾晖在苏江礼办公室里转了一圈后，见再也没有别的事情就走了。苏江礼掩上门，眼前又浮现出了齐凤瑶的脸庞。从内心里来讲，他真不希望齐凤瑶的碧海旅行社能够做成业务，事实上，就算是齐凤瑶不告诉他"现在一笔业务也没做成"，他也能猜出齐凤瑶目前的状况，只有这样他才有机会或者说有办法把齐凤瑶牢牢抓在手中，达到自己所有的目的。

"哼，她肯定会陷入困境的！"苏江礼喃喃自语着。

齐凤瑶真的被苏江礼言中了。

齐凤瑶从四方旅行社回到碧海旅行社的时候，张婷婷刚刚接完一个电话。

张婷婷放下电话后，脸色阴郁地对齐凤瑶说："凤瑶姐，不好了，承德市那家旅行社不和我们签合同了，改和四季青旅行社签了！"

齐凤瑶一惊，忙问："为什么？"

张婷婷说："他们说我们碧海的价格太高，四季青旅行社每个人才收140元，整整比我们少60元。"

齐凤瑶既吃惊又气愤地说："我们的报价是经过市物价局批准的，别的旅行社也应该和我们的报价一样来经营，四季青旅行社怎么能够擅自降低收费标准呢？这是不正当竞争！"

张婷婷大声说："就是，他们太不遵守规则了，我们应该投诉他们！"

一旁，小黄似乎洞察世事地说："没有用的，他们既然敢降低收费标准，那肯定有一套对付投诉的办法，就是从账面上也查不出什么问题来！"

张婷婷不满地嘟囔着："旅游市场太不规范了，这样下去怎么公平竞争？"

小黄说："公平竞争？永平市的旅行社和旅行社之间从来没有公平竞争过，大家都是想尽办法发疯一样拉客组团，从来不想公平两个字！"

张婷婷低下头，自责地说："都怪我没有把事情办好，让大家空欢喜了一场。凤瑶姐，我……"

齐凤瑶打断张婷婷的话，宽慰她说："婷婷，这件事不能怪你，调整好心态，继续努力吧。啊？"

小黄伸了个懒腰，泄气地说："都这么多天了，一笔业务也没有，干着真没劲！"

赵姐也插话说："是啊，账面上也只有几百元钱了，连维持都……"说到这里，赵姐停住了话头，但话里的含义却是再明白不过了。

齐凤瑶的目光落到窗台上的一盆君子兰上，慢慢地说："你们别说了，让我好好想一想。"

一时间，四个人谁也不说话了，办公室里笼罩着一种沉闷的气氛。

过了好大一会儿，小黄和赵姐两个人悄悄对视了一眼，借故先后走了出去，齐凤瑶和张婷婷依然沉默着。

失去了一笔业务，张婷婷深感惋惜。她知道，齐凤瑶需要这笔业务，碧海旅行社需要这笔业务，她真的希望自己能够做一点事情，以此来回报齐凤瑶，可是事情突然变化了，原因虽然是别的旅行社从中作手脚，但她的心情依然十分沉重，而且她能感觉出来，齐凤瑶的心情糟糕到了顶点，只不过没有表露出来罢了。想到齐凤瑶家庭和事业的双重不幸，想到齐凤瑶需要承担着太多的压力，张婷婷鼻子一酸，眼泪扑簌簌地流了下来。

正如张婷婷想象的那样，齐凤瑶的心情异常沉重，她没有想到旅行社的业务会这样难做，尤其是在不能公平竞争的状态下，但是不管怎么样，她绝不赞同用卑劣的手段牟取利益，更不会去做。她气愤、无奈、焦虑，胸腔里郁积着一股浊气。这时，她发现张婷婷在流泪，知道张婷婷是在替自己着急，心头一热，眼里也涌起了泪水，但她克制住了自己，轻轻走到张婷婷身边，说："婷婷，别这样，做事业要有韧性，不要怕困难，我一定要让我的碧海旅行社生存下去，一定！"

齐凤瑶说着，想找纸巾为张婷婷擦拭眼泪，发现纸巾盒里空了，就到楼下超市里买纸巾去了，顺便放松一下心情。

齐凤瑶出去后，张婷婷站起身，拿过抹布，擦起办公桌上的土来。

"笃……笃……"随着一阵敲门声，一个年轻漂亮且经过精心打扮的女孩站在了门口。她是徐兰娟。

张婷婷停止擦桌子，上下打量了徐兰娟几眼，礼貌地微笑着问："小姐，您好，请问您需要什么帮助吗？"

徐兰娟也冲张婷婷笑了笑，说："我问一下，这是碧海旅行社吗？这儿的总经理是不是叫齐凤瑶？"

尽管张婷婷对这个女孩的第一印象不怎么好，但由于不知道她的来意，还是很有分寸地点点头，说："是的，小姐，我们这里是碧海旅行社，我们的总经理就是齐凤瑶，我姓张，是这里的导游。"

徐兰娟走进来，环视着狭小的空间，显然为碧海旅行社的寒酸感到可笑。她夸张地抽了抽鼻子，问："怎么，你们的齐总不在吗？"

张婷婷示意徐兰娟在椅子上坐下，说："您稍等一会儿吧，她很快就回来了。"

徐兰娟半个屁股坐在椅子上，不知深浅地问："你们的生意怎么样啊？能挣到钱吗？"

张婷婷心里很不高兴徐兰娟这样提问，婉转地拒绝她说："小姐，我能帮助您做别的事情吗？"

徐兰娟也意识到自己的问话有些唐突，便自嘲地解释说："我只是随便问问，没有别的意思。"

徐兰娟的手机响了。她刚刚按下接听键，就听见了杜桥责怨的声音："你跑到哪儿去了？也不说一声就走！"

徐兰娟认为自己在做一件极有意义的事情，便理直气壮地说："我现在在一家私营旅行社里，这儿的总经理就是前些日子送我去医院的人，我想当面向她表示感谢。"

杜桥不屑一顾地说："什么大不了的事情，你什么时候能回来？"

徐兰娟想了想，说："一个小时以后吧。"

杜桥随口问："你去的是哪家旅行社？"

"碧海旅行社，总经理也是个女人，名字很有诗意，名叫齐凤瑶……"徐兰娟甩着词说。

杜桥却叫起来："什……什么？你……你快回来吧！快回来！"

徐兰娟不明就里，执拗地说："我不回，我还没有向人家当面致谢呢。我这个人啊，谁对我好我就感谢谁，她把我送进了医院，我怎么能不感谢她呢？"

杜桥急得有些语无伦次了，说："不是……是这样的……你回来就知道了。听我的话，快回来！"

徐兰娟不高兴地说："你是上天还是入地啊，这么着急？我的事情不用你多管！"

这时，齐凤瑶拿着一盒纸巾走了进来，徐兰娟也挂断了电话。

张婷婷向徐兰娟介绍说："凤瑶姐，有位小姐找你呢！小姐，这位就是我们碧海旅行社的齐总。"

齐凤瑶和徐兰娟握了握手，微笑着说："你好，欢迎你来碧海旅行社。我是总经理齐凤瑶，请问您有什么事情？"

徐兰娟脸上带着感谢的笑容，说："齐总，你还记得我吗？"

齐凤瑶记不起在哪里见过这个全身上下被香水味包裹着的女人，迟疑着问："我们见过面吗？"

徐兰娟继续热情地说："齐总，我就是前些天被你送进医院里的那个被摩托车撞伤的人啊！"

齐凤瑶吃了一惊,脱口问道:"是你?徐兰娟?"

徐兰娟"咯咯"地笑起来,说:"对,正是我,我今天是专门感谢你来的!"

世界太小了,事情太巧了。

望着这个浅薄的女人,惊讶、痛苦、委屈、厌恶多种情感一起袭上了齐凤瑶的心头,有那么几秒钟的时间,她真想狠狠掴徐兰娟几记耳光,然后声色俱厉地把她轰出去,但是她稳重的性格使她迅速镇定下来,脸上没有任何表情,冷淡地对徐兰娟说:"你走吧,我不用你感谢,我还有很多事情要做!"

徐兰娟奇怪地说:"齐总,你好像很不欢迎我,是吗?"

齐凤瑶点点头,尽量用平和的声音说:"是的,我不仅告诉你我不欢迎你,而且还要警告你!"

徐兰娟惊诧地睁大了眼睛,问:"你、你警告我什么?"

齐凤瑶慢慢说出了四个字:"自尊、自爱!"

徐兰娟如同坠入了五里雾中,问:"你这是什么意思啊,我不明白!"

齐凤瑶怜悯地对徐兰娟说:"也许你一辈子也不会明白的,这四个字是女人的尊严、女人的一切,你丢掉了它们,你是一个令人鄙视的人!"

徐兰娟有些不高兴地问齐凤瑶:"你为什么这样严厉地指责我?我确实是欠了你的人情,可你也不应该这样冷淡我呀?"

齐凤瑶坐到椅子上,她再也不想多看徐兰娟一眼了,严肃地说:"徐兰娟,我不想和你多说什么,甚至不想见到你。你走吧,从我这里走出去,永远不要来找我!"

一直没有插话的张婷婷走到齐凤瑶身边,也不解地问:"凤瑶姐,这是怎么回事啊?"

齐凤瑶身子突然颤抖起来,对张婷婷说:"婷婷,让她走,让她走!"

徐兰娟的自尊心受到了伤害,她沉下脸,斜视了齐凤瑶一眼,阴阳怪气地说:"当官儿的还不打送礼的呢,我是来感谢你的,怎么成了你的出气筒了?你不把话说明白,我不会轻易离开你这小旅行社的!"

齐凤瑶直视着徐兰娟,冷笑着说:"好,好吧,我告诉你,杜桥是我丈夫,这回你该明白了吧?"

张婷婷冲徐兰娟失声叫了起来:"啊?原来你就是……哼,你不仅是凤瑶姐讨厌的人,也是我们碧海旅行社最不受欢迎的人。请你走开吧!"

徐兰娟涂着脂粉的脸猛一下红了,眼光也从齐凤瑶脸上倏地移到了别处。然而,她很快就恢复了常态,甚至敌视地对齐凤瑶说:"我明白你这样对我说话的原因了。虽然我是一个在别人眼里不应该和你站在一起的女人,但有一点你不能否认,杜桥是喜欢我的,否则他不会和我待这么长时间。作为一个女人,我有权力去爱任何一个男人,我想要的是爱的结果,我不管他是未婚还是已婚,所以,你对我的冷淡和指责是没有什么用处的,只要杜桥还爱我,我和他就要走向一个终点!"

齐凤瑶万万没有想到徐兰娟居然能说出这样不知羞耻的话来，气得脸色通红，对徐兰娟说："我鄙视你，鄙视杜桥，你们根本就不懂得爱，不配谈爱，就算你们之间有感情，那也是不为道德和社会所接受的……我不想和你争论什么是爱，就算你不懂得尊重自己，也要尊敬别人吧！"

"哈哈哈……"徐兰娟放肆地笑了，说："你认为我和杜桥在一起就是对你的不尊重吗？我并没有让他抛弃你，如果事情真的这样发展了，那也不是我的错，我只是一个女人！"

齐凤瑶的声音里透着冷峻，说："女人？我也是女人，女人的含义是什么？女人的含义绝不是给一个幸福的家庭带来悲剧，也不是让自己做一个靠别人包养来生存的花蕾！"

徐兰娟点点头，说："不错，我们都是女人，都是很激动的女人，我是靠杜桥的钱来生存，可是我也给他带来了快乐，这是他和你生活在一起所没有的，他需要这些，我能满足他这些。你可以咒我、骂我，但你不要指责我的生存方式，因为我在这个世界上除了年轻和漂亮再没有别的东西了，你的痛苦我体会不到，我的痛苦你也体会不到。我知道我可以走了，但愿下次我有了困难你还能帮助我。"

徐兰娟说完，柔软的腰肢一扭，走了出去，高跟鞋敲击地面的声音像一把把无形的尖刀剜割着齐凤瑶的心。她扑倒在办公桌上，晕了过去。

第六章　遭遇屈辱

　　齐凤瑶慢慢苏醒过来的时候,发现自己躺在家里,张婷婷守在她身旁。
　　看齐凤瑶醒了过来,张婷婷劝慰地说:"凤瑶姐,你不要和徐兰娟那种不懂得自尊的女人生气,气坏自己身子太不值得了。正好这些日子你也太累了,好好休息一下吧。"
　　齐凤瑶坐起身,有些憔悴的脸上浮现着痛苦至极的神色。她握住张婷婷的手,嗓音凝重地说:"婷婷,我没有事的,也许我太冲动了才晕过去的,现在想起来,当初我盼望杜桥重新回到我身边的想法是多么的幼稚,我曾经假借梦境提醒他,我曾经一次次原谅他,甚至他走上吸毒的道路也没有彻底放弃他。直到今天我才真正地明白他需要的是什么样的女人、需要的是什么样的生活!婷婷,我同你说这些干什么呢?我不是早就决定和杜桥分手了吗?既然已经决定分手了,那我还有什么牵挂呢?我真不明白自己!"
　　张婷婷哽咽着说:"凤瑶姐,你太善良了,直到现在你心里还装着杜桥。是吗?"
　　齐凤瑶轻轻摇了摇头,说:"不知道,我不知道自己心里是怎样想的,但我知道自己该怎样做了,我不能让我的尊严被别人肆意地践踏!婷婷,我再次决定了!"
　　就在齐凤瑶感觉自己心力交瘁的时候,杜桥也有些焦头烂额了。
　　徐兰娟从碧海旅行社出来后,径直去了杜桥的公司,不知深浅地把同齐凤瑶见面、谈话的经过一五一十地学说给了杜桥。
　　杜桥听完后简直被徐兰娟气得一佛出世二佛升天了,瞪着徐兰娟说:"真没想到你竟然……竟然跑到她那里去吆五喝六,标榜自己敢爱敢当,你想过没有,你这样做等于把我逼进了一条死胡同。我了解她,她这回肯定要提出跟我离婚了!"
　　徐兰娟满腹委屈地说:"我哪里知道那个旅行社的总经理就是你妻子呀,她救我,我找她是当面致谢的,谁知道……你可不能埋怨我,这就叫事情该着。你现在这状况跟离了婚有什么区别呢?哼,你这才真是吃着碗里的看着锅里的呢。"
　　杜桥气哼哼地问徐兰娟:"我不是不想离婚吗?你不也没有说过让我离婚吗?"
　　徐兰娟身子躺在沙发上,说:"我是从来没有让你离过婚,那是以前,不过现在嘛,我改变主意了!"
　　杜桥皱着眉头挥了挥手,说:"你别给我添乱了,离了婚对我有什么好处?"
　　徐兰娟笑起来,摆了个挑逗的姿势,说:"难道我不可以取代她吗?杜桥,齐凤瑶虽然比我长得漂亮,自己又做起了生意,但我仍然自信我能够……"

杜桥走到徐兰娟身边，伸手在她脸上轻轻拍了两下，无可奈何地说："你别往下说了，我的心烦透了，你呀，净给我添乱……"停了一会儿，杜桥自言自语道："今晚上我得回一趟家……"

晚上的时候，杜桥回了家。

对于杜桥的回来，齐凤瑶并不感到奇怪，她坐在客厅的沙发上望着杜桥，无论眼光还是神态都是平静的。

杜桥的目光却飘忽不定，一会儿看看天花板，一会儿又往厨房里打量，好半天才坐到齐凤瑶身边，把早已想好的话讲了出来："凤瑶，每个人都有自己的生活方式，我的生活方式对于你来讲是一种伤害，可我觉得这才是我真实的人生。我不祈求你谅解，因为我知道你是不会谅解我的。"

齐凤瑶忍住在眼眶里打转的泪水，说："在你回家之前我其实有很多话要对你说，但是现在我什么都不想说了，我只想对你说一句话，华华是我的，她是我的一切！"

杜桥往华华的房间里扫了一眼，问："华华呢？"

齐凤瑶回答说："我让婷婷把华华带她家里去了，我不想让华华见到你，她懂事了，在我们即将分手的时刻，我不愿她见到你。"

杜桥毫无来由地笑了笑，问齐凤瑶："你……你知道我今晚上回来？"

齐凤瑶点点头，轻声说："这是感觉告诉我的。"

杜桥咳嗽了几声，说："我们两个分手可是你先提出来的。"

齐凤瑶的眼光像两把锋利的尖刀，把杜桥的五脏六腑都剖开了，她尽量压抑着激动的情绪，声音坚定地说："是我先提出来的，做你名义上的妻子，我每一分钟都倍感痛苦和羞辱！"

杜桥低下头，说："在你面前我本来就无话可说，事已至此，我更没有什么可说的了……"

齐凤瑶闭上眼睛，说："你唯一让我感到欣慰的是今天晚上终于肯踏进这间房子了，以后，这间房子的门对你永远都是关闭的。"

强烈的愧疚感使杜桥连高声说话的勇气都没有了，他用只有自己听得见的声音说："我也……不会再开……这扇门了。"他说着话，从腰间解下钥匙，递到齐凤瑶眼前，见齐凤瑶没有接，便把钥匙放在了旁边的茶几上。

齐凤瑶睁开眼睛，望着窗子，说："我们没有必要再多浪费时间了，明天下午，我们街道办事处见面吧！"

杜桥站起身，说："好吧，我们明天见，不过今天徐兰娟给你带来的伤害的确是无意的，她本来是去向你致谢的。这就叫巧合或者是天意吧……"

齐凤瑶面色苍白起来，鄙夷地说："她让我痛入骨髓，我敢肯定，你们的明天绝不是今天这个样子！"

杜桥望着齐凤瑶，轻叹一声，说："再过一段时间，永平市极有可能再不会有我的身影了。"说完，走了出去，"砰"一声把门带严了。

屋里寂静下来了。齐凤瑶端坐在沙发上，脑子里一片空白，突然，她神经质似地颤抖着手抓起茶几上的那把钥匙，失声痛哭起来，凄恻的哭声撞击着房间的每一个角落……大约过了一刻钟，她缓缓止住悲声，站起身，跟跟跄跄地走进卧室，扑倒在床上。此刻，她什么也不愿想，什么也不能想，唯一的想法就是命令自己睡觉，赶快睡觉！赶快睡觉！

……

尽管满脸憔悴之容，早上，齐凤瑶还是很早就来到了碧海旅行社。只有在两个地方，她的心才能够踏实甚至有安全感，一个地方是自己的旅行社里，另一个地方是海边。因为忙碌，她无暇去看海，但在办公室里她同样能听到大海唱歌的声音，那样雄浑，那样豪迈。只要有海，齐凤瑶的灵魂就能够有归属，就能够有依靠。

齐凤瑶走进办公室不一会儿，张婷婷也来了，说："凤瑶姐，我已经送华华去学校了，你不用惦记她。"

齐凤瑶刚要说话，杜桥的母亲——一个年近六旬的胖胖的老太太突然闯了进来，一看见齐凤瑶就扑了过去，仿佛有着深仇大恨一样，冲齐凤瑶叫道："齐凤瑶，我说怎么到家里去了几趟都没有找到你，原来你开起了旅行社，这回可算是找到你了！"

齐凤瑶被婆婆凶神恶煞般的神情吓了一跳，不知道发生了什么事情，心突地一沉，忙问："您找我有什么事吗？"

杜母两只眼睛死死盯视着齐凤瑶，喘着粗气反问道："什么事？这你还用得着问我吗？"

平时，齐凤瑶和婆婆的关系还是不错的，很少有生气的时候，今天，婆婆吆五喝六地打到旅行社来，一时间，她真的有些糊涂了，不知道哪里得罪了婆婆，便笑着问："妈，不问您问谁呢？您不是说找了我好几次吗，到底有什么事情啊？"

杜母双手叉着腰，一副典型的泼妇相，大声冲齐凤瑶说："行了行了，我这个人没有文化，不会和你绕圈子，你把我们家那几件值钱的东西弄哪里去了？是不是卖掉了？"

齐凤瑶摇了摇头，问："您……您说什么呀？你们家里……什么值钱的东西呀？我……我卖什么了？"

杜母咽了一口唾沫，抓住齐凤瑶的胳膊，生怕齐凤瑶逃掉，讥讽地说："好啊，齐凤瑶，你可真是我们杜家的好儿媳妇啊，我都找上门来了，你还不承认哪？"

齐凤瑶息事宁人地对婆婆说："妈，我没有装糊涂，而是根本就不明白您说的是什么。您慢慢说，家里出什么事情了？"

齐凤瑶的"抵赖"激怒了杜母，她继续冲齐凤瑶吼道："出什么事情了？出贼啦——"

一听说出了贼，齐凤瑶意识到事情的严重性，忙关切地问："贼？偷了什么东西？抓到了没有？"

杜母瞥了一眼齐凤瑶，指桑骂槐地说："那个贼是家贼，她偷了我老头子临死前留下的三幅古画，用这笔钱开起旅行社来啦！"

齐凤瑶惊诧地瞪大了眼睛，问杜母："什么？你说什么？你说我偷了公公的遗物？我从来都不知道你们杜家有什么古画，又怎么去偷呢？我开旅行社的钱一分也没有你们杜家的，全是我自己筹借的！"

杜母蛮有把握地抢白说："你胡说，你齐凤瑶一个下岗工人谁能借给你这么多钱做买卖？你是我家的儿媳妇，你偷了我家的东西承认了也就算了，红口白牙地抵赖就不好了！"

齐凤瑶又急又气，脸一下子涨得通红，说："你……你……你这是血口喷人！我自从和杜桥结婚以来，一个线头儿都没有偷拿过，更不会偷什么古画。您现在是我的婆婆这没有错，但你不能侮辱我的人格，我不允许你这样做，也不允许任何人这样做！"

张婷婷在一旁对杜母说："伯母，您肯定是搞错了，凤瑶姐绝对不会偷别人东西的，您要对您说的话负责任！"

杜母这时才把凶巴巴的目光从齐凤瑶脸上挪到张婷婷脸上，说："我敢百分之百肯定就是她偷卖了我家的三幅古画！"

张婷婷根本不相信杜母的话，问："您这么肯定凤瑶姐偷卖了您家的古画，有什么证据吗？"

杜母被张婷婷问得愣了一下，随即仍似乎入木三分地说："你替她辩解也没有用，我家老头子临死前把珍藏了一辈子的三幅古画藏在了木箱底下，这我是知道的。去年我家老头子病死后我一直没有在意，直到前些日子才想起来翻出来看一看，可我找遍了箱子也没有找到那三幅古画，而且家里别的地方也没有。我问过我儿子杜桥好几遍看没看见过那三幅古画，我思来想去，我们家除了她齐凤瑶总去以外平时没有别人去，不是她背着我和杜桥把古画偷出去卖了还能有谁？我说她这一段时间总也不上我家去了，原来是做贼心虚啊。齐凤瑶，我说得对不对？"

齐凤瑶被杜母气得脸色苍白，也大声地说："我再重复一遍，我齐凤瑶一不知道你家里有古画，二没有偷你家任何东西，至于为什么不到你家里去，杜桥早晚会告诉你的。你再诬蔑我我就请你出去！"

杜母怪叫起来："好啊，齐凤瑶，你把钱弄到手里就倒打一耙了！你说，你偷没偷我家的古画？"

齐凤瑶声音坚定地说："我现在是工作时间，你没有权力干扰我和我的员工工作，如果你不是长辈的话，我一定打电话叫警察来处罚你。对了，你一口咬定我偷了你家的古画，也可以到公安机关去报案，让警察来对我调查取证！现在请你出去！"

听了齐凤瑶一番义正辞严的话，杜母不仅没有冷静下来，反而气急败坏地一把揪住齐凤瑶的衣领，喊道："齐凤瑶，你偷了我家的东西，还敢这样蛮横？我、我跟你这个'贱货'拼了！"

张婷婷急忙阻拦说："伯母，你要冷静，拼命不是解决问题的办法。"然后不无担心地对齐凤瑶说："凤瑶姐，她现在情绪非常激动，你还是先到外面躲避一下吧……"

齐凤瑶从杜母手里挣脱出来，冷峻地说："婷婷，我没有做亏心事，为什么要躲呢？我是旅行社的法人代表，我有权利在我的单位工作。她这样胡搅蛮缠真令人作呕！"

杜母喊得嗓子都快嘶哑了，但仍指着齐凤瑶叫道："齐凤瑶，今天你不把事情给我说清楚我和你没完！我们家的古画就是你偷的，就是你偷的，就是——"喊到这里，杜母突然双眼一闭，身子一软，晕倒在地。

张婷婷不知所措地问齐凤瑶："凤瑶姐，她晕倒了，怎么办啊？"

齐凤瑶也吃了一惊，不过她马上镇定下来，说："婷婷，先不要慌，我们快给急救中心打电话，送她去医院！"

张婷婷拿起手机，拨通了市医院急救中心的电话。不到五分钟，急救人员赶来了，和齐凤瑶、张婷婷一起把杜母抬下楼，抬进了救护车。在救护车的啸叫声中，张婷婷给杜桥打了电话，让他火速到医院去。

到医院后，医生对杜母进行了紧急诊治后对齐凤瑶说："病人由于情绪激动而引发脑溢血，必须住院治疗。"

对于医生的要求，齐凤瑶自然不会拒绝，但是她依然沉浸在那个解不开的谜团中。望着护士把杜母推进病房时忙碌的身影，她喃喃自语着："脑溢血？怎么会这样？这到底是怎么回事呢？我从来没有听说过杜桥家里有什么古画的呀！"

张婷婷挽着齐凤瑶的胳膊，说："我也感觉事情有些蹊跷，但不管怎么说，她诬陷你偷东西纯粹是无稽之谈。凤瑶姐，你不要往心里去。"

齐凤瑶费力地思忖着，说："我的心越来越乱了……婷婷，你先回旅行社去吧，我在这里好好想一想。"

张婷婷点点头，说："好吧，凤瑶姐，有事情随时打我的手机。我走了。"

张婷婷走后，齐凤瑶走进病房，望着仍然昏迷不醒的杜母，心里默默地说："我没有料到你会生病的，可是我的确什么东西也没有从你家里拿啊，以前没有拿，以后我也不会拿的。你为什么那么肯定我偷卖了古画呢？你一定误会了，愿苍天保佑你快些康复吧，等到你神志恢复了，事情才有可能说清楚。我也太累了，真想好好休息一下啊……"

"凤瑶，我妈妈她……"齐凤瑶的思绪被急匆匆走进来的杜桥说话的声音打断了。

尽管齐凤瑶不想和杜桥再过多的交谈了，但在这个特殊的时候不说话显然是不理智，于是，她坦然地对杜桥说："事情的经过你都知道了吧？我简直像做了一场噩梦一样，我想不明白自己怎么突然成你们杜家的家贼了。"

杜桥瞧了瞧母亲，齐凤瑶的目光也随之落到了杜母身上，以至于没有发现杜桥脸上掠过了一丝慌乱的神色。杜桥感激地说："凤瑶，谢谢你在这个时候还能照顾我妈妈。"

齐凤瑶认真地说："即使我们真正成了路人，我也要尽道义上的责任，我只希望你不要以为你妈妈晕倒在我的旅行社里就是我的责任。"

杜桥望着齐凤瑶，说："我妈妈生病是她自己没有控制好自己的情绪，我不会认为你有必然责任的，何况下午我们就……"

齐凤瑶声音平静但异常坚定地对杜桥说："杜桥，我们的离婚手续今天不能办了！"

杜桥忙问："为什么？"

齐凤瑶眼睛里闪射着两道明亮而坦诚的光，说："在你妈妈诬陷我偷卖你家古画的事情没有弄清楚之前，我绝对不能背着罪名离开你们杜家，我要为自己洗刷屈辱！杜桥，请你老老实实告诉我，你家里究竟有没有古画？"

杜桥双手一摊，然后又摆了摆，仿佛十分奇怪地说："你说什么呀，什么古画？我……我不知道。"

"你真的不知道吗？"

"我为什么要骗你呢，我真的不知道什么字呀画呀的。不过我爸爸生前酷爱古画倒是事实。"

"这么说你爸爸有可能留下几幅古画了？"

"有……有可能吧。"

齐凤瑶的神情越发坚定了，说："看来事情必须得弄清楚，杜桥，一天不把你妈妈加在我头上的罪名拿掉，我就一天不跟你离婚！"

齐凤瑶的话使杜桥心中暗暗叫苦。昨天晚上，他离开齐凤瑶回到徐兰娟的住处后，把马上就要离婚的消息告诉给了徐兰娟。杜桥没有说假话，可徐兰娟却认为杜桥在玩弄她，杜桥赌咒发誓她也不信。后来，他们达成了"协议"：如果今天下午杜桥能够拿到离婚证，徐兰娟就把公司还给杜桥，反之杜桥不仅不能再提公司的事情反而得另拿两万元钱给徐兰娟。当时，杜桥认为他和齐凤瑶肯定能离婚的，就和徐兰娟口头定下了这份荒唐的"协议"，如今听齐凤瑶说不去办理离婚手续了，他知道自己输给徐兰娟了，鸡飞蛋打了，却有苦说不出，怎能不懊丧呢？不过，此刻他仍需"装点"一下"门面"，故意以轻松的口气对齐凤瑶说："说实话，凤瑶，我并不想跟你离婚，只是你态度坚决地提出来离婚我不得已而为之罢了。你以为离婚对我很重要吗？一点儿都不重要。"

"可是那对我非常重要！"齐凤瑶的声音里充满着某种足以打破一切的力量。

杜桥的身子不由自主地颤抖了几下，他对齐凤瑶说要去给母亲交住院押金然后去给姑姑舅舅们送信，让他们来陪护母亲，说完就出了病房。

杜桥交完住院押金又给姑姑和舅舅分别打了电话，最后却没有回病房，而是去了离医院不太远的青春广场。徐兰娟在那里等着他呢。

徐兰娟坐在宽阔的青春广场西侧的椅子上捧着手机玩游戏，杜桥走了过来。

徐兰娟把手机揣进坤包里，扬着脸对杜桥说："你怎么现在才来？拿给我看看。"

杜桥在徐兰娟身边坐下，问："看什么呀？"

徐兰娟反问杜桥："你说什么？今天下午你不是去办离婚手续了吗？"

杜桥知道在徐兰娟面前蒙混是过不了关的，只好老老实实地说："别提了，没办成！"

徐兰娟得意地笑起来，问："没办成？为什么？是她反悔了还是你想'凤还巢'啊？"

杜桥心烦意乱地说："哎呀，你就别跟我甩词儿了。我妈得脑溢血住院了，我得去医院照顾我妈哪！"

徐兰娟讥讽地说："杜大孝子，你妈重要我就不重要啦？你到医院去陪你妈，谁陪我去玩儿啊？本来人家想今天下午去公园里和你一起开碰碰车呢！哎，你妈怎么得那种要命的病了？你妈得病和你办离婚手续有什么关系呀？"

杜桥心神不宁地搭讪说："有关系……哦，没关系……"

徐兰娟却饶有兴致地问："到底有没有关系呀？"

杜桥越发心烦地说："这事、这事一两句话跟你说不清楚，你别乌鸦似的乱叫唤！"

徐兰娟使劲在杜桥脖子上拍了一掌，说："你烦，我还烦呢，你要是真烦我就别来……"

杜桥示意徐兰娟打住话头，压低声音问："得了，说你是乌鸦一点儿不冤枉你。说正事吧，那笔生意什么时间做？也就是说我什么时候能赚到钱？"

徐兰娟小声说："我哪能知道这些？老板不是让你等消息吗？"

杜桥嘟囔着说："我就知道问你白问。"

徐兰娟侧过身，望着杜桥的脸色，问："怎么，缺钱了？咱们昨天夜里的'协议'不算数了？"

杜桥摆出一副大款的样子，说："算数，怎么会不算数呢？不过话说回来，我现在也没心思经营公司了，再说守着你这么个讨钱的小祖宗金山早晚也得让你给掏空了！"

徐兰娟见杜桥答应兑现"协议"，妩媚地笑了，杜桥忍不住在她粉嘟嘟的脸上解恨似地亲了好几口。

又和徐兰娟缠绵了一会儿之后，杜桥离开青春广场，回到了医院。

病房里，杜母依然处在深度昏迷中，齐凤瑶已经走了，杜桥的舅舅、姑姑围在床边。

见杜桥进来，杜桥的舅舅对杜桥说："我姐姐的病全是你老婆齐凤瑶给气成的，她偷卖了我姐夫的遗产还死不承认，我们不能让她得了便宜卖着乖！"

杜桥的姑姑也不失时机地接过话头说："对，我嫂子的病一天好不了我们就一天跟她没完,凭什么让齐凤瑶一个人侵吞我哥的遗产?"

看来,杜桥的舅舅和姑姑对杜桥母亲去找齐凤瑶吵架直至晕倒的事情是一清二楚的。在火气冲天的两位长辈面前,不知是害怕还是别的原因,杜桥一声没吭。

杜桥的舅舅喝了一口捏在手中的矿泉水,对杜桥的姑姑说:"妹妹,话说回来,我们毕竟没有证据证明齐凤瑶偷卖了姐夫的古画啊。"

杜桥的姑姑沉思着说:"这倒是个问题……咳,就是抓不住兔子也要揪它几根毛!"

杜桥的舅舅责怪地对杜桥说:"杜桥啊,你老婆把你爸爸的古画偷出去卖钱独吞了你都不知道,你说你是干什么吃的?真没出息!"

杜桥赔着笑脸给舅舅点上了一根烟,依旧什么也没有说。

此时,杜桥真的不知道自己应该说什么。

下午四点多钟,宏海贸易公司总经理曾晖正在办公室玩扑克,随着一阵敲门声,一个身材颀长、皮肤白嫩、俊俏端庄的女孩手拿塑料文件袋站在了门口。

曾晖眼睛一亮,眼睛紧盯着那名女孩,"热情"地说:"小姐,你找谁?是找我吗……来来来,进来说话嘛!"

女孩娉娉婷婷地走到曾晖面前,轻轻向曾晖鞠了一个躬,表现出了良好的素养,说:"先生,您好,我是碧海旅行社的导游,今天专门为贵公司上门服务的。"

曾晖的眼光丝毫不肯从女孩脸上移开,问:"你是来拉业务的吧?"

女孩点点头,说:"您可以这样认为,先生。请问您是总经理吗?"

曾晖连着点了几下头,说:"对,我叫曾晖,是总经理。小姐,能问一下你的芳名吗?"

女孩轻轻笑了笑,说:"曾总,我叫张婷婷。"

曾晖也笑起来,笑容里含着一股奸邪,色迷迷地对张婷婷说:"能详细谈谈吗?我对旅游很感兴趣。"

张婷婷没有听出曾晖话里的意思,打开文件袋,拿出线路单给曾晖讲解说:"曾总,我们碧海旅行社推出了一系列特色线路,有长线游、周边游和本地游,如果您和您的员工时间充裕的话可以参加桂林、阳朔七日游和南京、无锡六日游;如果时间不充裕可以选择董家口、祖山、翡翠岛等本地游。我们碧海旅行社会带给你美的享受和完美周到的服务,这是我们的报价表。曾总,您对哪种出游方式感兴趣呢?"

曾晖走到张婷婷身边,和张婷婷相距不过十厘米,挑逗地说:"张小姐,你长得这么漂亮,干嘛在旅行社当导游呢?"

张婷婷听出曾晖话里的含义了,脸一下子红了,但还是礼貌地说:"曾总,您看我们的报价……"

曾晖接过单子,扔到办公桌上,弦外有音地说:"张小姐,能优惠服务吗?"

张婷婷仍然装做什么也没有听到似的耐心地对曾晖说:"曾总,我们碧海旅行社的报价是经过市物价局批准的，也是最低收费，不能再优惠了。"

曾晖手舞足蹈地说："不，不，我不是问线路优惠，而是问张小姐你能不能……啊？哈哈哈……你看起来很聪明，怎么就不懂我的意思呢？"

"曾总，我真的不懂您的意思。您要是对我们的线路不满意，我就不打扰您了。"张婷婷预感到了不妙，说完话转身就想走。

曾晖像一只猴子一样蹿到门口，关上门，贪婪地望着张婷婷，眼里冒着两团淫邪的光，说："张小姐，实话跟你说吧，我喜欢上你了，你非常漂亮、非常迷人。你不是上门服务吗，我们可以'合作'的。来吧，张小姐，这里就我们两个人，很安静的……"说着，曾晖不由分说抱住了张婷婷的腰。

张婷婷从曾晖怀里挣脱出来，窘迫而生气地质问道："你、你怎么可以这样？"

曾晖越发放肆地对张婷婷说："张小姐，你脸红了，更漂亮了。来吧，来吧！"说着，他再次抱住了张婷婷。

张婷婷愤怒地叫喊着："放开我，臭流氓！臭流氓！"

曾晖继续厚颜无耻地说："小丫头，装得挺正经的，像你这样年轻漂亮的女孩子想要拉到顾客最好的捷径就是……哎哟哟！"

张婷婷在曾晖手上咬了一口，趁曾晖甩手之机跑了出去，如同一只受了惊吓的小鸟一样委屈地哭泣着跑回了碧海旅行社。

齐凤瑶正坐在办公室里对上午杜桥母亲兴师问罪的事情百思不得其解，见张婷婷神色慌张地跑进来，不知道又发生什么事情了，赶忙从椅子上站起身，拉住张婷婷的手，问："婷婷，你怎么了？发生什么事情了？"

张婷婷扑进齐凤瑶怀里，万分委屈地说："凤瑶姐……我……"

齐凤瑶替张婷婷捋了捋散乱的头发，扶她坐在椅子上，急切地问："婷婷，别哭，慢慢说，到底发生什么事情了？你不是去做业务了吗？"

张婷婷稳定了一下情绪，一双泪眼望着齐凤瑶，说："凤瑶姐，方才我到宏海贸易公司找总经理联系业务，那个叫曾晖的总经理对我说像我这样年轻漂亮的女孩子想要拉到顾客最好的捷径就是……就是……说着他就对我动手动脚，抱住我往沙发上拖，我……我怕极了，在他手上咬了一口才冲了出来……"

张婷婷的话还没有说完，齐凤瑶早就愤怒了，她胸脯剧烈起伏着，大声说："流氓、无赖！婷婷，你是为旅行社遭受侮辱的，我作为总经理一定为你讨回公道。我去找那个家伙，让他赔礼道歉，否则我就到法院起诉他！"

赵姐在一旁也生气地大声说："对，不能便宜了他，我们还应该告诉晚报的'曝光台'热线，让记者给他曝光！"

赵姐的话提醒了齐凤瑶，说："新闻单位能帮助咱们当然更好，就是报社不曝光，我也不能让婷婷白白遭受侮辱！"

赵姐拨通了晚报的新闻热线："是晚报'曝光台'热线吗？我是碧海旅行社，我们一位女导游在宏海贸易公司被总经理曾晖侮辱了，请你们派记者……对，我们齐总准备去找曾晖……好的，谢谢。"

赵姐放下电话，对齐凤瑶说："齐总，晚报派一个名叫丹明的记者参与调查这件事，如果情况属实，他们就给那个曾晖曝光，十分钟后，丹明记者在楼下等你，和你一起去宏海公司。"

齐凤瑶点点头，说："丹明？好，我这就下楼等他。婷婷，你好好休息吧！"说完，大步走出了办公室。

齐凤瑶走到碧海旅行社楼下，站在路边等候丹明。少顷，丹明驾驶着采访车停在了她身边。

丹明摇下车窗玻璃，微笑着对齐凤瑶说："凤瑶，请上车吧！"

因为和永平市这位颇有名气的记者见过两三次面了，齐凤瑶坐到副驾驶位置上后就以朋友的口吻对丹明说："丹明，今天麻烦你了，我旅行社员工被人侮辱了，请你帮助我为我的员工讨个公道！"

丹明真诚地说："这也是我的职责，我们共同为受害者讨还公道吧！"

车子向宏海贸易公司方向驶去，丹明在专心致志地开车，齐凤瑶由于心情沉闷也不想说什么，不过，她还是借两个人都沉默的时候认真地打量起丹明来了。

丹明30岁左右，圆圆的脸，眉毛又长又粗，透着一股灵秀之气，眼光里也闪射着一种平静而真诚的光；身穿一套牛仔装，胸前挂着齐凤瑶第一次和他见面时看到的那个带有《永平晚报》明显标志的工作证。齐凤瑶隐隐约约感觉到，丹明是一个非常富有激情和正义感的人，她可以和他做朋友……

齐凤瑶和丹明走进宏海贸易公司总经理办公室的时候，曾晖仍旧在玩扑克。

齐凤瑶走到曾晖面前，厌恶地望着他，说："你肯定就是那位曾总经理吧，我是碧海旅行社的总经理齐凤瑶，我的一位员工到贵公司做业务受到了你的侮辱，我要向你讨个说法！"

曾晖抬起头来，眼睛狡黠地望着齐凤瑶和丹明，他知道面前这个比那个姓张的导游漂亮、还有风韵的女人是舅舅苏江礼心中的一朵玫瑰花，同时也将是他们整个贩毒计划中一颗重要的棋子，得罪不得。想到这里，曾晖把牌塞进抽屉里，故意做出吃惊的样子，对齐凤瑶说："讨说法？什么说法？我只不过和她开了个玩笑，她……她就当真了。其实这有什么呀？"

齐凤瑶严厉地对曾晖说："你可以拒绝我的员工到贵公司做业务，但你绝对不可以侮辱她的人格，给她精神带来伤害！你这样做是违法的，如果你不以积极的态度对待这件事，我会以旅行社的名义到法院起诉你！"

尽管曾晖投鼠忌器，但痞子的性格还是使他蛮横起来，玩世不恭地对齐凤瑶说："我说你这个人怎么回事？法院不是你的旅行社。你在那地方说话不好使。你要告我就去告好了，我并没有阻拦你呀。你去告啊，看法院是能关我拘留啊还是能判我刑啊？哈哈哈……跟我来这一套，你太嫩了！"

齐凤瑶被这个胡搅蛮缠的混蛋气坏了，她嗓音颤抖地斥责曾晖："你……你真不知……不知羞耻……"

丹明轻轻拉了拉齐凤瑶的衣角，示意她保持冷静，然后郑重地对曾晖说："曾先生，我以记者的名义警告你要正确对待这件事情！我可以明确告诉你，这绝不是一件小事情！"

曾晖吃惊地问道："你是记者？"

齐凤瑶接话说："对，他是晚报的记者丹明，就是为这件事给你曝光的！"

曾晖眼珠转了转，他知道事情真的有麻烦了，记者和旅行社总经理绝对不是同一个概念，他可以在齐凤瑶面前胡言乱语，但不敢和这个比他小十来岁的记者信口开河，他调戏张婷婷的事情真要是被报纸捅出去可不是闹着玩儿的。他对丹明换了一副笑脸，谦卑地说："这……没有必要吧。丹记者，你真要是在报上给我曝了光，我公司和我本人的形象可就……笔下留情，笔下留情，咱们可以好好商量。我是和那个张小姐开了个过头儿的玩笑，但终归是小事情嘛。"

丹明义正严辞地对曾晖说："你认为这是小事情，我们认为这是大事情，这关系到一个女公民的基本权利，即使你承认了错误，我也要如实报道这件事，让全市读者都谴责你的行为！"

曾晖尴尬地搓了搓手，继续笑着说："我不是说了吗，我们可以好好商量嘛。我错了，我以后再不敢干这种傻事了。行了吧？"

见曾晖承认了错误，丹明的语气略微缓和下来，说："你认识到错误这只不过是解决事情的良好开始，你只有想办法让张婷婷小姐原谅你的过错，而没有权利要求我不对这件事如实进行报道！"

曾晖连连点着头，说："我会想办法的。嗯，这样吧，我抽个时间尽快专程去碧海旅行社向张婷婷小姐道歉，一定去，一定去。这样可以不？"

齐凤瑶知道，这件事情也只能到此为止了，便和丹明交换了一下眼神，然后严肃地对曾晖说："我不希望你搪塞我们，那样做你会有更大的麻烦。知道吗？"

"知道，知道，我全都知道！"曾晖态度坚决地说。

齐凤瑶最后鄙夷地瞥了曾晖一眼，和丹明转身走了出去。在下楼梯的时候，丹明赞赏地对齐凤瑶说："凤瑶，你很有魄力，也有个性，为员工讨回了尊严，这样的总经理事业才能有发展！"

齐凤瑶不好意思地笑了笑，说："曾晖那个家伙理亏心虚，自然无法辩解了，要不是他答应找婷婷当面赔礼道歉，我一定饶不了他。再说有你这位大记者在一旁摇旗助阵，我更什么都不怕了。瞧曾晖那副德性，真让人鄙视，哼！"

丹明笑着说："凤瑶，我发现我们已经是好朋友了。"

齐凤瑶愉快地说："当然了！"

世界上的事情有笑就有哭。齐凤瑶和丹明离开后，曾晖急忙给苏江礼打了电话，他懊丧地对着话筒说："舅舅，我遇上麻烦了，刚才碧海旅行社一个小姐儿来我这里做业务，我见她长得漂亮，就想和她玩玩儿，结果她咬了我一口跑了。她的老总就是你那位心上人，找上门来非要我给那个小姐儿道歉不可，最可气的是她还带来个晚报记者，想要给我曝光。舅舅，晚报那边你帮我摆平吧，这边我……我去找那小妞儿赔个不是哄她玩玩儿，算我栽了一个跟头，有朝一日我非

第六章 遭遇屈辱

好好教训教训那姓齐的小娘们儿不可！"

电话那端，苏江礼用不急不缓的口气说："女人嘛当然可以玩儿，不过不是你这种玩儿法，你这是惹祸。让你喜欢的女人心甘情愿地跟你上床，完事后还得感激你，这才叫男人的真本事！晚报那边我给你疏通关系。"

曾晖脸上绽开了一朵花，欣喜地连声说："谢谢舅舅，谢谢舅舅！"放下电话后，曾晖自言自语地说："舅舅啊，那个姓齐的小娘们儿挺有个性，你能掌握得了她吗……嗨，我操这心干什么？"

碧海旅行社里，张婷婷在打电话联系业务，赵姐百无聊赖地翻看着《中国旅游报》。这时，一脸沮丧神情的小黄走了进来，声音软塌塌地说："这几天又白跑了，还是一无所获呀。本来有两个单位想和我们签订出游合同的，但都被别的旅行社低价抢走了。唉，都怪我们的报价太死了，这样下去我可坚持不了了！"

张婷婷放下电话，给小黄倒了一杯水，说："小黄，你不能抱怨我们的报价太死，我们这是合理的报价，别的旅行社低价抢顾客是不当竞争，早晚会被处罚的。我看凤瑶姐给市旅游局写了一封信，向他们反映了旅行社竞争中的不良现象，希望市旅游局能够有效地制止旅行社之间不当竞争的行为。"

小黄接过水，喝了一口，拉着长声说："婷婷，你觉得这有用吗？我们规规矩矩地做生意，可顾客不管这么多，人家是哪家旅行社报价低就随哪家旅行社出游。婷婷，你有本事，你去拉游客吧，我算是没有办法了——"

张婷婷望着小黄，说："小黄，你可不能灰心，凤瑶姐多难啊，我们真应该好好帮助她的。"

小黄不客气地说："我帮齐总，谁来帮助我呀？我的难处谁来体谅啊？都这么长时间了，一个团也没有组到，真上火！你说是吗，赵姐？"

赵姐早已经放下报纸等待时机插话了，听小黄问她话，紧忙说："可不是嘛，我提醒过齐总了，这样下去只能倒闭了。"

张婷婷的心猛地一沉，"倒闭"是她最不愿意听到的一个词汇，可是碧海旅行社目前的状况的确能够让人很容易想到这两个不祥的字眼。

张婷婷还想鼓励小黄几句，未等张口，齐凤瑶走了进来，高兴地说："婷婷，我们胜利了，曾晖那个坏蛋承认了错误，他答应来登门道歉了！"

张婷婷望着齐凤瑶，感谢地说："凤瑶姐，谢谢你为我出了气，我一定好好做业务，不过我可不想再见到那个家伙了！"

赵姐解气地说："那个曾晖道完歉就叫他走人，免得污染了办公室里的空气！"

一句话，几个人一同笑起来。

丹明回到报社后，没用半个小时就写好了题为《女导游推介线路在宏海贸易公司遭到侮辱》的稿件，交给了编辑小李。小李把丹明拉到一旁，神秘地说："哥们儿，有消息说总编想提你当记者部主任。"

丹明笑起来，说："什么呀，我当什么主任哪，别乱说了。"

小李认真地说:"我的消息绝对可靠,这是情理之中的事,你的才学和敬业精神在咱报社是公认的。"

丹明打趣地对小李说:"别说以后的事了,李子,我倒是听到消息你就要当新郎了,你还没给我发'帖子'呢。"

小李拍了拍胸脯,说:"新郎嘛我肯定是要做了,但没确定在哪一天,放心吧,跑不了你的份子钱!"

丹明打趣地说:"咱俩同岁,你就要步入婚姻的殿堂了,可我还在门外徘徊呢!"

小李郑重地说:"丹明,其实大家都在关注这件事,你是个工作狂,可话说回来,工作咱干,老婆也得找啊,完美的人生是事业和家庭的组合。只要有你喜欢的女孩就去追,约她喝咖啡、给她发电子邮件……坛子怕摔,女孩子怕追。"

电话铃响了,小李接电话:"是我……我的准老婆,你出差回来了?晚上我们去喝咖啡!"

望着小李美滋滋的表情,丹明心里说:"我该请谁喝咖啡呢?"他转身出了编辑部,到记者部自己的办公桌前写起稿子来,不知不觉,到了晚上下班时间。

小李走了进来,以一种"悲壮"的口气对丹明说:"丹明,你上午写的那篇《女导游推介线路在宏海贸易公司遭到侮辱》总编没有签发。"

丹明停止敲击键盘,抬起头来,惊讶地问小李:"没有签发?为什么?"

小李在丹明身旁的椅子上坐下来,说:"这还用问吗,事情明摆着,你想曝光的那个总经理曾晖直接或间接地同咱们报社领导有关系,总编奈何不了他,所以只好把稿子压下来。"

丹明激动地说:"再大的关系也不能凌驾于新闻监督之上啊,那个曾晖所作所为就应该曝光。我去找总编交换意见!"

小李劝解地拍了拍丹明的肩膀,说:"总编已经下班走了,他决定的事情谁也改变不了,这你是知道的。"

丹明气愤地对小李说:"你知道吗,我有一种遭受了侮辱的感觉!明明有人做错了事,反而不让曝光,真荒唐!"

小李十分理解丹明的心情,他叹了口气,说:"你的心情我能理解,可关系网的存在毕竟是不可改变的事实。哥们儿,别太书生意气了,好多事情不是我们这些小人物能够改变的!"

小李说完走出了记者部,丹明呆呆地望着电脑屏幕足有五分钟,无可奈何地拉开抽屉,从里面拿出一袋方便面,撕开,猛嚼起来。

第二天上午,张婷婷和赵姐正在碧海旅行社里忙自己的事情,忽听有人敲门,张婷婷起身拉开门,见是油头粉面、手捧一束鲜花的曾晖站在门口,讨厌地坐回到了椅子上。曾晖嬉皮笑脸地跟了进来。

"请问您找谁?"赵姐从张婷婷的神情上判断出来人是谁了,所以故意地问。

曾晖先是冲赵姐哈了哈腰,随后说:"我是来向婷婷小姐道歉的,昨天我同婷婷小姐开玩笑开过了头儿，引起了婷婷小姐那么一点点误会，请小姐不要怪罪……"

曾晖说着，双手捧着鲜花递到张婷婷眼前。张婷婷沉着脸不接，曾晖尴尬地把花放在桌子上，眼光依然在张婷婷的脸上扫来扫去。

赵姐向曾晖下了"逐客令"："既然你认错了，我们就不再追究这件事了。我们正在工作，如果你没有别的事情没有必要在这里浪费时间了！"

曾晖讪讪地说："哦，是的，是的，我告辞。婷婷小姐，我们后会有期，啊，后会有期……"

曾晖退了出去，张婷婷抓起花扔进了垃圾桶里，说："哼，这种臭男人，讨厌死了！"

曾晖往楼下走的时候，正碰上了上楼的齐凤瑶。齐凤瑶瞟也没瞟他一眼，径自上了楼。

曾晖望着齐凤瑶的背影，咬了咬牙，心中说："小娘们儿们，等着瞧吧，我非出这口气不可！"

齐凤瑶走进办公室，一眼看见了垃圾桶里的鲜花，故作夸张地说："哇塞，我们婷婷真是好'酷'啊，既得到了道歉又得到了鲜花！"

张婷婷苦笑着说："凤瑶姐，你就别寻我的开心了，我一想起他来就恶心！"

齐凤瑶还想和张婷婷开几句玩笑，这时，手机响了，她按下接听键说："是丹明吧，我一听就听出来了。大记者，有什么事情吗？"

丹明在电话里歉意地说："凤瑶，我非常遗憾地告诉你一件事，给宏海贸易公司总经理曾晖曝光的稿子我们总编不让发了。"

齐凤瑶说："不发就不发吧，他已经向婷婷道歉了，这就足够了。"

丹明说："你能理解这件事情就好了，你在旅行社里吗？"

齐凤瑶说："在，你呢？也在单位吗？"

丹明说："今天下午没有采访任务，我在宿舍里。有时间我们多联系，好吗？"

"我如果有事情一定还会找你帮忙的，我们再见吧！"齐凤瑶挂断电话后，和张婷婷一起整理起资料来。

下午的时候，齐凤瑶本想去医院看望一下婆婆，但她又不想再次卷入到那个所谓的"古画失窃事件"中，不管怎么说，自己根本没有偷拿过杜家的任何东西，也没有做过任何对不起杜家的事情，不用惧怕什么，可是她的心因为旅行社的事情已经很乱了，寻求安静是她最想做的事情。

整整一天过去了，碧海旅行社依然没有业务，齐凤瑶在夜色中慢慢走回了家。

晚上写稿子早成丹明的习惯了，他最舍不得浪费的就是时间，尤其是晚上，许多在永平市引起过强烈反响的稿子就是他利用晚上时间赶写的，所以，他在报社十多名记者中发稿量是最多的，也是"最不会享受生活"的人。

此刻，街上车水马龙，热闹非凡，丹明穿着短裤在宿舍里写完了两篇稿子后，又开始写起日记来了。他的手指熟稔地敲击着键盘，一行行字在屏幕上像一串串小蚱蜢一样闪跳着：

  今天心情很不好，一篇曝光的稿子被撤掉了，正如小李所说，理由是不言而喻的。那个曾晖能够让总编替他说话，足见他有一定的背景。我知道，总编也是迫不得已而为之。也许我还不会对社会中的不良现象用包容的眼光去看待，其实也没有必要去逢迎这些……齐凤瑶是一个很有个性和事业心的女子，作为同龄人，我很欣赏她。
  下午又给刑警队打了电话，询问郊区那桩杀人案的侦破情况，刑警队的人说死者已经调查清楚了，名叫马晓强，唐山市乐亭县人，既是吸毒者又是贩毒分子。侦破工作仍在进行当中。每次提到这个案件，我心头总有一种异常的预感，今晚这个预感又来了，依然那么真实、那么强烈。难道它真的和我或者我身边的某一个人具有千丝万缕的联系吗？这真是一个可笑的预感！也许到了捉到凶手的那一天，一切才能明白。不管怎么样，作为记者，我必须关注这桩案件……

  丹明关掉电脑的时候已经是夜里11点多钟了，宿舍里很闷热，他忽然想到街上去走走，散一散因那篇稿件没能发表带来的不快心情。
  丹明换好衣服，出了宿舍，在街上很随意地慢慢走着。
  这时，杜桥和徐兰娟从对面走了过来，他们都喝得醉醺醺的。杜桥揽着徐兰娟的腰，摇摇晃晃地走着，边走边发布着"宣言"："告诉……告诉全市人……人民一个好……好消息，我……我就要……离……离婚了。离婚有……有什么呀……离了老婆还……还有……有这个……这个'二奶'呢。我怕……怕什么……我什么也不……不怕……"
  徐兰娟和杜桥一样，嘴里也喷着酒气，她醉眼迷离地望着杜桥，含糊不清地说："女人爱……男人，男人……男人爱女人，女人就……是属于男……男人的，女人离不开……男人。杜桥，你……你这个傻……傻瓜，我让你离婚……你就离婚……啊，我那是……试探你对……我真……真心不……不真心。嘻嘻……嘻……上当了不是？老娘不是……白吃饭的……"
  杜桥把嘴伸到徐兰娟嘴唇上，费力地吻起来。丹明不想看他们这种过分的举止，想转身回宿舍，但是杜桥下面的话仿佛磁石一样吸引得他下意识地停住了步子。
  "徐……徐兰娟，你要……要我？齐……齐凤瑶要……要跟我离……离婚，我才不……不怕她……我们家里有……有值钱的东……东西……古……古画……"
  尽管杜桥的喉咙里像塞着一团棉花，可是丹明还是听清了他的话。他听出来了，这个男人就是齐凤瑶的丈夫，一个行为很不检点的丈夫，而且一件很重大的事情和齐凤瑶有关。直觉这样告诉丹明。他没有想到，漂亮、要强的齐凤瑶的丈夫居然会是一个对生活和家庭极不负责任的人，心里不由得替齐凤瑶惋惜起来。

杜桥和徐兰娟走过去了，丹明也回了宿舍，却怎么也不能入睡，齐凤瑶的身影、杜桥和情妇醉酒调情的情形交替在他眼前晃动。他无从知晓齐凤瑶是否察觉丈夫有了外遇，但齐凤瑶的影子越来越深刻地印在他脑海中了，那俏丽的面庞、明亮的眼睛、开朗的笑声、飘逸的身影，宛如一团轻柔的迷雾罩住了丹明那颗年轻的心，使他身体里有了一种清清楚楚能感觉到却又说不出来的躁动。

"她丈夫为什么背叛她呢？她知道自己的感情被丈夫亵渎后会伤心地哭泣吗？她是个可爱而又可怜的女人啊⋯⋯"丹明喃喃自语着，仿佛看到了齐凤瑶为丈夫背叛自己而泪水满面的神情，他的眼睛也潮湿起来，内心里涌动着一种想见到齐凤瑶的欲望——说成冲动更为贴切些。

这个夜晚里，齐凤瑶情感的不幸牵动了丹明的心，他想了很多事情，以至于一夜都没有合眼。

他知道自己失眠的原因。

经过一夜的思虑，齐凤瑶决定亲自去跑业务，这是她能够想出来的最好的办法了。连日来，她被忧愁紧紧困扰着，像一个没有水性却落入大海中的人拼命挣扎着，只要不沉到海底就总会有希望。

齐凤瑶走进一栋高档住宅楼内，敲开了一家房门，开门的是一位老太太。老太太还算客气地问："你找谁呀？"

齐凤瑶冲老太太微笑着说："大妈，我是碧海旅行社的，请您看一下我们推出的线路好吗？我们有西南、东南、东北等地五日长线游和本市、周边一日、两日游，还有适合你们老年人的'夕阳红'专线游，价格也合理。"

老太太上下扫视了齐凤瑶几眼，不高兴地说："你走吧，我不旅游。你们这些推销员真烦人！"说完，毫不客气地关上了门。齐凤瑶转身又去敲对面住户的房门。

这时，苏江礼从外面走进楼道，看见齐凤瑶在敲门，有意识地停住了脚步。

一名中年男人打开房门。齐凤瑶照旧微笑着对中年男人说："先生，您好，碧海旅行社上门为您提供服务。"

中年男人鄙视而戒备地盯视着齐凤瑶，说："上门服务？谁知道你是干什么的？"

齐凤瑶急忙双手递上报价单，解释道："先生，我的确是碧海旅行社的，这是我们旅行社的报价单，欢迎您从中挑选适合自己的线路，我们保证让您满意。"

中年男人大声说："小姐，我们家有个乌龟的屁股——规（龟）定（腚），从不欢迎推销员造访，请你以后不要再敲我家的门！我都快下岗了，旅什么游！"

中年男人恶劣的态度并没有使齐凤瑶失去耐心，她继续用轻柔的声音对中年男人说："先生，我们的线路⋯⋯"

齐凤瑶的话还没有说完，中年男人"哐"一声关上了房门，齐凤瑶干站在门口，眼里慢慢涌起了委屈的泪水。

这时，苏江礼走了上来，齐凤瑶惊诧地叫起来："呀，苏总，您怎么在这里呢？"

苏江礼望着齐凤瑶，说："我的家就住在楼上，咱们真是有缘分哪。"

齐凤瑶断定刚才吃闭门羹的一幕已经被苏江礼看见了，脸尴尬地红了，说："苏总，我……我……"

苏江礼摆摆手，毫不在意地说："凤瑶，刚才的事我都看见了，不要和那些没有素质的人计较。到我家去坐坐吧，休息一下，啊？"

齐凤瑶摇摇头，说："不了，苏总，谢谢您，我不想给您添麻烦。"

苏江礼用不容分辩的口气说："凤瑶，看你说的，我们是朋友，平时恐怕我请你都请不到，今天走到我家门口了，不进去坐一会儿我会感到很遗憾的。别客气了，走吧！"

苏江礼不容齐凤瑶再说什么，轻轻揽住了齐凤瑶的肩头，齐凤瑶只好身不由己地跟苏江礼上了楼，进了家门。

苏江礼的房子很大，足有150平米，这在永平市来说属于比较大的户型了。

苏江礼看齐凤瑶在客厅沙发坐下来，便坐到齐凤瑶身边，赞赏地说："凤瑶，我实在没有想到你会亲自挨家挨户地推销线路，我由衷地佩服你，凭着这种艰苦创业的劲头儿，你会有所成就的。真的，我苏江礼不会看错人！"

齐凤瑶难为情地说："苏总，您不要再夸我了，我感觉自己是一个最无能的人，你们这个居民小区的住户我都快跑遍了，可是……"齐凤瑶说着，自己戳到了痛处，嗓音哽咽起来。其实，她本想在苏江礼面前压抑住悲伤的情绪的，可是不知为什么，那种伤感反而来得更快了。

苏江礼身子靠在沙发上，仰着脖子笑起来，边笑边说："哎哟哟，你们女孩子就是爱流眼泪，业务状况不好不能怪你，你已经尽全力了，做旅游本来就不同于做其他生意。凤瑶，你这一流泪我心里也怪难受的。"

齐凤瑶收住眼泪，说："时间不早了，我该走了。苏总，我们再见吧。"

苏江礼拦住已经站起身来的齐凤瑶，说："凤瑶，不要这么着急走嘛，我还有事情跟你说呢。"

苏江礼的声音真诚而恳切，齐凤瑶只好重新坐了下来，静静地等苏江礼说话。

苏江礼望着齐凤瑶，眼光里又闪射出了那种火辣辣的光，缓缓地说："凤瑶，我重申一句话，我欣赏你、爱你，到我身边来吧，只要你答应和我生活在一起，我马上同我老婆离婚。凤瑶，我真的爱你，你的出现是上天赐给我的……"

齐凤瑶打断苏江礼的话："苏总，我也重申一句话，我们只能是朋友，不会有其他关系的。我知道家庭对于一个人尤其是女人的重要，我不能伤害您夫人。"

苏江礼急切地说："凤瑶，你在这件事上不会有任何错的，我对上天发誓，我对你所说的每一句话都是真的，我和我老婆确实没有什么感情可言了，我俩的婚姻可怜到仅仅剩下形式了！"

齐凤瑶躲开了苏江礼的目光，说："不管怎么说，我不能做破坏他人家庭幸福的事情，苏总，您是咱们市里旅行社行业里的老大，因此我非常敬重您，我希望您在业务上帮助我，但我不会接受您这种感情的，我也希望您从此后不要再和我谈论这种事了！"

苏江礼的头极不情愿地低垂了几秒钟，然后又抬起来，说："那好吧，我们……我们先不谈这件事了。凤瑶，作为好朋友，我想请你答应我一件事。"

齐凤瑶微笑着说："苏总，只要我能做到的，一定答应您。"

"这件事情你很容易就能做到！"苏江礼肯定地说。

第七章　心有所依

平心而论，和苏江礼谈话，齐凤瑶总有一种新鲜感，苏江礼的语气、语速、说话时的手势等等无一不令她欣赏——一个女人对于男人的欣赏，尽管这是潜意识里的。

苏江礼见齐凤瑶像一名大学生听教授讲课似的端坐着，显得那样端庄，那样别有风韵，那股欲望之火又"腾"一声燃烧起来，但是他清楚地知道齐凤瑶不是姚佳佳和郑敏那些三陪女，不能操之过急，否则"惊了兔子倒霉的还是猎人"。于是，他按捺着欲火，脸上仍然浮荡着平和的笑容，说："凤瑶，你是一个优秀女人，我真的没有看错你，我可以尊重你的意愿，但我已经无法让你从我的心中消失掉了。你不想同我生活在一起，那就到四方旅行社来工作吧。这是我真诚地邀请你，在此之前，我从来没有这样主动请求过别人。我们四方虽然稳居全市旅行社行业老大的宝座，可也需要发展，需要你这样能干能闯的女孩子，最近，我正在物色人才。凤瑶，放弃碧海到我的四方来发展吧。你不会让我失望吧？"

齐凤瑶心里一热，感激地望着苏江礼，说："苏总，谢谢您对我的抬爱，我要是想去打工就不会自己做旅行社了……"

苏江礼不失时机地迎接着齐凤瑶的目光，解释说："不不不，凤瑶，你领会错了，我让你到四方不是让你做一般的职员，而是给我当副总，或者把你的碧海旅行社整体并入到我的四方旅行社旗下，这样总比你自己独拼独闯好许多的。"

齐凤瑶几乎不假思索地摇着头，说："苏总，我真的非常感激您的美意，但我不想放弃我的碧海，我想拥有属于自己的事业，虽然目前我的经营状况很不尽如人意，我并没有为我的选择后悔。哪怕再往前走一步掉进深渊，我也不会改变主意的！"

苏江礼失望地沉吟了片刻，说："既然如此，我就没有什么好说的了，不过，我会在你最需要的时候给你帮助的。"

齐凤瑶掏出纸巾擦了擦眼角的泪花，坚定地说："再次谢谢苏总的美意，我想我还是尽自己的力量把事情做好更有意义一些。"

苏江礼却依然不肯放弃对齐凤瑶的劝说，他甚至有些激动地对齐凤瑶说："你初涉商海，没有看透生意场，现在做任何生意说到底就是做关系，没有一定的社会关系或经济实力，想赚到钱简直就是幻想。凤瑶，我可以开诚布公地告诉你，永平市旅游市场的大门永远不会向你这种小旅行社敞开的，你这些天的业务情况就是最好的证明，你不要再往南墙上撞了！"

齐凤瑶尽量选择着合适的词语对苏江礼说："不论怎么说，我都会坚守住的，或许真的有那么一天我的碧海旅行社会被你们这些大旅行社淹没，但我也不后悔。苏总，我知道我的力量微薄得不值一提，所以我不想再多说什么了，我也不是第一次经历磨难了……"

苏江礼以布道者的口气说："凤瑶，你太有个性了，以后你会明白我的话的。我们不要争论了，我去沏咖啡。"

苏江礼不容齐凤瑶说什么，站起身走进了厨房。

齐凤瑶无可奈何地站起身一边踱步一边漫不经心地打量客厅里豪华的装饰，当她的眼光落到厨房里正在沏咖啡的苏江礼身上时，发现苏江礼神色有些诡秘，并且往一只杯子里倒进了一包白色粉末。她心头一颤，分明预感到了什么。

少顷，苏江礼端着两杯咖啡走进客厅，把杯子放在沙发前的茶几上，其中一杯递给齐凤瑶，另一杯自己端在手里，说："凤瑶，这是我从美国带回来的咖啡，快喝吧……不用客气……"

齐凤瑶在接杯子时故意让咖啡洒在了手上，苏江礼见状，起身到卫生间去取毛巾。在苏江礼离开客厅的瞬间，齐凤瑶迅速交换了杯子。

苏江礼拿着毛巾过来了，齐凤瑶接过毛巾，边擦手边自责地说："苏总，真不好意思，给您添麻烦了。"

苏江礼笑了笑，说："这没什么，可能是咖啡太热了。慢慢喝，慢慢喝……"

齐凤瑶端起杯子，呷了一口。苏江礼盯着齐凤瑶的神色，问："怎么样，凤瑶，咖啡味道还不错吧？"

齐凤瑶微笑着说："我平时虽然很少喝咖啡，对咖啡的品质没有什么见解，但我想苏总的咖啡肯定错不了的。"

苏江礼得意地说："那当然了，我的咖啡向来都是招待贵客的。人哪，得有好朋友，没有好朋友太没意思了。对吗？凤瑶？"

齐凤瑶点点头，说："是的，苏总，您说得很对。"

这时候，苏江礼已经把自己杯中的咖啡全喝光了，他把空杯子放在茶几上，感慨地说："凤瑶，我见过许多女孩子，谁也没有你这样让我欣赏，她们或者矫揉造作，或者唯唯诺诺，根本没有你身上那种刚强的气质，她们跟你比起来太缺少女人身上应有的灵性了。灵性对于女人来说是非常重要的，没有灵性的女人只能让男人喜欢一时，不能让男人永远喜欢……"

苏江礼说着，接连打了好几个哈欠，一副昏昏欲睡的样子。

齐凤瑶试探着叫道："苏总，苏总，您怎么了？"

苏江礼想说什么，但什么也没说出来，身子歪在沙发上睡着了。

齐凤瑶长出了一口气，在一张纸上写了几行字后走了出去……

齐凤瑶回到办公室的时候，已经是中午了，张婷婷、赵姐和小黄都不在。她坐在椅子上，回想着半个小时前在苏江礼家里发生的那一幕，觉得事情本身非常可笑，苏江礼可笑，自己也可笑。

这时，办公桌上的电话铃响了，齐凤瑶拿起了听筒。

"妈妈……"话筒里传来华华稚嫩的声音。

"华华？你怎么了？你在哪里啊，告诉妈妈……你怎么不说话？华华，妈妈在听你说话呢！"齐凤瑶对着话筒急地说。

华华的声音里充满着忧伤和孤独，慢慢地说："妈妈，你和爸爸就要分手了，我感到自己可孤独了……"

齐凤瑶知道自己和丈夫即将离婚的事情不可避免地会影响到华华，她无论如何不希望女儿为此变成一只背着沉重躯壳的蜗牛，语重心长地说："华华，你是妈妈的女儿，妈妈心里非常爱你，在妈妈心目中，你是一个懂事的孩子，妈妈永远爱你，永远不会抛弃你的，妈妈真的很忙，妈妈有自己的事业。"

华华不高兴地说："你的事业就是赚钱！"

华华的话刺痛了齐凤瑶的心，说："华华，你现在还小，长大了就会理解妈妈了。"

华华满怀憧憬地说："妈妈，你知道吗，我多想让你和我到野生劫物园里去看看大象、老虎啊，有一次，班里许多同学在一起谈论野生动物园里的动物，他们都是妈妈带着去看的，只有我没有妈妈带着去，我感觉自己像卖火柴的小女孩一样可怜。你只带我去过一次海滨和莲峰山，还是匆匆忙忙的……"

齐凤瑶愧疚地说："华华，妈妈不是一个好妈妈……"

华华央求地说："妈妈，你要是有了时间，一定带我去野生动物园玩儿，可以吗？"

齐凤瑶肯定地说："华华，妈妈答应你，妈妈有时间一定带你去野生动物园玩儿！哦，对了，华华，你现在在哪里，妈妈去接你。"

华华说："我就在你旅行社楼下的磁卡电话亭里，同学催我去他家里看影碟《闪灵凶猛》，我用零花钱为你买了一枝康乃馨，就放在电话亭里。我们再见吧，妈妈！"华华说到这里，挂断了电话。

齐凤瑶放下电话，连门都没来得及带就跑到了路边磁卡电话亭旁。华华已经走了，电话机上果然插着一枝美丽的散发着淡淡清香的康乃馨。

齐凤瑶轻轻取下康乃馨，不停地嗅着，眼里涌起了幸福的泪花，心里默默地说："华华，妈妈的好女儿，妈妈会越来越爱你的！"

三个小时后，苏江礼醒来了，他不知道自己为什么会睡着，直到发现齐凤瑶留给他的纸条后他才知道是自己聪明反被聪明误了！他给齐凤瑶的杯子里放了安眠药，没想到自己稀里糊涂喝了下去。纸条上写着这样几句话："苏总，我只当今天我们之间做了一个小小的游戏，我珍视您对我的感情，在我生活的道路上，您给了让我终生难忘的帮助，所以，我们永远做朋友吧！"

苏江礼自嘲地把纸条揉成一团，语气阴冷地自言自语起来："朋友？哼，今天我没有得到你，明天也能有机会得到你！"

有人敲门，来者是曾晖。

第七章　心有所依

曾晖一进门就神秘兮兮地对苏江礼说:"舅舅,我打听到了一个消息,一刻也没闲着就来告诉您了。"

苏江礼揉着惺忪的眼睛,问:"什么消息?对我重要吗?"

曾晖笑着说:"您不是想把碧海旅行社那个齐凤瑶弄上床吗?我这些天专门儿搜罗她的消息呢。她要和她老公也就是那个杜桥离婚,杜桥他妈还说齐凤瑶偷卖了她家一点儿值钱的东西。齐凤瑶不承认,两个人吵起来了,杜家人憋着劲儿要给齐凤瑶颜色看。舅舅,她们之间的事情越闹越乱了,您不就能乘虚而入了吗?"

苏江礼淡淡地说:"齐凤瑶和杜桥离婚这件事不算什么有价值的消息,倒是杜家人说她偷卖东西让我有那么一点点兴趣,也就是那么一点点。"

见舅舅没有太大的反应,曾晖有些失望地说:"那我就继续替您打听消息!"

曾晖走了,苏江礼坐在沙发上凝神沉思起来。他要好好想一想怎样得到齐凤瑶并进而通过齐凤瑶实施贩毒计划。

这虽然不是一招险棋,但走不好也会落入深渊的!

傍晚,齐凤瑶和正在青春广场拍照的丹明不期而遇。

齐凤瑶问:"丹明,你在做什么?采访吗?"

望见齐凤瑶,丹明回忆起昨天晚上自己那些不着边际的胡思乱想来了,眼里闪动着一种温情的光,说:"我刚刚拍完了一张广场标志物的照片,正准备回报社发稿呢。凤瑶,你来广场玩儿吗?"

齐凤瑶苦笑着摇了摇头,说:"我现在哪儿有心情玩儿啊,家里和旅行社里的一些事情把我搞得焦头烂额了。我回家路过广场顺便走走。"

丹明望着齐凤瑶,觉得非常有必要把昨天晚上听到的她丈夫醉酒后的话讲给她,就说:"你刚才说家里的事情使我想起了一件事,我可以问你一下吗?"

齐凤瑶爽快地说:"丹明,我们是朋友,你有什么问题都可以问我的。"

丹明尽量选择着合适的词语,慢慢地说:"凤瑶,你……你个人生活方面是不是遇到了……我说的是感情方面……"

齐凤瑶信任地对丹明说:"丹明,在我面前你大可不必掛词酌句的,我也不必对你隐讳什么。我曾经努力不走到这一步,但是我失败了,我的努力白废了,我的婚姻也到头了。我丈夫爱上了一个歌舞厅的女孩……我不想说这些了。"

丹明进一步解释道:"看得出来,你很伤心。如果不是昨天晚上我在街头偶然听到了一男一女有关你的谈话,我是不会这样唐突地问你这个问题的。"

齐凤瑶惊问:"昨天晚上?一男一女?"

丹明点点头,说:"是昨天晚上,我散步时听一个喝醉了酒的男人对一个打扮入时的女孩说他不怕你和他离婚,还说他们家里有值钱的东西。我猜想那个男人肯定是你丈夫。"

齐凤瑶盯着丹明,问:"值钱的东西?他说是什么了吗?"

丹明思忖着说:"好像是什么古画吧?"

齐凤瑶的心跳加快了，急切地问："丹明，你听清楚了吗？"

齐凤瑶的神情使丹明预感到古画的事情对于齐凤瑶来说十有八九非常重要，因此谨慎地说："当时他喝得走路直打晃，吐字也不清，恍恍惚惚是古画这两个字！"

齐凤瑶喃喃自语着："古画……杜桥？"

丹明肯定地说："对，他自称是叫杜桥，那个女孩叫……"

齐凤瑶打断丹明的话，说："那个男人肯定是我丈夫，我不想听到那个女孩的名字了。丹明，这次你可能又得帮我了！"

丹明不解地问："帮什么呢？其实这件事对你来说应该是一件痛苦的事情啊，你丈夫移情别恋，真让人鄙视！"

齐凤瑶望着丹明，真诚地说："丹明，我隐隐约约感觉到你确实在帮我，虽然我也说不清楚你究竟在帮我什么。痛苦对于我来说已经无所谓了，我已经深深品尝到了它的滋味。"

两个人又聊了一会儿，丹明因为要回报社发稿子，和齐凤瑶告别了。齐凤瑶独自回了家。她万万没有想到，一个由杜桥的亲戚们设下的阴谋就要开始了！

杜母已经出院了，但病情的严重性也是不言而喻的。她紧闭着双眼躺在床上，杜桥的舅舅、姑姑等一干亲友围在一旁。此刻，他们和杜母一样也一相情愿地认定是齐凤瑶偷卖了杜桥父亲遗留下来的三幅古画，对金钱强烈的占有欲使他们彼此心照不宣地结成了稳固的阵线。

杜桥的舅舅把头伸到杜母耳边，说："姐，我们不能让齐凤瑶捡咱们杜家的便宜！"

杜桥的姑姑也凑过来，说："是呀，嫂子，你再点个头，我们替你找齐凤瑶把卖古画的钱要回来！"

杜母轻轻点了一下头。

杜桥的舅舅煽风点火地对亲友们说："一点儿没错，姐夫留下来的古画肯定是让齐凤瑶给贪了，这个女人，真不是东西！"

杜桥的姑姑说："亲家，你别骂了，想办法先让她承认我哥的古画是她偷卖的，然后再管她要钱。她把卖画的钱一个子儿不少地拿回来算是明智，否则有她好看的！"

杜桥的舅舅沉思着说："对，应该给她点儿厉害瞧瞧了，这个时候可顾不得什么外甥媳妇不外甥媳妇了，我有一个办法，你们听听……"

第二天上午，齐凤瑶和张婷婷正在办公室里查资料，两名警察走了进来。

甲警察问："你们这里谁是齐凤瑶？"

齐凤瑶望了那两名警察一眼，说："我就是，你们找我有什么事？"

甲警察神色威凛地冲齐凤瑶说："我们是派出所的，你因涉嫌盗窃他人物品被传唤，请跟我们到派出所接受调查！"

齐凤瑶吃了一惊，辩解道："我从来没有偷过别人的东西，你们凭什么传唤我？"

乙警察拍了一下桌子，厉声说："齐凤瑶，你要配合我们工作，有什么话到所里去说吧。走！"

齐凤瑶生气地说："我是奉公守法的公民，你们没有权利这样对待我，说我偷东西是诬陷！"

甲警察跨前一步，从制服袋里掏出一副明晃晃的钢质手铐，说："少啰嗦！齐凤瑶，你要不老老实实配合我们工作跟我们走，我们就对你采取强制措施，给你上铐！"

张婷婷怕警察真的铐齐凤瑶，用身子护住齐凤瑶，尽量用轻缓的口气对那两名警察说："你们、你们有什么证据证明凤瑶姐偷了别人的东西？你们办案抓人要讲证据呀！"

乙警察用法律术语纠正道："我们这不是抓人，而是传唤她。"

张婷婷明显感觉到警察是在狡辩，据理力争地说："这也是对凤瑶姐的侮辱！"

乙警察瞪着张婷婷，说："我以执法人员的名义警告你，不许阻挠我们执行公务，有人告她偷东西我们就得立案调查！"

"你们……"张婷婷又气又急，几乎说不出话来了。

这时候，齐凤瑶明白了警察造访的背后肯定和杜家所谓的"古画被盗事件"有关，在旅行社里和警察对抗显然是不理智的。于是，她用平静的口气对张婷婷说："婷婷，不用跟他们多说了，他们是警察，不管诬陷不诬陷，我都应该跟他们走。到了派出所，他们要是没有足够的证据证明我有违法犯罪的行为，会很快放我回来的。你不用为我担心，我身正不怕影子斜，只是麻烦你照顾华华了。"

张婷婷眼看着两名警察把齐凤瑶带出了旅行社，急得眼泪都流下来了，气愤地喊起来："是谁在诬陷凤瑶姐啊……"

齐凤瑶被带进派出所的消息很快就传到了杜桥家里——杜桥舅舅得意地对等候在杜母床边的亲友们说："齐凤瑶让我的警察朋友给弄到派出所去了，到了里面她就得承认了！"

杜桥姑姑担心地说："她能承认吗？"

杜桥舅舅胸有成竹地说："我跟警察朋友说了，不承认就把她关起来！"

屋里响起了一阵或高或低的笑声。

但是事情并不像他们想象的那样简单。在派出所值班室里，齐凤瑶严肃地对那两名警察说："我以一个奉公守法的公民的身份再次重申一遍，我没有任何违法犯罪的行为，跟你们到这里来完全是出于对警察和法律的尊重，请你们在最短的时间内让我离开这里！"

甲警察把玩着手铐，质问齐凤瑶："如果你没有偷窃的嫌疑，那人家为什么告你而不告别人？齐凤瑶，你要老老实实地交代问题！"

齐凤瑶声音平静地说："我没有任何问题可交代，如果你们认定我有偷窃行为可以拿出证据来!"

乙警察粗暴地对甲警察说:"她现在不老实,先把她关进留置室!"

就这样,齐凤瑶被关进了留置室。望着刷着白色油漆的铁栅栏,齐凤瑶感觉到了一种从未有过的侮辱和愤懑,眼泪在眼眶里直打转,但她强忍住不让眼泪流出来,就这样神情肃穆地在椅子上坐着,一动不动地坐着。

下午的时候,那两名警察走进了留置室。甲警察隔着铁栅栏问齐凤瑶:"齐凤瑶,你想好了没有?自己究竟有没有问题?"

齐凤瑶望着甲警察,说:"我没有偷过别人的东西,我现在这样说,就是你们把我关进监狱我也这样说!我在什么时间、什么地点、偷了什么东西?你们说呀?谁举报的我?我要和他当面对质,这是我的权利!"

甲警察"开导"般地又问:"你公公的三幅古画是不是你偷卖了?"

齐凤瑶摇摇头,说:"这纯粹是无稽之谈,我根本就不知道我公公有什么古画,就算是有,我也不会偷窃的!"

甲警察威吓地说:"据我们调查,你是有作案动机的!"

齐凤瑶冷笑了一声,问道:"作案动机?是不是因为我是下岗职工就有作案动机了?这能够成为动机吗?"

甲警察被问住了,乙警察大声地冲齐凤瑶说:"我们在问你呢!"

齐凤瑶声音不轻不重地说:"我拒绝回答!"

甲警察咽了口唾沫,说:"那你就在这里待着吧,反正离24小时还早着呢!"

留置室门口忽然响起了苏江礼的声音:"她马上就可以自由了!"

齐凤瑶惊喜地站起身:"苏总?苏总!苏总……"

甲警察分明和苏江礼比较熟悉,笑着问:"苏总,是您啊?您来我们所里有事吗?"

苏江礼开门见山地说:"当然有事了。这位齐凤瑶小姐是我在永平市最好的朋友,我听说有一件小案子牵扯到了她。这其实跟她是没有任何关系的,我可以为她做担保人,你们分局马局长也知道这件事了。怎么,还要我多说什么吗?"

甲警察想了想,很卖面子地对苏江礼说:"齐凤瑶既然是您的朋友,您肯定了解她了,我们也就放心了。其实我们……"

苏江礼摆摆手,打断甲警察的话,说:"哦,下面的话就不要说了,大家都是朋友,我用我的车把齐小姐送回去就行了。"

不知为什么,一见到苏江礼,齐凤瑶心里涌起了一股说不出来的情愫,激动中有委屈,高兴中有甜蜜,眼泪也抑制不住地淌了下来,嗓音颤抖地说了一声:"苏总……"就再说不下去了。

苏江礼示意那两名警察把栅栏门打开,让齐凤瑶走出来,柔声说:"凤瑶,不要哭,我们这就回去。你也不要怪这两位警察先生,他们不了解你,也是在做自己分内的事情。走吧,我带你去散散心。"

齐凤瑶和苏江礼肩并肩地走出了派出所,上了苏江礼的"奔驰"车。

公园门口，苏江礼停住车，和齐凤瑶走进公园，在一座小凉亭里坐了下来。

苏江礼望着齐凤瑶，似乎昨天什么事情也没有发生过一样，说："凤瑶，仅一天你就消瘦了，我们要不要去用点儿餐？"

齐凤瑶回望着苏江礼，动情地说："不用了，我吃不下。苏总，您又在关键时刻帮了我的大忙，我真的不知怎样感谢您才好了，您是我人生路上的师长！"

苏江礼轻轻握住齐凤瑶的手，说："凤瑶，我不是为听到几句感谢的话来帮助你的，我不止一次跟你说过，我非常欣赏你。"

齐凤瑶把手抽回来，疑惑不解地说："我始终想不明白的是，我现在还是杜家的媳妇，他们为什么这样对待我？他们为什么一口咬定是我偷卖了公公的古画呢？"

苏江礼仍然保持着和齐凤瑶握手的姿势，说："有些事情想不明白就暂时不要去想了，现在的人哪一个头上不悬着一把利益的剑呢？哪一个不是把自己看得比什么都重要呢？我敢说，绝大多数时候，亲情在利益面前会显得不堪一击，这是一条规律，一条谁也改变不了的规律，它适用你同样也适用我。凤瑶，既然你在杜家遭受了如此变故，你丈夫又不值得你付出真爱，那你为什么还留恋杜家呢？你应该离开杜家，去开始寻找真挚的感情。我敢断言，这个世界上爱你的男人会有的，你的身边就有真爱在等着你。我的话你是能够听明白的。"

齐凤瑶愤恨地说："我现在从心里讨厌起了那个家，我肯定要离开杜桥的，但是不是现在。我跟杜桥说过了，我齐凤瑶绝对不能背着偷窃他家东西的恶名、带着羞辱离开他家！"

苏江礼点点头，说："凤瑶，我相信你是清白的。不过，你要好好想一想，为什么会出现这种事情，你没有偷卖古画，杜家别人会不会偷卖呢？比如你丈夫杜桥。据我了解，那个杜桥和你的性格差异非常大。"

苏江礼的话提醒了齐凤瑶，她思索着说："杜桥？苏总，您让我静静地想一想。"齐凤瑶想起了昨天晚上丹明对她说的话，迷惘地说："苏总，您的话使我产生了一种预感，这件事极有可能和杜桥有关，可即便是他偷卖的古画，事情已经到了这种地步，他也不会承认的。我该怎么办呢？苏总，我该怎么办呢？难道我要把这屈辱背负到底吗？"

苏江礼貌似劝慰实则别有用心地说："凤瑶，自古红颜薄命啊。你是一个优秀的女人，可命运偏偏让你和杜桥走到了一起，我为你感到惋惜。你暂时不和杜桥离婚的理由是无可厚非的，但你需要付出代价的。"

齐凤瑶执拗地说："代价？同我的名誉和尊严比起来，再大的代价也无所谓了。在杜家没有为我正名之前，我是不会改变这个决定的，就算是天塌地陷我也要把这条路走到底！"

苏江礼目光炯炯地望着齐凤瑶那张美丽的脸庞，激动地说："凤瑶，知道吗，你让我感动，好生感动！我再说一遍，你是我苏江礼心目中最优秀的女人！"

齐凤瑶仿佛在回避什么，没有说话。苏江礼适时转换了话题，问："凤瑶，旅行社的业务怎么样?"

齐凤瑶身子靠在廊柱上,疲累地闭上了眼睛,说:"唉,苏总,这也是一件我不愿意提起但又必须面对的事情,直到昨天,我依然一单业务也没有。我感觉自己就像是一片小树叶,从一棵高大的树上落下来后被风吹到了一个泥潭里,更感觉自己像是一只本来背着重重硬壳的蜗牛又被压上了一块石头,沉重得爬不动了……我没有想到事情会搞成这个样子,就因为我不愿降低收费标准,不愿用违反竞争原则的方法同那些同样规模很小的旅行社竞争才到了这种地步。我遵守了市场规则,可市场却冷遇了我……苏总,我想回旅行社休息一下,我放心不下旅行社里的事。"

苏江礼看了看天光,说:"天色还早,我送你回去,希望你早日渡过难关。"

齐凤瑶点点头,和苏江礼向公园外走去。

还没到下班时间,张婷婷、小黄、赵姐都待在办公室里。齐凤瑶走进来,嗅了嗅桌上的康乃馨。

张婷婷高兴地说:"凤瑶姐回来了,我就知道警察会很快放凤瑶姐回来的!"

齐凤瑶坐下,问:"婷婷,你们都在为我担心吧?"

张婷婷点点头,说:"凤瑶姐,你走后我的心一直都揪着呢。哦,对了,赵姐和小黄有事情等你回来说呢。"

赵姐和小黄一起走到了齐凤瑶面前,赵姐吞吞吐吐地说:"凤瑶,我和小黄……想和你……说件事。"

齐凤瑶望了她们一眼,打趣地说:"看你们,有话就说嘛,搞得像两国谈判似的。"

赵姐说:"凤瑶,我……我和小黄决定向你辞职。"

齐凤瑶惊诧地问道:"什么?你们辞职?"

小黄直率地说:"是的,齐总,我们辞职。你的碧海旅行社目前的经营状况很难让我们看到希望,我想到另外一家旅行社做导游,赵姐也和开发区一家合资企业说好了,去那里做会计。"

赵姐向齐凤瑶解释说:"凤瑶,我们也是不得已而为之,希望你能够理解。"

齐凤瑶声音轻缓地说:"赵姐、小黄,你们没有必要解释,我尊重你们的选择,尽管我现在非常需要你们……"

赵姐又说:"凤瑶,我们两个人这个月的工资就先不拿了,就算你欠我们的……"

齐凤瑶打断赵姐的话,以不容争辩的口气说:"不,我不想让谁成为我的债主,你们为我效力了,得到工资是应该的。我齐凤瑶虽然无能,却绝不拖欠员工的工资!"

赵姐做出一副为难的样子,说:"如果我们把工资拿走,你的账面上可就只剩下135元钱了,你怎么办呢?"

第七章 心有所依

齐凤瑶强忍住眼泪，说："那没什么，就是剩下一分钱，我也要把我的旅行社做到底。我最后以总经理的名义命令你们：该拿的钱全部拿走！"

赵姐点点头，说："既然如此，我们就把工资带走了。"

赵姐说完，和小黄按照程序领完了工资，把账本和一串钥匙放在齐凤瑶的办公桌上，然后和小黄走了出去。齐凤瑶拿起账本，轻轻抚摸着，抽泣起来，哽咽着说："她们走了……走了……在我最困难的……时候走了……"声音里透着痛苦和凄凉。

张婷婷眼里早就涌满了泪水，她轻拥着齐凤瑶不住颤抖的身子，说："凤瑶姐，别哭了。你刚刚经历了一场事情，看你疲劳的样子我都心疼死了，你要是伤了身子还怎么做事业呀？"

齐凤瑶抬起泪眼，望着张婷婷，说："婷婷，如果你辞职的话，你的工资我会在一个星期内想办法付给你的。"

张婷婷望着齐凤瑶，真诚地说："凤瑶姐，我没有想过要辞职，我还要在碧海工作下去。创业总会有困难，我相信你会把碧海做大的。在我走出校门那么长时间没有工作的时候，您聘用了我；在我受到心怀叵意的男人欺负时，你为我讨回了尊严。凤瑶姐，我不会在你最困难的时候离开你的，我虽然没有做业务的经验，但我会努力做好的。"

齐凤瑶没有想到外表看上去十分单纯的张婷婷能说出这番话来，感动地握住她的小手，说："婷婷，你太让我感动了，姐姐谢谢你。真的谢谢你！"

张婷婷擦干眼泪，说："凤瑶姐，我去同学家里办点儿事情，得先走了，你一会儿也回家吧！"

齐凤瑶点了点头，张婷婷俏皮地冲齐凤瑶摆了摆手，走出了办公室。

张婷婷走后，齐凤瑶又独自坐了几分钟，迈着沉重的步子下了楼在大街上孤独地走着，边走边说："难道我的碧海旅行社真的要倒闭吗……谁能帮我走出困境呢？孤独，我太孤独了……"

一个50多岁的乞讨的老太太走到齐凤瑶面前，举着双手央求道："这位大姐，你行个好、积点儿德，给我点儿零花钱吧。我老伴儿得膀胱癌住院了，家里钱都用光了，帮帮我吧，这位大姐，我一个农村老婆子出门在外不容易呀……我一辈子不忘你的大恩大德！"

老太太凄惨可怜的样子打动了齐凤瑶的心，她从挎包里掏出钱包，拿出一张20元的钞票，递给了老太太。

老太太迅速接钱在手，说："谢谢这位大姐，你一定大福大寿……"

齐凤瑶说："大妈，您用不着这么客气，出门在外谁都不容易，快去照顾病人吧。"说完，向前走去。

齐凤瑶没有回家，她鬼使神差般的来到了一家名为"金人"的保龄球馆，换好鞋子，发泄似的抛起球来，脸上满是汗水和泪水。

一局过后，齐凤瑶气喘吁吁地坐在椅子上，双手捧住脸，低声抽泣起来。

一双手轻轻放在了齐凤瑶肩上，是苏江礼。

苏江礼居高临下地望着齐凤瑶，说："凤瑶，你不要这样折磨自己。"

齐凤瑶抬起头来，掩饰地说："没……没什么……"她没有想到今天会两次遇见苏江礼。

苏江礼的话像一股风一样在齐凤瑶耳边吹拂着："凤瑶，关键时刻，我会帮助你的，请记住我的话。"

齐凤瑶摇摇头，自责地说："我为什么总是让别人帮忙呢？我为什么自己不能把事情做好呢？"

苏江礼郑重地对齐凤瑶说："凤瑶，你现在要做的不是这些，而是要面对另一件可能会给你带来麻烦的事情，不过也不用担心。"

齐凤瑶心头一颤，问："苏总，什么事情？"

"凤瑶，你婆婆去世了。"

"什么？苏总，您说什么？"

"你婆婆去世了？"

"她……她去世了……什么时间？"

望着齐凤瑶睁大的双眼，苏江礼说："就在今天下午。哦，我是偶然听到这个消息的，本来没有打算专门告诉你，没想到在这里遇见了你，就……"

齐凤瑶眼角又淌起了泪水，沉痛地说："她虽然对我有误解，但毕竟是我的长辈。她年纪不算大，这么早就走了真可惜……"

苏江礼问："凤瑶，你准备去杜家吗？"

齐凤瑶肯定地说："当然了，我要为她送行。"

苏江礼提醒道："可是你想过没有，你婆婆从生病到去世，一切都和那三幅古画有直接关系，杜家其他人不仅一直认为是你偷卖了古画，而且还认为你婆婆的死也和你有关系，你现在去杜家形势对你不会有利。"

齐凤瑶坦然地说："我不怕，我什么都不怕，我没有做任何对不起杜家的事情，所以我不惧怕他们！"

苏江礼说："既然如此，凤瑶，你好自为之吧。对了，顺便说一句，以后你尽管到这里来玩儿，一切费用记在我名下，因为这是我的一处产业！"

齐凤瑶先是一怔，继而释然地点点头，转身走出了保龄球馆，急匆匆地向婆婆家赶去。此时，夜幕已经降临了。

齐凤瑶刚刚走到婆婆家所在的单元门口，被手拿着一个大花圈的杜桥的姑姑拦住了。她敌视地大声对齐凤瑶说："齐凤瑶，你不能进去！"

齐凤瑶停住脚步，说："为什么？我是杜家的儿媳妇，我有权利来为我的婆婆送行！"

杜桥的姑姑继续高门大嗓地说："什么？你还知道你是杜家的儿媳妇？你还知道尽孝道？呸，别猫哭耗子假慈悲了，你婆婆是怎么走的？是被你气死的，你要为我嫂子的去世负全部责任！"

齐凤瑶实在不愿意在这个时候和杜桥的姑姑发生争执，忍耐地说："作为晚辈，我为婆婆的去世感到痛心，我的痛苦丝毫不亚于你，可是你说我婆婆去世是由我造成的这未免太过分了。"

杜桥的姑姑用阴冷的目光望着齐凤瑶，说："别以为我们没有抓住你就等于你没有偷卖我们家的古画，告诉你，齐凤瑶，你就是最大的嫌疑人，总有一天，你还会被警察带走的！"

和杜桥的姑姑正相反，齐凤瑶语调平和地说："我没有做错事，警察也没有权力把我怎么样。警察已经对我进行调查了，这件事你们杜家人比谁都清楚！我现在不想和你多说什么了，请让开，我要上楼。"

杜桥的姑姑依然蛮横地说："你是我们杜家最不受欢迎的人，我不允许你踏进我们杜家半步。嫂子啊，齐凤瑶把咱家的古画偷卖了、把你气死了，这会儿又假惺惺地给你送行来了，她真是一条毒蛇呀。可怜的嫂子呀，你有这样的儿媳妇就是到了阴间也闭不上眼睛啊——"说到这里，她放声哭嚎起来，并且堵在门口不让齐凤瑶踏进。

齐凤瑶严肃地对她说："你可以悲伤，但不可以侮辱我的人格，如果你一意孤行的话，我保持诉诸法律的权利！"

杜桥的姑姑一只手拿着花圈，另一只手指着齐凤瑶，冲着围观的人群叫道："什么？你还要倒打一耙啊，你们大家听听，她偷卖了婆婆家的东西，气死了婆婆，还要告我这个姑婆婆！天下哪有这样的女人哪，她简直一点儿人心都没有了，我们杜家哪辈子作孽娶了这么一个媳妇啊？不管怎么说，齐凤瑶，我们杜家不许你进，不仅我不让你进，我们杜家所有的人都不让你进，你就死了这份儿心吧，害人精！"

齐凤瑶也激动起来，冲动地说："你……你太卑鄙了！"

杜桥的姑姑撒泼地喊叫着："害人精骂人了，害人精骂人了——"

这时，杜桥的舅舅带着一干杜家亲属冲下楼，把齐凤瑶围了起来。

杜桥的舅舅以不达到目的绝不罢休的神态对齐凤瑶说："齐凤瑶，你不要得意，我们杜家和你的事情还没有完，你必须把偷卖公公古画的钱如数交出来，否则我们绝不会饶过你！"

旁边，一个亲属也紧跟着起哄，说："对，不能让她一个人吃独食，不能让她一个人把钱独吞了！"

另一个亲属也随声附和道："你这样的女人道德肯定败坏到了极点，你走开，我们杜家不承认你这个媳妇！你简直就是一个丧门星，不把偷卖古画的钱交出来别想消停，我们杜家人不是好欺负的！"

杜桥的姑姑向这几个亲属使了个眼色，那几个人冲上前，开始撕打齐凤瑶。

在好心的围观者的帮助下，齐凤瑶逃出了杜家亲属的包围圈。她脸上带着伤痕，流着泪，在路灯下一步步向前走着，向海边走去……

齐凤瑶在海边整整坐了一夜，天亮的时候，丹明和张婷婷赶了过来。

张婷婷一见到面容憔悴、伤痕累累的齐凤瑶立刻心疼地哭起来,她拉着齐凤瑶冰冷的手,问:"凤瑶姐,你……他们欺负你了?"

丹明心头也一沉,他感觉到齐凤瑶所受到的伤害太严重了,气愤地说:"凤瑶,事情怎么会这样?他们怎么能动手打人呢?我要对这件事进行报道,让打人者承担后果!"

齐凤瑶苍白的脸上浮现出一丝恬淡的神情,用有些沙哑的嗓音轻轻说:"丹明,谢谢你,不要这样做,和这些胡搅蛮缠的人较真儿实在是没有意思,就算他们杜家不承认我这个媳妇我也不在乎,反正我问心无愧就行了。利益和金钱使多少人暴露出了真实的本性,我为他们感到悲哀!"

张婷婷脱下自己的上衣披在齐凤瑶身上,说:"杜桥怎么样呢?他应该了解你,应该为你解释的!"

只穿着一件无袖长裙的齐凤瑶真的感觉到了寒冷,她裹紧张婷婷的上衣,说:"我没有看见他,我去他家之前给他打过手机,但一直关机。凭直觉,我想他在故意回避,也许是回避这件事,也许是回避我。"

张婷婷不解地自言自语道:"他为什么这样呢?"

齐凤瑶望着霞光中泛着神奇色彩的海面,缓缓地说:"婷婷,这是我无法回答的问题,也是我在心中反复问自己的问题。但不管怎么样,我不会沉默的,总有一天,我会解开这个谜,让杜家所有怀疑我、侮辱我的人为他们的言行感到羞愧!"

丹明默默地望着齐凤瑶,他惊异地发现,痛苦中的齐凤瑶竟然显现出了一种特殊的凄惨的美——有时候,凄惨也是美,而且美得更让人心疼啊。他爱怜地问:"凤瑶,你想用什么方式为自己讨回清白呢?"

齐凤瑶摇了摇头,声音虚弱地说:"我不知道,我现在很迷茫……谢谢你们在这个时候关心我、支持我……"

张婷婷担忧地说:"凤瑶姐,现在杜家诬陷你偷卖古画的事情已经闹得满城风雨了,他们大有不把钱从你手里榨出来誓不罢休的样子。我就不理解,人和人之间怎么可以这样相处呢?"

丹明说:"是呀,我对他们的做法也很难理解,只能说这是人性的悲哀!凤瑶,在车上,婷婷把你的事情全都讲给了我,说实话,我非常敬重你做事业的忍耐力!"

齐凤瑶凄凉地说:"可是这有什么用?我是一个彻头彻尾的失败者,无论家庭还是事业,我都惨败了!"

丹明走到齐凤瑶面前:"凤瑶,你不应该这样悲观的,要知道,失败和成功只有一步之遥,没有失败的第一步,就永远没有成功的第二步。不要让一时的障碍挡住前面的路。"

齐凤瑶慢慢对丹明说:"丹明,你是站在局外角度来看待我的,你是永平市知名记者,你有体面而稳定的工作,我们是两个阶层,从事的是两种职业,一个面

第七章 心有所依

临危机的旅行社总经理和一个即将离异女人内心的痛苦和忧虑你是无法体会的……"

丹明继续望着齐凤瑶的脸,说:"我承认你说的是事实,我的意思是你不要消沉,事业可以努力去争取,人格受到侮辱也可以去法院起诉。"

张婷婷抱住齐凤瑶的双肩,说:"凤瑶姐,丹大哥说得对,杜家人能用不正常的手段让警察调查你,我们为什么不能正大光明地起诉他们呢?"

齐凤瑶说:"我知道诉讼是一条解决问题的途径,可是目前我还没有做出这样的决定,毕竟这属于民事纠纷,最起码我要进一步搜集对我有利的证据后才能上法院起诉他们。其实我是不愿意走这条路的,何苦到法庭上唇剑舌枪呢?为什么相互间不能多一点包容呢?"

丹明的眼眶潮湿起来,说:"凤瑶,你的善良让我感动,你没有辜负生活,生活也不会辜负你的!"

齐凤瑶苦笑了一下,摇摇头,说:"丹明,这是书本上的话,太理想化了,和现实生活差距太大了!"

张婷婷关切地对齐凤瑶说:"凤瑶姐,我们回去吧,海边风太大了,会感冒的!"

丹明也安慰地说:"是啊,凤瑶,我们到市里放松一下心情吧,别让郁闷击垮了自己。"

齐凤瑶望了一眼张婷婷,也望了一眼丹明,说:"我……我还是自己安静地待一会儿吧。我没有事的,请你们放心,我真想……一个人在这里站一会儿。"

张婷婷理解地说:"凤瑶姐,那你可要早点儿回去,要不我和丹大哥会着急的。丹大哥,我们走吧。"

张婷婷和丹明走后不到十分钟,苏江礼出现在了齐凤瑶身后。

苏江礼轻轻走到齐凤瑶身旁,和齐凤瑶一同面向波澜不兴的大海迎风站立着,嗓音仍然充满着柔情:"凤瑶,我来了。我知道你的潜意识里在等一个人,那个人就是……"

齐凤瑶的心猛地颤栗了一下,她承认,苏江礼说对了,她的潜意识里确是在等一个人,那个人就是苏江礼。她没有看苏江礼的神情,眼睛定定地望着大海,小声说:"苏总。你果然来了,果然找到我了……"

苏江礼捧住齐凤瑶的脸,望着那一双饱含着痛楚的泪水的眼睛,用极富磁性的嗓音说:"作为一个年轻的女人,你承受了痛苦、付出了代价,可你知道吗,在你忍受痛苦的时候,我也在为你痛苦。凤瑶,赶快告别这一切吧,我在等着你,在用心等着你!"

齐凤瑶使劲摇着头,说:"不,苏总,我做不到的,因为……"

苏江礼几乎要把齐凤瑶抱在怀里了,急切地说:"我不想听因为,如果非要说因为的话,那也是因为我爱你,因为你是我心目中最优秀的女人!"

齐凤瑶哽咽着说:"可是我必须要说……"

苏江礼再次打断齐凤瑶的话,说:"在幸福面前你没有必要说出你的理由。你那个理由太传统、太锢化人性了。我跟你说过,我迟早是要离开那个女人或者说那个女人迟早会离开我的……你可以给我时间,但你应该接受我这颗为你而跳动的心!明白吗,是心!"

齐凤瑶沉默了好长时间,说:"苏总,我发现自己走进了一个陌生的世界……"

苏江礼慢慢地说:"不论什么世界,它都是属于我和你的!"

曾晖今天的心情不错,他开着车,在市经济技术开发区漫无目的地转来转去,最后停在了一个高档住宅小区内。

曾晖下了车,望着一栋栋漂亮、华贵、富有现代气息的住宅楼,自言自语道:"这儿的房子不错,环境也好,妈的,老子搞他一套!"可是他马上意识到自己其实是没有足够的钞票从这寸土寸金的地方买房的,不过对新房强烈的占有欲使他心血来潮地拨通了一个电话。对方是开发区一家房产商,这个高档小区就是他的杰作。对方听曾晖说有要紧的事情相谈,就答应同他在附近某咖啡屋雅座内谈话。

曾晖如约而至。那个老板姓郑,不到50岁,即使坐在优雅的咖啡厅里也显得非常忙碌。

未说正题前,曾晖和郑老板打着哈哈:"郑老板,你这几年可是发达了,光房地产就开发了好几处,老弟是真羡慕你呀。我算完了,就是挣钱也发不了财!"

郑老板一针见血地问曾晖:"老弟约我来这里是不是想买我的房啊?"

曾晖笑起来,说:"郑老板真是眼里不揉沙子,说真的,我看中了你开发区的房,想搞一套,怎么样,价格上肯定不会宰我吧?"

郑老板倒是肯定地说:"让点儿利给你倒是没有什么问题,你出多少?说个价儿我听听。"

曾晖伸出两个手指头,说:"每平米2000元,怎么样?不亏你吧?"

郑老板沉下了脸,不高兴地说:"老弟,你也太过分了,我对外的报价可是每平米3800元哪,你每平米一下子给我砍掉1800元,140平米的房我得少赚多少啊?"

曾晖皱着眉头说:"瞧你这话说的,我们是哥们儿,有交情嘛。"

郑老板油盐不进地说:"永平市和我论哥们儿、有交情的人多了,都这么狠地让利,我的房地产公司不就成民政局的福利院了吗?我太亏了!"

曾晖也沉下脸,说:"张嘴闭嘴地离不开钱字!"

郑老板以纯粹商人的口吻对曾晖说:"杜老板,别人说这话我只当听笑话了,这话你实在是不应该说,别忘了你是做什么的,你做起生意来……"

曾晖不耐烦地说:"郑老板,我不跟你斗嘴,我只想提醒你一件事,当年你做第一笔房地产生意的时候是我托我舅舅找人给你办的土地使用证,没有我曾晖你得绕多大的圈子?现在成大老板了就忘了过去的事情了?你说句痛快话,那个价钱你愿不愿意卖我房？"

郑老板接连呷了几口咖啡，赌气地说："好好，我吃人嘴软拿人手短，我宁可吃亏，卖你就卖你了。你什么时候付款？是一次付清还是按揭？"

曾晖松了一口气，满意地说："我现在手头儿没有那么多的钱，我人先住进去，过些日子手头宽裕了再把款子付给你。"

郑老板这次像真的听笑话一样睁大了眼睛，一字一顿、清清楚楚地说："什么什么？曾晖，你是不是有毛病了？我答应每平米2000元钱卖给你房子已经给足你面子了，闹了半天你没有钱，吃饱了没事找几个小姐玩玩儿就算了，拿我开涮可不行，没钱就别想住好房！怎么想的？"

曾晖恳求地说："我最近有一笔大生意，肯定能挣到钱，到时候肯定还你钱。"

郑老板揶揄地说："大生意？是不是贩卖毒品哪？要是这样还差不多！"

曾晖脱口而出："你说的……"随即改口道，"你说的什么话，我能去贩毒吗？"

郑老板郑重地说："我知道你做不了那生意，可你为什么不挣了钱以后再买房呢？我明白了，你这是赚我，我才不上你的当呢。记住，我已经不是当年低三下四求你办事时候的郑某人了。阴天下雨不知道可以，自己有没有钱还不清楚吗？再见，曾老板！"

郑老板说完，头也不回地走了，把曾晖干在了那里。

曾晖脸红脖子粗地冲郑老板的背影说："郑老板，郑老板，郑……他妈的，卷老子的面子！"

"哈哈哈……"雅间外，一个人大笑起来。

曾晖一愣，问："谁？谁在外面？"

"曾老板，是我！"随着说话声，马三儿走了进来。

第八章　密谋运毒

见是马三儿,曾晖知道自己刚才和郑老板的谈话全给这家伙听到了,不无尴尬地问:"马三儿,你怎么知道我在这里?"

马三儿坐在曾晖对面,把刚才郑老板端过的咖啡杯推到一边,说:"别问这些了,说正经的吧,什么时候发'货'?我急等着用钱。有了钱,我就可以远走高飞了,到一个好地方混一天算一天!"

曾晖挖苦地对马三儿说:"马三儿,你说你指不定哪天就被警察抓回大狱里了,挣钱干什么?当然,我这是咸吃萝卜淡操心。"

马三儿不服气地说:"曾老板,你还是没活明白呀,其实越像我这样的人越需要钱。我倒是怎么也想不明白,你和你那个神神秘秘的舅舅挣那么多钱干什么?"

曾晖将杯中的咖啡一饮而尽,说:"废话,人活着不挣钱有什么意思?谁都明白钱这东西生带不来死带不去,可谁又都离不了,从古至今为钱死的人肯定比为情死的人多,我就宁肯富死也绝不穷死。我舅舅不缺钱,但是他必须挣钱,他是为了赌一口气!"

马三儿颇感兴趣地问:"什么气值得用命来赌?"

曾晖瞪了马三儿一眼,说:"你怎么回事?跟你说多少回了,该让你知道的事情肯定不瞒你,你不该知道的事情少打听!"

马三儿自讨没趣地笑了笑,说:"好吧,你牛气。说了半天还没告诉我哪天发'货'呢。"

曾晖从怀里摸出一张身份证,甩在桌子上,说:"我怎么知道哪天发'货'?我还急等着用钱买一套好房子呢!耐心等着吧,时间定下来我会告诉你的。没事别到处乱窜,生怕警察抓不住你是不?这是我给你弄的假身份证,快收起来!"

马三儿忙不迭地抓起身份证,看了看,感激地冲曾晖说:"曾老板,你确实帮了我不少忙,我马三儿就是挨十次枪子儿也忘不了你。等这笔买卖做下来,我就回一趟老家,看看真心喜欢过我的那个寡妇黄白菊,留一些钱给她,让她嫁个好男人,好好过日子,我敢保证她心里还在想着我。再到被我弄死的那个局长坟墓前告诉他:我马三儿比他会做男人,下辈子我还不放过他!"

曾晖坏笑起来,说:"马三儿啊马三儿,敢情你是在为那个寡妇挣钱哪,你活得累不累呀?我还以为你不近女色呢,原来也算得上是一个情种。"

马三儿正色说:"我也是个男人,我也想女人,我也想到歌舞厅找小姐玩玩儿,可一想到那个寡妇,我就觉得跟别的女人睡觉对不起她,做了鬼都不得安宁。曾晖,别看我现在是被警察追捕的杀人越狱犯。可我心里一直认为自己不是个坏人!"

曾晖摆摆手,说:"算了算了,什么好人坏人,我曾晖从来就不想这些用不着的事。走吧,别在这里耗着啦!"

两个人走出咖啡屋后,马三儿像一条鱼一样游进人群中不见了,曾晖带着几分懊丧之气开车去了四方旅行社。

苏江礼正在总经理办公室里看黄梅戏光碟。他是典型的北方人,却非常喜欢安徽的黄梅戏,他认为黄梅戏是中国唱腔最优美的一个剧种。此刻,他看的是当年"刘三姐"的扮演者黄婉秋主演的黄梅戏《黄山情》。

"黄山峰上小石猴,小石猴天天望太平……"苏江礼坐在影碟机对面的沙发上,随唱腔一起哼唱着。

曾晖走进来,有些奇怪地问:"舅舅,你今天好像很高兴,有什么喜事吗?"

苏江礼脸上罩着一层红光,说:"喜事倒是没有,不过心情嘛还是很好的。"

曾晖在苏江礼眼前转了几圈,说:"我来猜猜看,您是不是把碧海旅行社那个漂亮的女总经理给……啊,哈哈哈……"

苏江礼把电视机的声音略微调高了一点,对曾晖说:"你不要把这个过程想得太简单了,她不是歌舞厅、发廊里的三陪小姐,不是一张钞票就能搞定的,得需要时间和耐性,这个过程对于我来说很重要,也很有吸引力。你懂吗?"

曾晖连连点着头,说:"懂,我懂。舅舅,你是一个玩儿女人的高手,我最佩服您了。"

苏江礼扔一支烟给曾晖,问:"你小子是在给我戴高帽子,不是心里话吧?"

曾晖一脸认真的神情,说:"舅舅,您冤枉我了,我什么时候能跟您说假话呢?我真的佩服您!"

苏江礼问了一句:"不是假话?"

曾晖肯定地说:"不是!"

苏江礼突然沉下了脸,说:"那我就告诉你,我很不喜欢听谁说我是玩儿女人的高手之类的话,因为这是对我的讽刺,尤其是你,最不应该说的就是这种话!"苏江礼说着,把手中的烟猛地撅成了两截。

曾晖吓了一跳,结结巴巴地说:"我……我说错了?哦,哦,我想起来了……舅舅,我知道了,我以后再也……不对您说……这样的话了!我真笨!"

苏江礼不错眼珠地望着曾晖,审讯般的对曾晖说:"就算齐凤瑶上了我的床我也无法洗刷我的羞耻,一个人毕竟代表不了另外一个人的。曾晖,你对我说实话,她最近给你打过电话没有?"

曾晖点上烟,老老实实地回答说:"舅舅,没有,真的没有。再说就算她打电话给我,我也不敢对她说什么了。"

苏江礼点点头,说:"如果她再给你打电话时,你就这样对她说,'那个齐凤瑶很快就会取代你了'。"

曾晖委屈地说:"舅舅,这可是您让我说的,别到时候我这样说了您又骂我。"

苏江礼用缓和的口气说:"只要你不对她说别的事情我不会骂你的。"

曾晖凑到苏江礼面前,劝解地说:"舅舅,我怎么觉得您和我舅母两个人之间有时候像小孩子过家家似的,特没劲。她没劲,您也没劲。"

苏江礼扫了曾晖一眼,说:"废话,这本来就是一场小儿科的游戏。本来就是,不用我重复了吧?"

曾晖讨巧地说:"算了,我不问了,反正你们两个人之间的事情我没法儿弄明白。"

苏江礼重新拿起一支烟,点上,问:"曾晖,你还有别的事情吧?"

曾晖把房门反锁好,小声对苏江礼说:"当然了,我想问问您到底什么时候能做成那笔生意,我看中了开发区一套商品房,想尽快买下来!"

苏江礼也用最低的声音说:"我可以告诉你,曾晖,那些东西在你我手里多放一分钟我都感觉它会爆炸,我也着急脱手,但我在没有百分之百的把握之前不可能告诉你准确的时间,尽管接'货'方已经催我两次了。你到有检查站的地方看看去就不敢着急了。"

曾晖问:"那您什么时候能有把握啊?"

苏江礼摇摇头,说:"不知道,不过我可以告诉你,我要想一个绝好的办法把'货'送出永平市。你先做好准备吧,来,要这样做……"苏江礼在曾晖耳边嘀咕起来。

今天是入夏以来永平市最热的一天,大太阳在头上喷着火,街道上的空气燥热燥热的,整个城市就像一个巨大的水泥桶,鳞次栉比的高楼把风挡住了,这使得人们的每一个汗毛孔都扩张到了极限,人的生理条件和自然条件不屈不挠地抗争着。

热浪中,刑警林伟和毛建强身着便衣在路边一个冷饮摊上喝冷饮。毛建强喝了一口瓶装"雪碧",揉着因缺乏必要睡眠而红肿的眼睛,说:"这些天案情没有进展,我都不敢和队长照面儿了,他那张脸阴得能掉下雨点儿来!"

林伟的心情和毛建强一样沉重,说:"咱俩现在是难兄难弟了,好容易抓到了永C99900的司机,可他和那个马晓强不沾边儿,最多一个交通肇事逃逸罪。"

毛建强沉思着说:"你说咱们是不是钻进死胡同了?"

林伟说:"我也有这种感觉,这些天里我们把注意力全放在查车上了,很可能忽略了一些别的线索。"

毛建强点点头,随后又摇了摇头,说:"可是我们除了查车这条路再没有别的路可走啊!"

这时,曾晖走了过来。

冷饮摊老板和曾晖很熟悉,很会来事地和曾晖打着招呼:"哟,曾总,来了?喝点儿什么?"

曾晖根本没有在意身边的林伟和毛建强,对冷饮摊老板说:"给我来两听可乐!"

冷饮摊老板把两听可乐递到曾晖手上,曾晖一只手拿着可乐,另一只手掏钱时把一张纸落在了冷饮摊老板手边,交完钱转身就走。

冷饮摊老板捏起那张纸,冲曾晖说:"哎,曾总,这张纸是您的!"

曾晖已经走出几步了,回头扫了一眼那张纸,漫不经心地说:"哦,那是账单,早没用了!"说完走进了马路对面的公司里。冷饮摊老板把那张纸展开,看了看,随手放在了一旁。

林伟过来付钱,无意中朝那张账单瞥了几眼,然后和毛建强一起离开了冷饮摊。

他俩今天没有开车,在街上信步走着。

"建强,我突然觉得今天有些不对劲儿!"林伟慢慢走着,眼珠直转,有些神乎乎地对毛建强说。

"怎么了?什么不对劲儿?"毛建强拍了一下林伟的头,问。

林伟紧皱双眉,思忖着说:"我说不上来,可就是觉得……你先别说话,让我想想……账单,对,账单……"说到这里,林伟猛然调头跑去。

毛建强愣住了,不解地问林伟:"喂,喂,你干什么去?"

林伟来不及回答毛建强的话,以最快的速度跑回到了刚才坐过的冷饮摊前。

林伟擦抹了一把脸上的汗珠,喘着粗气对冷饮摊老板说:"老板,我是警察,刚才那张纸呢?"

一听说警察,冷饮摊老板紧张而拘谨地指着身边一个垃圾桶说:"那张纸……没什么用,我撕了。喏,扔这儿了。"

林伟走到垃圾桶旁,俯下身,如获至宝地把纸屑一片片捡起来,收好,然后又问:"老板,刚才来买可乐的那个人是谁?叫什么名字?"

老板如实说道:"他叫曾晖,是对面宏海贸易有限公司的总经理。人家可是一个有本事挣大钱的人,他那辆'桑塔纳'就是花一点儿钱买下的……"

林伟的精神一振,追问道:"他开'桑塔纳'?什么颜色?车号是多少?"

冷饮摊老板咧了咧嘴,说:"车是白颜色的,我没事留意他车号干嘛呀?"

这时,毛建强也跑过来了,问林伟:"出什么事了?"

林伟开心地笑了,对毛建强说:"不是出事了,而是有大收获了!我们边走边说吧……"他俩再次离开冷饮摊后,林伟抑制不住心头的兴奋,对毛建强说:"刚才那个姓曾的人把他没用的账单落在了老板那儿,我付账时看了一眼,觉得字迹有点儿熟悉。离开冷饮摊后我一直在想在哪儿见过这种字迹,你猜我突然想到什么了?张全住处的那张纸条!"

毛建强一愣,问:"纸条?"

林伟在毛建强肩膀上砸了一拳,说:"我们在张全住处发现的那张纸条上的字迹和这张账单上的字迹特别像!我们快回队里进行鉴定!"

"好,快走!"

林伟和毛建强立刻回到了市公安局刑警队，把被冷饮摊老板撕碎的账单交给痕检员后就在姜正的办公室里等待着。

一个小时后，一名痕检员走进了姜正办公室。

姜正迫不及待地问痕检员："怎么样？结果出来了吗？"

痕检员肯定地回答道："队长，林伟和毛建强带来的纸上的字迹和张全住处那张纸条上的字迹出自一个人之手！"

林伟高兴地双手一拍，说："队长，曾晖有重大贩卖毒品嫌疑，我建议立即拘捕他！"

姜正摇了摇头，说："案情终于有了重大进展，那个曾晖也够拘捕的条件，但他是不是杀死小李的凶手？他和枪击案有没有联系？他是不是永平市毒贩头目？这些还没搞清楚就对他进行拘捕是下下策，很可能抓了他跑了更大的毒枭！记住，我们的任务不仅仅是抓一两个贩毒分子，而是打击贩毒团伙，从源头上不让毒品危害我市！"

毛建强朗声说道："队长，您的意思我们明白了，从今天起，我们就严密监视曾晖！"

这几天，杜桥要多不开心就多不开心，他把公司交给一个员工照看着，自己整天躲在徐兰娟的住处不是睡大觉就是愁苦着脸闷坐着。

中午时分，杜桥一觉醒来，从外面买饭回来的徐兰娟扑到他身边，说："杜桥，宝贝儿，怎么没有一个笑模样给人家呀？"

杜桥望着徐兰娟那张永远处于精心化妆状态的脸，说："你呀，有时候说话还不如一个小孩子，我妈死了，我能开心吗？"

徐兰娟撅起了嘴："那你就永远不快乐了？"

杜桥脸上勉强挤出一丝笑纹，说："不是不快乐，而是……哎呀，我现在跟你说不清！"

徐兰娟冲杜桥挤了挤眼睛，仿佛看透了杜桥的心似的，说："我知道你闹心不光为你妈死这一件事情。"

杜桥坐起身，掩饰地说："胡说，除了我妈死这件事我还有什么事情闹心呢？你别净瞎猜给我添乱！"

徐兰娟笑了笑，阴阳怪气地说："人家本来想哄你开心的，你倒鼻子不是鼻子脸不是脸的，可也难怪，你妻子一天不承认你们家的古画是她偷卖的你就一天不会开心！"

杜桥吃惊地问："你知道这件事？"

徐兰娟"砰"一声打开一听刚买来的啤酒，仰脖喝了一口，说："你们家出的这件事全市人几乎都知道了，我能不知道吗……你别跟我辩解了，没有用的。不过话说回来，这件事和我没有任何关系，所以我也就没有必要把话说太明白了，只要你和我在一起就行了。"

杜桥知道自己在机灵古怪的徐兰娟面前已经没有任何秘密可保了，说："兰娟，我真心愿意跟你在一起……我很快就要离婚了，你要给我时间。"

徐兰娟把啤酒罐递给杜桥，说："时间对我来说不重要，我也不会再逼你主动离婚的。我上次逼你离婚是为了考验你，只怕事到如今你不想离都不行了，谁让你当初找了一个铁娘子式的妻子呢？"

杜桥把啤酒喝干，使劲捶了一下脑袋，大睁着眼睛问徐兰娟："你说为什么我妈的影子突然老在我眼前晃来晃去的？"

徐兰娟摇摇头，说："我怎么知道为什么？人死了一死百了，你也不用多想了。"

杜桥双手抱着头，说："我知道这个道理，也没有多想，可我妈就是老在我眼前晃，晃得我心惊肉跳。怎么回事呢？"

徐兰娟身子哆嗦了一下，说："杜桥，你别吓唬我，我……我可受不了这个！"

杜桥叹了口气，说："我吓唬你干什么？我是真的感到心惊肉跳浑身不自在！"

徐兰娟出主意说："要不你到你妈墓前去烧烧纸吧，这样或许能好点儿。"

杜桥瞥了一眼徐兰娟，说："烧纸管什么用？净给我出馊主意！"

徐兰娟走到杜桥身边，用手推着杜桥，说："哎呀，你去试试嘛，就当散散心吧！"

杜桥满不在意地说："没有用的……"

徐兰娟以命令的口气说："反正这会儿我不能让你在我身边了，你搞得我都心惊肉跳了！走吧，走吧！"

杜桥被徐兰娟缠得心烦意乱，想想她说的还是有那么一点点道理，就连饭都没顾上吃，打车去了母亲的墓地。

就在杜桥往母亲墓前赶的时候，齐凤瑶正站在杜母的墓碑前。她明显消瘦了许多，神情凄恻、哀怨，她望着那个圆形的坟冢，轻轻说道："妈妈，我最后再叫您一声妈妈。您走了，走得那样匆忙，您带走的是对我的怨恨，您天堂里的灵魂此时此刻恐怕仍在斥责我。您坚定地认为是我这个外姓人偷卖了公公生前留下的古画，直到现在我们之间的误会也没有解除，这既是您的遗憾，也是我的遗憾，直到现在，我仍然背负着沉重的枷锁，它使我无法平静地生活，无法平静地面对一切。但我还是要告诉您，我根本没有偷卖那三幅古画，甚至连家里有这些东西都不知道。它们再珍贵也没有生命珍贵，您为此失去了生命，我为您惋惜……我想您会听到我的话，尽管这件事像迷雾一样让我陷入了迷茫，但我相信它终归会大白于天下的，到那时，我会轻松地永远地离开杜家了。在这个世界上，我最不能忍受的就是别人的侮辱！"

随着吹来的一阵风，齐凤瑶的眼泪成串成串地滴滚下来。她没有去擦自己脸上的泪珠，而是伸出手，轻轻擦着墓碑上面的灰尘。

她眼角的余光看见杜桥来到了墓前，身子抑制不住地颤抖起来。

杜桥怎么也没有想到会在母亲的墓地遇到齐凤瑶，愕然地问："凤瑶，你……

你怎么在……在这里?"

齐凤瑶眼光凝视着那块花岗岩制成的墓碑,轻声说:"杜桥,你不应该感到意外的。"

杜桥受到了某种点拨似地点点头:"哦,对,对……"

齐凤瑶依旧不愿正视杜桥,说:"或许是老人的在天之灵安排我们在这里见面吧。杜桥,我们之间的路已经走到尽头了,我也不想责备你什么,但是你不要忘了你是一个男人,别忘了你妈妈在看着你!"

杜桥慢慢走到齐凤瑶面前,愧疚地说:"凤瑶,我对不起你,我不应该喜欢上别的女人……你和我分手我没有任何怨言,这全都是我一个人的过错。只要你提出来,我们随时都可以办理手续。"

齐凤瑶凄冷地一笑,说:"这件事我们已经没有继续商讨的必要了,请告诉我另一件事情的真相。"

杜桥摇着头,问:"什么事情?凤瑶,我们之间除了分手之外还有什么事情呢?"

齐凤瑶眼里再次涌起了泪水,坚定地说:"杜桥,我不想和你饶舌,我问的是古画的事!"

杜桥继续装着糊涂,说:"古画?什么古画?我……我不知道!不知道!"

齐凤瑶的目光像两把锋利的钢刀一样刺向杜桥,激动而沉痛地说:"不,你知道,你喝醉酒时亲口说过你家里有古画的。我敢肯定,这个世界上除了你谁也不可能知道古画的真相。这些天,你们杜家人把我当成了偷卖古画者,他们指责我、围攻我,我承受了本来不应该由我来承受的委屈和屈辱。我越来越感觉到,这件事和你有着不可分割的联系。杜桥,我真诚地希望你把真情告诉我,告诉你的妈妈!"

杜桥的脸一阵红一阵白,这恰恰告诉给了齐凤瑶他内心的不平静,他有些歇斯底里地大声叫起来:"凤瑶,我……我确实不知道啊。他们诬陷你,我可没有……"

齐凤瑶打断杜桥的话,如同一名威严的法官在审问一个狡猾抵赖的犯罪嫌疑人那样厉声说:"杜桥,你瞒不了我,我知道你是在撒谎、在掩饰。你是一个懦夫,你连在生你养你的妈妈面前说实话的勇气都没有了!你妈妈她本来不应该这么早就走的,她是带着委屈和怨恨走的,我敢肯定她老人家的灵魂没有得到安宁,因为她不知道谁偷卖了古画,她想知道这个人是谁,可是没有人告诉她。杜桥,在你妈妈面前,难道你会无动于衷一辈子吗?你的良心会一辈子安宁下去吗?你说,你说话呀……杜桥,我人生最大的错误就是和你生活了好几年,你是我的羞耻!"

齐凤瑶一句句义正辞严的话仿佛一柄柄重锤,把杜桥的身子砸得矮下去半截。他低垂着头,逃避什么似的冲齐凤瑶说:"凤瑶,你别说了……"

齐凤瑶像没有听到杜桥的话一样,继续用震动着杜桥心弦的嗓音说:"我不能

第八章 密谋运毒

不说，我还有很多话要说！你心中隐藏着一个秘密，如果你还有良知的话，如果你想让你妈妈九泉之下安息的话，你就应该用男人的勇气把它讲出来，让它从你阴暗的心里走到阳光下。杜桥，请你望着你妈妈的墓碑，抬起头来，把古画的事情讲给她听！"

听完齐凤瑶的话，杜桥先是失忆般地呆呆站立了片刻，随后猛地跪倒在母亲的墓碑前，哭泣着说："凤瑶……妈妈……我对不起你们啊……妈妈，您……您和舅舅姑姑他们错怪凤瑶了，咱家的古画不是凤瑶偷卖的，是我拿出去偷卖的……"

齐凤瑶望着杜桥，眼里闪过一道怜悯的光，轻轻地说："杜桥，你终于没有让我失望……"

杜桥继续追悔地对着墓碑说："妈妈，我只想卖钱了，没有想到事情会搞成这样，更没有想到您会因此……妈妈，我是一个罪人，您的在天之灵原谅儿子吧！凤瑶，如果说我在感情上欺骗你是有意的话，我无法否认，但在古画这件事上你受了委屈我不是故意的。今天，我把一切都告诉你！我爸爸遗留下来的三幅古画我卖了两幅，卖的钱买了轿车，后来我爱上了徐兰娟，就把轿车送给了她，剩下的那幅古画我藏在公司里了。我错了，我不知道自己将来会走向何方。凤瑶，我做的这一切都是瞒着你的，你是清白的！我承认我卑鄙，我是一个地地道道的罪人。凤瑶，我之所以把事情的真相讲给你，是因为我怕你越来越瞧不起我……"

齐凤瑶望着远处几棵郁郁葱葱的柏树，嗓音轻缓地说："杜桥，我可怜你、气恨你，不鄙视你，从今以后，我不想再见到你了！离婚协议我会在最短的时间内交给你。"

说完，齐凤瑶冲杜母的墓碑深深鞠了一个躬，转身头也不回地走了。

杜桥在墓碑前长跪不起，不知过了多长时间，他站起来，一步三摇地离开了墓地，来到一个餐馆里喝起了闷酒，一边喝一边嘟囔着："我怎么会是这种样子？我他妈怎么会成这种样子啦？车没了，妈妈没了，老婆也……我他妈的活个什么劲哪！完了，我完了……彻底完了……"话语里充满着玩世不恭。

一个半小时后，杜桥跌跌撞撞地回到了徐兰娟的住处。

徐兰娟皱着眉头问："杜桥，你又喝多了？你是给你妈烧纸去了还是喝酒去了？"

杜桥醉眼迷离地说："我心烦，心烦哪……"

徐兰娟踹了杜桥一脚，说："算了算了，快坐下休息吧。杜桥，我刚交完房租，手头儿又没钱了，你给我点儿钱吧！"

杜桥坐在床上，从钱包里掏出一叠钱，然后用一根手指指着徐兰娟说："赤裸裸……你这是赤裸裸地要钱呢。钱……好说，好说！给，三……千元，宝贝儿，拿走吧！"

徐兰娟从杜桥手里夺过钱，数完，不高兴地说："杜桥，你也太抠门儿，三千元够我干什么呀？太少了！"

杜桥轻轻抚摸着徐兰娟的大腿,说:"宝贝儿,你先花着,等过几天再给你嘛……我的钱还不就是你的钱吗?我为你付出了多少,你心里最清楚!"

徐兰娟乖巧地坐在杜桥怀里,说:"那就接着付出嘛,杜桥,三千元实在是太少了,人家不高兴嘛……"

杜桥虽然喝了不少酒,但头脑还是清醒的,对徐兰娟说:"别缠着我了,三千元也是我的血啊。先拿着,等过几天有了钱我再给你。"

徐兰娟望着杜桥,问:"杜桥,你到底还有多少钱?是不是没什么钱了?"

杜桥打了个酒嗝,说:"你别这样跟我说话,我怎么没钱?没钱我还能这样潇洒吗?"

徐兰娟故意激杜桥说:"有钱你拿出来拍给老娘啊?没钱趁早说话!"

杜桥抢白地说:"你明白,你他妈什么都明白,就我糊涂,是不是?我的钱是靠公司挣来的,你的钱是靠脸蛋儿漂亮和脱裤子挣来的……"

徐兰娟沉下脸,嗓音硬邦邦地说:"杜桥,我不管你怎样看我,反正今天我得向你要一万元钱,你养了我就得舍得花钱,否则老娘凭什么跟着你?"

杜桥拍了拍巴掌,讽刺地说:"心里话,你这是心里话。你比我有一个优点,那就是敢说真话。兰娟,你别跟我'牛',知道不?我为你损失惨重了,你要是敢不跟我好,我他妈弄死你,你敢说不信?"

徐兰娟把手一伸,说:"那你拿钱来嘛。"

杜桥坚决地说:"咱俩在一起混这么长时间了,你存折上的钱都是我的,别以为我心里不装事!今天就这三千元,你要了我高兴,你不要我就收起来!"

徐兰娟见今天定然不能多榨出钱来了,就顺从地收起了那三千元钱,一回头,给杜桥一个娇媚的微笑。

杜桥性欲大发,把徐兰娟摁倒在了床上。

街上,曾晖驾驶"桑塔纳"行驶着,险些把一个横穿马路的小青年给撞倒。曾晖一踩刹车,那个小青年一屁股坐到了保险杠前,就势仔细察看了一下车牌,然后爬起来,一溜烟地跑了。曾晖骂了一句,开着车走了。

曾晖不知道,刚才那个小青年是刑警毛建强,他是故意差点让曾晖给撞了的,目的就是查看一下曾晖那辆车的车牌。

曾晖走远了,毛建强给林伟打手机:"哥们儿,咱们又有新发现了,他的车牌是新换上去的!"

曾晖是从海边射击场回宏海贸易公司的,因为他约了马三儿这个时间在他总经理办公室里见面。

曾晖回到公司的时候,马三儿已经在等他了。他们关好门,坐在一起密谈起来。

曾晖高兴地对马三儿说:"告诉你一个好消息,我舅舅吐口儿了,他让咱们做发'货'的准备!"

一听这话，马三儿的脸上放起了光，他咬着牙，说："我早就等着这一天呢，做什么准备？"

曾晖从办公桌抽屉里拿出一沓钱，递给马三儿，说："你先找到杜桥，把这两万元钱交给他，告诉他这是首期付的'运费'，让他听你的话。"

马三儿瞪起了眼睛，酸溜溜地问："生意还没做成就给他两万元？太便宜那小子了。那我的钱呢？"

曾晖在马三儿脑门上拍了一下，说："你看你，一见别人拿到钱眼珠子都红了，能跑得了你的钱吗？我舅舅说了，杜桥只不过是咱们手里的一颗小棋子儿，你我要挣的是大钱。两万元钱买他一个死心塌地，值得！"

马三儿极不情愿地说："好吧，我把钱交给他，告诉他做好准备。"

曾晖又从抽屉里拿出一张居民身份证，说："我舅舅还说了，生意做成当天你就离开永平市，到海南省去。这是他让我给你弄好的海南省的身份证，收好，别在永平用这张身份证。"

马三儿接过身份证，由衷地说："你舅舅想得可真周到。"

曾晖炫耀地说："我舅舅是什么人？跟他做生意百分之二百出不了事！没什么事了，你赶紧去找杜桥吧。"

马三儿答应一声，出了宏海贸易公司，在电话里把杜桥叫到了街上一个僻静的角落里。

杜桥劈头问马三儿："马三儿，你把我约到这里来有什么事情？"

马三儿冲他晃晃手，说："杜桥，你小点儿声。我告诉你，生意就要做成了！"

杜桥一时间没有明白马三儿话里的意思，问："生意？什么生意……"

马三儿白了杜桥一眼，说："别跟我装蒜了，就是徐兰娟跟你说的那笔生意。你做好准备，到时候由你负责送'货'。"

杜桥惊讶地问："你跟他们是一伙儿的？"

马三儿把一口唾液吐到墙上，说："什么话，咱们都是一根绳上的蚂蚱！"

杜桥不服气地说："你凭什么吩咐我？我听老板的！"

马三儿阴下脸，掏出那两万元钱，说："老板让你听我的话。还有，老板让我给你把'运费'带来了，先付你两万元，生意做成后还有大头儿呢！"

杜桥眼里放出两道贪婪的绿光，喜出望外地说："两万元？好好，太好了，我手头儿正缺钱呢。我公司快完了，老本儿也吃得差不多了，那个小骚娘们儿正追着我要钱，一天没钱也养不住她。烦死我了！"

马三儿训教地对杜桥说："你当'二奶'是那么好玩儿的吗？她们从不对男人脱裤子，只对钱。你把钱收好，听我的消息！"

杜桥把钱揣进衣袋里，问马三儿："谁是老板？能告诉我吗？"

马三儿诚实地告诉他："真正的老板我也不知道，管他谁是老板呢，咱有钱赚就行呗。我走了。"

马三儿走了，杜桥也走了，但是他没有想到，他从马三儿手里拿钱的情景被躲在一棵树后的徐兰娟看见了——杜桥接到马三儿约他出来"谈事情"的电话出来后，徐兰娟就悄悄跟踪着杜桥。她异想天开地猜测马三儿会给杜桥一些钱，果真让她撞见了，她一定要让这笔钱属于自己！

徐兰娟一溜小跑，赶在杜桥之前回到了住处。杜桥进门的时候，徐兰娟正在床上慵懒地躺着。

"杜桥，恭喜你！"徐兰娟弦外有音地说。

杜桥一怔，问："你发什么癔症？恭喜我什么？"

徐兰娟笑着说："你挣到钱了，难道不值得恭喜吗？这回你该给我钱了吧？"

杜桥装傻充愣地说："钱？什么钱？我挣到什么钱了？"他以为徐兰娟在同他瞎咋唬，他可不想把怀里那两万元钱给这个靠不住的骚娘们。

徐兰娟洞察一切地说："杜桥，你不要跟我装相了，马三儿给了你那么一摞钱，你揣进怀里了，我都看见了！"

杜桥虽然不知道徐兰娟怎样看见马三儿给他钱的，但自己的谎言毕竟被揭穿了，有些恼羞成怒地说："你看见了？看见了我也不能给你！"

徐兰娟生气地叫起来："为什么？你不是说过要给足我一万元钱吗？你刚给了我三千，还差七千呢，你忘了？"

杜桥粗暴地说："不管我说没说过那样的话，这是我帮马三儿他们运'货'的钱，是卖命的钱。这两万元钱我谁也不给！"

徐兰娟咬牙切齿地说："杜桥，你吞独食丧不丧良心啊？别忘了，这笔'生意'是老娘帮你介绍的，你挣了钱应该有我一半的！"

杜桥冷笑一声，感觉十分可笑地说："良心？哼，算了，你还是少提这两个字好，我不想听！"

徐兰娟恶声恶气道："对了，你是一个不讲良心的人！"

杜桥反唇相讥："你也一样，咱们谁也不比谁高尚！"

徐兰娟威胁地说："杜桥，钱你必须得给我，不然我还让你倒霉！"

杜桥"啪"地一拍床帮，直瞪着徐兰娟，问："你这话是什么意思？什么还让我倒霉？说呀？"

徐兰娟自知失言了，马上狡辩说："我……我说什么了？我说你必须把钱给我！给我！"说着，她发疯般扑上前，打算强行把钱从杜桥衣袋里掏出来。

杜桥拧住徐兰娟的胳膊，气恼地叫起来："放开手，放开手！你他妈的放开手！"

徐兰娟红了眼，大声吼着："杜桥，这笔钱说什么我也不能让你独吞了！"

杜桥彻底被徐兰娟激怒了，他蹦起来，一把将徐兰娟推坐在椅子上，呼呼喘着粗气，说："我不给你点儿颜色看看你真就不知好歹，我让你跟我发狂，发狂，我他妈治不了你一个骚娘们儿就不姓杜！"

杜桥说着，接连打了徐兰娟几个耳光，然后找出一根绳子，把徐兰娟结结实实地反捆在椅子上，继续对她施以拳脚。

徐兰娟嘴角淌出了血,头上、肚子上、腿上都出现了青紫色的伤痕,她挣扎着身子,求饶地冲杜桥喊着:"哎呀,痛死我了……杜桥,你……你真心狠……饶了我吧……饶了我吧……"

杜桥停住手脚,揪着徐兰娟的长发,问:"你他妈的还要钱不?"

徐兰娟输了嘴,呻吟着说:"哎哟……唉哟……不要……不要了……"

杜桥给徐兰娟松了绑,把她抱到床上,解开了她的衣服,恶狠狠地警告说:"我告诉你,以后在我面前乖乖的有你吃的喝的玩儿的,别跟我较劲,老子连那'生意'都敢做了还怕什么?你以为你是什么人?是我的玩物!"

杜桥的声音里透着一股阴气,仿佛从地狱里飘出来似的,带着杀气。徐兰娟惊恐地点着头。

几天后,齐凤瑶和杜桥在各自沉默中办理完了离婚手续。

这天,傍晚,走在回家路上的齐凤瑶接到了丹明打来的电话。丹明以征询的口吻问齐凤瑶:"凤瑶,我想今天晚上和你在'故人'茶庄坐一坐,可以吗?"

齐凤瑶说:"当然可以了,只是怕耽误了你的时间。"

丹明轻柔地说:"那好,晚上七点钟,我在'故人'茶庄里等你。"

齐凤瑶刚收了线,铃声又响了起来,是苏江礼打来的。齐凤瑶急忙接听:"……什么?您晚上还想请我吃饭?实在不好意思,我刚刚答应了一位朋友的邀请……对不起,苏总,多谢您的盛情!"

晚上七点钟,丹明和齐凤瑶准时坐在了"故人"茶庄一间飘着烛光的小屋里。他们慢慢喝着茶。

齐凤瑶问丹明:"你喜欢旅游吗?"

丹明望着齐凤瑶,眼里流露出一种温情,说:"旅游其实是一项很高雅的运动,我们国家早在古代就有旅游的习俗。有的时候,我也想游览名山大川,可就是工作太忙了,没有时间去享受旅游的快乐。"

齐凤瑶嗓音低沉地说:"旅游确实是非常有情趣的事情,可是我的旅行社的生意不好做,我都快急死了。"

丹明鼓励齐凤瑶说:"做什么事情都会有一个过程,困难是不可避免的,等到有一天,当你到达顶峰的时候,回头再看那些艰难你就会发现,那其实是一个个台阶,你也就能享受到战胜困难的快乐了。"

齐凤瑶给两人的茶杯里续上水,说:"但愿我能渡过难关……我真是太累了!"

丹明轻声说:"凤瑶,你有自己事业上的挫折,我也有工作中的不如意,今晚我们不谈烦恼,好吗?你靠自己的能力运作起旅行社,这本身就是一个很好的开端,这不是每一个女孩子都能做到的。我心里非常佩服像你这样富有个性的女孩子,不论你的旅行社前景如何,我都会理解你、支持你的。"

齐凤瑶真诚地说:"谢谢你,丹明,你为人正直,待人真诚,令人信赖,又有才学,你在晚报会有很大发展的。"

丹明谦逊地笑了笑，眼睛依然望着齐凤瑶俊美的脸，说："我听小梅老师说你和丈夫分手了，我支持你，因为幸福不能靠维系来支撑。"丹明说着，趁齐凤瑶不注意，悄悄把一张折好的纸塞进了齐凤瑶的挎包里……

喝完茶，丹明和齐凤瑶走出了茶庄。

丹明关切地对齐凤瑶说："凤瑶，天晚了，我开车送你回家吧。"

齐凤瑶摇摇头，说："不用了，丹明，等以后有时间再请你到我家里做客。"

丹明望着夜色中越发显得楚楚动人的齐凤瑶，说："我怕你一个人不敢走夜路，凤瑶，让我送你吧，好吗？"

齐凤瑶笑起来，说："看你把我说的，都快成胆小鬼了，再说我家离这里不算远，我最近心里比较烦，正想一个人走走呢。再见吧。"

齐凤瑶走了，丹明身子靠在采访车上，默默地说："凤瑶，你知道吗，我爱上你了……"

齐凤瑶走上一座桥，身子倚在栏杆上，望着远处璀璨的灯火，心情莫名地激动起来——一种夹杂着沉重的激动。她在心里默默地说："城市是美丽而繁荣的，可是我的事业、我的碧海旅行社该怎么办呢？到今天我才体会到一个女人干一番事业的难度有多大……"

齐凤瑶从挎包里拿出纸巾擦眼泪，一张纸飘落到了地上。她俯身拾起纸，在路灯下看起来。

那是丹明写给齐凤瑶的一首情诗："爱像一阵微风/暖暖地吹过我的心扉/不要问爱的含义/爱就是心的融会/今夜，我要向你——我挚爱的女神宣布/明天，我将拥抱你走过生命的地平线……"

齐凤瑶读完诗，耳边却回响起苏江礼的声音："凤瑶，我是真心爱上你了……"

齐凤瑶喃喃自语着："情网又向我张开了……"她把丹明写的情诗揉成一团，丢到了桥下。

丹明回到宿舍后，马上打开电脑写起日记来："我爱上她了，爱得是那样自然，却又是那么坚定，我不会改变自己的决定，我要努力去追求属于我的爱情。她的美丽、她的善良、她的毅力都深深感染着我，在我眼里，她是完美的……我等待着，等待着她接受我的爱……不好，那种奇怪的和郊外杀人案有关的感觉又袭上心头了……"

第二天傍晚，在碧海旅行社楼下，齐凤瑶又遇见了丹明。

"丹明？你在这里做什么？采访吗？"齐凤瑶和丹明打着招呼。

"凤瑶，我在等你。"丹明望着齐凤瑶，轻声说。

齐凤瑶有些不解地问："等我？有什么事情吗？"

丹明打开车门，说："凤瑶，我们去海边吧。"

齐凤瑶问："丹明，你搞什么名堂，去海边做什么？"

丹明笑着反问齐凤瑶："怎么，怕我把你这位总经理拐走吗？"

齐凤瑶想了想，说："丹明，我正好想找你谈谈。"

丹明高兴地说："凤瑶，我很想和你在一起。我们走吧。"

齐凤瑶坐到了车后座上，丹明驾车向海边驶去。

他们到达海边的时候，夕阳正映照在风平浪静的海面上，此刻的大海温柔得俨若一个美貌的正沉浸在热恋中的少女，令人浮想联翩。

丹明就有这样的感觉。他望着齐凤瑶，动情地说："凤瑶，我真想和你永远沉浸在这美丽的景色之中，永远……"

齐凤瑶面向大海，打断丹明的话，说："丹明，我觉得我们做一般朋友是非常合适的，我们都不要超出这个关系，好吗？"

丹明的眼光闪跳了一下，问："怎么，这就是你想和我谈话的内容吗？"

齐凤瑶轻轻点了点头，说："就算……是吧。"

丹明激动地说："凤瑶，你知道吗，我爱上了你，强烈地爱上你了！你的影子就在我心中怎么也抹不掉了。我爱你漂亮、正直，接受我的爱吧，凤瑶！"

齐凤瑶慢慢地说："丹明，我知道你是一个很热情、真诚的人，可你并不了解我，我是一个经历过一次失败婚姻的女人……"

丹明急切地说："凤瑶，这些丝毫不妨碍我对你的爱，我对你的感情是真挚的！"

齐凤瑶极力劝解丹明："丹明，我曾经沉醉于感情，也曾经把它作为生命的支柱，可是……丹明，我现在的精力需要放在经营旅行社上，我的生意很不好，这你是知道的，至于感情上的事情，我现在……。"

丹明打断齐凤瑶的话，说："凤瑶，我给你时间，但我不会放弃自己的选择。我爱你！"

面对真诚的丹明，齐凤瑶一时间不知道说什么好了，开始沉默起来——也许沉默是最好的方式了。

丹明也沉默起来，但齐凤瑶分明感觉到了那是激动的沉默，和自己的沉默有着本质的区别。

自从赵姐和小黄辞职走后，碧海旅行社办公室里只剩下齐凤瑶和张婷婷两个人了，使这间狭小的办公室显得有些空阔。每天，齐凤瑶和张婷婷都要来到这里，像是在完成某种既定的程序，又像是在期待着什么。

齐凤瑶趴在办公桌上，有几分钟时间眼睛似乎连眨都没眨。

张婷婷问："凤瑶姐，你在出神地想什么呢？"

齐凤瑶叹了口气，说："我也不知道自己这时候在想什么，好像想了很多，又好像什么都没有想。"

张婷婷宽慰地说："凤瑶姐，我知道你为没有业务心里烦闷，我们还在努力嘛。"

齐凤瑶坦然地说："婷婷，你已经尽力了，只是我这个总经理太无能了，我真恨自己！"

张婷婷愤恨地说:"凤瑶姐,这不是我们的错,是现在全市旅游市场太不规范了,他们胡乱拉客、骗客、低价组团,要是大家都守规矩我们就不会这样了!"

齐凤瑶握住张婷婷的手,尽量用平静的口气说:"婷婷,事到如今,我不得不面对一个严酷的现实了……"

张婷婷预感到了什么,问:"什么现实?"

齐凤瑶难过地说:"我不想说出口。婷婷,这也是你不愿意看到的事情……"

张婷婷知道齐凤瑶不想说出口的只不过是两个字,但那也是两把钢刀,会把她的心割疼的!张婷婷转过脸去,泪水悄悄流了下来。

她们要面对的事实是:倒闭!

电话的响声振动着沉闷的空气。

齐凤瑶拿起电话:"您好,碧海旅行社,请问您需要什么帮助吗……怎么,是您啊,苏总,您好!"

电话里,苏江礼的声音充满着热情和真诚:"凤瑶,快一个星期没有见到你了,中午到我的保龄球馆来玩儿几局。请不要拒绝我!"

齐凤瑶犹豫了几秒钟,说:"苏总,我……嗯,好吧,保龄球馆见!"

齐凤瑶放下电话后自言自语起来:"我怎么了?我怎么能答应他呢……我不应该答应他的……可我为什么答应他呢?我这是怎么了?"

张婷婷没有听清齐凤瑶的话,问:"凤瑶姐,凤瑶姐,你怎么了?你在嘟囔什么呀?"

齐凤瑶慌乱地摇摇头,说:"没……没什么……没什么……"

苏江礼就像是一个充满着魔力的磁场,吸引着齐凤瑶于中午时分来到了"金人"保龄球馆。

苏江礼果然早已经等候在那里了。他认真地观察了一会儿齐凤瑶的神色,说:"凤瑶,你今天的心情格外不好,是不是为旅行社业务的事?"

齐凤瑶点点头,嗓音沉重地说:"苏总,您说对了,永平市旅游市场的大门不会轻易向我这样的小旅行社敞开的。我决定宣布碧海旅行社……倒闭……"

苏江礼望着齐凤瑶,说:"凤瑶,我知道你说这句话的时候心里是非常痛苦的,碧海旅行社这五个字对你太重要了。"

齐凤瑶哽咽着说:"以前,我一直认为自己不会输,可是现在,我不得不承认自己输了。事业输了,婚姻也输了……"

苏江礼用一种安慰的口气对齐凤瑶说:"凤瑶,你不必这样悲哀,事业还能挽回,婚姻也不能说算输,有我在你身边,我会给你一切的。"

齐凤瑶有些冲动地说:"不,苏总,我不能接受你的感情,不能……"

苏江礼继续望着齐凤瑶的眼睛,说:"凤瑶,我想这不是你的心里话,我敢肯定你在欺骗自己,也是在回避什么。是吗?"

齐凤瑶幽幽地说:"苏总,我无法回答您的问题。"

苏江礼双手抚摸着齐凤瑶圆润的肩头,温柔地说:"凤瑶,我对你说过,我会在你最需要的时候帮助你的。后天海南有一个100人的旅游团来永平，带团的彭导游也算是我的老朋友了，我们合作过几次，这次我已经在电话里对他讲好了，把这笔业务交给碧海旅行社——也就是你！"

齐凤瑶大吃了一惊，不相信自己的耳朵似的望着苏江礼，问："什么？苏总，您把这么大的一笔业务交给我来做？"

苏江礼神情郑重地点了点头，说："凤瑶，做好这笔业务，你至少可以缓解一下目前的状况，我相信你能做好这笔业务。这件事就这么定了，旅游团后天上午九点钟坐火车到达永平，你直接接待就行，我已经在电话里和带队的彭导游说好了。"

齐凤瑶好像仍然没有从震惊和惊喜中走出来，说："苏总，那我就太感谢您了。您有什么条件吗？"

苏江礼淡然一笑，说："在我心目中，你不应该是一个俗气的人，要是有附加条件，我们还是好朋友吗？风水轮流转，三十年河东三十年河西，这是我最信奉的两句话。凤瑶，我们一起去吃饭吧。"

齐凤瑶由于激动，脸上浮现出了红晕，说："我现在需要回旅行社做接待的准备工作，对于您的雪中送炭，我会牢记在心的。再见，苏总，等送走海南这个团，我请您吃海鲜！"

齐凤瑶兴奋地跑走了，苏江礼自言自语地说："吃海鲜？哼，我想吃齐凤瑶你！"

这时，张婷婷没有回家，她依然在办公室里联系业务，她要用自己最大的努力争取拉到客户，不让凤瑶姐说出那两个字来。如果真是那样的话，痛苦将不仅仅属于齐凤瑶，也属于她啊。

张婷婷刚刚打完一个电话，听见有人敲门，一抬头，见是丹明站在了门外。

张婷婷热情地说："丹大哥，你来啦？快请屋里坐吧！"

丹明走进办公室，在齐凤瑶的位置上坐下，问："婷婷，近来你还好吗？"

张婷婷一边给丹明倒水一边说："我挺好的。丹大哥，谢谢你上次和凤瑶姐一起到宏海贸易公司找那个混蛋总经理为我出气，社会上的人要都像你这样仗义执言就好了！"

丹明说："要说谢你应该谢你的凤瑶姐，她才是一个敢说敢干的人。过去的事情不说了。凤瑶呢？我路过这里，想看望一下她。"

张婷婷说："凤瑶姐出去了，我也不知道她去做什么了。我们旅行社没有业务，两个人因为这同时辞职了，凤瑶姐的心情很不好。"

丹明忧虑地说："她的确太不容易了……"

正在这时，齐凤瑶一阵风一样兴冲冲地闯了进来，大声说："婷婷，哦，丹明，你也在这儿，告诉你们，我们有业务了！有业务了！四方旅行社苏总把本来由他们旅行社接的一个旅游团转给我了，你们知道吗？这可是从海——南——来——的——长——线——团，整整100人呀！"

张婷婷也欢快地跳起来,说:"太好了,太好了,我们的第一笔业务就接这么大的团,真是太棒了,到时候我一定好好为他们导游。"

丹明笑着对齐凤瑶说:"凤瑶,看你高兴的样子,我比赶完一篇好稿子还开心!"

齐凤瑶问丹明:"丹明,你找我有事吗?"

丹明望了望张婷婷,欲言又止。

机灵的张婷婷感觉到了什么,说:"凤瑶姐、丹大哥,你们谈吧,我下班了。拜拜。"

张婷婷哼着歌走了,丹明真诚地对齐凤瑶说:"凤瑶,我今天正式向你求爱……答应我吧,我会用一生的激情守护我们的感情的!"

齐凤瑶推托地说:"丹明,我觉得我们之间好像……我不是和你说过吗,我是一个经历过一次婚姻挫折的人,我必须认真对待第二次婚姻,让我好好考虑考虑吧。"

丹明眼里闪动着泪光,嗓音颤抖地说:"凤瑶,爱上你是我人生中最重要的选择,这些天,我每天都希望和你在一起,我感觉这是最幸福的事情。你让我体会到了爱是甜蜜、痛苦,有时候又是无奈的。凤瑶,我相信我们会微笑着走进婚姻殿堂的!"

齐凤瑶说:"我知道你这是肺腑之言,我能理解你的心情,但爱是需要双方共同精心培育才能结出果实,恕我直言,丹明,你不是我心目中的人生伴侣,我需要寻觅一个在事业上能给予我帮助的男人,而这恰恰是你所不具备的。爱可能是浪漫的代名词,但它首先应该是现实的。这是我的肺腑之言。"

丹明嗓音凝重地问:"凤瑶,你……你是在拒绝……我对你的爱吗?"

齐凤瑶索性直截了当地对丹明说:"我本来想含蓄地告诉你的,可我不能让你为我牵扯太多的精力,我们可以做最好的朋友。"

丹明倔犟地说:"不,凤瑶,我们可以相爱的!"

齐凤瑶再次郑重地对丹明说:"你是一个优秀的记者,但你绝不是成熟的男人,你可以爱某一个单纯的女孩子,这样你们肯定会幸福的,而我已经世俗了。知道我现在最想做的是什么吗?我可以坦率地告诉你:把我的碧海旅行社做大,赚到钱。"

丹明冲动地说:"凤瑶,我不反对你赚钱,这和我们相爱没有什么关系的呀!"

齐凤瑶冷静地说:"生活不是文章,想怎么写就怎么写,生活是复杂的,复杂得使你无法想象。这是我从这次婚变中悟出的道理。"

丹明还想说什么,两个胸前挂有"四方旅行社"字样小牌牌的男青年敲响了房门。他们是受总经理苏江礼的指派来和齐凤瑶商谈接待海南旅行团事宜的。丹明虽然还有许多话要和齐凤瑶说,但也只能告辞了。

这天夜里,从未有过的兴奋使齐凤瑶失眠了。她在困境中得到了生机,她的

第八章 密谋运毒

碧海旅行社像一株干旱的小嫩苗一样得到了甘露的滋润,她没有理由不兴奋!

华华已经睡着了,在床上辗转反侧的齐凤瑶站起身到阳台上眺望夜景,想以此平静一下情绪。

一个黑影突然从阳台外跳了进来。

圈套背后

第九章　白色通道

面对那个不速之客，齐凤瑶下意识地惊叫起来："啊？谁？"

"凤瑶，别怕，是我……"来人扶住几乎要跌倒在地的齐凤瑶，轻声说。

齐凤瑶更加吃惊了，问："你？杜桥？你来干什么？"

杜桥低下头，说："凤瑶，我只是想来……想来看看……"

齐凤瑶冷冷地说："看看？你看什么？"

杜桥不敢正视齐凤瑶，继续低声说："看看你和华华……"

齐凤瑶生气地说："看我和华华？你有什么权利用这种方式来看我和华华？你走吧！"

杜桥鼓起勇气，说："凤瑶，我知道我的方式是错误的，可是你应该听我把话说完。我知道我做错了事情，更知道严重伤害了你的感情，你是一个好妻子，你做出和我离婚的选择是正确的，我一点儿都不怪你。这些天来，我们虽然不是夫妻了，可我心里却突然留恋起这个家来了，留恋你，留恋我的华华。直到最近我才知道，快乐并不等于获得幸福，快乐是很容易就能得到的，而寻找幸福却需要几年、十几年甚至一生的时间。我背着你包养了徐兰娟，我是获得了一些快乐，但没有幸福，我们之间只是在用金钱和肉体做一笔可以说是肮脏的交易。你曾经真诚地原谅过我、帮助过我，给过我宝贵的机会，可是我却轻易地失去了，失去了一切，包括这间房子，包括你。我那么地想念这个家，想念那张双人床，想念沙发、桌椅，所以我决定来看一看，如果不达到目的，我心中就没有安宁。我知道我再没有权利踏进这个家门了，可我又无法摆脱那个欲望，所以我来了，在楼下路边望了好几个小时窗户。最后，我终于抑制不住自己……我只想在阳台上静静地站一会儿，我没有想到你还没有入睡。凤瑶，我不是冷血动物，请你理解我的心情，好吗？"

齐凤瑶扭过头去，眼光望着街道旁建筑物上五光十色的霓虹灯，说："杜桥，我以极大的耐心听你讲了这么多话，不管你是表白还是忏悔，对于我都已经不很重要了，因为它根本不能抚平我心头的伤痕。如果你想看华华，请不要惊醒了她。"

杜桥感激地说："谢谢你，凤瑶。"说完，他快速而轻轻地走进屋子，走到了华华的床边，凝视着灯光下熟睡的华华，喃喃地说："华华，爸爸看你来了……爸爸看你来了。过不了多久，爸爸就要走了，走了……"

让杜桥自己感到奇怪的是，他说这些话时居然没有掉泪。

三天后，古老雄伟的"天下第一关"——山海关迎来了一个由100名海南省老年游客组成的旅游团，这就是四方旅行社总经理苏江礼转给碧海旅行社的那个旅游团。

　　齐凤瑶亲自带领着旅游团兴致勃勃地在城楼下参观，导游张婷婷在用清脆而标准的普通话讲解着："'天下第一关'城楼俗称'箭楼'，上面最引人注目的就是这'天下第一关'的巨匾，这块匾长5.9米、宽1.55米，'一'字长1.09米，繁写的'关'字一竖长1.45米。'一'字不显单薄，'关'字不显臃肿，五个大字安放合理，和这座建筑浑然一体……"

　　伴随着张婷婷字正腔圆的解说声，齐凤瑶心里涌起了一阵轻松、激动的情愫，这是碧海旅行社成立起来接待的第一批游客，也是走出困境的一个良好的开始，她一定要让碧海旅行社像一只雄健的海鹰一样在商海里不停地展翅翱飞……

　　沉浸在遐想中的齐凤瑶根本没有注意到，离她不到十米远的地方，一个散客模样的年轻男人在认真地观察着她的一举一动。他是曾晖在苏江礼授意下派来监视齐凤瑶的。

　　张婷婷继续满怀激情地举着小喇叭讲解着："在'天下第一关'城楼内外一共有三块匾，我们看到的这块匾是民国九年也就是1920年由一个名叫杨宝清的人复制的，二楼一块是清朝光绪五年王治复制的，一楼里的那块是原匾。好，下面大家就跟随我去一睹原匾的风采吧！"

　　张婷婷带领众游客往城楼里走，一位70多岁的游客突然跌倒在了地上。张婷婷见状，赶忙跑过来，俯下身，抱起那位老年游客，急切地说："老先生，老先生，您怎么了……哎呀？这可怎么办呢？"

　　齐凤瑶也吃了一惊，挤进人群，麻利地掐住那位老年游客的人中穴，俯身为他做人工呼吸。半响，那位老年游客醒过来，睁开眼睛，齐凤瑶扶着他慢慢站起身。

　　那位老年游客望着齐凤瑶，感激地说："谢谢你呀，闺女，其实我这身子骨一直挺硬朗的，可能是因为这几天旅游太累了，再加上看到这么美的景致心情激动导致休克了。"

　　齐凤瑶长长舒了一口气，说："老人家，您不必客气，我是碧海旅行社的总经理齐凤瑶，您是我的客人，我应该为您的安全负责，退一步说，即使您不是我的客人，遇到这种情况我也不会袖手旁观的。以前我在工厂时学习过一些救护知识，今天真用上了。老人家，这也算是我们的缘分吧。"

　　老年游客高兴地说："齐总，你真会说话，我们当然是有缘分的喽。我姓赵，是海口市退休教师。"

　　齐凤瑶搀扶着赵老向"天下第一关"城楼里走去，边走边说："和您做朋友是我的荣幸，希望您记住我们永平市，记住碧海旅行社！"

　　赵老赞赏地对齐凤瑶说："齐总年轻漂亮，为人热情，你会有很大作为的！我儿子也是做旅行社的，听说他也要组织一个百十来人的团队来永平，我回去以后建议他跟你接洽，你来接他的团，我看这样最好不过了。哦，对了，我是他聘请的旅游顾问。"

齐凤瑶欢快地笑着说："老人家，那可太好了，我一定竭力接待好客人！"

齐凤瑶进到城楼里面去了，那个跟踪着她的年轻人悄悄溜走了。

很快，曾晖带着"情报"来到了四方旅行社总经理办公室。

苏江礼照旧坐在宽大的办公桌后面，对曾晖说："齐凤瑶现在很开心，是吧？这可是个很有女人味儿的女人哪！"

曾晖奉承地笑了笑，说："您把这么一个大团白白给她让她挣钱？她当然开心了。我让人跟踪那小娘们儿了，她在'天下第一关'城楼上有说有笑的。舅舅，你对漂亮女人可真下血本儿，就是不把'生意'放在心上。舅舅，咱快些把手头儿的'货'出手吧！"

苏江礼眯起眼睛，慢慢地说："稳住，要等待最佳时机，前些日子我虽然已经和买主谈好了，可公安局在车站、路口查得特紧，带不出去，他们也不敢到市里来交易，这种情况下，就是出了手也不让人安心。耐心等，机会会有的。"

曾晖忽然想起了什么似的变颜变色地说："舅舅，昨天夜里我梦见马晓强了，他问我他为什么要死，我说……说了句什么来着？一睁眼就忘了。"

苏江礼波澜不惊地说："有些事情就得总想着，有些事情就不要去想，也不用怕警察，他们破不了的命案多着哪！晚上陪我去青春广场散散步吧！"

位于市中心的青春广场自今年五一建成开放以来，成了永平市市民一个夜晚消夏的好去处，人们在这里唱歌、跳舞、扭大秧歌、唱戏、闲逛，欢欢乐乐、平平和和地过着每一分钟——当然了，这里也很适合情侣们卿卿我我。

晚上很少出门的丹明今晚破例坐在了广场北侧音乐喷泉旁，望着一对对相偎相依的恋人，眼里闪动着祝福、羡慕而又痛苦的光，心说："凤瑶，夜色真美，生活真美，此刻，你也许在休息，也许在陪客人游玩，可是你想过没有，我的心正在为你剧烈地跳动……我多么渴望拉着你的手，在广场上漫步啊。你是一个坦诚的人，尽管你的话深深刺痛了我的心，也许你说得对，我不能在事业上给予你有力的帮助，也许我们之间确实存在着差距，但我对你的爱是没有任何虚假的。凤瑶，你拒绝了我的爱，你知道我是多么地痛苦吗？"

眼泪从丹明眼角涌了出来。

在火车站送走海南省那个老年旅游团后，齐凤瑶和张婷婷回了碧海旅行社办公室。

齐凤瑶喜气洋洋地说："婷婷，旅游团走了，咱们也该轻松一下了，这几天可累坏了！"

张婷婷一边做着健身操一边说："凤瑶姐，这几天虽然累，可我从心里为你高兴，你的困难总算过去了，不仅这次挣了一笔钱，而且那位赵老先生还要为你介绍旅游团，要是再接一个长线团，我们的效益就更不可同日而语了！"

第九章 白色通道

齐凤瑶认真地对张婷婷说:"婷婷,我真得好好谢谢你,在我最困难、最需要人的时候,你给了我最大的帮助,你的人品真的令我感动,因此,我决定从这个月起为你长一倍工资,也算是我对你的一点回报。"

张婷婷急得涨红了脸,大声说:"哎呀,不用的,不用的,我应该这样做的,小时候,爷爷教我背诵过《朱子家训》,里面说'见富贵而生谄容者,最可耻;遇贫穷而作骄态者,贱莫甚',这其实也是我做人处世的格言。凤瑶姐,你的事业刚刚起步,需要用钱的地方还有很多……"

齐凤瑶打断张婷婷的话,说:"婷婷,我以总经理的名义要求你不要推辞了,这是你应该得到的!"

张婷婷知道齐凤瑶的话是真诚的,自己要是再推辞会令她很伤心,就说:"谢谢你,凤瑶姐,不管到什么时候,我都会为碧海旅行社尽力的!"

齐凤瑶继续真诚地说:"除了你之外,我更要感谢四方的苏总,要不是他把海南这个团转给我,我几乎支撑不下去了。我说过送走客人后请他吃饭的!"

说着,齐凤瑶拨通了苏江礼的电话,高兴地说:"苏总,我是凤瑶,非常感谢您给了我一次发展业务的机会,我想请您吃饭,略微表示一下谢意!"

苏江礼在电话里开心地笑了,说:"凤瑶,我知道你会找我的,我们是朋友,过分客套是没有必要的,即便我们在一起吃饭,也没有让你埋单的道理。这样吧,今天白天一整天我都得参加市里旅游市场秩序整顿大会,可能还要发言,晚上我们到海鲜城去吃海鲜。凤瑶,等我,我很想和你在一起!"

挂断电话后,齐凤瑶的神情有些发怔,脸上也浮起了两团红晕。

这些,张婷婷都看在了眼里,她拍了一下齐凤瑶的肩膀,打趣地问:"凤瑶姐,你莫不是喜欢上苏总了吧?"

齐凤瑶的脸更红了,故意沉下脸瞪着张婷婷,说:"死丫头,乱咋唬什么呀,人家苏总可是有家室的人!"

张婷婷做了个鬼脸,说:"凤瑶姐,我虽然还没有谈恋爱,可有的事情我也能看得出来,丹明大哥可是在追你哪!"

齐凤瑶毫不掩饰地说:"婷婷,我不瞒你,丹明是在追我,我拒绝了,因为我想如果我再次结婚的话,那个人一定要能帮我经营旅行社,这样我会轻松很多的,可丹明是记者,他不能实现我的人生目标。"

张婷婷不无担心地问齐凤瑶:"那丹大哥能接受你的拒绝吗?"

齐凤瑶摇了摇头,说:"我已经把道理向他讲清楚了,我不可能为别人负重地生活。"

张婷婷沉默了,她知道齐凤瑶的话是有道理的。"凤瑶姐太需要一个在事业能够帮助她的伴侣了!"她在心里说。

下午,齐凤瑶和张婷婷难得地抽出时间逛了几家商场和超市,各自买了几件衣服和一些日常必需品,张婷婷还为华华买了一个可爱的"蓝猫"。等她们兴致盎然地回到办公室的时候,已经是华灯初上了。

在同张婷婷说好由她照顾华华吃晚饭后，齐凤瑶打车去了海鲜城。苏江礼已经在雅间里点好了酒菜，就等着齐凤瑶到来后就餐了。

今天晚上，齐凤瑶对苏江礼满怀着感激之心，苏江礼感觉属于自己的机会到来了，不停地向齐凤瑶"祝贺"，和她碰杯。

虽然是啤酒，一个小时以后，齐凤瑶已经有几分醉态了，但她手里仍然端着酒杯，望着苏江礼，再次真诚而感激地说："苏总，您是我最好的朋友，我们一醉方休，这是我最高兴的一天，我终于闯出来了一块天地，我的碧海旅行社没有倒闭……酒逢知己千杯少，今天是我自己想醉的……"

苏江礼端起酒杯和齐凤瑶碰了一下，说："凤瑶，俗话说'得饮酒时须饮酒，得放歌时须放歌'，你事业有成我也高兴，咱们真的应该大醉一场！"

齐凤瑶把杯中酒一饮而尽，问："苏总，你说我是不是一个有价值的女人？"

苏江礼望着齐凤瑶，用肯定的语气说："凤瑶，你不仅是一个有价值的女人，而且还是一个非常优秀的女人，最起码在我眼里是这样的！"

由于酒精的刺激，齐凤瑶的脸红得像一块绸布，但也为她平添了几分妩媚和娇艳，越发使苏江礼那双早就喷吐着欲火的眼光几乎盯到齐凤瑶肉体里去了。齐凤瑶嗓音哽咽地说："一个女人做事业太难了，世态炎凉我体会得太深了。我不求做大款，我只求让人们不能小瞧我，让他们知道我齐凤瑶也是一个在社会中能自立的女人……苏总，你知道我现在最想谁吗？"

苏江礼再次给齐凤瑶手中的空酒杯倒满了酒，摇了摇头。

齐凤瑶下意识地把杯中酒喝干，说："告诉你吧，我最想我女儿了。在女儿面前，我不是一个好妈妈，我是一个有罪的妈妈，我没能给她应该得到的爱，等我挣多了钱，一定带她去北京、上海、广州玩儿，供她到国外去读书。华华，你知道妈妈爱你爱得有多深吗……华华，妈妈好想你……华华，不要责怪妈妈，妈妈是一个女人，妈妈要做自己的事，妈妈真的好忙好忙……"

齐凤瑶就要醉了。

苏江礼把齐凤瑶紧紧抱在怀中，试探着说："凤瑶，你喝多了。"

齐凤瑶的手又伸向了酒杯，说："我要喝酒，我要喝酒……"

苏江礼温柔地说："凤瑶，我们不喝酒了，我们回家吧。"

齐凤瑶闭着眼睛，嘴里含糊糊地说着："回家……就……回家……"

等苏江礼把齐凤瑶抱进自己"奔驰"车里的时候，齐凤瑶已经酣然入梦了。

苏江礼以最快的速度驾车回到家里，抱着齐凤瑶走进卧室，把她轻轻放在床上。他俯下身，望着齐凤瑶俊俏的脸，还有那双给他留下了极深印象的有着男人英武之气的眉毛，伸出手，轻轻缓缓地抚摸着齐凤瑶高耸的乳房，嘴里喃喃自语道："太美了，太美了，我今天终于得到你了……"

说着，他像一头发情的公狮一样狂吻起齐凤瑶来，迫不及待地脱掉了齐凤瑶和自己的衣服，得意而贪婪地享受着那个洁白的胴体，喉咙里发出强劲的呻吟声……

第二天早上八点多钟，齐凤瑶醒来的时候，发现自己一丝不挂地躺在一个陌生的房间里，又发现苏江礼躺在身边微笑着望着自己，她惊恐地问："苏总，这……这……我……怎么会这样？怎么会这样？"

苏江礼早就想好了对付齐凤瑶的话语，说："凤瑶，不要紧张，一切都是很自然的。昨天晚上你喝多了酒，我就把你带到我家里来了。你知道我是一个婚姻不幸的男人，我喜欢你，你的美貌使我抑制不住自己的感情，所以……凤瑶，我说过我要和你生活在一起，答应我吧，从今天开始。"

齐凤瑶急急忙忙地穿好了衣服，气愤地瞪着苏江礼，大声喊道："我没有答应过你什么，你这样做太侮辱我了，要我怎么做人？我承认你是我的恩人，可这不代表我可以陪你睡觉，我齐凤瑶绝不会用自己的贞操换取你的恩惠！我要到公安局去控告你！"

苏江礼从床上坐起身，望着齐凤瑶剧烈起伏的乳房，说："凤瑶，我非常理解你的心情，我承认我的做法对于你是一种犯罪，可是我太爱你了，如果我不爱你，能在你的旅行社行将倒闭的时候尽心尽力地帮助你吗？换句话说，我真的一点也不值得你爱吗？凤瑶，你应该懂得什么是爱。"

齐凤瑶猛然间失声痛哭起来。

苏江礼走到齐凤瑶身边，在她柔软的头发上深深地吻了一下，说："凤瑶，你是一个淑女型的女人，我知道你会说我是有妻子的人，无论如何不想背上破坏他人家庭的名声，只要你答应和我生活在一起，这些都会迎刃而解的，用不了多长时间，我和我妻子就会离婚，到那时，你就是我的妻子了，我们在事业上更能相得益彰了。退一步说，即使我不离婚，也不妨碍我们相爱，这个时代就是一张温床，它催生的婚外情已经让许多人都习惯了……"

齐凤瑶哭泣着争辩道："我不是龌龊的女人，我绝不能做你的'小秘'、'二奶'，我要过正常女人的生活！"

苏江礼妥协地笑了笑，说："好好好，我不会委屈你的，我只不过是打一个比方。"

齐凤瑶双手捂住耳朵，脸色苍白地说："我不能听这样的比方，这同样对我是一种侮辱！"

苏江礼轻声说："我保证以后不再对你说这样的话，凤瑶，既然命运安排我们走到了这一步，那我们就应该珍惜这种缘分。有我在永平市，你的碧海旅行社很快就会发展起来的，难道你怀疑我的能力吗？凤瑶，这个世界上除了爱，什么都不要太在意了，人要善于放松和宽恕自己。走，我开车陪你去海边兜兜风！"

齐凤瑶坐在岩石上，望着猛烈拍击岩石的波浪，一语不发。她知道自己遭受了侮辱，可就是恨不起来眼前这个侮辱她的男人。其实，自从那天在苏江礼家里她发现他要给她喝掺了某种药粉的咖啡时起自己就应该识破他的，可是她为什么原谅了他呢？为什么还要接近他呢？为什么昨天晚上自己在他面前那样放纵地倾吐心声、那样放纵地喝酒呢？齐凤瑶隐隐约约地找到了答案，她被这个答案刺痛了心……

苏江礼走到齐凤瑶身边，问："凤瑶，你在想什么？"

齐凤瑶小声地说："我在想我做了一件什么样的事情……"

苏江礼替齐凤瑶捋了捋被海风吹得乱飞的长发，动情地说："凤瑶，存在就是真理，你我都没有做错什么。"

齐凤瑶眼睛望着波涛，慢慢地说："对于昨天晚上的事，你没有任何解释的权利，可是我又找不出怨恨你的理由，我承认，在内心深处，我的的确确想拥有你，因为我越来越发现，你正是我想要寻找的人生伴侣，但如果你为我抛弃结发妻子的话，我将负罪终生，因为我也是一个女人，我体会过被丈夫抛弃的痛苦……我现在心里很乱，真想变成一朵浪花融进大海里，既不消失又不瞩目……"

苏江礼不露声色地静静听着齐凤瑶的话，他知道，这是这个美丽的女人的真心话，她已经被他从精神上征服了，她的一切包括肉体和灵魂都在昨天晚上那个美妙的时刻交给他了。想到这里，苏江礼心里滚过一阵得意：自己的第一个计划顺利实现了，但愿第二个计划也能够顺利实现——肯定能顺利实现的！

齐凤瑶的手机响了。张婷婷在电话里高兴地告诉齐凤瑶："凤瑶姐，海南的赵先生给咱们旅行社发来了传真，一个120人的旅游团半个月后到达咱们永平市，对方旅行社要我们同他们先草签一个意向书！"

齐凤瑶精神为之一振，说："婷婷，我马上回旅行社！"

苏江礼也听到了电话的内容，对齐凤瑶说："我送你回去。"

齐凤瑶轻轻点了点头，两个人一起转回身向停在路边的"奔驰"车走去。

又一个傍晚来临了。

碧海旅行社楼下，丹明在等齐凤瑶。

齐凤瑶从楼里出来，见到丹明，问："丹明，你……"

丹明仍旧用那种直露和温情的目光望着齐凤瑶，说："凤瑶，我要见到你，要和你在一起。我们应该在一起！"

"丹明，你太爱感情用事了，我们之间是不会产生什么的。"

"不，凤瑶——"

"丹明，我对你说的都是知心话，等下面这个旅游团送走以后，我以姐姐的名义陪你继续聊天，只是你不要把自己陷进感情里，陷得越深痛苦就越多，感情这东西像烈酒，饮多了会醉，饮少了也会醉的。"

丹明执拗地说："凤瑶，你可以拒绝我对你的爱，但我是不会改变自己初衷的，这几年，我也在寻找适合自己的人生伴侣，可是没有一个女孩子让我动心，直到遇见了你，你不仅仅让我动心，而且使我从灵魂深处爱上了你。我虽然只是一个普通的工薪族，没有钱更没有能力帮你发展事业，可这不是生活中唯一的！"

齐凤瑶强调地说:"可这在生活中是很重要的!"

丹明激动、痛苦地说:"凤瑶,我不能逼迫你接受我的爱,但我今生今世也不会忘掉你的,更不会让别的女孩做我婚礼上的新娘!"

"丹明,我没有你想象得那么好……"

"但是我爱你!"

"丹明,你真像当年的我呀……"

这天晚上,丹明最终没能和齐凤瑶在一起,他带着一颗怅然的心回到了报社记者部,用写稿排遣内心的痛苦。由于暑期加版,记者部和编辑部都在加班。

丹明正在电脑前写着稿子,编辑小李走了进来。

丹明冲小李笑了笑,说:"李子,这个月你得了三个好版奖,奖金也发下来了,是不是该请我的客了呀?"

小李麻利地替丹明存好盘,关了电脑,说:"我的大记者,还真让你说着了,我就是请你去吃饭的。"

丹明站起身,说:"真的吗?咱俩可是好长时间没在一起吃饭了。"

小李神秘兮兮地说:"这次不是咱们两个人,还有一个人,我请你们两个吃火锅。"

丹明不知道小李在搞什么鬼,问:"谁呀?我认识吗?"

小李笑着说:"你不认识她,她可认识你,而且还特别崇拜你呢!"

丹明奇怪地问:"到底是谁呀?搞得神神秘秘的,你不告诉我那个人是谁我可不去!"

看丹明认真的样子,小李摊牌似地说:"她叫贾红,市人民医院宣传科的,我的铁杆通讯员,经常在咱们报上发表她们医院的消息,人长得挺漂亮也挺有才华。"

丹明毫不在意地说:"她漂亮不漂亮跟咱有什么关系?对了,人家是通讯员,你可不能利用职权让人家请客啊!"

小李拍了拍胸脯,说:"放心吧,哥们儿,我说过了,我请你们吃饭的,保证不让她埋单。哎,时间到了,贾红大概正在饭店里等咱们呢,快走吧!"

丹明简单收拾了一下办公桌,和小李一起往外走。小李边走边说:"丹明,今天晚上对你可是一个机会。"

丹明不解地问:"什么机会?"

小李只顾偷偷地笑,没有回答丹明的问话。

丹明驾驶着采访车,在小李的指引下去了一家火锅店。

在二楼雅间里,一个年纪在二十七八岁、留着时髦短发、长着一双大眼睛的漂亮女孩已经坐在椅子上等待他们了。

小李冲女孩伸出两个手指,做了个"V"形手势,然后对丹明说:"来,我介绍一下。丹明,这就是市人民医院的贾红,也是我小妹。小贾,这就是丹明。"

贾红脸上飘荡着真诚、灿烂的笑容,主动和丹明握了握手,爽快地说:"丹明，你好，很高兴见到你，我们全家人都喜欢看你采写的稿件！"她穿着非常新潮，周身上下洋溢着青春气息，一看就是一个时尚女孩。

丹明礼貌地对贾红说："不用客气，以后大家都是朋友了。"

小李用大哥哥的口气说："我们都坐吧。来，贾红，你先点菜！"

贾红甩了甩头发，笑着对丹明说："我随便，还是让丹明来点吧。"

丹明急忙摆摆手，说："不不，我对点菜是外行，贾红，你喜欢吃什么呢？"

贾红不再推辞，拿起菜谱，说："那好吧，丹明、李哥，我就当仁不让了！"

贾红点菜的时候，小李调侃地说："我发现了一个问题。"

丹明一怔，问："李子，你发现什么问题了，是饭店卫生状况不好还是饭菜质量不好？"

"嘻嘻嘻……"不等小李回答，贾红捧着菜谱笑起来，说："我也发现了一个问题，丹明在吃饭的时间都像是在采访！"

小李亲昵地搂着丹明的肩膀，说："当然了，要不人家丹明能成为我们晚报的头牌记者吗？"

丹明捶了小李一下，责怨地说："快闭嘴吧，李子，在报社咱两个是最好的朋友，怎么拿我开'涮'哪？快说说你的'伟大'发现吧。"

小李望了望丹明，又望了望贾红，说："我发现你们两个很投缘。贾红，我说得对吗？"

贾红大大方方地说："当然了，在新闻写作上，丹明可是我心目中的老师啊，学生和老师自然投缘了。是这样吗，丹明？"

丹明不好意思地说："贾红，你这样夸我太让我惭愧了，我只不过是在尽自己最大的努力把工作做好。"

"嘻嘻嘻……"望着丹明诚恳而有些拘谨的样子，贾红又笑起来，眼光里含着一种让丹明看不懂的东西。

菜上齐了，小李拍了拍肚子，示意自己早就饿了，说："我们边吃边聊吧！"

三个人吃起饭来，边吃边谈一些奇闻趣事，贾红的眼光不时地瞟向丹明，弄得丹明神情有些不自然。

小李喝完一杯饮料后，忽然叫了起来："哎哟，我忘记了一件重要的事情。丹明、贾红，你们边吃边谈吧，我得回编辑部了。再见！"说完就往外走。

丹明站起身，说："李子，李子，这……"他的话还没说完，小李已经不见踪影了。

贾红也站起身，坐到丹明身边，拉着丹明的胳膊，说："丹明，李哥有要紧的事情就让他去办吧，要不耽误了事情多不好意思呀。"

丹明只好坐下来，埋怨地说："这李子，办事虎头蛇尾，把你冷落在这里了！"

贾红微笑着望着丹明，说："我们都是好朋友，无所谓冷落不冷落的。再说你在这里陪我就行了。丹明，其实我是认识你的，我经常去你们报社送稿子，还向你借过一支笔抄写了一个手机号码呢。"

丹明摇摇头，歉意地说："不好意思，这些事情我都忘记了。"

贾红望着丹明，说："丹明，我是一个性格直爽的女孩，你也是一个没有多少世俗气的人，我想我们会在以后的交往中相互加深了解的。"

丹明不明白贾红话里的含义，有些懵懂地说："这……是……"

贾红大胆地用一种火辣辣的目光望着丹明，嗓音轻柔地说："李哥对我说你只顾工作了，从来不追女孩子。我觉得这是你最大的优点，和你交往我心里会感到踏实的。我们会有一个美好的明天的，请相信我，好吗？"

听了贾红的话，丹明险些跳起来，窘迫地说："贾红，你……你说的是……什么呀？"

贾红也有些吃惊地问："怎么，李哥没有告诉你吗？"

丹明疑惑地望着贾红，问："李子告诉我什么呀？他只告诉我今天晚上他埋单请我和你吃饭，好像说什么机会，我没有听懂他的话，就没往心里去。这到底是怎么回事呀？"

贾红再次发出了一阵清脆的笑声，说："这李哥，他是在同你搞恶作剧呢。他今晚上请我们吃饭的目的是想为我们做媒，让我们认识。"

丹明的脸"腾"一下红了，说："什么？做媒……怪不得他说今晚上对我是一次机会呢？贾红，这件事对我来说太突然了，真不好意思！"

贾红依然笑着说："丹明，没关系的，李哥跟你说不说我认为不重要，重要的是我喜欢你，我们是有缘分的。丹明，我们可以做朋友吗？"

丹明尴尬地说："贾红，这……"

贾红神情认真地说："丹明，我不需要你今天就告诉我结果，但是我要让你知道我是一个在爱面前敢于袒露胸襟的人，我有理由喜欢你、爱你！"

丹明有些哭笑不得地说："贾红，你这样说是不是太武断了些，你对我了解多少呢？我是不是你理想中的恋人呢？"

贾红语调铿锵地对丹明说："丹明，我虽然对你了解不多，但我相信自己的直觉，你就是我心目中的恋人，我也会用行动证明我也是值得你爱的！"

丹明避开贾红那撩人的目光，真诚地说："贾红，爱是需要感情和时间的，我想你还是认真地考虑一下再做决定吧，这对于一个女孩子来说是有好处的。"

贾红笑着挥舞了一下拳头，说："丹明，你越这样说越证实了我的判断，你是一个对女孩子负责任的男人，我好好喜欢耶！"

丹明苦笑着说："你太时尚了。"

贾红明亮的大眼睛眨了几眨，双手一摊，理直气壮地说："这有什么不好吗？时尚并不代表对感情不负责任，这个时代需要时尚，时尚的衣着、时尚的观念还有时尚的感情。今晚对于我来说很有戏剧性，我要记住这个晚上，把这个夜晚当作粉红色的记忆写进日记里！"

丹明真的不知道再和贾红说什么好了，就看了看表，见时间已接近9时30分了，说："贾红，时间不早了，我还要回报社加班，我们以后再见，好吗？"

贾红心里很想和丹明待在一起,但又找不到合适的理由继续留在这里,只好点点头,和丹明肩并肩地走出了火锅店。

贾红目送丹明驾驶着采访车消失在了夜色中,她脸上依然带着微笑,轻声说:"丹明,我爱你,爱你,就是爱你!"

在回报社的路上,丹明回想着刚才火锅店里那场意外的"艳遇",觉得真是有些好笑:自己怎么能和性格反差很大的贾红谈恋爱呢?亏李子想得出来。想着,他的思绪不由自主地落到了齐凤瑶身上——齐凤瑶才是他的真爱啊,尽管她拒绝了他,但他的爱是不可以也不可能改变的!

"凤瑶,凤瑶,你在做什么呢?你知道我在为你而痛苦吗?"丹明的心像被针扎了一样刺痛起来,心头默默地说着。

此时,齐凤瑶和苏江礼正在灯火通明的青春广场上散步。是苏江礼约齐凤瑶出来的,齐凤瑶在某种无法抗拒的力量下赴约了。

苏江礼察言观色地对齐凤瑶说:"凤瑶,你还在生我的气吗?我希望你能对我微笑一下,你笑起来很让我心醉。"

齐凤瑶脸上现出复杂的神色,慢慢地说:"你把我推向了一个边缘,我甚至不知道自己都做了些什么。我想恨你,可你又是我的……唉,为什么会这样呢?"

苏江礼望着齐凤瑶,说:"答案很简单嘛,因为我爱你,真的爱你!"

齐凤瑶低下头,说:"爱就这样简单吗?我刚刚经历过一次失败的爱,我觉得自己没有权利来谈论爱了。"

苏江礼柔声说:"那是已经过去的事情了,再说你没有做错任何事。爱本身是简单的,世界上还有比爱更简单的事情吗?《圣经故事》里亚当和夏娃的相爱过程其实就很简单。凤瑶,放开你的心灵,接受我的爱吧!"

齐凤瑶眼里涌起了泪花,突然向前跑去。

苏江礼无声地笑了。

丹明回到报社后没有去记者部,先进了编辑部,见小李正坐在办公桌前校对版面。

丹明责备地对小李说:"李子,你也太过分了,这么大的事情怎么能这样开玩笑呢?"

小李冲丹明做了个鬼脸,说:"丹明,贾红可是个不错的女孩子啊,我的眼光是不会错的。"

丹明苦笑着说:"可是你事先应该告诉我今晚吃饭的真正目的啊,你一走,贾红告诉我了我才知道你想让我和她谈恋爱的,搞得我非常尴尬。你呀,我真拿你没办法!"

小李反倒"批评"起丹明来了:"丹明,我还没埋怨你呢,这种介绍对象的方式现在很流行,再说我要是没有什么想法能平白无故地请你们吃饭并且借故走开把方便留给你们吗?你应该能够看出来的,我想你们之间要是相互喜欢就表明心迹,要是没有感觉也无所谓。你倒好,什么也没看出来,幸亏人家贾红对你有意思，否则你就失去一次机会了！"

丹明皱着眉头，说："我可从来没有听说过用这种方式介绍人家谈恋爱的！"

小李说："这不是时尚吗？贾红喜欢。"

丹明叹了一口气，说："她喜欢我可没思想准备，害得我出了一身汗，比任何一次采访都困难。"

小李关切地问："你答应和她交朋友了吗？"

丹明摇摇头，说："我不了解人家，怎么能轻易答应呢？"

小李开导地说："丹明，你真不会做事情，人家主动追你，你应该先答应下来的。"

丹明严肃地说："那不是欺骗吗？我做不来这样的事！"

小李反驳说："那怎么是欺骗呢？前年我刚认识我这位准老婆的时候，她让我给她买白金戒指，我挣的这几个钱哪能买得起，但我毫不犹豫地答应她了，结果直到现在我也没有给她买上。"

丹明望着小李说："那你这样做就是欺骗！"

小李得意地一笑，说："可是我们之间的感情比许仙和白娘子、梁山伯和祝英台一点儿都不差。丹明，你不是书呆子，就是把工作看得太重要了，以至于忽略了感情。这回机会来了，贾红各方面都很不错，你可不能放过呀！"

丹明沉思了一会儿，说："李子，作为朋友，我真诚地感谢你为我的婚事操心费力，贾红也确实是个不错的女孩子，可是我不能和她谈恋爱。"

小李不解地说："为什么？"

丹明认真地说："李子，我心中已经有了一个人了，而且我已经向她表明了心迹。"

小李拍了一下脑门，说："我说嘛，你不是书呆子，也懂得主动出击，这下哥们儿就放心了！哎，贾红怎么办？"

丹明保证地对小李说："我会处理好这件事的。"

小李叮嘱道："丹明，你可别伤了贾红的心哪！"

丹明笑了，说："怎么会呢，我有什么权利伤人家的心呢？"

说到这里，小李去机房修改错别字去了，丹明回了记者部。

这个晚上就这样过去了。

早上一上班，苏江礼就在总经理办公室里拨了一个国际长途。他得意地对着话筒说："是我，没想到吧？"

一个女声在电话里说："有点儿，不过也无所谓。"

苏江礼嘿嘿笑了几声，用轻飘飘的声音说："我想告诉你一件事。"

"什么事？"

"一件你不爱听的事。"

"是不是那个旅行社女总经理被你骗上床了？你得意了，是吗？"

"当然，这是我的得意之作，我没有理由不得意。"

电话里，那个女声气愤地说："苏江礼，将来你不下地狱也会被火烧死！你太阴损了，就因为她长得漂亮，就因为她和我同姓同名，就因为你想报复我而去欺骗她，欺骗一个本来和你、和我没有任何瓜葛的女人？"

苏江礼闭着眼睛，仿佛陶醉在了一个妙不可言的世界里，说："你的话只说对了一半儿，以前我是把她想作了你，把感觉和她上床就如同和你上床了，但是现在，我确实是爱上她了。她漂亮、单纯，正是这样她才让我着迷的！和她比起来，我是一个聪明者，我为什么不去利用她呢？我听别人对我说过，大森林里老虎抓住兔子时总喜欢玩弄它一阵，然后一点点吞下去。我是老虎，她是兔子，永远是兔子！"

那个女声冷漠地说："我希望你在说这些话的时候脸能红一下。"

苏江礼突然歇斯底里地叫起来："别跟我装贞节烈女了！当初你和别的男人上床的时候为我脸红过吗？是你刺激我、逼迫我走到了这一步！算了，我不想提这些事了，你知道我为什么主动打电话给你吗？"

那个女声却不惊不恼地问："你今天主动打电话给我，是要我和你离婚吗？"

苏江礼降低了声调，说："你听懂了就好，我希望你人道一些，尽快回国和我办理离婚手续。你知道这很简单的。"

那个女声轻蔑地说："你不是老虎吗？你不是喜欢玩弄兔子吗，怎么忽然又人道起来了？苏江礼，你以为我愿意和你这么维系吗？我心里早已经不承认你是我的丈夫了。但是我要做到人道，我要告诉那个齐凤瑶，让她远离你这个伪君子，让她学会认识这个世界！"

苏江礼咬着牙，说："我帮助她从倒闭的边缘走了出来，我相信她已经被我控制住了。我警告你，不要坏了我的大事！"

那个女声针锋相对地说："你以为你的警告对我起作用吗？告诉你，苏江礼，我现在就在永平市，我会随时出现在你的面前！"

苏江礼沉默了一会儿，问："你什么时间回国的？"

那个女声冷笑着说："这和你有什么关系吗？我是跨国公司的总经理，除了法律，我的时间不受任何人限制！"说完，她挂断了电话，一场充满着浓郁火药味的谈话就以苏江礼耳边的"嘟、嘟、嘟"的蜂鸣声结束了。

苏江礼放下电话，仰起头，望着装修考究、一尘不染的白色天花板，神经质般地笑了起来，直笑得声音有些嘶哑了才停下来。然后，他走进卫生间，对着镜子整了整头发和衣领，迈着不急不慢的步子走出了总经理办公室，走到楼下停车场，驾驶着"奔驰"车向碧海旅行社方向驶去。今天，他要带齐凤瑶到距离永平市市区60公里处的天阳山上去玩。他隐隐感觉到，有两双眼睛在监视着他。

苏江礼的第六感官是敏感的，的确有人在监视他。

市公安局刑警队队长办公室里，姜正正在等待着外出调查案情的刑警队员们的消息。9时38分，办公桌上对讲机里传来了林伟的声音："队长，有一个情况很值得怀疑。两分钟前，苏江礼在和平路路口从曾晖手里接过一个黑色皮箱放到了他那辆'奔驰'车的后备箱里，两个人从见面到分手时间不到一分钟。"

姜正问："苏江礼现在什么位置？"

林伟回答："他开车去了碧海旅行社，接上一个漂亮女人后向郊外驶去了。苏江礼是不是去进行交易？"

姜正沉思着说："我也在想这个问题……林伟，你继续监视曾晖，我去公路检查站以例行检查的名义看看苏江礼的笼屉里蒸的是什么馒头！"姜正放下对讲机，走到刑警队办公室对赵青华说："小赵，走，我们去公路检查站！"

姜正和赵青华驾驶的警车刚刚到达检查站停下，苏江礼的"奔驰"车也到了。

赵青华示意苏江礼停车。"奔驰"车慢慢停住了，苏江礼不慌不忙地走下车，问："怎么回事？为什么拦住我？哟，是姜队长啊，你很忙？"

姜正盯视着苏江礼，轻轻点点头，说："对，我很忙，看起来你也不清闲哪！"

苏江礼伸了个懒腰，说："今天我很清闲，和我的同行去山里转转。你们这是……"

姜正说："例行检查，严查毒品。请你配合我们执法！"

苏江礼笑了，问："你们这样检查我好像没有什么证据吧？我车上怎么会有毒品呢？"

姜正郑重地说："我们几个小组对每一辆车都要依法检查，你自然不能例外。把后备箱打开！"

苏江礼淡淡地说："姜队长，后备箱里什么也没有。"

赵青华说："有没有东西我们必须检查！"

苏江礼无可奈何地说："好吧，我没有理由拒绝你们执行公务。"

苏江礼说着，打开后备箱，人们的视线里赫然出现了一只皮箱。

赵青华望着苏江礼，问："你不是说里面什么也没有吗？怎么有一只皮箱呢？"

苏江礼慢条斯理地说："这又能说明什么呢？"

姜正命令道："把皮箱打开！"

苏江礼打开皮箱，里面是几根火腿肠、两瓶饮料和几袋面包、方便面。

苏江礼用手拨弄了几下火腿肠和面包等物，说："姜队长，这是我和我这位同行中午在山上的野餐，你们不会感兴趣的。难道你们还不放我们走吗？"

姜正笑了笑，对苏江礼说："谢谢合作，请吧！"

苏江礼钻进车子，开车走了。

赵青华望着"奔驰"车扬起的尘土，满腹狐疑地问姜正："他真是去游玩的？"

"就当是吧！"姜正说完，上了警车。

公路上，"奔驰"轻快地行驶着。

齐凤瑶坐在副驾驶位上，说："苏总，我从那几个警察眼光和神色中感觉到他们对你怀有敌意。"

苏江礼满不在意地笑了笑，说："凤瑶，你太敏感了，我一不犯法，二不做坏事，他们警察凭什么和我过不去？"

不知道为什么，齐凤瑶感觉到苏江礼有什么重要的事情隐瞒着她，而且还是大事。她一阵心惊肉跳，忍不住侧过头去，望着苏江礼的脸，问："苏总，你是不是有什么事情隐瞒着我？"

苏江礼知道，试探齐凤瑶的最佳时机到来了，便说："其实也没有什么大事，外地有个朋友想在永平市做一笔生意，倒腾一点违禁品，我们应该帮帮他……"

齐凤瑶惊叫起来，大声说："我们？不，苏总，这样的事情我们不要做！"

苏江礼说："凤瑶，这是有利可图的事情，尤其对你。请你相信我，不会出事的。"

齐凤瑶坚定地说："不行，我不答应，我经营的是旅行社，做的是合法生意！"

苏江礼继续说："其实事情很简单，你我都不用出面，他只不过是把你的碧海旅行社作为中转站。我觉得未尝不可吧？"

齐凤瑶依然使劲摇着头，说："苏总，即使法律允许，违反我做人原则的事情我也不会去做的。您已经给我很大帮助了，我希望您继续帮助我，但不要做冒险的事情。您也不要去做，答应我，好吗？"

苏江礼手把方向盘，眼睛平视着前方，说："好吧，我们大可不必为别人的事情浪费口舌，我听你的，不帮那个外地朋友做事情了，今天我们最重要的事情是要玩儿得开心！"

齐凤瑶见自己说服苏江礼了，便把身子靠在椅背上，兴致盎然地欣赏着窗外的景色……

苏江礼带着齐凤瑶在天阳山上玩了整整一天，直到天黑他才回了家。一进家门，他顾不上休息就给曾晖打了电话："曾晖，你马上到我家里来！"

曾晖在手机里说："舅舅，什么事啊，我正在和几个朋友玩儿麻将呢，能不能明天……"

苏江礼厉声说："我说了，你马上到我家里来，我有急事，一分钟都不能耽搁！"

"那好吧，我一会儿就开车过去！"

20分钟后，曾晖来到了苏江礼家中，对苏江礼说："我放下电话就赶过来了，弄得那哥三个直骂我不够意思。舅舅，您有什么急事让我办啊？"

苏江礼皮笑肉不笑地对曾晖说："我问你一句话，你可要老老实实回答我，不许藏奸耍滑，不然看我不收拾你！"

曾晖愣头愣脑地问："舅舅，您这是怎么了？您问我什么呀？"

苏江礼打开一瓶饮料，边喝边问曾晖："她最近到底给你打过电话没有？"

曾晖知道苏江礼说的"她"是谁，说："打是打过，可我什么也没跟她说呀！"

苏江礼不相信地说："真的吗？你敢说谎……"

曾晖急忙表白地说："舅舅，您干嘛连我都信不过呀？以前她给我钱，我是向她透露了你的一些事情，可是自从您知道了骂了我一顿之后我再也不敢说什么了。我说的是真话，舅舅！"

苏江礼气急败坏地说："我相信你，曾晖。我他妈的就要被她耍了！"

曾晖摇摇头，说："不会吧，她怎么能耍得了您呢？我不信。"

苏江礼说："我也不愿相信，可是我感觉她要对我有所动作了！"

曾晖坐在沙发上摆弄着一把弹簧刀，说："舅舅，您也太神经质了，就算她想跟您闹，她在日本，您在国内，她怎么跟您闹啊？我认为不现实！"

苏江礼望着曾晖手里那把闪着寒光的刀子，说："她没在日本，就在我们身边！"

曾晖惊讶地说："舅舅，您……您什么意思？"

苏江礼没好气地说："笨蛋，你怎么听不明白呢，我是说她现在就在永平市！"

曾晖更加吃惊了，问："什么？她回来了？回来做什么？"

苏江礼不无担心地说："她回来做什么对我来讲无关紧要，我担心的是她不仅不和我离婚还要干扰我和齐凤瑶的关系。"

曾晖望着苏江礼那张罩着一层暗灰色的脸，说："她齐凤瑶长得再好，再迷人，说到底不也是一个女人吗？就算您失去了她又有什么关系呢？"

苏江礼摆摆手，说："从一定意义上来讲失去齐凤瑶的确是没有什么，但在她的干预下失去她对于我来讲就是一种失败，尤其影响到我们建立'白色通道'的计划，这是大事中的大事！你知道我今天为什么带她去玩还让你把装着食品的皮箱给我送过去吗？我一是想试试她能不能和我一条心，二是试试警察查得严不严。这两点我都失败了，但我一定要把她控制在我手里，利用她建立'白色通道'！"

曾晖问："那……那现在怎么办呢？"

苏江礼对曾晖说："曾晖，明天你什么也不要干，就去办这样一件事情……"

第二天，永平市唯一的一家四星级宾馆总服务台前走来了一个30多岁的男人。他问服务员："请问小姐，一个日本来的女总经理是在你们这里下榻吗？"

女服务员回答道："先生，我需要查一下，请您耐心等待一会儿。"

男人说："我不着急，你查吧！"

女服务员查了一会儿登记簿，对那男人说："对不起，先生，我们宾馆没有您要找的这个人。"

男人失望地转身走了。女服务员拿起电话，拨了一个号码，待接通后，说："是齐总吗？刚才有一位先生在总服务台问您是不是住在这里，我按照您的吩咐告诉他您没有住在这里。"

电话里，一个年轻女人满意地说："小姐，你做得很好，我会送你小费的！"

女服务员微笑着说："谢谢齐总，我会继续为您服务的！"

那个询问事情的男人离开酒店，刚刚走到停车场上欲开自己那辆白色"桑塔纳"轿车，两个衣冠楚楚的男士走过来，一左一右把他夹在了中间。

一个男士彬彬有礼地问:"请问您是曾晖先生吗?"
"是我,你们二位是……"
两个男士把曾晖推进车里,说:"麻烦您跟我们去一个地方!"
"啊?"曾晖脑子里"嗡"地响了一声,惊愕地张大了嘴巴。

第九章 白色通道

第十章 情感旋涡

　　面对曾晖惊愕的神情，和曾晖说话的那个男士和颜悦色地对他说："曾先生，你不要误会，我们不是坏人，我们只不过是想请您和我们到一个地方谈一件小事情。"

　　曾晖望着那两个男士，眼里闪着惊恐的光，说："我和……你们素不相识，谈……谈什么事情？"

　　另一个男士说："到地方你就知道了。"

　　曾晖摇摇头，说："我不去，你们有事情就在我车里说好了……你们是不是想绑架我？我可不是永平市的大款啊！"

　　先前说话的那个男士哑然失笑了，说："曾先生玩笑开大了，我们是合法商人，怎么会绑架人呢？既然您不想和我们走，那我们不妨尊重您的意见。我们齐总想让您找一个人的手机号码。小事情一桩嘛。"

　　曾晖愈发丈二和尚摸不着头脑了，问："齐总？什么齐总？谁的手机号码？"

　　那个男士解释说："我们齐总就是曾先生您的舅母。这下您该明白了吧？"

　　曾晖恍然大悟地松了一口气，说："哦——我明白了，你们是我舅母手下的职员，闹了半天咱们是一家人，我还以为遇上劫匪了呢。这事弄的！"

　　那个男士说："曾先生警惕性很高，我们不是一开始就告诉您不必紧张吗？我们这样做全是齐总的吩咐，因为永平市是她的家乡，她又是很有名气的企业家，不想让更多的人知道她的行踪，所以我们就在没有通知您的情况下找到了您。"

　　曾晖颇感兴趣地问："我舅母她什么时间回的永平，住在哪家宾馆？"

　　那个男士略微沉吟了一下，笑着对曾晖说："曾先生，关于这些我们不便向您透露，请原谅。"

　　曾晖拍了拍自己胸脯，问："对我也保密吗？"

　　那个男士肯定地点点头，说："对，而且尤其。这是齐总亲口告诉我们的。"

　　曾晖感觉自己有些丢面子，不高兴地说："这是什么意思嘛，我又没有得罪她！"

　　那个男士说："曾先生，我们还是言归正传吧。齐总让您帮她查一下一个名叫齐凤瑶也就是和她同名同姓的一家旅行社女总经理的手机号码。齐总对她很感兴趣，想约她谈一些重要的事情。齐总说您会帮忙的。"

　　曾晖眼珠转了转，说："这……哦，我帮忙，当然帮忙了。"

　　另一个男士插话说："曾先生，这件事齐总希望您能够保密，不要告诉任何人，知道吗，任何人，否则您将没有那一笔劳务费了。"

曾晖笑着说:"我肯定不会让别人知道的,你们就放心吧!"

那个男士递给曾晖一张写有一个手机号码的纸条,说:"我姓孙,这是我的手机号码,曾先生如果找到了齐凤瑶的手机号码请打到我手机上来。就这样说定了,再会!"

两个男士说完,各自冲曾晖温文尔雅地一笑,下车走了。

曾晖装起纸条,嘀咕道:"这他妈的是闹的哪一出啊,哪有这样的两口子啊……有热闹瞧了!"

市公安局刑警队办公室里,案情分析会正在进行着。姜正发言说:"马晓强被枪杀一案犯罪嫌疑人虽然锁定在了宏海贸易公司总经理曾晖身上,但我感觉他并不是我们最终要抓的贩毒头目,因为大毒枭一般不会亲自杀人,曾晖背后肯定有人指使他,所以我们暂时没有必要对曾晖采取措施。种种迹象表明,那十公斤毒品还没有运出永平市,也就是说,此时此刻那十公斤毒品就在我市的某一个角落里。据我分析,毒犯之所以还未把这批毒品出手是在等待最佳的交易时机,达到既能挣到大把钞票又不被我们发觉的目的。我们的对手一定是一个社会经验比较丰富而且心理承受能力较强的人。他在和我们进行着一场无形的较量。这场较量,不仅是正义和邪恶的较量,也是对我们永平市公安局刑警大队的考验。我们必须要经受住这场考验,不能让头上的国徽蒙上灰尘!我的话就先讲到这里,下面请林伟和毛建强介绍一下这几天案情的调查情况。"

林伟说:"这几天,我和毛建强按照队长的指示,重点对重大犯罪嫌疑人曾晖进行了秘密监视和调查。他所谓的贸易公司基本上没有什么大业务,他本人出没也没有规律,有时去歌舞厅唱歌,有时找'三陪'小姐鬼混,但这一段时间他接触最多的人还是我市四方旅行社总经理苏江礼。据调查,曾晖和苏江礼是甥舅关系,但他们的频繁往来又超出了正常的亲戚走动。这一点很不正常。可是我们对苏江礼进行了调查,又没有发现值得怀疑的地方。他接触最多的是一个女人。"

姜正问:"女人?什么女人?查了吗?"

毛建强回答说:"这个女人名叫齐凤瑶,也是我市一家民营旅行社的总经理,她原是市棉纺厂的下岗职工,前不久和丈夫离了婚,人长得很漂亮,也很有个性。对了,她就是前几天你在检查站遇到的那个和苏江礼在一起的女人。"

姜正说:"这并不能完全证明他们和贩毒有联系。当然了,这只是我的推测,一切还要靠事实和证据来说话!"

毛建强继续说:"在调查中,我们得知齐凤瑶注册旅行社时苏江礼为她提供了一笔资金,他们二人的关系很不一般。"

姜正说:"现在看,曾晖肯定是贩毒团伙中的成员,他和苏江礼、齐凤瑶之间形成了一条奇特的直线,我们有理由把苏江礼和齐凤瑶二人列为调查对象。我还是强调那句话:以曾晖做诱饵,把潜伏在水底的大鱼钓上来装进我们的网中!如果没有别的事情就散会吧!"

一张严密而无形的大网悄然撒开了。

为了尽快得到那笔劳务费，曾晖和那两个男士分手一个小时后就去了四方旅行社。苏江礼办公室的门开着，但人不在里面，曾晖溜进来，翻看着苏江礼放在办公桌上的通讯录，果然从上面找到了齐凤瑶的手机号码，他飞快地把号码记在了一张纸上。

这时，苏江礼走了进来，问："曾晖，你在找什么？"

曾晖赶紧把纸塞到裤兜里，冲苏江礼笑了笑，说："没什么，我找一张废纸擦擦手。"

苏江礼坐在办公桌后，问："找到她了吗？"

曾晖摆出一副劳苦功高的样子，说："我跑遍了全市各个宾馆、酒店就是找不到她。舅舅，我可没办法了，您不会怪我吧？"

苏江礼摆摆手，说："我不怪你，其实我根本就不应该让你去找她住在哪里，就算找到了又能怎样呢？我们之间的积怨很深，深得似乎连名义都没有了。算了，就这样吧！"

曾晖就坡下驴地说："舅舅，那我就走了？"

"走吧，我还有事情呢。"

曾晖快步走到街上掏出手机拨电话："是孙先生吗？我是曾晖啊。齐凤瑶的手机号码我找到了，我这就告诉您，是13171728620。对，没错儿。你说你们齐总给我劳务费的事别忘了啊……对了，你们也得给我保密，这件事千万不能让我舅舅知道……"

苏江礼像从地下冒出来的一样，突然出现在了曾晖身后，劈手从曾晖手里夺过手机，大声说："请转告你们总经理，就说苏江礼不喜欢和她做这种游戏！"说完，挂断了手机。

见秘密当面被戳穿了，曾晖脸色一阵白一阵红，又惊又怕地嗫嚅道："舅舅，舅舅，我……这是……"

苏江礼倒没有像曾晖想象的那样对他声色俱厉，而是轻缓地说："曾晖，别跟舅舅玩儿小把戏，舅舅希望你有一天能干出大事情来！你别害怕，她给你钱，钱对你有着非凡的魔力，我理解。"

曾晖仍然尴尬地说："舅舅，我又错了……"

苏江礼长叹了一声，说："曾晖，不是你错了，也不是我错了！"

苏江礼的手机响了，他的秘书对他说："苏总，明天上午九点钟市旅行社协会有一个会议请您参加。"

苏江礼不假思索地说："告诉他们，这种破会我没有兴趣！"

市旅行社协会会议在一家酒店会议室里举行，除了永平市旅行社"大鳄"苏江礼缺席外，其他旅行社的老总们都到齐了，当然，齐凤瑶也在其中。

主持会议的是永平市旅游协会秘书长、一家资深旅行社的老总。此人姓王，不到50岁的年纪，说话底气很足，典型的大嗓门。不知为什么，他的脸色有些阴沉，一开始就把会议的气氛降到了冰点。他说："今天我们永平市几十家大大小小旅行社的老总几乎全到了，这说明大家对旅行社协会的工作是支持的，作为市旅游协会的秘书长，我很高兴啊。众所周知，我们这个协会的宗旨就是发展旅游业，让我们每一个老总的腰包都鼓起来！想方设法赚钱是我们彼此心照不宣的目的，市场竞争过程中使用一些手段是在所难免也是可以理解的嘛，这么多年我们大家不就是这样过来的吗？大家不都是相安无事吗？可是最近发生的一件事情很扫大家的兴，有人居然给市旅游局写信反映我们不正当竞争，要市旅游局加大监管力度。大家说，这是不是有些过分啊？"

一名姓马的老总附和说："我也听说这件事了，这样做确实不够意思，大家都在永平市这块地界上混，谁有什么本事尽管使，不管怎样，能够生存下去就算是念阿弥陀佛了。一句话，有钱大家一起赚。把事情捅到上面去，对谁有好处？我看大家谁也占不到便宜！这可不是一件小事情，这说明我们中间有人想标新立异、想在上级领导面前显示自己。我本人没有权利反对谁走上层路线，但总不该把别人踩在自己的脚下嘛。王总，您是旅行社协会的秘书长，消息又灵通，您知道谁给旅游局写的那封信吗？如果您知道就请讲出来，我倒要看看这个人的庐山真面目！"

王总颇有些得意地说："我当然知道了，那个人就在我们中间，不过她是一家小旅行社的老总。"

马总望着王总，说："既然如此，您不妨把他说出来，让他跟大家讲讲写那封信的真正目的是什么！"

王总做出一副高姿态，说："我看没有必要让人家下不来台嘛。我这个人办事最讲面子，他不给咱们面子，咱们总得给他留点面子吧。我们今天开会的目的是下一步怎样开发市场，可不是什么'帮教会'呀？只要那个写信的老总感到自己错了，下次不再做这种让同行不高兴的事情就行了。我们允许人家犯错误，也要允许人家改正错误嘛。"

一名姓裘的老总问："王总，市旅游局最近刚刚组建了一个旅游监察执法大队，是不是和这封该死的信有关系？"

王总点点头，说："你说得不错，市旅游局近来确实对我们旅行社加大了管理力度，成立旅游监察执法大队只不过是其中的一项。要说完全是那封信起的作用这不现实，但是起到了推波助澜的作用这一点是不用怀疑的，这等于给我们旅行社戴上了一个紧箍咒啊。各位，我们要想办法，最起码不能让市旅游局抓住把柄啊！"

裘总生气地说："王总，我们大家可以说是一根绳上的蚂蚱，既然有人让我们没有好日子过，那我们也不能让他太得意了。您把那个写信人的名字说出来吧，他是谁？"

会场上开始喧闹起来，一个老总甚至骂起来："他妈的，他那是吃饱了撑的，

第十章 情感旋涡

坏我们大家的财路！王总，您不要卖关子了，把那个人说出来吧，让他在大家面前曝曝光！"

王总故意嗑了嗑牙花，说："这……你们的要求有些难为我了……"

齐凤瑶猛地站起身，大声说："王总，不难为你，那封信是我写的！"

齐凤瑶的声音压过了会场的嗡嗡声，老总们一下子静了下来，因为他们想不到给旅游局写信的居然是一个年轻漂亮的女人！

那个裘总眼睛紧盯着齐凤瑶，小声说："原来是个靓姐儿啊，年纪不大胆量可不小啊，当着这么多人的面就敢承认自己做的事情？嗯，有点儿魄力！"

坐在他身旁的马总嘲讽地说："什么魄力？纯粹是想出风头儿！"

王总也望着齐凤瑶，以领导者的口气说："你就是碧海的齐凤瑶？我只知道你的名字，可一直没有见过你。你给市旅游局写的那封信很有见地，市旅游局很重视，可刚才大家的话你也听到了，你的做法很让大家费解，同时你也给大家带来了麻烦。你能给大家作一个解释吗？哦，对了，对于你的勇气我个人表示欣赏。"

齐凤瑶扫视了一眼会场，面对一双双不满、质疑的眼睛，平静地说："你们不用感到意外，我做的事情我自然敢于承担，但我要声明的是，我没有做错任何事情，包括给市旅游局写信反映我市旅行社市场中某些不当竞争的现象。我这样做没有任何私欲，只不过想为净化旅游市场做一点应该做的事情。刚才各位老总的言谈话语中也都承认目前旅行社的竞争中存在着一些大家认可的但也是违规的事情，挣钱的是你们，受欺骗的是游客，这是我作为一个旅行社总经理最感到痛心的事情，也是最不愿做的事情。我希望永平市有一个良好的符合市场经济的竞争规则，大家都规规矩矩地做生意。如果不这样做，永平市的旅游市场早晚会成一盘散沙。好在我的信引起了市旅游局的重视，我感到很欣慰。各位老总，这就是我的解释！"

马总显然极端反对齐凤瑶的话，他脸红脖子粗地质问齐凤瑶："你不觉得自己非常幼稚吗？你以为自己是市长啊？"

齐凤瑶望着他，不卑不亢地说："随你怎么想，你们怎么做是你们的权利，我怎么做是我的权利！"

没等马总说话，王总阴沉着脸对齐凤瑶说："齐总，今天我以旅行社协会秘书长的身份告诉你，你不应该给市旅游局写那封信的，别的不说，最起码伤害了大家的感情和利益嘛！"

齐凤瑶微微笑了一下，说："可是我并不觉得你的话有多少道理，也许你是好意，但我除了对你说声谢谢之外实在无话可说。"

王总大声说："齐凤瑶，你也太嚣张了点儿吧，当年我办旅行社的时候你恐怕还没走出校门儿吧？"

齐凤瑶直视着王总，毫不客气地说："这重要吗？这是你违反市场规则的理由吗？我认为不是！"

王总由于气恼，嗓门更是提高了许多，说："到现在为止，除了四方的苏江礼苏总还没有哪个旅行社的老总敢用这种口气和我说话呢！"

齐凤瑶继续直言不讳地说："王总，恕我直言，我对您个人非常尊重，但对于您在我写信向市旅游局反映情况的立场和态度上，我无法欣赏你，更谈不上尊敬你。我的碧海是一个小旅行社，目前也没有怎么赢利，但我绝不会用不正当手段去……"

王总粗鲁地打断齐凤瑶的话："行了，齐凤瑶，我不想听你唱高调了。我宣布，你是这次会议最不受欢迎的人，请好自为之！"

齐凤瑶淡淡一笑，说："我本来也没有想成为什么座上客，既然如此，我就失去继续待在这里的意义了。再见！"说完，昂首走出了会议室，高跟鞋发出的声音踩断了所有与会者惊诧的目光。

"这个女人，太有个性了！"

"就是，我还真没有见过这样的女老总。女人哪，要是漂亮了就……"

王总拍了拍桌子，打断交头接耳的议论声，说："别议论那个齐凤瑶了，我们还是想办法应对市旅游局的检查吧！"

齐凤瑶出了酒店后，胸中感觉憋着一股火气，尽管她坚定地认为自己没有做错什么，但还是想找一个人倾诉一下。潜意识促使她走进了苏江礼的办公室。

对于齐凤瑶的突然到来，苏江礼深感意外，他甚至愣了一下，然后笑着对齐凤瑶说："凤瑶？你怎么来了？哦，我非常高兴！"

齐凤瑶在苏江礼面前的椅子上坐下来，慢慢地说："我也不知道为什么到你这里来……"

苏江礼认真地望着齐凤瑶，说："凤瑶，让我看看你的脸。你脸色有些难看，似乎刚刚激动过。肯定有什么事情了，不要瞒我，告诉我，发生什么事了？我能帮你做些什么？"

齐凤瑶双手托着腮，说："其实也没有发生什么事情，刚才我参加了市旅行社协会的一个会议，会上，我前段时间给市旅游局写的一封反映旅行社不当竞争情况的信引起了别的旅行社老总们的非议，他们都指责我，我同他们据理力争，一生气就退席了，然后……"

苏江礼接过话茬："然后就到我这里来了？这个会议他们原本通知我了，但我觉得无非是一些陈词滥调，没有意思，不如自己安安静静地在办公室待一会儿，就没有去。没想到他们在会上指责你，早知道发生这样的事我肯定会参加，而且也会替你说话的！"

齐凤瑶摇摇头，说："不，我不想让你在大庭广众之下替我说话的，那样会引起很多不必要的麻烦。我没有做错什么，也不怕他们的非难！"

苏江礼点点头，轻声说："凤瑶，你真可爱，可爱得像一朵散发着芳香的、洁白的兰花，你很单纯，这是你的缺陷，也是你的魅力。凤瑶，不管你承认不承认，你心里一定有了我的影子。凤瑶，我们是可以相爱的，你不要沉默，要有勇气对我说'江礼，我爱你'，我等待着你说这句话。"

齐凤瑶低下头，沉默了一会儿，说："我不应该来找你，这一点我在心里叮嘱过自己多少次了，可当我从你楼下经过的时候，我就抑制不住地上了楼。关于那段往事就让它尘封在记忆里吧。我们都不要去想它了……"

苏江礼执著地说："凤瑶，那怎么会呢？你忘不掉，我更是忘不掉的，那个夜晚是我一生中最幸福、最快乐，也是最有激情的一个夜晚……"

齐凤瑶眼里闪动起迷惘、复杂的光，说："苏总，我求您不要说了，我在您生活中扮演了一个可悲的角色，我愿意从你身边消失！"

苏江礼几步冲到齐凤瑶面前，猛地握住齐凤瑶的手，坚定地说："凤瑶，你没有错，是我太爱你了才把你推到这个位置上的。你不是第三者，是我苏江礼心目中的妻子！"

齐凤瑶似乎连把自己的手从苏江礼手中挣脱出来的力气都没有了，她轻声说："不，不是的，苏总，不应该是的……"

苏江礼把齐凤瑶的手握得更紧了，激动地说："凤瑶，没有什么力量能够改变我对你的感觉了，从明天，不，从现在起，你就是我的妻子！"

齐凤瑶极力辩解着："你的妻子是别人，不是我！我为什么来找你，为什么呀？"她说着，用足力气抽出双手，抽泣着跑出门去，身后传来苏江礼的喊声："凤瑶，凤瑶，不要走——"

苏江礼的声音没能拉住齐凤瑶，他抓起电话，急三火四地按了一个号码，对方刚一接通就大声说："曾晖，你给我马上找到她，我要和她离婚，离婚，不惜任何代价地离婚！"

"我实在是找不到她呀。舅舅，您怎么了？"电话里，曾晖无可奈何地说。

"你混蛋！"苏江礼"乓"一声摔了电话。

在贾红的一再邀请下，丹明来到了约会地点——人民公园里的一个凉亭上。他认真地告诉大胆而时尚的贾红，他们之间是不能成为"那种意义"上的朋友的。

贾红散发着青春少女特有气息的身子靠近了丹明，说："我觉得我们是非常合适的！"

丹明耐心地说："咱们两个人的性格不一样，你是非常时尚、前卫的女孩子，而我趋于传统，所以我们……"

丹明的话却使贾红找到了理论根据，她一双会说话的大眼睛含情脉脉地望着丹明，说："所以我们才更合适嘛。丹明，你分析得很对，我们两个人的性格差距是很明显，但我坚定地认为，传统和现代并不矛盾，就像保守疗法和化学疗法并不矛盾一样。正因为我们性格有差距，才更有互补性嘛。"

丹明简直被贾红弄得不知说什么好了，只会说："我……我真的觉得我们不适合做这样的朋友，你要理解我，好吗？"

贾红快活地笑起来，充满信心地说："丹明，我理解你，可是我更喜欢你。你说我们不适合谈恋爱那是因为我们接触的不多，双方还没有碰撞出爱的火花，可是我相信用不了多久，我们就会深深相爱的！"

丹明走到凉亭的另一边，说："贾红，爱情在你眼里充满了浪漫和激情，其实爱情本来就应该这样，可是那要建立在两个人都爱着对方的前提下，目前我们还没有到那一步，也不会到那一步的。我告诉你我们不适合在一起是对我们双方负责。"

贾红撒娇地说："这不是理由，我不会轻易放开你的，我爱你，这是我的权利！"

丹明没词了，他望着贾红，半天才冒出来一句话："贾红，你太倔犟了！"

贾红马上歪着头俏皮地说："这难道不好吗？为了爱，我可以牺牲一切……"

丹明打断她的话，说："贾红，只要你冷静下来想一想就会发现我们之间的的确确存在着很大的差异，请你在感情上选择他人吧。"

贾红果真倔犟地说："丹明，我不会听你话的，我爱你，绝不放过你，在你面前，我要做一个彻头彻尾的'结婚狂'！"

丹明发自内心地说："贾红，我感谢你对我的信任，但我们……你看，我简直不知道该对你说什么好了。总之，我无法接受你的爱，请原谅我。"

贾红双手叉着腰，审讯般地问丹明："难道你心里有了另外的女孩了吗？"

丹明轻轻点了点头："可以这样说吧——我不会用谎言欺骗你的。"

贾红咬着嘴唇沉思了一会儿，说："我相信你不会骗我，但我不在乎你已经有了女朋友，别说你还没有结婚，就是结了婚，只要我爱你，依然可以把你从她身边夺过来……丹明，也许你认为我的话太不实际了，可我心里就是这样对待爱的呀。爱一个人就要为他去努力、去付出，去抛弃一切世俗的东西，直到和他幸福地在一起！丹明，我能够做到的，你是我的！"

丹明不无责备地对贾红说："你到底要我对你说什么好呢？你这是自私的表现！"

贾红言之凿凿地说："丹明，你不要忘了，爱情本来就是排他的，就是自私的，世界上谁能够把爱情无私地送给别人呢？莎士比亚写了那么多爱情剧，每一部都能打动人心，可哪一部是描写把爱情送给别人的呢？即使写出来，这样的剧也不会感人！"

见实在说服不了贾红了，丹明无可奈何地说："我们谁也说服不了谁，那就让时间来证明吧！"

贾红努了努嘴，声音铿锵有力地说："我不需要时间证明什么，我只需要证明我爱你就行了！"

于是，丹明带着一种说不出来的情绪回到了报社，在记者部里正遇见了拿着一份传真找他的小李。

丹明对小李说："李子，我可真正遇到爱情高手了，贾红简直真的就是一个'结婚狂'。"

小李笑了，说："你想拒绝贾红，结果让她向你灌输了一通爱情观。对不对？"

丹明捶了小李一拳，说："都是你搞的鬼，以后怎么办？我可没有办法了。"

小李高兴地说："人家喜欢你、爱你，这又不是什么坏事，就算你已经交女朋友了，也大可不必这么着急嘛。我还是那句话，贾红是一个不错的女孩子，你可不要错过了机会。"

丹明说："我承认贾红身上有好多优点，可是她也太现代了，现代得我都接受不了。"

小李过来人似地"疏导"丹明说："要是都像你这样，爱情的脚步还怎么前进啊？"说着，他把手中的传真递给丹明，"哦，这儿有你一份传真，是市公安局刑警支队政工科发来的，他们在电话里说那桩人命案还没有什么实质性的进展，建议你不要采写稿件了。"

丹明接过传真，说："好吧，我决定放弃这个案子了，不过……"

小李问："还是那个预感？它还没有从你心中消失吗？"

丹明思忖着点点头，说："没有，一点儿都没有消失，它还是那么强烈。我越来越恍恍惚惚地感觉到那桩凶杀案和我身边的某一个人有着关系，可我就是不知道那个人是谁。为什么会这样呢？"

小李望了望丹明的脸色，关切地问："丹明，近来你一直被那个说不清道不明的预感困扰着，是不是工作太累了引起的？"

丹明摇摇头，说："李子，事情绝对不像你说得这样，可到底是什么我又说不清楚。"

丹明陷入到了沉思当中，他眼前再次浮现出了齐凤瑶的影子。

这个时候，齐凤瑶和张婷婷正在去往电信局交电话费的路上并肩行走着。

齐凤瑶心里似乎隐藏着什么难以启齿的心事，她不由自主地叫了张婷婷一声："婷婷，我……"

张婷婷扭过头，望着齐凤瑶，问："凤瑶姐，你想和我说什么呢？"

齐凤瑶掩饰似地说："哦，其实也没什么。"

张婷婷说："凤瑶姐，我知道你心里有事情。四方的苏总和丹明大哥都在追求你，你不知道拒绝谁，是吗？"

齐凤瑶给张婷婷说破了心事，脸红了一刹，但她不想对亲妹妹一样的张婷婷隐瞒什么了，说："婷婷，你真是个小人精，让你说着了。苏总对我的帮助你是知道的，他也是我最尊敬和信赖的人，可是他是个有妻室的男人，尽管他和他妻子的关系很不好，可是我……"

齐凤瑶停住了话头。张婷婷说："你很矛盾，是吗？那说明你心里已经爱上苏总了。凤瑶姐，我非常理解你的心情，你可以给他时间。但如果这样一来，丹明大哥……"

齐凤瑶说："我回绝了丹明，我的第二次婚姻将是一件非常现实的事情，我需要一个在事业上能够给我帮助的人，丹明显然做不到这一点。婷婷，我记得已经和你说过一次这样的话了。"

张婷婷点点头,说:"如果苏总真的爱你,那他一定会处理好他和妻子的关系,这不会成为你们之间的障碍吧?"

齐凤瑶忧虑地说:"我不知道……"

电信局到了,齐凤瑶和张婷婷走进营业大厅,排队等候交费。

电信局营业大厅旁边是农行储蓄所,穿着一件小到极限的吊带裙的徐兰娟捏着一张信用卡走进来,对营业员小姐说:"请帮我查一下这张卡里有多少余额。"

这时,杜桥出现在了徐兰娟的身旁,手里也晃着一张信用卡,冷冰冰地对她说:"不用查了,你从我兜里偷出来的这张卡里已经没有钱了,有钱的卡在这里。你真够笨的,连偷东西都偷不好!"

杜桥说完走出了储蓄所,徐兰娟也自觉没趣地跟在杜桥身后往回走。

回到徐兰娟的住处后,杜桥望着徐兰娟,说:"你怀疑我养不起你了,是吗?告诉你,我杜桥虽然谈不上腰缠万贯,可要想养你这么一个娘们儿还没到油尽灯枯的地步!"

徐兰娟做出一副娇态,说:"杜桥,我不想向你解释什么……"

杜桥气哼哼地说:"我也不想对你多说什么,只想告诉你,我杜桥现在这样人不人鬼不鬼地活着全是你造成的。不管我有钱没钱,你都别想轻易从我身边溜开!"

徐兰娟坐直身子,没理搅三分地说:"杜桥,你别这么神经质好不好?你不用怕,我不会离开你的。"

杜桥冷笑起来,说:"怕?我他妈怕什么?我怕离婚,结果还是离了;我怕偷卖我爸爸古画的事情败露,结果还是人人尽知了。我连毒品都敢卖了,还怕什么呀?等做完这笔'生意',永平市就再也见不到我的影子啦!"

早上,齐凤瑶把华华送到学校后正要去旅行社,一转身,见丹明站在了面前。

齐凤瑶望着丹明,没有说话。

丹明开口了,声音缓重地说:"凤瑶,我在用心等你……"

齐凤瑶说:"丹明,我已经对你说过了,我们不会成为恋人的,请原谅我。"

丹明激动地说:"凤瑶,你在我心中已经深深扎根了,我不可能忘记你,我每天甚至每时每刻都在幻想着和你在一起的情景。你让我尝到了初恋的甜蜜,也让我尝到了初恋的痛苦。但不管甜蜜还是痛苦,它们在我心中扎根的结果都使我深深地爱着你。凤瑶,我不强迫你的感情,可我希望你走近我,我会用一生的激情来呵护你、来爱你,直到一起走向生命的尽头。凤瑶,答应我吧!"

齐凤瑶轻轻摇了摇头,说:"丹明,我不想伤害你,可是我确实无法答应你,你不是我心目中的伴侣。对不起,我不想在这件事上再浪费时间了,因为我已经对你说过了。你是一个优秀的记者,是一个好人,也是我的朋友,你真诚地帮助过我的母亲,也帮助过我,我尊敬你,请不要让我对你的敬意由于感情问题而减轻。好吗?"

丹明痛苦地说:"凤瑶,你的话就像刀一样把我的心扎碎了……"

齐凤瑶愧疚地说:"我的确没有别的办法,丹明,我们都去做自己的事情吧。"

齐凤瑶走了,丹明在小学校门口呆呆地站着,良久,他转过身顺着街道猛跑起来,一直跑到海边,在海里发泄般地游起泳来,直到筋疲力尽后才走上岸,躺在沙滩上眼睛失神地望着蓝天白云。

丹明轻声说着:"凤瑶,我爱你,爱你……生活啊,我的真爱在哪里呢?"

旁边响起了贾红的声音:"在这里,在我心里。丹明,你失恋了,是吗?"

丹明依旧平躺着,惊异地问:"贾红,你怎么……怎么来了?"

贾红蹲下身,满脸真诚地望着丹明,说:"丹明,今天的事情我都看在了眼里,不过你别误会,我没有窥视你隐私的意思,是我太在意你了才关注你的。我承认,那个女总经理很漂亮、很能干,也不否认你对她的爱是纯洁而真挚的,但是她不爱你,世俗就像一条河把你们隔在了两岸。你痛苦,你郁闷,但你忘记了一点,爱需要向值得付出的人去付出,你追求的是真爱,她追求的是……"

丹明闭上眼睛,说:"贾红,你不要说了,不要说了……"

贾红激动地继续说道:"我就要说!我敢百分之百地肯定,在爱情和金钱面前,她选择了后者,我懂得女人,尤其是像她这种做生意的女人,她们往往很容易地把感情和利润等价起来……"

丹明睁开眼睛,望着贾红,说:"不,贾红,这只是你自己的偏见,她不是那样的人,她很单纯、善良,她在我心中就是一朵鲜艳纯洁的康乃馨,你不了解她。"

贾红大声说:"我是不了解她,可是她为什么不接受你的爱呢?还不就因为你只不过是一个普普通通的记者?你要是大款,她恐怕早就主动投怀送抱了!"

丹明猛地坐起身,说:"贾红,我不允许你这样说她,不允许!"

贾红站起身,俯视着丹明,说:"丹明,你不肯承认现实,你不想让自己从痛苦中尽快解脱出来,我欣赏一个人对爱的痴情,但我嘲笑你的这种所谓的痴情!丹明,我爱你,我心里没有半点儿杂念,只想和你在一起。我喜欢你的为人,喜欢你写的文章,我对你的爱是超越世俗的爱!"

丹明冲动地说:"可是你错了,我们永远都不会走到一起的。贾红,我今天可以把话清清楚楚地讲给你,我不能接受你的爱,也无法接受你的爱!"

贾红眼里涌出了泪水,说:"是因为那个女总经理吗?丹明,你回答我,是为了她吗?你不是一个善于说谎的人,你拿出勇气来回答我的话啊?"

丹明眼睛望着大海涌起的波浪,说:"我没有必要对你说谎,对于你的问题,我的回答早就是肯定的。"

贾红嗓音颤抖着说:"丹明,我没有任何权利改变你的决定,我尊重你的选择。我发现我太自信了,原来我在你心目中一点儿位置都没有,你心里装着她,装着一种缥缈的爱。尽管我爱你,可我绝不会再走近你了。丹明,我走,远远地离开你。你能握一下我的手吗，就算给我留下一个美好的记忆吧……"

丹明的心弦被贾红真诚的话语打动了，他伸出手，轻轻握了一下贾红的手，也哽咽着说："贾红，请原谅我，我真的非常爱她。我记得你好像对我说过，爱情是排他的……"

贾红双手捧住流满了泪水的脸，说："丹明，你不要说了，一切都是我的错，我打搅你的生活了，对不起！"说完，转身跑走了，柔软的沙滩上留下了两串深深的忧伤的脚印。

丹明再次颓然地躺在沙滩上，喃喃自语着："凤瑶，你……你在做什么呢？"

此刻，齐凤瑶和苏江礼在通电话。

"凤瑶，昨天夜里我做了一个梦，梦见我们结婚了，你穿着洁白洁白的婚纱，是那么的美丽、圣洁，全永平市的人都来向我们祝福。凤瑶，这个梦本身也许太普通了，但我相信现实中的那一天会来到的，没有人能阻挡我们在一起……凤瑶，晚上到我家里来吧，我等你。"由于是在电话中，苏江礼那温存至极的声音仿佛从遥远的天边飘来，带着一种令齐凤瑶深深陶醉的诱惑。

但理智使齐凤瑶选择了拒绝："苏总，我真的不想在你的家庭生活中扮演不光彩的角色，那天晚上我已经做错了事，别让那样的事情再发生了，好吗？"

电话那端，苏江礼继续柔声说："凤瑶，我能够体谅你的苦心，所以你可以等待，我和她的事情一定会有所了结的，因为我们彼此都感觉到这样下去太乏味了。至于那天晚上的事情不是你的错，也不是我的错，都是爱的错。"

齐凤瑶幽幽地说："有些事情也许是错的，是需要付出代价的，有的事情明明是正确的却也要付出代价。"

苏江礼一时不解地问："凤瑶，你指的是什么事情？"

齐凤瑶说："还能有什么事，就是我给市旅游局写信反映旅行社市场不当竞争那件事，那些旅行社的老总们不但在会上合起来攻击我，会后仍然有人打电话给我，要我放明白点儿。他们这样做说明他们心虚了，但愿永平市的旅行社市场真的规范起来！"

苏江礼世故地劝慰着齐凤瑶："凤瑶啊，你的想法是好的，可是我不免还要给你泼上一盆冷水。你想得太幼稚了，那些旅行社的老总们十之七八都是有一定经济实力和上层关系的人，否则你写给市旅游局的信他们怎么能知道内容而且连你的名字也知道了呢？其实说白了，市场就是一个大染缸，谁跳进去出来后都不是白色。凤瑶，做生意要灵活，有些策略……哦，今天我们不谈这个了。"

齐凤瑶沉默了一会儿，说："苏总，我们……我们再见吧。"

齐凤瑶慢慢挂断了电话，心里说："是他为我撑起了生活的天空，我爱不爱他呢？我为什么这样问自己呢，我心中不是已经有答案了吗……"

手机响了，打断了齐凤瑶的心语，显示屏上显示的是一个陌生的手机号码。

齐凤瑶按下接听键，礼貌地说："您好，我是碧海旅行社总经理齐凤瑶，请问您是谁？"

手机里是一个女人轻柔的声音:"齐总你好,我是一个想和你交朋友的人。"

齐凤瑶吃惊地问:"想和我交朋友?当然可以了,不过您能告诉我您的名字吗?"

那个女人说:"我们见面谈,好吗?我想告诉你一些重要的事情。"

齐凤瑶戒备地问:"你是谁?"

那个女人不无高傲地说:"你放心,我不是坏人,今天下午在人民公园人工湖旁见面。这件事和你关系很大,希望你不要自误!好了,就这样吧。"

两个女人之间的谈话就这样简短地结束了。

第十一章　街头遇险

尽管满腹狐疑，齐凤瑶还是于下午去了人民公园。

到人工湖需要路过一片小树林。这里是老人们散步、下棋、聊天的场所，一条弯弯曲曲的小径通向几十米外的人工湖。齐凤瑶在小径上行走着，突然，她发现杜桥在小树林里向一个70岁左右的老头兜售古画，便下意识地停住了脚步。

杜桥和老头说话的声音清清楚楚地传了过来。

杜桥手里捧着一个古色古香的画轴，对那老头说："这位大爷，您要古画吗？我这绝对是明朝画家的真迹。您不买不要紧，上眼看看吧。"

老头望了望画轴，又望了望杜桥，根本不相信地笑了笑，说："你有明朝画家的真迹？小伙子，别在这儿蒙事了。走吧，走吧！"

杜桥展开画轴，说："大爷，我这确实是明朝画家的真迹。您看，您看啊！"

老头扫了一眼画，问："明朝画家多了，谁的啊？"

杜桥摇摇头，说："这……这我就不知道了。"

老头甚感滑稽，揶揄地问杜桥："哪有你这么卖画的？连自己手里的画是谁画的都不知道还卖什么呀？"

杜桥忙不迭地解释着："不瞒大爷您说，我对这些古玩意儿是一窍不通，这画是我爸爸的遗物，祖传的，一点儿不骗您。要不是我有急事等钱用，多少钱都不会卖的。大爷，您有心思买不？"

老头和颜悦色地说："小伙子，这古画要说喜欢我还是真喜欢，可是要说买你就找错主儿喽。别说明朝的真迹，就是赝品我也买不起呀！再见吧。"

老头迈着四平八稳的步子走了，杜桥刚要把画卷起来，一个穿戴华贵的中年女人走了过来。

杜桥有一搭没一搭地迎上去，说："大姐，我这里有一幅家传的古画，我一看您就是一位行家，怎么样？您上眼先看看，看完后咱们再谈价钱！"

女人停下步子，说："什么画呀，我倒是很感兴趣。"

杜桥来了兴致，把画举到女人面前，说："来，您看，您看。绝对明朝的画，好几百年了还保存得这么好呢。"

女人仔细地看了一会儿画，说："嗯，是不错。你知道这是谁画的吗？"

杜桥说："大姐，这您可把我问住了，我不知道是谁画的，反正碰上识'货'的就行。"

女人说："我可以告诉你，这幅画确实是明朝的，它的作者叫沈周，代表作是《夜坐图》，咱们现在看的这幅画名叫《离散图》……"

杜桥赶紧奉承说:"哎呀大姐,您真是行家,这幅画和您有缘分哪,您要不买下来才叫遗憾呢!"

女人点点头,肯定地说:"我买了,不是因为画好,主要是因为这幅画很符合我的心境。多少钱?"

杜桥盯着女人的脸色,说:"六万。怎么样,大姐,少了这个价儿我可……"

女人爽快地说:"好吧,我付你六万元。"

杜桥惊喜地差点儿跳起来,问:"您什么时候付钱?"

女人轻声说出了两个字:"现在。"

杜桥睁大了眼睛,问:"现……现在?"

女人从高级皮包里拿出一张支票,夹在两个纤长的手指间,说:"对,现在,这是六万元的现金支票,你可以在全国各地任意一家工行提取。你要有什么怀疑的话可以向警方报案。"

杜桥接过支票,说:"我不怀疑,不瞒大姐您说,我也是做生意的人,在这上面不会受骗的。"

"那好吧,我们已经成交了,各自做各自的事情去吧。"女人说完,卷好画轴,顺着小径向前走去。

杜桥小心翼翼地装好支票,脸上绽放着兴奋的笑容,点上一棵烟,想去开碰碰车,走出几步后,一抬头,发现齐凤瑶正在望着他,一下子愣住了。

杜桥尴尬地笑了笑,问:"凤瑶,你……你怎么到这里来了?你怎么这样看着我?"

齐凤瑶眼里含满了鄙视,她重重地对杜桥说:"杜桥,我再次鄙视你了!"

杜桥小声问:"我刚才卖画的事情你都看见了?"

齐凤瑶自怨自怜地说:"你知道我在想什么吗?我在想我怎么和一个没有一点儿阳刚之气的男人生活了好几年呢?我真希望那是一场梦!"

杜桥现出一副玩世不恭的神态,说:"凤瑶,你说得不错,我是一个没有什么阳刚之气的男人,我也不想做你说的那种男人。说到底,人生的路无所谓对错,就看你走运不走运,走运了做什么都一路顺风,不走运做什么都……怎么说呢,我杜桥现在是说倒霉也不倒霉,说走运也不走运。"

齐凤瑶愤恨地说:"你现在连什么是倒霉都不懂,我真为你感到悲哀!我有事情,你自便吧。"

齐凤瑶说完就想离开杜桥,杜桥却拦住了她,说:"我会把卖画得到的钱拿出一部分作为华华的生活费的。"

齐凤瑶冷冷地说:"如果钱是你凭自己本事挣来的我希望你这样做,但这种钱你没有必要给华华,作为母亲,我有能力供养女儿!"

杜桥双手叉着腰,眼里闪动着一种令人难以捉摸的狡黠的光,说:"凤瑶,自从我们离婚后,你总是用这种居高临下的口气和我说话,我不在意,谁让我欠你的呢?只是你别忘了,你活得也并不比我轻松,别以为我不知道,你那个小旅行社都快要停业的时候，是大名鼎鼎的苏江礼救了你一把。他凭什么帮你？你为什么接受他的帮助？这两个问题的答案我就不作回答了。我是养了个'二奶'，可你……"

没等杜桥的话说完，齐凤瑶昂首向人工湖走去。她连听杜桥说话的耐心都没有了。

人工湖旁的垂柳下，一个中年女人手拿画轴坐在岸边的椅子上，望着湖面上十几艘大大小小、形状各异的游船，脸上几乎没有什么表情——她就是刚才从杜桥手中买画的那个女人。

齐凤瑶走了过来。

女人站起身，微笑着问齐凤瑶："凭感觉，我断定你就是我要约见的齐总。对吗？"

齐凤瑶望着眼前这个神秘的、不算太漂亮但气质很好的陌生女人，点点头，说："我是齐凤瑶，您是谁？现在可以告诉我了吗？"

女人也望了齐凤瑶一会儿，自信地说："我的名字和你的名字一模一样，这种巧合会使我们有一种亲近感，至少我是这样认为的。"

齐凤瑶没有想到这个女人会和自己同名同姓，便惊奇地笑了，说："结识您我很高兴，但是我不明白您约我究竟有什么事情，如果您想旅游，我会为您提供帮助的。"

女人轻轻摇摇头，说："齐总，你很漂亮，气质也不错，如果我没有猜错的话，你一定很有个性。"

齐凤瑶矜持地说："谢谢您夸奖我，我想这不是您约我来这里的原因吧？"

女人拉齐凤瑶坐下来，说："当然不是，我在电话里说想和你交朋友，现在我依然这样说，希望你不要拒绝。"

齐凤瑶说："如果您是善意的，我不仅不拒绝反而会非常高兴地答应您。"

女人真诚地说："你能够接受一个素不相识的人的电话邀请，这让我很感动，同时我们也有了做朋友的基础。我知道，你创办了旅行社，很不简单也很不容易，我们女人做事情有时候是非常有耐性的，这一点我深有体会。"

齐凤瑶直率地对女人说："我有一种感觉，您是生意人。"

女人肯定地点点头，说："是的，我是一个彻头彻尾的生意人。我出生在永平市，十几年前去了日本，就一直在那里做生意，还算是取得了一些成就。"

齐凤瑶说："我能看得出来，您很有钱，否则就不会眼也不眨地花六万元买一幅古画了。"

女人似乎很随意地笑了笑，说："见笑了，我只不过是想把这幅画当作礼物送给一个人。"

齐凤瑶问："那个人是您的朋友吗？"

女人没有回答，反问齐凤瑶："你在永平市有最好的朋友吗？"

齐凤瑶点点头，认真而感激地说："有啊，四方旅行社的苏总经理就是我最好

第十一章 街头遇险

的朋友,没有他的帮助,我的旅行社是做不起来的!"

女人望着齐凤瑶,眼光里含着一股让齐凤瑶看不懂的东西,问:"你很欣赏他?"

齐凤瑶毫不隐讳地说:"对,我不仅很欣赏他,而且还很尊重他。"

女人开始沉默起来,隔了一会儿,她又轻声问道:"你喜欢他吗?"

齐凤瑶着实没有想到这个女人居然会直截了当地向她提这个问题,不由得涨红了脸,说:"您这是什么意思?我无法回答您的问题,因为您的问题太无聊了!"

女人声音轻缓地说:"哦,对不起,我没有别的意思。齐总,看得出来,你是一个善良的女人,恕我直言,善良有时候会成为别人利用的工具,尤其是那些别有用心的男人。有的人脸上戴着厚厚的面具,不到最后生死关头你是看不破他的。我敢断定,你身边就有这样的人,他在帮助你的同时也在把你拉向一个深洞,这个洞是他为达到自己某种目的而早就挖好的……"

齐凤瑶不得不郑重警告这个自称也叫齐凤瑶的女人了:"齐女士,您和我同名同姓但不代表您就可以这样漫无目的地指教我。我可以明确地告诉您,我身边没有您所说的那种利用我的人,作为初次见面的朋友,我提醒您,您对我说的话太多了!"

女人顿了一下,说:"齐总,不管你怎样看待我,我是作为朋友来帮助你的,希望你不要和……"

齐凤瑶有些冲动地打断女人的话,说:"齐女士,您好像很不懂得尊重别人,您这些不着边际的话还是去说给需要听的人吧!"

女人依然按照自己的思维对齐凤瑶说:"齐总,人心叵测,我的话全是为了你好,我不能眼睁睁看你钻进一个铺满了鲜花的陷阱,换句话说,我不想让你成为他手中的玩物,那样我将抱憾终生,良心上难以得到慰藉!"

齐凤瑶大声制止道:"我不想再听你说下去了,更不想和你争论什么,你没有权利对我的生活指指点点,我有我做人交友的准则,不管您出于什么目的,我都不想让这场谈话继续下去了!"

女人再次沉默了一会儿,说:"请你不要这样激动,我就是……"

齐凤瑶站起身,准备离开这里,说:"时间对谁来说都是宝贵的,我们不要浪费时间了。哦,对了,这就是您电话里说的对于我很要紧的事情吗?"

"是的。"

齐凤瑶硬邦邦地甩给女人一句话:"那我就送您四个字——莫名其妙!告辞!"说着,拔腿就走。

女人上前一步,拦住齐凤瑶,坚定地说:"等一等。齐总,请把这幅古画转交给苏江礼先生。"说着,把画轴递到了齐凤瑶眼前。

齐凤瑶接过画轴,用一种拒人于千里之外的口气说:"您放心,这么贵重的礼物我一定送到。谢谢您对我的信任!"

齐凤瑶走了,女人望着齐凤瑶窈窕的背影,身子靠在垂柳的树干上,喃喃自语着:"她喜欢上他了,我的直觉不会错……其实我是不是多此一举呢?"

出了公园后,齐凤瑶马上拨通了苏江礼的电话:"一位女士托我把一份重礼送给您,我到哪里等您?"

苏江礼有些惊讶地说:"女士送我礼物……这样吧,过一会儿我们海滩上见!"

苏江礼赶到海滩上的时候,齐凤瑶已经到了,正坐在自己堆起来的一个小沙堆上冲他微笑呢。

齐凤瑶调皮地晃着那个画轴,说:"苏总,这幅画价值六万元,我可是像看宝贝一样一会儿也不敢离手,快给您收起来吧!"

苏江礼在齐凤瑶身边坐下来,接过画轴,说:"凤瑶,不是你在开玩笑就是那个所谓的女士在开玩笑,怎么会有人送这么贵重的礼物给我呢?"

齐凤瑶说:"她年纪和您差不多,我猜不是您的好友就是您同学什么的。不过这幅画确实值六万元,我亲眼看见她从我前夫手里买下来的。"

苏江礼先是把画轴翻过来掉过去地仔细看了好几遍,然后展开,脸色突然变了,望着齐凤瑶,急切地问:"凤瑶,你快告诉我,让你转画给我的那个女人叫什么名字?"

齐凤瑶没有在意苏江礼神情的变化,漫不经心地问:"苏总,怎么啦?您不喜欢吗?"

苏江礼着急地说:"凤瑶,你快回答我的话呀?"

齐凤瑶回想着说:"她说她和我的姓名一模一样,还说她在日本做生意。难道你们不认识吗?"

苏江礼脱口而出:"是她!"

齐凤瑶这时才发现苏江礼的脸色有些发暗,不解地问:"她是谁呀?能告诉我吗?"

苏江礼脸色恢复了平静,望着那幅《离散图》,支支吾吾地说:"哦,哦,凤瑶,你不要多问了,那是我多年没有见面的一个朋友……这幅画不错嘛……"

齐凤瑶反倒奇怪地说:"这件事情真是太反常了,那个女人打电话把我约到公园里说有要紧的事情告诉我,结果说了一些不着边际的话,现在您看到这幅画后又变颜变色的。苏总,这到底是怎么回事?"

苏江礼把画卷起来,说:"凤瑶,你别问了。我们走走吧。"

齐凤瑶隐隐约约感觉到苏江礼一定和那个也叫齐凤瑶的女人之间有着某种不为她所知道的隐情,便对苏江礼说:"您一定有事情瞒着我,我能感觉得出来!"

苏江礼望着齐凤瑶,沉默了足有几分钟,然后说:"凤瑶,我告诉你,那个女人就是我妻子。"

苏江礼的声音不算高,但却如同一个闷雷轰然炸响在了齐凤瑶的耳边,她失声叫起来:"什么?她……她是你妻子?我……我怎么和她在一起坐了那么长时间呢?我真傻,我怎么没有想那么多呢?"齐凤瑶仿佛受了侮辱一样,眼里涌起了泪水。

第十一章 街头遇险

苏江礼轻轻揽住齐凤瑶的肩膀，劝慰地说："凤瑶，这件事和你没什么关系，你不要在意她……"

齐凤瑶大声冲苏江礼说："不，我不可能不在乎的！我本来就不想介入到你们中间来，可偏偏卷入到了你们中间，我……我再也不想见到你了！"齐凤瑶的泪水"哗"一下夺眶而出，她双手捧住脸，抑制不住地痛哭起来，双肩像两只不安分的小兔子一样剧烈地颤动着。

在齐凤瑶的哭声中，一股怒火从苏江礼心头"腾"一下蹿起来，他咬着牙，三把两把扯碎了那幅画，又使劲撅断画轴，扔进脚边的海水里，然后搂住齐凤瑶，温存地说道："凤瑶，你不要这样，这未尝不是一件好事，她找你谈话说明她已经知道我爱上你了；她让你带这幅《离散图》给我说明她想和我离婚了，事实上我们已经到了离婚的地步了。等我和她离了婚，我们就是天造地设的一对儿了。凤瑶，我对你的爱是真心的，这么长时间了，你还看不出来吗？而且你也……"

齐凤瑶疲累地说："别说了，我没有想到她会是你的妻子，没有想到！为什么你们之间的隔阂非要伤害到我呢？"

苏江礼表白地说："凤瑶，我知道对不起你，是我让你压抑了自己的感情！"

齐凤瑶继续哭泣着："不，不……"说着，她从苏江礼怀里挣脱出来，不顾一切地向前跑去。

苏江礼急忙追上去，说："凤瑶，等等我啊……凤瑶，难道我们真的不能静下心来好好谈一谈吗？"

齐凤瑶停住奔跑，一双大大的泪眼望着苏江礼，说："也许我们命中……命中注定没有什么缘分的，我应该离开你们……"

苏江礼急赤白脸地说："不，凤瑶，应该走开的是她！"

"苏总……"齐凤瑶刚刚说出这两个字，嘴就被苏江礼的手严严地堵住了。

苏江礼望着齐凤瑶，颤抖着嗓音说："凤瑶，你现在什么也不要说了，我们就这样默默对视着就行了。对，就这样。凤瑶，你能从我的眼睛里读出一个爱字吗？你能，一定能。我也从你的眼睛里读出了一个爱字。这个爱字就是一张网，把我们紧紧地网在了一起。凤瑶，我不需要你表白什么，我知道你爱我这就足够了！"

齐凤瑶从苏江礼的话语中听出了两个字：真诚。一时间，她热泪奔涌。

晚上8：00，曾晖走进苏江礼家里的时候，苏江礼正在喝酒。

曾晖好奇地说："舅舅，你只有在心情不好的时候才喝酒的。怎么，今天心情不好吗？"

苏江礼把酒杯推到一旁，头也不抬地说："我的事情你就不要多问了！"

曾晖想了想，继续说："那个碧海旅行社的齐凤瑶没能让您开心，是吗？那个小娘们儿挺倔，挺有个性的，不过我相信她早晚得成为您床上的尤物。舅舅，您对我说句心里话，您是看她长得漂亮想玩儿她还是真心爱上她了？"

苏江礼手里紧紧攥着一个很考究的酒杯，倾诉般地对曾晖说："我要不是爱上她能心情不好吗？她真的让我爱上她了，现在我觉得一天都不能离开她了。这肯定是老天爷有意安排的，让两个齐凤瑶在我的生活中出现，一个是本该熟悉却形同陌路，一个本该形同陌路却让我爱到了骨髓。世界是男人的，可支撑世界的永远是女人。曾晖，你知道我最着急的事情是什么吗？离婚，离婚！我要急迫地和我深爱的齐凤瑶生活在一起！"

曾晖咧了咧嘴，说："舅舅，您和两个女人的事情我还真不想多问，可是我们那笔'生意'该做了，你知道我等着用钱买房呢。舅舅，快发'货'吧！"

苏江礼不高兴地瞪了曾晖一眼，说："我就知道你小子又来跟我提这件事。我告诉你，现在'货'不能发。"

曾晖不以为然地问："又是时机不成熟？"

苏江礼把酒杯墩在桌上，说："对！我们是要挣钱，可是一定要有百分之二百的把握才行，否则你我是什么下场你应该清楚！"

曾晖不服地问："舍不了孩子套不住狼，干这种生意本来就是冒着进监狱、挨枪子儿的风险，什么时候也不是安全的，你要安全就不要钱了？"

苏江礼一字一顿地说："挣钱也要，安全更要！"

曾晖不服气地说："谁也做不到这一点！"

苏江礼自信地说："我，我能做到！怎么，你小子不相信吗？"

曾晖不置可否地说："我只相信钱！"

苏江礼把一包烟扔给曾晖，同时骂道："你这个成不了大事的东西！"

曾晖没有吸烟，以天不怕地不怕的口气说："舅舅，我佩服你是个特别有心机的人，但我等不了了，我需要钱，钱！如果你怕出事儿，把'货'给我我自己做这笔生意，挣了钱我高兴，被警察抓住我他妈也认了！你把'货'给我！"

苏江礼蔑视地冷笑一声，说："把'货'给你？你以为你出了事我就毫发无损吗？我跟你说过多少遍了，警察查得很严！"

曾晖从裤兜里掏出弹簧刀，像一条饿急了的等待食物的狼狗一样，望着苏江礼说："我不管那么多，你不把'货'给我我就……"

苏江礼猛地沉下脸，厉声说："曾晖，把刀给我放下，滚出去！听见没有，把刀放下滚出去！"

曾晖眼里冒着一种绿莹莹的光，恶声恶气地说："舅舅，我今天可以滚出去，但是一个月之内'货'要是发不出去我还会找你闹的，不要总想着那个齐凤瑶，你的心思要不是全放在了她的身上，'货'恐怕早就发出去了！"

苏江礼拍了一下桌子："你胡说，这件事和她没有任何关系！"

曾晖歪着脖子，争辩地说："没有关系？哼，鬼才信这话呢，你让那个小娘们儿给迷住了，别以为我看不出来！"

苏江礼见一时半时说服不了外甥，索性赌气地冲曾晖摆摆手，不耐烦地说："曾晖，我是被齐凤瑶迷住了，可这和咱们那笔生意没有任何关系，这话刚才我已经对你说过了，不想再重复了，你非要这样认为我也没有办法！"

曾晖脸上的肌肉抽动了几下，说："没办法？哼，你看我有没有办法？"

苏江礼气愤地骂道："滚出去，滚出去，你他妈的都没有一条狗听话！"

曾晖的脸色越发阴沉了，说："你骂我是狗？那我就是狗了，我是见着钱就咬的狗！舅舅你也不例外！我还是那句话，一个月之内'货'要是发不出去我还会找你闹的！我走了！"

曾晖走了出去，苏江礼气得一屁股跌坐在沙发上呼呼直喘粗气。几分钟后，他头脑开始冷静下来，突然想起了什么，叫了一声"不好"，就像被针扎了一样。

从沙发上弹跳起来，冲出门去。

齐凤瑶正在家里陪华华做功课，手机响了。

齐凤瑶按下接听键，说："您好，我是碧海旅行社总经理齐凤瑶，请问您是找我吗？"

手机里是一个男人的声音："对，我就是找你。我是旅游爱好者，我组织了一个旅游团想去北京，想当面和你谈谈有关事项。你不会拒绝吧？"

齐凤瑶想，后天海南那个旅游团就要来了，如果能再接一个旅游团更好不过了，于是高兴地说："您能够加盟我们碧海旅行社我非常高兴，是需要现在谈吗？"

男人干脆地说："当然是现在，你应该懂得时间就是效率。当然了，你如果感觉不妥的话我可以再找其他旅行社。"

齐凤瑶不想因为时间的关系放弃一次难得的机会，说："那好吧，我们可以现在谈，在哪里见面呢？"

男人说："我在你的碧海旅行社前面那个路口等你。希望你能以最快的时间赶到，因为我的时间是宝贵的。"

齐凤瑶说："我会尽快赶到，谢谢您的合作。"挂断电话后，齐凤瑶急急忙忙下了楼，向碧海旅行社前面那个路口走去。

这段路面市政部门刚刚改造完，还没有通路灯，自然也没有什么行人，齐凤瑶正独自行走着，一个黑布蒙脸的男人举着弹簧刀突然从僻静处蹿了出来。

齐凤瑶吓得头皮发麻，颤抖着声音问："你……你……你是谁？想……想干什么？"

蒙面男人不作声，举着刀子刺向齐凤瑶。就在这时，一辆亮着大灯的"奔驰"车戛然停在了一旁，那个蒙面男人夺路而逃。

苏江礼从车上下来，搀扶住大汗淋漓的齐凤瑶，关切地问："凤瑶，凤瑶，你没事吧？"

齐凤瑶身子虚软地一头扑进苏江礼的怀中，战战兢兢地说："江……江礼总……有人要……要……"

苏江礼就势紧紧抱住齐凤瑶，柔声说："凤瑶，不要怕，我都看见了，他肯定是想发小财的歹徒。现在好了，有我在呢。别怕，啊？"

齐凤瑶喘息了一阵，紧张的情绪渐渐平静下来，感激地说："真得感谢您，苏总，要不是您，我今天恐怕……"

苏江礼把齐凤瑶拉上车，说："现在社会治安太成问题了。凤瑶，不是我责怪你，你不该这么晚了一个人出来的。一定是有什么急事吧？能告诉我吗？"

齐凤瑶一边整理着头发一边说："我的确是有急事的。十分钟前，我接到了一个电话，一位先生约我在前面那个红绿灯处见面谈一笔业务，我就过来了，差点儿出事。"

苏江礼心里早就明白怎么回事了，但还是说："凤瑶，你真单纯，你也不想想，谁会夜里和你谈业务呢？分明是有人设下的圈套。据我所知，这种案件永平市每年都要发生好几起。"

齐凤瑶思忖着说："那他是怎么知道我的手机号码的呢？他为什么对我下手呢？"

苏江礼不愿意就这个话题再谈下去了，劝慰地说："算了，凤瑶，不要多想了，只要没出事就行了，以后不要轻信陌生人的话，要学会自己保护自己。"

齐凤瑶暗自为自己的鲁莽而后悔，听了苏江礼的话后，点点头说："我会记住您的话的。您这么晚了怎么还没有休息？"

苏江礼慨叹地说："我嘛，这么多年晚上忙碌惯了，没有早睡的习惯，晚上安静，想开车出来散散心，没想到……我们真的是前世定下的缘分啊！"

齐凤瑶愤恨地说："这些歹徒太可恶了，他们早晚会进监狱的！"

黑暗中，苏江礼轻轻握住了齐凤瑶那柔嫩、温热的手，轻声问："凤瑶，刚才我下车的时候你叫我什么来着？"

齐凤瑶摇摇头，说："我……我叫您什么来着？我忘了，哦对了，是苏总吧？"

苏江礼握紧齐凤瑶的手，说："不对，你叫我的是江礼，我非常高兴你这样叫我。以后不要叫我苏总了，就这样叫我江礼。答应我，凤瑶。"

齐凤瑶窘迫地说："这……这……"

苏江礼幸福地说："凤瑶，你早就应该这样称呼我了。我希望你不仅在危急时刻叫我江礼，在任何时候都要叫我江礼。"

齐凤瑶声音很低地"嗯"了一声。

苏江礼把身子凑到齐凤瑶近前，充满温情地乞求道："凤瑶，和我一起回家吧！"

齐凤瑶不容置辩地说："不行，我必须马上回去，我女儿一个人在家里写作业呢！"

苏江礼小声说："凤瑶，我真希望你能给我多一点儿时间。"

齐凤瑶也轻声说："时间并不能决定什么的，请不要反驳我的话。"

苏江礼找不出说服齐凤瑶随他回家的理由了，便说："好吧，但你要记住，我的心每时每刻都在为你跳动着。"

齐凤瑶忽然用轻快的声音对苏江礼说："我有件好事想告诉您。"

苏江礼做出认真倾听的样子，说："你的什么事情我都感兴趣。"

齐凤瑶笑着说:"后天我就要接一个海南来的100人的长线团了,这是我靠自己力量做的第一笔业务!"

苏江礼高兴地说:"很好,凤瑶,我祝贺你!"

黑暗中,苏江礼无声地冷笑了一下。齐凤瑶是看不见的。

又待了一会儿,在齐凤瑶的要求下,苏江礼把她送回了家,然后去了曾晖家。

曾晖似乎早就预料到了舅舅会来兴师问罪一样,坐在椅子上一根接一根地吸烟。

苏江礼一进门就怒气冲天地质问曾晖:"曾晖,你真的想一刀捅死她吗?"

曾晖瞥了一眼舅舅那张铁青色的脸,赶紧低下头,说:"我不知道是不是应该杀死她,但我除了这种方法以外实在没有可以让您赶快发'货'的办法了!"

苏江礼在屋里踱了几步,说:"曾晖,我可以对天发誓,不发'货'的原因绝对不是你想象的那样。我应该警告你什么就不多说了,但我爱的人绝不可以受到丝毫伤害!你不是喜欢动粗吗,过几天你就可以大展身手了!"

曾晖不解地问:"什么大展身手?我听不明白。"

苏江礼阴冷地说:"我告诉你你就明白了,你要这么做……我要给她点儿厉害尝尝!我能把她抱在怀里,也能把她踩在脚底下!"

曾晖心中暗暗佩服舅舅的计策高明,同时也为舅舅的阴损感到可怕。他望着苏江礼,故意问:"您真忍心让那个大美人儿再次陷入到绝境中吗?"

苏江礼仍然用那种低沉的音调说:"她不识相,我只能走这一步了。她不是想合法经营吗?她不是还在做干大事业的美梦吗?我照样可以把她作为咱们这盘棋上的一颗棋子来随意摆布。曾晖,你记住舅舅的话,不管我怎么爱她、怎么和她上床,那都是男人和女人之间的事情,在'生意'面前,咱们的利益永远是一致的!"

"舅舅,我明白了!"曾晖把烟头甩在地上,狠狠地踩灭了,两个人都笑起来。

三天后,海南那个旅游团如期到达了永平市,碧海旅行社为他们做了地陪,用两天时间游览了市内几处有名的古迹。按照事先定好的行程,导游张婷婷带领游客来到了"金人"保龄球馆打保龄球。

大家正玩得兴致高涨的时候,海南带队的男导游对张婷婷说:"小姐,我是个烟鬼,最爱吸硬壳'红塔山',没有烟比什么都难受,麻烦你去为我买两盒,好吗?"

对于同行这个小小的要求,张婷婷当然不能拒绝了,她微笑着说:"好的,我非常高兴为您服务,请您稍等,我到保龄球馆外的超市去买。"

"谢谢,谢谢了。"

张婷婷接过男导游递过来的钱,在众游客的欢笑声中走出了保龄球馆。

事情要多凑巧就有多凑巧,张婷婷刚走,曾晖带着四五个膀大腰圆的男人走了过来。他们趾高气扬地来到众游客面前,曾晖挥了挥手,大声说:"先生们,女士们,我们是碧海旅行社的,大家打保龄球每人需要交 30 元钱!你们愣着干什么?快掏钱哪!"

旅行社在服务中途额外向游客收取费用的事情并不鲜见,但不明就里的男导游还是生气地对曾晖说:"我们凭什么交钱?打保龄球是你们碧海旅行社推出的线路中的一项重要活动,费用昨天就交给你们旅行社了,额外收钱是不正当的!"

曾晖不耐烦地大声说:"你少跟我废话,这是我们碧海旅行社的规矩!"

男导游生气地说:"钱我们说什么也不能掏,你们这是无理收费,我代表大家抗议,并且还要向你们市旅游局投诉!"

曾晖冲男导游瞪起了眼睛,粗声粗气地说:"这是永平市,不是他妈的海南,不交钱就给你点儿颜色看看!"

男导游还要据理力争,曾晖猛地把男导游推倒在了滑道里。一名男游客气愤地大声对曾晖说:"你们凭什么打人?简直是歹徒!"

曾晖一甩头,身后几个男人冲上前对男游客就是一阵拳打脚踢。保龄球馆内顿时乱作一团,曾晖等人趁乱溜走了。

这时,拿着两盒硬壳"红塔山"烟的张婷婷回到了保龄球馆内,见众游客正在用卫生纸为被打得口鼻出血的男游客擦血,心里一沉,预感到发生了不祥之事,赶忙问:"怎么了?这位先生怎么了?发生什么事情了?"

男导游脸上罩着一层冰霜,和刚才打保龄球时判若两人,严厉地对张婷婷说:"小姐,请不要再对我们演戏了,你们额外收钱,还打伤了我的游客,你们碧海旅行社要对这种非法行径负完全责任!"

张婷婷把烟递给男导游,惊诧地瞪大了眼睛,说:"先生,您说的话我听不懂,我们碧海旅行社不会再额外追加费用的,更不会打人,再说……"

男导游冲动地打断张婷婷的话,以命令的口气说:"不用说了,你现在需要做的就是马上把我的客人送到医院治疗!"

张婷婷还是没有从震惊和迷惑中走出来,对男导游说:"先生,送人到医院是可以的,不过您听我解释……"

男导游没好声气地说:"没有什么好解释的,想解释就请向贵市旅游局监察大队去解释吧,我们已经在电话里投诉你们了!"

几名游客搀扶着被打伤的游客向保龄球馆外走去,张婷婷拦住一位中年女士,急切地问:"大姐,能详细告诉我刚才发生了什么事情吗?"

那名中年女士望了张婷婷一眼,冷冷地说了四个字:"装腔作势!"说完也走出了保龄球馆。

张婷婷万万没有想到会发生这样可怕的事情,她知道,打人的人肯定和碧海旅行社没有任何关系,但是现在她百口莫辩,面对众游客的冷漠和指责,急得流出了眼泪。她强迫自己冷静下来后做出的第一个决定就是:赶快把这件事告诉给凤瑶姐!

此刻,心情十分愉快的齐凤瑶正在碧海旅行社办公室里写着什么,手机响了,她从显示屏上看出电话是张婷婷打来的,便微笑着按下了接听键。

张婷婷惊慌的声音震动着齐凤瑶的耳膜:"凤瑶姐,出事了,我们的一位客人在保龄球馆被一伙冒充我们旅行社员工的男人打伤了!"

齐凤瑶脸上的笑容猛地消失了,心情也一下子降到了冰点,她大声问道:"什么?客人被打伤了?怎么回事?"

张婷婷带着哭腔说:"凤瑶姐,我到保龄球馆对面的超市里为海南的导游买香烟,回来后就出事了。我现在正在市第一医院急诊室陪客人检查伤势,你快来吧,客人一致要求你出面!"

齐凤瑶颤抖着声音说:"我马上就到!"说完,急急忙忙跑出办公室,到街上拦了一辆出租车,向市第一医院赶去。

事情显然到了不好收场的地步。

医院急诊室里,被打伤的男游客躺在床上,额头上包扎好了绷带。张婷婷站在一旁,望着男游客痛苦的样子束手无策。

齐凤瑶匆匆走进来,张婷婷急忙迎上去,说:"凤瑶姐,都怪我没有为客人服务好……"

齐凤瑶的手和张婷婷的手不约而同地握在了一起,齐凤瑶替张婷婷擦去眼角的泪水,轻声说:"婷婷,这件事咱们以后再慢慢说,好吗?"说完,她面对被打伤的游客充满歉意地说:"先生,非常抱歉,我是碧海旅行社的法人代表、总经理齐凤瑶,作为我们的客人,您无故受到伤害,我深深感到不安,但是有一点请您相信,收钱、打人者绝对不是碧海旅行社的员工,因为到目前为止,碧海旅行社总共只有我们两个员工。"

男游客的伤虽然不算严重,但他气愤到了顶点,大声对齐凤瑶说:"你以为这样解释我就能相信吗?我不是三岁的小孩子!"

齐凤瑶微笑着,耐心而坚定地对男游客说:"先生,我对您说的都是实话,我的碧海旅行社真的不会做任何对不起客人的事情!"

男游客固执地摇着头,闭上了眼睛,摆出了一副不愿再和齐凤瑶多说一句话的姿态。

男导游走到齐凤瑶面前,依然火气冲天地说:"齐总,如果你想让我们相信你的话就请拿出令人信服的证据来!"

齐凤瑶望着男导游,真诚地说:"先生,我暂时还不能为您提供证据。"

男导游理直气壮地说:"所以,我们相信事实。就算真的有人冒充贵旅行社员工,那么我的客人人身安全没有得到保障总归是无可辩驳的吧。我们打开窗户说亮话,齐总,这件事的性质是怎样的您会比我更清楚,我们是外地人,也不想对这件事进行深究,不过,你及你的旅行社信用度已经为零了,我们强烈要求你退款,我们重新选择旅行社,你还要赔偿医药费!"

齐凤瑶抑制住泪水,轻声说:"先生,您的心情我完全能够理解,可我觉得我们还有合作空间的。"

男导游提醒似的对齐凤瑶说:"齐总,请你不要忘了,这是我们的权利!"

齐凤瑶依然用商量的口吻说:"有些事情我们可以慢慢商量解决的……"

男导游不屑一顾地冲齐凤瑶晃了晃手,说:"没有必要,方才我说过了,我们是外地人,不想把事情扩大,我们已经向旅游监察大队投诉你们了,难道还要我们把你们告上法庭吗?"

齐凤瑶沉默了一会儿,点了点头,说:"既然如此,我答应你的要求,我会在最短的时间内退还钱款、承担医药费,但是我郑重声明,我的碧海旅行社没有做对不起各位的事情,除了遗憾,我没有任何话可说了!"

齐凤瑶的眼泪再也忍不住了,她拉着张婷婷的手,快步走出了急诊室,背后传来男导游的声音:"对这种没有道义的旅行社就应该严厉制裁!"

这句话,如同锋利的钢刀,深深刺痛了齐凤瑶和张婷婷的心。

齐凤瑶和张婷婷一路一语不发地回到了碧海旅行社办公室,泪眼婆娑地对坐着。

过了好长时间,齐凤瑶沉重地对张婷婷说:"婷婷,下午你去海南客人住的宾馆里把我们所收的款额如数退还给他们,外加受伤客人的医药费,客人说什么都不要计较。"

张婷婷低下头,慢慢地说:"好的,凤瑶姐,我会按照你的话去做的。"

两个男人出现在了门口,其中一个男人冷冰冰地问:"你们谁是碧海旅行社的法人代表?"

齐凤瑶站起身,说:"我是,请问你们是……"

那个男人亮出证件,说:"我们是市旅游局监察大队的,我们接到游客投诉,你们强行向游客收取不正当费用,并且造成了游客伤害,影响极为恶劣。为维护旅游市场秩序,我们做出了如下决定:一、从现在开始,你们碧海旅行社停业整顿;二、罚款三千元,限你们三天内将罚款交到市旅游局监察大队!"

另一名男人将处罚通知单放到齐凤瑶面前,示意齐凤瑶在上面签字。

齐凤瑶激动地说:"我不能接受这样的处罚,我们碧海旅行社没有向客人额外收取任何费用,更没有打人,那是有人冒充我们旅行社的名义!冒充,你们懂吗?"

先前说话的那名男人严肃地对齐凤瑶说:"我们有充足的证据证明碧海旅行社违反了旅游市场管理规定,所做处罚决定也是有法律依据的,最起码游客的人身安全没有得到有效的保证,这一点你无法否认吧?"

齐凤瑶据理力争地说:"我承认,我们没有保护好游客的安全,可我们主观上是没有过错的呀……你们应该把事实调查清楚,这样做对我是不公平的!"

男人皱起眉头,越发严厉地说:"齐凤瑶,你是法人代表兼总经理,要注意态度,再强词夺理我们将提请市工商局考虑吊销你的营业执照!"

齐凤瑶脸上淌满了泪水,声音颤抖地说:"你们……我停业、停业……这个旅行社我……不做了!"说完,发疯般抓起笔,在处罚单上签上了自己名字。

第十一章 街头遇险

两个男人面无表情地转身走了出去。齐凤瑶跌坐在椅子上，委屈、痛苦地放声大哭起来。张婷婷扑到齐凤瑶怀里，也痛哭起来。

齐凤瑶激愤地哭喊起来："这到底是怎么回事？为什么，为什么啊？"

碧海旅行社员工乱收费并且打伤外地游客的消息很快传播开了。就这件事情本身来讲无疑是一个很好的新闻题材，作为《永平晚报》的总编不会不有所反应的。所以，他把丹明叫到了总编室，向丹明布置任务说："方才市旅游局洪局长向我提供了一个线索，我市一家民营旅行社在带客人游览的过程中强行向海南客人收取费用，遭到客人合理拒绝后竟然大打出手，把一位游客打成了轻伤。这件事在社会上产生了较坏的影响，直接影响到了我市优秀旅游城市的形象。所以，我特意派你去调查这件事的来龙去脉，给那家旅行社曝光！"

丹明最初对这件事也很感兴趣，但他不无担心对总编说："曝光？上次我采写的《旅行社员工推介线路在宏海贸易公司遭到侮辱》的稿子，您就没有让曝光，这次恐怕也……"

总编挥了挥手，说："书生意气，上次那件事涉及到四方旅行社总经理苏江礼的亲戚……不谈这件事了。这次曝光的性质和上次不同，你要发挥能写善采的特长，让那家旅行社以及所有不正当经营的旅行社失去市场，净化我市的旅游环境！"

丹明问："您说的是哪家旅行社强行收费并打伤了游客？"

总编说："是碧海旅行社。"

丹明惊讶地瞪大了眼睛，说："什么？碧海旅行社？不可能，不可能的！"

总编问丹明："怎么，你和碧海的总经理认识？"

丹明急切而肯定地说："我们是……一般朋友，不过，我很了解这个总经理，她不会做出这种事情来的！"

总编不高兴地说："丹明，你是记者，尊重事实这四个字不用我过多地向你解释吧？你了解的人并不代表不做令人切齿的事情。这篇报道我亲自来抓，你要以一个记者的角度客观地调查这件事，不要掺杂个人感情。我对你还是非常放心的。"

丹明点点头，说："好吧，总编，我一定客观详实地报道这件事，我也不会忘记自己是一名记者的！"

"那你就投入工作吧。"

丹明走出总编室，边走边喃喃自语："凤瑶怎么会做出这样的事情呢？不会的，凤瑶不会做这样的事，我相信自己的感觉……"

丹明决意把这件蹊跷事调查清楚。"我是记者！"他在心里对自己说。

此时此刻，许多海南游客聚集在某宾馆男导游的房间里商量是回海南还是继续在永平市观光揽胜。

男导游嘴唇上起了一层血泡，对众人说："我请大家来是想商量一下我们是就此离开永平市回海南还是继续在这里游览,作为组织大家出来旅游的旅行社导游,我会尊重大家的意见的。"

一名游客见怪不怪地说:"现在全国各地旅游市场都不很规范,发生一些欺客、宰客的事也不足为奇,永平市是全国闻名的优秀旅游城市,有很多名胜古迹,就这样回去未免太令人遗憾了,我们既来之则安之吧。"

另一名游客说:"对,我们可以再找一家旅行社嘛,永平市的旅行社总归不会都搞不正当经营吧!"

这两名游客的话分明代表了众游客的想法,于是,男导游说:"那好吧,我将以最快的速度联系一家旅行社……"

男导游的话还没有说完,响起了敲门声。男导游打开房门,见一名佩戴"四方旅行社"徽标的男青年站在了门口。

男青年彬彬有礼地对男导游和众游客说:"各位先生,大家好,我是四方旅行社公关部职员,特意登门开展业务,我们是永平市最大的国有旅行社,能够为各位提供一流的服务。这是我们的线路和报价单。"

男导游接过线路报价单,翻看了一会儿:"好吧,我们可以详细谈谈,如果价格合理的话,我们就选择你们四方旅行社!"

丹明是以复杂的心态走进碧海旅行社办公室的。

齐凤瑶和张婷婷依旧相泣而坐,见丹明走进来,齐凤瑶颇感意外地问:"丹明,你……你怎么来了?"

张婷婷委屈地说:"丹大哥,你来得正好,我们旅行社出大事了,有人冒充我们的员工在保龄球馆打伤了游客,凤瑶姐浑身是嘴也说不清了,市旅游局通知我们停业整顿还要交三千元钱罚款。丹大哥,你是记者,为我们呼吁呼吁吧,我们的确是冤枉的!"

丹明望着齐凤瑶凄恻的神情,心中涌起了一股难以言说的滋味,不过他坚信自己的直觉:齐凤瑶是不会做那种事情的。他安慰地对齐凤瑶说:"事情我都知道了,我正是就这件事搞调查采访的,我一定要揭露事情的真相。凤瑶,不要难过,我相信你没有做错什么,委屈只是暂时的,希望你能振作起来,别忘了,你是总经理。"

齐凤瑶低垂着头,小声说:"丹明,谢谢你信任我,我真的没有做那些龌龊的事情……"

丹明掏出采访本,说:"凤瑶,我已经说过了,我的直觉让我相信你是清白的。婷婷,你向我介绍一下当时的情况吧。"

张婷婷擦干眼泪,详细地向丹明讲述了事情发生的前前后后。

第十二章　调查真相

曾晖打电话给苏江礼的时候，苏江礼正在一家洗浴中心的包间里与一名按摩小姐耳鬓厮磨。说起来，自从齐凤瑶走到他心里之后，他一直没有来过这类地方。他知道，这些搞三陪的小姐是最容易被他这个永平市的名人所引诱的，她们总是想方设法地接近他、讨他喜欢，他就利用她们这种心理，诱惑好几个三陪小姐染上毒瘾，再让她们在同行中间"发展"人选，达到销售毒品的目的。不过，这种方法有两个弊端，一是毒品销售量小，难以挣到大钱，二是风险也大，如果有一个吸毒女"不听话"事情就会暴露。那个姚佳佳就是在夜总会里被他哄骗着染上的毒瘾，后来她想戒毒，他当机立断，授意曾晖杀人灭口，同时他也停止在三陪女中物色人选了，等把手里那批"货"脱手后再做道理。

今天，苏江礼是纯粹来消遣的，齐凤瑶虽然魅力无穷，但三陪女的风情也是能够撩人心魄的……苏江礼轻吻着那名三陪女柔嫩的嘴唇，再次把她放倒在了床上。

这时，苏江礼的手机响了。他本来不想在这个"关键"的时刻接听电话，但瞥见显示的来电号码是曾晖的手机，便按下了接听键。

"曾晖，你有什么事？"苏江礼语速很快地问。

电话里，曾晖笑着说："舅舅，太好了！"

"什么事这么高门大嗓的？"

"舅舅，海南旅游团我帮你接到手了！你可把齐凤瑶那小娘们儿坑儿惨了，市旅游局责令她停了业，还要罚她款。你上次把旅游团转给她是为了得到她，这次把旅游团从她手里抢过来是为了挣到钱，而且做得滴水不漏，我觉得您都有些可怕啦！"

苏江礼知道曾晖不是在奉承自己，一边搂抱着那名三陪小姐一边说："没办法，这就是市场，钱挣到谁手里就是谁的，我不能老干转让旅游团的事情。"

曾晖压低了声音，问："那'货'还没有动静吗？"

苏江礼猛地把小姐推到一边，同时挂断了手机，厉声问她："你刚才听到电话里说什么了吗？"

小姐在床上鲤鱼似地打了个滚，樱唇一撇，说："我只管挣钱，你电话里说什么关我屁事？"

苏江礼放心地笑了，说："这就好，你活得真明白！来，过来！"

两个人赤裸着身子滚到了一起。

碧海旅行社办公室里，丹明把张婷婷讲述的话全记在采访本上了，张婷婷企盼地对丹明说："丹大哥，这件事你要是能在晚报上曝光就好了，干坏事的人看了心里肯定不舒服的！"

丹明点点头，分析说："婷婷，我觉得事情不像你说得这么简单，这里面肯定有隐情。你想啊，那几个冒充你旅行社员工的人口口声声向游客要钱，却又没有拿走一分钱，很明显，他们的用意就是给你们制造麻烦，让客人很自然地攻击你们。这些人是什么人呢？他们为什么这样做呢？把游客打伤了他们又能得到什么好处呢？这些问题不解开，事情就不会水落石出。我一定把这件事调查清楚，以正视听，我去采访保龄球馆当班的保安。"

齐凤瑶想对丹明说几句什么，但又不知道说什么好。丹明理解地冲齐凤瑶微笑了一下，走了出去。

丹明走后，齐凤瑶嗓音沉重地对张婷婷说："婷婷，你忙了快一天了，回家休息吧。我们停业了，这几天你就不用来上班了。"

张婷婷走到齐凤瑶身边，望着神情悲痛的齐凤瑶，关切地说："凤瑶姐，我不累，我想多陪陪你。"

齐凤瑶颤抖的手轻轻握住张婷婷的手，说："婷婷，不用了，我不会有事的。听姐姐的话，回家休息吧。"

张婷婷没有走，她担心地说："凤瑶姐，丹大哥能帮我们澄清事实吗？"

齐凤瑶重重地叹了口气，说："他只是一名普通记者，听天由命吧。我们没做亏心事，上帝不会把沉重的十字架背在我们身上的。婷婷，你回家吧，我想自己待一会儿，这样我的心情可能会好一点儿的。"

张婷婷点点头，走出了办公室。

办公室里安静得仿佛真空一般，晶亮亮的泪水又一次不知不觉地从齐凤瑶眼角涌出来。她没有去擦泪水，胸膛里像被人强行塞进了几大团棉花，堵得喘不过气来。她愤懑到了极点，想大声叫喊几声，但最终只是喃喃自语道："这究竟是怎么回事啊……我怎么像飘浮在云雾中啊……"

良久，齐凤瑶用手机拨通了一个号码，对方接通后，她轻轻对他说："我想见你。"

海边，冷饮摊。夜。

神情抑郁的齐凤瑶和苏江礼并肩坐在一个大排档前。他们到这里足足有十分钟了，齐凤瑶除了轻轻抽泣以外一句话也不说。

苏江礼望着楚楚可怜的齐凤瑶，心里涌起了一股说不出来的滋味：眼前这个女人是他深爱的女人，但是他却给了她致命性的打击。而作为这个计谋的策划者，他并没有多少喜悦……他剥开一只煮熟的螃蟹，放在齐凤瑶面前的盘子里，说："凤瑶，我知道你的心情很坏，可你总该对我说点儿什么，你不能就这样一句话也不说呀！"

齐凤瑶终于开口说话了，她的嗓音里充满着凄凉和痛苦："我不知道该对你说什么，就像不知道为什么有人冒充我的旅行社员工打伤游客一样。我不想说话，也不想听你说话，我就想让你陪我坐一坐……我太孤单了，我再一次感到了自己力量的渺小，好像秋天的一片落叶，被风随意吹动。"

苏江礼以极其同情的口吻对齐凤瑶说："凤瑶，无可预料的事情既然发生了，你就不要太过于悲伤了，我们要想办法改变这种状况才是最应该做的事情。"

齐凤瑶凄惨地苦笑了一下，说："改变？我怎么改变呢？事情太突然、太出乎我的预料了……我真的快要承受不住了……"

苏江礼盯着齐凤瑶，不动声色地说："据我所知，这件事在全市影响很大，要想消除影响恐怕不是一件容易的事情啊。"

齐凤瑶努力思索着自言自语："是谁冒充我的员工呢？他们这样做的真正目的是什么呢？"

苏江礼眼珠转了转，说："凤瑶，依我看这件事的起因就在于你写给市旅游局的那封反映全市旅行社市场不良竞争的信上，你触动了那些旅行社老总的神经，他们自然怀恨你了。"

齐凤瑶望着苏江礼，问："你是说其他旅行社的人故意报复我才这样做的吗？"

苏江礼点点头，说："我想我的判断是正确的。"

齐凤瑶气愤而无奈地说："他们……他们未免太卑鄙了！"

苏江礼极富哲理地说："凤瑶，千万别忘了，卑鄙也是一种手段，而且在某种程度上还是最佳的一种手段。"

"我鄙视这种手段，这其实是最无能的一种表现……"齐凤瑶的话被手机铃声打断了。齐凤瑶见是丹明的手机号码，犹豫着没有接听。

铃声停止后，齐凤瑶微妙的神情没有逃过苏江礼的眼睛，他喝了一口饮料，问齐凤瑶："谁打来的电话？"

齐凤瑶随口回答："报社的记者，丹明。"

苏江礼又问："他找你做什么？"

齐凤瑶觉得没有必要对苏江礼隐瞒什么，就说："他想调查海南游客被打的事情经过，他也相信我是无辜的。"

苏江礼真的有些吃惊了，问："记者在调查这件事？"

齐凤瑶点点头，说："难道不好吗？现在不要说登报，就是有人愿意听我解释我都会感到很高兴的，可现在除了您没有人肯……唉！"

苏江礼握住齐凤瑶的手，说："凤瑶，我说过我会帮助你的，旅行社不能做了并不代表别的事情不可以做。你知道保龄球馆是我的一份产业，你去做总经理吧，同样可以干一番事业的。"

齐凤瑶摇摇头，轻声说："您对我的帮助已经很多了，多得我都快承受不住了，我不会去保龄球馆的，我的事业是经营自己的旅行社，我必须把我的碧海做下去！"

齐凤瑶的嗓音里透着一种让苏江礼感到可怕的坚强。他没有想到，碧海旅行社已经到停业整顿的地步了齐凤瑶仍然不肯放弃自己的理想。他不甘心地对齐凤瑶说:"凤瑶,恕我直言,海南游客被打这件事影响很大、很坏,你想重新开业不是一件容易的事情,最起码短期内是不可能的。我让你到保龄球馆做总经理是我想弥补一下对你的愧疚之情,毕竟打人事件发生在我的保龄球馆里。"

齐凤瑶说:"这件事和您没有什么关系,您也不必自责,反正我是不会做保龄球馆总经理的!"

苏江礼一本正经地说:"凤瑶,你哪点都好就是脾气太倔了,这样会吃亏的!"

齐凤瑶苦笑了一下,说:"我承认这是自己的缺点,也知道您不喜欢我这种性格,可我并不认为顺从别人就是好事。我没有理由改变自己的个性!"

苏江礼解释说:"凤瑶,我不是有意识地在说服你,我是想让你的心情轻松快乐起来。你身上出了这么大的事情,我的心情也很沉重,我不知道你下一步想怎么做。"

齐凤瑶慢慢地说:"我不知道,一点都不知道,我感觉自己是在一种幻觉当中……"

苏江礼以商榷的口气对齐凤瑶说:"要不你去驾校学开车吧,我替你报名,怎么样?"

齐凤瑶摇摇头,说:"我突然想起来了,我女儿暑假期间参加了学校组织的夏令营,不用我照顾,我应该回农村看望我母亲。在我母亲面前我的心情会好许多的。"

苏江礼实在没有想到齐凤瑶提出来去农村,不由得愣了一会儿,说:"那这边的事情……"

齐凤瑶有些苍白、疲劳的脸上浮现出了一种大难过后的平静的神色,说:"顺其自然吧。"

苏江礼说:"那好吧,我送你回农村,陪陪老人也是一件好事。答应我,回来以后多陪陪我,好吗?"

齐凤瑶望着苏江礼,说:"永平市除了您,我真的没有什么可依赖的人了。"

苏江礼央求道:"凤瑶,我对你发誓,只要我一办完离婚手续就和你永远生活在一起,好吗?"

齐凤瑶依然坚定地说:"我不知道未来会是什么样子,但我绝对不做伤害别人的事!"

苏江礼眼里的柔情像水一样淹没着齐凤瑶,说:"凤瑶,爱上你是我今生做的最正确的一件事情!"

齐凤瑶闭上了眼睛,小声说:"我太累了,真想好好睡上一觉,再做一个快乐的梦……"

苏江礼把椅子搬到齐凤瑶身边,和齐凤瑶并肩坐着,轻轻拥抱着齐凤瑶,说:"凤瑶,你的确是太累了,来,在我的臂弯里休息一会儿吧,我虽然没有太大的力量,但可以让你感受到一点慰藉……对,就这样……对了,刚才给你打电话的记者想调查采访海南游客被打的事情,他能起什么作用,只能添乱,甚至把事情搞得更糟。不要让他介入我们的事情,好吗?"

齐凤瑶似乎睡着了,没有说话。

碧海旅行社员工强行收取费用并打伤游客一事在市旅游局引起了轩然大波,市旅游局洪局长专门就这件事主持召开了紧急会议。

洪局长不到35岁,但显得沉稳老练,他激动地对与会人员说:"碧海旅行社违规强行向海南游客收取钱物并且动手打人这件事在社会上造成了非常恶劣的影响,已经有上百名市民给我打电话指责我们市旅游局管理不力。这件事,确实暴露了我们工作中的失误和旅行社尤其是民营旅行社经营者素质的低下,我们一定要对碧海旅行社进行严厉处罚,通报到全市每一家旅行社,以儆效尤!"

洪局长说完,目光落在了监察大队林队长身上。林队长接过洪局长的话茬说:"刚才洪局长说得对,碧海旅行社的行为不仅成了我们永平市的一大新闻,就连周边的几个城市也都知道了,严重影响了我市'全国优秀旅游城市'的称号。好在我们监察大队接到游客举报后,迅速出击,依法对责任方——碧海旅行社做出了停业整顿、罚款的决定,阻止了事态的发展。"

洪局长问:"那个碧海旅行社的总经理叫什么名字?"

林队长回答说:"她叫齐凤瑶,在我们永平市60多家旅行社中算是比较年轻的总经理。"

洪局长一怔,自言自语道:"齐凤瑶?这个名字我好像有点儿印象嘛……"

这时,一名工作人员走进会议室,对洪局长说:"刚才市政府主管旅游工作的马副市长亲自打来电话,要我们把碧海旅行社员工殴打海南游客的经过和我们的处理意见写一份书面材料报上去。"

洪局长郑重地说:"这是我上任以来副市长亲自打电话督促办理的第一件事,可见影响之坏呀。小王,你就起草这份报告吧,我来定稿。记住,一定要快!"

小王肯定地说:"好的,我中午加班,下午一上班就向您交稿!"

会议整整开了两个多小时。

就在市旅游局开会讨论如何对碧海旅行社进行处罚的同时,对这件事一直持怀疑态度的丹明找到了总编,请求说:"总编,我有一个特殊的采访,希望您能够批准。"

总编说:"特殊的采访任务?请详细说一下,如果可行我当然批准了。"

丹明用简洁、准确的语言说:"总编,根据我的初步采访,我觉得碧海旅行社殴打海南游客这件事别有蹊跷。从表面上看,这件事的责任确实在碧海旅行社,可是我在对碧海旅行社总经理齐凤瑶和导游张婷婷采访时,她们否认碧海旅行社有男员工这一事实。也就是说,在保龄球馆强行向海南游客收取额外费用的那伙男人很有可能是冒充的碧海旅行社的员工……"

丹明刚说到这里,总编摆了摆手,斟词酌句地说:"丹明,你刚才用了'可能'这个词，就是说你没有充分的证据来证明打人者是碧海旅行社以外的人员，是吗？"

丹明毫不犹豫地点点头，说："是的，总编。"

总编望着丹明，问："你有证据推翻市旅游局做出的碧海旅行社违规向海南游客收取费用并且殴打游客的决定吗？"

丹明说："总编，我目前还没有证据推翻市旅游局做出的决定，但我凭职业的敏感感觉到这件事背后一定另有文章，碧海旅行社不可能做出这种伤害游客的事情……"

总编皱着眉头，问："所以你就向我请求重新采访，对吗？"

丹明期待地望着总编，说："请您给我一段时间，我要以记者的责任感和使命感调查采访这件事！"

总编摇摇头，说："丹明，我可以明确地告诉你，你的想法不能成立，我不能批准你这次所谓的特殊的采访！你现在要做的事情就是以最快的速度把市旅游局那份传真过来的关于碧海旅行社员工殴打海南游客的事实经过和处理决定整理出来，给碧海旅行社曝光！"

丹明着急而激动地说："总编，我认为市旅游局那份传真中列举的事实不是真正的事实，这一点我有怀疑，所以我们不能给碧海旅行社曝光，我们晚报是全市发行量最大的报纸，碧海旅行社是民营企业，一旦曝光失实，将会给碧海旅行社带来难以消除的负面影响！"

总编深为丹明的执拗感到奇怪，批评道："丹明，你在我的印象中一直是一个勤奋、听话的好记者，但在给碧海旅行社曝光这件事上你却缺乏一名记者应有的新闻敏感性，让我很是失望！"

总编的责备并没有使丹明改变主意，他继续恳求说："总编，不是我没有新闻敏感性，我个人也非常气愤殴打外地游客的行为，但正因为我是记者，所以我更要去伪存真，拨开迷雾，把真正的事实刊登在报纸上，让全市读者了解事情的真相。我要对新闻工作负责，要对碧海旅行社负责，要对我们报社负责，更要对全市读者负责！"

总编真的有些不高兴了，提高嗓音说："丹明，你一连串的'负责'说得慷慨激昂，难道我作为总编就不是对所有应该负责的人负责吗？市旅游局给我们的材料上不是清清楚楚地列举了碧海旅行社的错误事实吗？你不是没有证据证明碧海旅行社是无辜的吗？我把这篇曝光的稿子交给你处理是对你的信任。对了，我记得上次你就对我说碧海旅行社不会做出这样的事情来，当时我曾经提醒过你，不能感情用事，更不能因私废公。现在看，你明显地站在了那个女总经理一边，这是什么？这是错误！"

丹明辩解说："总编，在这件事上，我是站在了碧海旅行社一边，因为我相信碧海旅行社不会做出伤害游客的事情来，出了事也是另有原因。作为记者，我要让事实大白于天下，让那只幕后黑手暴露在阳光下。但我向您保证，这里面没有任何私情！"

总编端起茶杯，喝了一口茶，沉下脸，说："丹明，你政治上太不成熟了，这将阻碍你进步的！"

丹明坚定地说："我现在只想把事情的真相调查清楚，别的什么也不想！"

总编以极大的耐心对丹明说："丹明，作为你的长者，我有责任劝你一句，你一意孤行是要吃亏的，不能没有原则地去做事情。"

丹明索性也向总编敞开了心扉，说："我知道什么原则应该坚持，什么原则不应该坚持。上次我写过一篇宏海贸易公司总经理曾晖在办公室里侮辱少女的稿件，由于不便言说的原因您没有签发，我没有找您交换任何意见，因为我知道您也是迫于某种压力。而今天这件事不仅关系到我们报社将来的声誉，更关系到一个私营旅行社生死存亡的重大问题，因此我必须把事情调查清楚，还碧海旅行社以公道，同时也让我自己的良心得到安宁，这件事并非没有疑点啊！总编，请您理解我、支持我，这是我的心声！"

丹明的固执终于惹恼了总编，他嗓音硬邦邦地对丹明说："我没有时间和你争辩，也没有必要和你争辩，总之你必须完成我交给你的工作。就这样了，你去工作吧！"

丹明有些很不甘心但又无可奈何地走出总编室，回到了记者部，坐在办公桌前呆呆地出神。他在心里说："凤瑶肯定是被冤枉了，这里面肯定大有文章。我仍然爱着凤瑶，我不能让她蒙受屈辱，不能让她的事业受挫。要想推翻市旅游局的结论重新调查事情的真相绝对不是一件容易的事情，但我愿意为她付出一切，我不图她的感激和回报，是爱让我这样去做，是爱给了我勇气！我想到哪儿去了，即使我和凤瑶毫无关系我也要把事情的真相展现在读者面前！"

"丹明，电话！"一名记者喊道。

丹明答应一声，走到电话机旁拿起听筒，说："你好，我是丹明，请问您是谁……贾红？"

自从那天在沙滩上分手后，贾红一直没有打电话给丹明，丹明以为她不愿意同自己交往了，没想到今天她打来了电话，语气还是那样俏皮："丹明，我预感你在办公室里，哈哈，你果然在！"

丹明皱了皱眉头，说："贾红，你有什么事情吗？如果没有事，我就挂电话了，我有重要的事情要去做。"

贾红的声音里透着委屈："丹明，你太绝情了，难道我一点也不值得你爱吗？那个离异的女总经理就那么值得你为她痛苦、为她思念吗？她现在可是声名远播了，她的旅行社强行向外地游客收取费用还把人家给打伤了。听说市旅游局让她停业整顿了，让我说应该吊销她的营业执照……"

丹明打断她的话，说："贾红，请你不要以幸灾乐祸的口气谈论这件事。她现在的确是被市旅游局处罚了，但我相信这不是她的错，因为她是个非常善良、非常喜欢自己事业的女人，她绝对不会让手下的员工强行向游客收取费用、打伤游客的！贾红，我可以告诉你，这一点我坚信不疑，而且我正准备着手调查这件事！"

贾红揶揄地问："为了虚无缥缈的感情吗？"

丹明坚定地说："不，为了正义、为了记者的职责！"

贾红说："我承认你说的理由，但我感觉你心里还有另外一种理由：你爱她，你要为她解脱苦恼。丹明，你不要反驳我的话，我是女人，我身上的每一个器官都能感受到你对她的爱。我嫉妒她！"

丹明不想听贾红关于爱的论述了，说："贾红，你是个好女孩，你待人很真诚，可是感情是复杂而微妙的，还是那句话，我们不会走到一起的，谢谢你对我的信任。"

贾红真诚地说："丹明，爱是不能用谢谢这两个字来替代的，如果能这样，我情愿说上八万遍、十万遍，何况爱不仅仅是对一个人的信任！其实你是一个非常懂得爱的人，所以尽管上次我们在海边……我忍不住不给你打电话，我只想听听你的声音……"

丹明劝慰地说："贾红，也许过一段时间你就会理解我了，爱是现实的。"

贾红不服气地说："那你和她的爱就是现实的吗？你说话呀，丹明，你对她的爱是现实的，可她对待你的爱呢？她对待你的爱就如同你对待我的爱。我和你都是爱的弃儿！"

"贾红，请原谅我，我无法从她的身影中走出来，正像你说得那样，我爱她！"

"你爱她是你的权利，我爱你是我的权利……"

"我怎样才能说服你呢？"

"我需要你的说服吗？你说服不了我，没有人能够说服我……"

"贾红……贾红……"

贾红挂断了电话，丹明拿着听筒苦笑起来。

都夜里11点钟了，苏江礼还没有回家，他在办公室里和曾晖谈话。

苏江礼仰躺在老板椅上，对曾晖说："曾晖，我问你一件事。"

曾晖吸着烟，说："您说吧，舅舅，就怕您的问题我回答不上来。"

苏江礼说："我要问的这个问题并不难。我这人在你心目中究竟怎么样？"

曾晖不知道舅舅这句话的含义，望了望苏江礼的脸色，小心地说："舅舅，这……这我不知道。"

苏江礼笑了笑，说："我相信你说的是真话，不要说你，就连我自己都不知道自己究竟怎么样。这几天我常这样想：为什么不好好活着享受爱情的魔力呢？我为什么要做贩卖毒品的生意呢？我为什么要欺骗我爱的人呢？我想了很多次，但每一次都没有答案，其实是应该有答案的，但我没有找到。这就是我的悲哀啊，悲哀，你懂吗？"

曾晖走到苏江礼面前，宽慰地说："舅舅，您想的太多了吧？"

苏江礼瞥了曾晖一眼，摇摇头，一副曾经沧海难为水的样子，说："你说错了，不是我想得太多了，而是想得太少了……我没有办法改变自己，只好把命运交给上苍了……"

曾晖却没心没肺地说："舅舅，人这辈子就是那么回事，怎么都是活，怎么活都不亏，我只想赚钱，别的想也没有用。您说对不？"

苏江礼不想和这个肚子里没有多少墨水的外甥探讨人生的哲理了，他坐直身子，对曾晖说："你说得有道理，其实我这句话等于没说。算了，说这些干什么？晚报那个记者想调查发生在保龄球馆的那件事，你想办法让他知难而退，不然万一事情露了馅，齐凤瑶这只美丽的小鸟就得飞了，我的目的也就达不到了！"

曾晖鼻子里轻轻哼了一声，满不在意地说："舅舅，您怎么在乎他呀？咱们把事情做得天衣无缝，他能查出什么来？"

苏江礼对曾晖说了一句富有哲理的话："曾晖，记住舅舅的话，最好不要小看任何人。"

曾晖眼里闪过一道阴冷的光，咬着牙说："舅舅，我会让那小子什么也查不着的！"

丹明的调查遇到了麻烦。他最先去的是事件的发生地——"金人"保龄球馆。其时，两名女服务员正在值班。丹明走过来，对她们说："两位小姐，你们好，我是晚报的记者，我来向你们调查一件事情。前天上午，一名海南来的游客在这里被人打伤了，你们当时在现场吗？"

一名女服务员脸上飘漾着职业性的笑容，轻声对丹明说："对不起，记者先生，我们那天不当班，这里发生过什么情况根本不知道。"

丹明问道："那么那天是谁当班呢？你们能告诉我吗？"

另一名女服务员冷淡地说："我们是新来的，和这里的人还不熟悉，不知道她们叫什么名字。对不起，先生，如果您不打保龄球的话请不要打扰我们的工作。谢谢合作。"

丹明不相信地说："你们说的是真话吗？请你们一定要对他人负责。"

先前说话的那名女服务员有些不高兴地说："记者先生，我们的谈话已经结束了。请走好。"

丹明无可奈何地走后，这两名女服务员小声议论起来：

"小齐，我们这样对他说对吗？"

"经理叫我们这样说的，我们都没有说错什么。"

"我生怕说漏了嘴被经理辞退。"

"我也是，我们总算没有犯什么错。"

"……"

离开保龄球馆后，丹明又去了某酒店总服务台。这家酒店经常接待外地团队游客，丹明猜测那个海南来的旅游团极有可能住在这里。

丹明走到总服务台前，问值班的服务员小姐："小姐您好，我是晚报的记者，我想查询一下是不是有一个海南来的旅游团住在你们酒店里。"

服务员小姐不假思索地说:"我们酒店是住过一个海南来的旅游团,他们两个小时前退的房,估计现在已经离开永平市了。"

丹明吃惊地问:"什么?他们离开了?"

服务员小姐进一步解释说:"对,他们离开了,其中一位先生还受了伤,他们说永平市的人太坏,来这里旅游很不开心。"

丹明失望地走出了酒店。

这一切被坐在大堂里喝茶的曾晖看在了眼里——他是专门跟踪丹明的。

"他妈的,还真查上劲了,老子非让你跑不动不可!"望着丹明的背影,曾晖心里恶狠狠地说着。

正在焦急奔走的丹明想不到,总编已经有焦头烂额的感觉了。

永平市委宣传部王部长亲自给总编打了电话,他毫不客气地说对总编说:"你们报社怎么搞的?碧海旅行社强行收取客人现金还打伤了人,这么严重的事情你们怎么不给予曝光?这不仅是新闻敏感不敏感的问题,而是政治上成熟不成熟的表现!你们要立即组织得力的记者采写稿件,把这件影响恶劣的事件写深、写透。这既是我个人的意见也是市委宣传部的意见!"

宣传部长直接过问新闻使总编再次意识到了事情的严重性,他忙不迭地对着话筒说:"王部长,对于碧海旅行社违规经营这件事,我们已经做出反应了,我已经派记者写稿了,马上就会见报的。"

总编放下电话,气恼地自言自语道:"这个丹明,关键时刻真给我难堪!"他抓起电话,拨通丹明的手机,气咻咻地说:"丹明,你在哪里?给碧海旅行社曝光的稿子今天必须见报,宣传部王部长在电话里都冲我发脾气了!"

丹明依然执拗地说:"总编,我现在正在调查采访这件事,有很多迹象表明这件事真的不像市旅游局调查报告中说得那样简单……"

总编气得脸色通红,大声说:"丹明,你是普通记者,我是总编,你必须马上停止调查采访,回报社听候处理,稿子你也不用写了,我安排小马来写!"

电话里,丹明极力想说服总编:"总编,我这样做是有理由的,您……"遗憾的是,他的话还没有说完,总编就挂断了电话,他只好上了采访车,却不知道该去哪里,着急地喃喃自语:"晚上五点钟以前报纸清样就出来了,就剩下半天时间了,我一定要在这几个小时里找到对凤瑶、对碧海旅行社有利的证据,否则将是我一生中的遗憾!可是我怎么才能找到线索呢……对了,有办法了!"

丹明发动了采访车,向"金人"保龄球馆驶去。

远远望去,"金人"保龄球馆只有一名保安在值班,丹明把采访车停在不远处,走到那名保安面前,热情地说:"先生,你好,前天好像不是你值班吧?"

保安点点头,毫无戒备地说:"对,前天不是我值班,是小贾值班。"

丹明继续问道:"我是小贾刚认识不久的朋友,他今天不值班吗?"

保安说:"他今天休班,你要有事就去他家里找他吧。他家里我去过,就住在海阳里小区一带，但是几栋几单元我忘记了。"

丹明心头一喜，说："好，我去家里找他。谢谢你了！"说完，向采访车跑去……

15分钟后，丹明把车停到了海阳里小区外面的路边，感觉到口渴得厉害，就下车到旁边的冷饮摊上买了一瓶矿泉水。刚喝了两口，一个年轻人从丹明身边走过，手中的尖刀刺进了丹明的左腿。

"哎哟……"丹明疼得丢掉了矿泉水瓶，双手捂住了大腿，身子蹲在了地上。那个年轻人迅速消失在了人流中。

一名过路人见状，上前搀扶起丹明，关切地问："怎么回事？小伙子？你肯定是得罪仇人了，我送你上医院吧！"

丹明的伤口并不深，他忍住疼痛，对那名过路人说："谢……谢谢……我还有……要紧的……事……这里……这里就是海阳里吧？"

过路人点点头："对，这里是海阳里。"

丹明站起身，问："您……您认识一个姓贾的在……'金人'保龄球馆当保安的年轻人吗？"

过路人摇摇头，说："不认识，你要是没什么事，我可就走了。"

过路人走了，丹明忍着伤痛走进了海阳里小区。

丹明怎么也没有想到，他要找的那名姓贾名叫贾民的保安不仅就住在海阳里，而且还是贾红的弟弟。

此时，贾红和贾民、妈妈在吃午饭。

贾民吃着饭，神情有些郁闷。贾红不解地问弟弟："贾民，你怎么蔫头耷脑地没有精气神儿啊？"

贾民停止吃饭，懒洋洋地说："姐，我都23岁了，连个正式工作都没有，能有什么精气神儿？"

贾红一边给弟弟夹菜一边："你在保龄球馆做保安不是挺好的吗？我们医院马上就要实行全员聘任制了，我们这些所谓的国家正式工都没有铁饭碗了，尔还想着什么正式工作？干好了在哪里都一样，干不好老板随时会炒掉你的！"

妈妈在一旁插话说："贾民是嫌工资挣得少，想换一个挣钱多的地方干。是不，贾民？"

贾民对贾红说："姐姐，你就会给我讲大道理，还是妈妈明白我的心思。"

贾红说："要想挣大钱除非做生意。不是姐姐小瞧你，你有那个本事吗？"

贾民振振有词地说："姐姐，你快饶了我吧，我才不做生意呢。现在的人多黑呀，要是没有根基，生意做起来也得让别人给搅黄了！"

贾红训导弟弟说："贾民，以后没有根据的话少说，谁做生意被别人搅黄了？"

贾民随口说道："那个碧海旅行社就是这回事！"

贾红一怔，盯视着弟弟连声问："什么？碧海旅行社？碧海旅行社怎么了？"

贾民扒了一口饭，不耐烦地说："我说姐姐，你是不是上满弦了？问这些干什么?又不关咱们家的事情!"

贾红一把夺下了贾民手中的筷子,认真地说:"贾民,你必须告诉姐姐碧海旅行社的事情,这件事和姐姐有关系!"

贾民瞥了姐姐一眼,说:"姐,我就不明白了,碧海旅行社和你有什么关系呢?"

贾红着急地说:"你快告诉我事情的经过吧……干脆这样,我打电话让晚报记者丹明过来,你把你知道的情况都讲给他。他在调查采访这件事呢!"

贾民说:"丹明?姐姐,这个人是不是个男的?你爱上他了?"

贾红坦率地说:"贾民,你说对了,我是爱上他了。哎,你是怎么知道的?"

贾民坏坏地笑起来,说:"我怎么知道的?你还问我呢,你晚上在自己房间里睡觉直叫他的名字,还跟他说话呢。不好意思了吧?"

贾红说:"这有什么不好意思的?我爱一个男孩子这是天经地义的事情。"

贾民用一种洞察一切的口气对姐姐说:"可是他不爱你。我也不小了,什么都懂了,他要是爱你的话你就不会做梦叫着他的名字了。他不爱你,你何苦为他做事呢?"

贾红眼里涌起了一层薄薄的水雾,说:"贾民,姐姐承认你说对了,可是你知道吗?既然爱一个人就要为他做一些你能够做到的事情,哪怕是一点点事情。我知道,丹明也是在为爱做事情,他爱碧海旅行社那个比我漂亮的女总经理,他相信她不会做出那种事情来,愿意为她澄清事实,我有责任帮助他。贾民,你就当帮帮姐姐吧,就算姐姐求你了……"

贾民被姐姐的话感动了,由衷地说:"姐姐,我第一次发现你这么高尚。真的,我不是和你贫嘴,是发自内心的话。你让他来吧,我把前天听到、看到的事情都告诉他。我敢说,全世界除了那伙打人的家伙就我知道得最多了!"

贾红高兴地站起身,说:"那好,我现在就给他打电话!"

贾民用时髦的语言说:"爱情真是有魔力耶!"

此刻,丹明蹒跚着走到了小区里一个小卖部前,问卖货的一名中年男人:"大哥,请问您认识一个姓贾的在'金人'保龄球馆当保安的年轻人吗?"

店主望着丹明腿上的鲜血,战战兢兢地说:"你……你是逃犯吧……快去自首吧……我可要报警了……"

丹明轻轻笑了笑,掏出记者证,说:"大哥,我不是……逃犯,我是晚报记者丹……丹明……这是我的记者证……"

店主接过记者证,仔细看了一阵,释然地说:"你就是丹明丹记者?我可没少看你的文章,不过你说的那个人我不认识啊!"

丹明刚要说什么,手机响了。见显示屏上显示的是贾红的电话,丹明以为贾红又要向他灌输时尚的爱情观,就按下了拒听键。可是不一会儿,贾红又打了过来,丹明依然毫不犹豫地按下了拒听键。

丹明一连数次没有接听电话,这使得贾民很不高兴了。他对姐姐说:"姐,算了，别打了，你的电话人家连接都不肯接，你不嫌伤自尊我还嫌呢！"

贾红思忖了片刻，对弟弟说："他可能是有什么事情不方便接听我的手机……贾民，你在家里等我，哪里也不许去，我去报社找他！"

贾民阻拦说："姐姐，我不让你去，你这样做太过分了！"

妈妈也说："贾红啊，贾民说得不是没有道理，这件事毕竟和你没有什么关系，你电话打了，心意尽到了就行了……"

贾红却急切地说："贾民、妈妈，你们不知道这件事对他有多重要，我必须找到丹明，让贾民把前天发生的事情的经过讲给他！"

贾民倔犟地把身子堵在门口，大声说："姐，我不让你去！"

贾红有些生气地对弟弟说："贾民，你不要堵住门，你让开，让开！"

姐弟二人挣扭起来，贾红的头不小心撞在了门框上，渗出了血。贾民怔住了，贾红顾不上包扎，借机跑下楼去。

贾民懊悔而心疼地喊道："姐，姐，你受伤了……"

楼道里传来贾红急迫而命令的声音："贾民，你一定要在家里等我！"

贾红刚刚跑下楼，就遇到了丹明。

贾红喜出望外地冲丹明喊道："丹明！丹明——"她的目光落到了丹明的腿上，不由得惊叫起来："你怎么了？怎么受伤了？啊？"

丹明望着贾红额头上的血迹，也吃惊地问："贾红？你……你怎么在这里？怎么也受伤了？"

贾红说："丹明，我家就在这个小区里住，我知道你来这里做什么了。你在找一个在保龄球馆当保安的小伙子，对吗？"

丹明点点头，说："对，你认识他吗？"

贾红对丹明说："他是我弟弟，他知道你想调查的事情。"

丹明惊喜地睁大了眼睛，说："那个保安是你弟弟？太好了！走，去你家，好吗？"

贾红拉着丹明的手一边往家里走一边说："丹明，我就是为这件事来找你的，刚才我打了你好几遍手机，你都没有接听。"

顿时，一股深深的愧疚感袭上了丹明的心头，他望着贾红真诚的脸，说："我……我真该死，请原谅我……"

贾红凄苦地笑了笑，说："丹明，我心里清楚你为什么不接我的电话，但我不怪你。好了，你到我家和我弟弟谈前天的事情吧，不过你得先答应我让我为你包扎伤口，然后去医院。"

丹明感动地说："贾红，你为我包扎伤口可以，但我不能去医院，因为我的时间太有限了，我必须在五点钟以前找到对碧海旅行社有利的证据才能说服总编停发给碧海旅行社曝光的稿子。现在还有不到三个小时的时间了，我现在最想做的事情就是找到你弟弟！"

贾红带丹明到了自己家里，马上为丹明包扎起了伤口。她嗓音哽咽地说："幸亏伤口不深，血流得也不算多，否则后果……"

丹明轻轻握住贾红的小手，说："贾红，我没事，你不要哭……"

贾红擦了一下眼泪，问："丹明，你是怎么受的伤呢？"

丹明奇怪地说："我也不知道是什么人为什么刺了我一刀。我着急调查所谓碧海旅行社违规经营打伤游客的事情，来不及去想别的……"

站在一旁的贾民肯定地说："姐，我知道对丹记者下黑手的人是谁了！"

贾红和丹明同时问道："谁？"

贾民望望姐姐，又望了望丹明，以不容回绝的口吻对丹明说："我可以告诉你是什么人刺伤的你，也可以告诉你前天关于碧海旅行社的事情。但是我有一个非常重要的条件！"

不等丹明说话，贾红生气地冲弟弟喊起来："贾民，你干什么？不许提条件，任何条件也不许你提！"

贾民执拗地说："我必须要提！"

第十三章 死里逃生

丹明望着贾民,真诚地说:"什么条件?只要我能做到的一定答应。"

贾民望了一眼姐姐,说:"你能够答应的!"

贾红着急得直跺脚,大声对弟弟说:"哎呀,贾民,你不要胡闹好不好?丹明的时间特别紧,你不要浪费时间!"

贾民郑重地对丹明说:"既然如此,我就把我的条件说给他听。丹记者,你要尊重我姐姐!"

丹明笑起来,说:"我和你姐姐是朋友,我一直在尊重她啊。"

贾民摇了摇头,纠正似地说:"不,我说的是爱,你要爱她,因为她一直在爱着你,而且爱得很深很深。"

丹明没有想到贾民会提出这样的条件,以为贾红是在借机要挟自己,便对贾红说:"贾红,我们的关系我已经对你说明白了,我现在是有要紧的事情求你帮忙,但我不希望你这样要挟我。"

实际上,弟弟提出的条件也非常出乎贾红的预料,她从丹明的口气里听出来丹明对自己产生了误会,急忙对丹明说:"丹明,你不要误会,这不是我的意思!"然后又用责备的口气对弟弟说:"贾民,你怎么能说出这样的话来呢?爱是不能强迫的!你让我……哎呀,你真不懂事!"

贾民对丹明说:"丹记者,我这个条件完全是我自己想出来的,和我姐姐没有任何关系。你知道我姐姐爱你爱到什么程度了吗?"

贾红眼里再次涌出了泪花,说:"贾民,你不要说了,姐求你了!"

贾民激动地说:"不,姐,我要说,我要让丹记者明白他对于你是多么的重要!丹记者,我姐几乎每天夜里都在梦里叫你的名字,和你说话,她说你是她情感的天空,还说……"

丹明知道刚才误会贾红了,她对自己的帮助是无私的,心里对贾红产生了一种从未有过的敬仰和感激之情。他也动情地对贾民说:"贾民,你不要说了,你说的话我都相信,我感谢你姐姐对我的爱。真的,我是发自内心地感激她。"

贾民拉着姐姐的手,说:"我姐是一个好人,我想你没有理由不爱我姐。"

贾红轻声说:"贾民,你还小,还不真正懂得爱情的含义。姐姐爱你丹大哥,但并不希望用祈求或者交换的方式得到他的爱,那样即使得到了他的爱也是廉价和短暂的,姐姐需要的是真爱,是两个人同时发自内心的爱。不论怎么说,姐姐不需要你在这件事上帮忙,你如果真的理解姐姐,就赶快把你前天在保龄球馆听到、见到的和碧海旅行社有关系的事情详细地讲给你丹大哥听。好吗?"

贾民点点头，对丹明说："丹大哥，我听我姐的话，你放心，我不会让你们两个失望的。"

丹明翻开采访本，望着贾民说："那你就把你知道的情况详细讲给我吧，我会为你保密的。"

贾民脸上浮现出了一种气愤的神情，说："前天上午我当班的时候，一大群游客进了保龄球馆，听人说是海南来咱永平市旅游的，打保龄球是其中的一项旅游活动。他们大约打了不到一个小时，又来了一拨人，一看就是社会上的混混儿，我拦住他们，问他们干什么，他们说进去打保龄球，我没有理由拦人家，就放他们进去了，带头儿的人边走边对身后的人说：'待会儿打人的时候不要下手太重，千万别忘了一口咬定我们是碧海旅行社的人，让那姓齐的小娘们儿骨头不疼肉疼……'我就听了这么几句话，我预感到可能要出事，果然，一会儿里面便动开了手，我就跑去拉架了。"

听到这里，丹明眼睛一亮，问贾民："这么说打伤海南游客的人确实不是碧海旅行社的人，碧海旅行社是被冤枉了？"

贾民肯定地说："这还用说吗，碧海旅行社是被人欺负了！"

丹明心里稍稍松了一口气，握住贾民的手，感激地说："谢谢你，贾民，是你为我提供了关键证据！"

贾民说："用不着这么客气，只要你不把我的名字写到报纸上就行了，那些敢在公众场合打人的人都有门路，我一个打工的可惹不起他们！"

丹明望着贾红，眼里闪动着兴奋的光芒，说："我的感觉没有错，凤瑶真的是被冤枉了！"

贾红也高兴地说："那你就赶快把稿子写出来为她和她的旅行社正名呀！丹明，你就用我的电脑写这篇稿子吧，这样会为你赢得一些时间的！"

丹明想了想，说："好吧，那我就不客气了！"

贾红带丹明走进自己的房间，打开了电脑。丹明坐下来，十指灵活地敲击着键盘。

贾红站在丹明身后，望着丹明，她真想抱住丹明，让他说爱自己，但是她的理智战胜了冲动，热泪却忍不住扑簌簌地滚落下来……

一个小时后，丹明写好了稿子，贾红帮他打印出来，并送他到了街上。

采访车旁，两个人停住了步子。丹明颤抖着嗓音对贾红说："贾红，谢谢你对我的帮助。此时此刻，我只能用这句话表达我的心情了。你帮助我完成了一项使命，你使我做了一件非常有价值和有意义的事情。从你身上，我读懂了什么是真诚、什么是正气，你真让我感动！"

贾红迎接着丹明的目光，平静地说："丹明，请你不要对我说什么感激的话，我爱你，我有权利为你分担压力，尽管事情的结果会使我更加痛苦。爱是一种奉献，是一种给与，我很平淡地对待今天的事情。丹明，不管你和齐凤瑶怎么样，希望你能记住我……"

第十三章 死里逃生

丹明的眼睛潮润了，哽咽着说："贾红，我会的，她也会的，许多人都会的。你是个好女孩，你会得到幸福的，生活不会亏待你这样善良的人！"

贾红轻轻笑了笑，说："马上就要到五点钟了，你快去报社发稿吧。祝你们幸福……"

丹明凝重地说："我还没有得到她的爱，你的祝福太早了。"

贾红凄凉地说："不是太早，是打提前量，相信我的预言，她会爱上你的，也许很快，也许在某件事情结束后的大彻大悟中。如果有那么一天的话，请告诉我，让我分享你的快乐。"

丹明看了看表，对贾红说："属于我的时间真的不多了，贾红，再见。"

永平晚报记者小马拿着一篇稿子走进总编室，对总编说："总编，这是您安排我写的给碧海旅行社曝光的稿子，总共三千字。请您审阅。"

总编接过稿子，浏览了一遍后递还给小马，说："稿子基本上就这样了，你先给一版编辑送过去让他排版，我最后看清样就行了。"

"好，我这就把稿子拿过去，一版责编正等着这篇稿子呢！"小马走出了总编室。

半小时后，一版责编走进总编室，把排好的版样递给总编，说："其他版面都已经清完了，印刷厂也正等着一版清完后开机付印呢。"

总编边看版样边说："给碧海旅行社曝光的这篇稿子很重要，我再认真地看一遍。现在是四点半，我会在五点钟以前签发的。"

一版责编走出总编室后，总编仔细看起版样来。20分钟后，他拿起笔，刚要在一版版样上签字，丹明一瘸一拐地走了进来。

总编放下笔，惊诧地问："丹明？你……你是怎么搞的？怎么受伤了？"

丹明来不及向总编解释受伤的经过，而是急切地说："总编，我要向您汇报一件事情，碧海旅行社不是殴打游客的责任方，也没有违规经营，这件事情的背后果然另有隐情！这是我调查采访的结果。"

总编有些不相信地问："你找到了证明碧海旅行社没有殴打游客、违规经营的证据了吗？"

丹明点点头，从包里掏出那份稿子，双手呈给总编，说："我找到了事情发生当天值班的那名保安，他耳闻目睹了事情发生的整个过程，而且他愿意和我一样为自己的言行负任何责任，包括法律责任！"

总编从丹明手里接过稿子，认认真真地看起来。看完后，他神情严肃地却又犹豫着对丹明说："从你写的这篇稿子上来看，打伤海南游客的确实不是碧海旅行社的人。在事实面前，我就无话可说了，可这就和市旅游局的调查结论是相反的了，我们……"

丹明激动地说："我们应该以事实为准则，不能草率发稿，给无辜者造成伤害。总编，我无意指责市旅游局，但他们的调查显然比较浅显，只停留在事情的表面现象上,在有些细节没有经过核实的情况下就对碧海旅行社做出了罚款和停业整顿的决定。作为公开公正的新闻媒体,我们有义务提醒市旅游局收回对碧海旅行社的错误处罚决定!"

总编望着丹明,依然不无担忧地说:"丹明,我不怀疑你这篇稿子的真实性,可你要知道,这件事毕竟在全市引起了强烈反响,市政府主管副市长和市委宣传部部长都亲自打来电话要求我们给责任方曝光。现在事情有了变化,但我们不好和市旅游局唱反调啊。你要是坐在我这个总编的位置上也会这么想的。"

丹明说:"但我们也不能为了维护市旅游局的错误决定而违反事实,这样做就更不公平了!"

总编摆摆手,说:"我当然不是这个意思,我是说我们在发稿以前要和市旅游局进行沟通,免得出现不应该发生的矛盾。这也很重要啊。"

丹明知道总编这一关算是过去了,便说:"我明白总编的意思了,如果需要协调的话,我去找市旅游局的洪局长,请市旅游局做出合理的决定,也就是说撤销对碧海旅行社的所有处罚,让碧海旅行社恢复营业。由于工作关系,我和洪局长还是比较熟悉的,他是一个很有魄力也很有正义感的人。"

总编思考了一会儿,说:"丹明,严格地讲,你后面说的这几句话和我们的工作没有必然的联系,但我理解你作为记者呼唤正义的做法,这就由你来掌握尺度吧。但有一点我要告诉你,关于海南游客被打这件事的稿子今天必须得发,我们晚报必须给上级和全市读者一个交代,否则我会顶不住来自方方面面的压力的!"

丹明点点头,说:"我明白,我现在就去市旅游局!"

丹明说完,转过身,忍着腿痛,走出了总编室。总编拿起了电话,郑重地说:"喂,印刷厂吗,由于极特殊的原因印报时间推迟一下,但不会太影响正常发行……"

丹明赶到永平市旅游局,敲开了洪局长办公室的门。

洪局长正坐在办公桌后看文件,见丹明推门走进来,急忙站起身,高兴地说:"是你呀,丹明,最近一段时间怎么没有到我们市旅游局来采访啊?请坐。哦?你……你怎么受伤了?"丹明经常来市旅游局采访,因此和洪局长很熟悉,洪局长也很喜欢这个文笔犀利、踏实肯干的记者。

丹明和洪局长握过手,坐在沙发上,开门见山地说:"洪局长,今天我来找您是以一个记者的名义向您汇报一件事的。前天,保龄球馆发生了殴打海南游客、影响我市旅游形象的事件,你们认定是碧海旅行社违反了有关规定,对碧海旅行社进行了处罚,是吗?"

洪局长从办公桌上拿起刚才正在翻看的文件,严肃地说:"是这样的,海南来的游客联名举报碧海旅行社额外收取打保龄球的费用,并且当场殴打游客,影响很坏,很有典型意义,对碧海旅行社的处罚是我的意思,这种事一定要严厉处罚!"

丹明望着洪局长,说:"洪局长,您的出发点是无可厚非的,但是据我追踪调

第十三章 死里逃生

查，碧海旅行社也是受害者，到保龄球馆打伤游客的人员不是碧海旅行社的员工，是有人冒充碧海旅行社的员工蓄意闹事，市旅游局对碧海旅行社的处罚是错误的。我这里有调查报告。"说着，丹明把稿子递给了洪局长，洪局长接过稿子认真看起来。

洪局长看完稿子，说："丹明，你以前为市旅游局写过很多稿件，你的为人为文我无可挑剔，从这份稿件来看，你调查得非常详细，碧海旅行社的确没有违反任何规定，可这件事毕竟比较重大，还需要进一步调查。"

丹明也严肃地说："洪局长，我是记者，我愿意对这份稿件的真实性负法律责任，记者的责任感使我请求您撤销对碧海旅行社的处罚决定！"

洪局长犹豫着没有表态。

丹明眼里闪动着恳求的目光，嗓音有些颤抖了："洪局长，已经有不可辩驳的事实证明碧海旅行社没有违规之处，那么勒令碧海旅行社停业整顿、罚款等决定毫无疑问是错误的，如果不及时更正，他们就不能正常开展业务，就会失去暑期这个黄金时期，您是旅游局长，其中的利害关系您是清楚的！"

"这……"洪局长站起身，不停地踱着步，脸上的表情很复杂。

丹明直言不讳地问道："洪局长，莫非您怕改变自己曾经做出的决定有损您的尊严吗？"

洪局长转过身，望着丹明说："丹明，你误会我的意思了，我还不至于官僚到这种地步。"

丹明感觉到了某种希望，说："那就请您做出撤销对碧海旅行社处罚的决定吧！"

洪局长又沉思了几分钟，走到办公桌后，果断地说："好吧，丹明，我相信你，相信有责任感和正义感的记者，你改变了一家民营旅行社的命运！"洪局长说着，拿起了电话："请监察大队林大队长到我办公室来一下！"

丹明一颗悬着的心终于落了下来，疲惫的脸上绽放出了舒心的笑容，他在心里默默地说："凤瑶，你知道吗……"

此时，远在乡下母亲家的齐凤瑶仍然沉浸在苦闷之中。

她躺在童年躺过的土炕上，听着年迈的母亲给她讲村里这些年中发生的奇闻趣事，心却像一株无根的小草一样在狂风中飘飘摆摆。她对自己说："我这是怎么了？我怎么离开我的碧海旅行社到家里听妈妈讲故事来了呢？我的碧海、我的事业刚刚开始就遇上了风浪，我是舵手，可我本该在风口浪尖掌舵的时候却离开了航船。齐凤瑶，不应该，你真的不应该……我为什么要这样做呢？是我内心里退却了吗？不，我要振作起来，我要让我的碧海旅行社像一只小燕子一样飞起来，哪怕飞得很慢很慢、很低很低。我没有做任何对不起游客的事情，我问心无愧……妈妈需要我的陪伴，可碧海旅行社也不允许我抛弃它。我错了，我做了一件很幼稚的事情，我虽然疲惫，但故乡并不是我休息的地方，我的身心应该在最需要我的地方。我不能让自己失望，不能让婷婷失望，不能让他失望……"

想到这里，齐凤瑶坐起身，轻轻扑进母亲怀里，说："妈，我明天得回去了！"

母亲显然很感意外，随后释然地说："哦，回去吧，你忙去吧，不用惦记着妈。你把买卖做好了，妈就欢喜了。妈除了图这个还能图啥呢？"

齐凤瑶望着母亲越来越苍老的脸，泪水止不住地涌了出来，她颤抖着嗓音说："妈，我一定把旅行社经营好，让您高兴……"

第二天上午，齐凤瑶就带着一种对命运和前途十分惶惑的心情告别了母亲，到村外的公路上等每两个小时一趟发往市里的公共汽车。

"要是他能来接我该有多好啊！"齐凤瑶想到了苏江礼，想到了那个令她一想起来脸上就会发烫的男人。可是她知道，今天苏江礼是不会出现在自己眼前的……

然而，奇迹偏偏就在这个时候出现了。

远远地，一辆黑色"奔驰"轿车驶了过来，悄然停在了齐凤瑶身边，车门打开，从车上下来的正是那个男人——苏江礼。

齐凤瑶简直惊呆了，这是她无论如何也没有想到的事情！

苏江礼笑着对齐凤瑶说："凤瑶，我来接你回市里。"

齐凤瑶还没有从愕然中回过神来，听苏江礼和她说话，嗫嚅着说："江……江礼？你……你怎么……知道我……我今天回去？"

苏江礼用温情的目光望着齐凤瑶，说："我知道你今天要回市里的，因为我了解你，你来农村只不过是一时的逃避，你的心还在你的旅行社上，你不会安安稳稳地在农村住下去的，所以我来接你。走吧，凤瑶，我们走沿海公路，这条路刚刚开通，车辆稀少，很快就会到市里的。"

齐凤瑶心里涌起了一股热浪，甚至产生了想要拥抱住他的冲动——每次她需要帮助和安慰的时候，他总能及时地来到她身边，这是上苍带给她的福祉吗？她回望着苏江礼，轻轻地说："江礼，谢谢你理解我、关心我，你是我生活中最重要的人。"

苏江礼握住齐凤瑶的手，动情地说："凤瑶，你是我的，自从有了那个夜晚之后，我就真真正正把你当作我身体中的一部分了，我欣赏你，欣赏一个给我带来了激情的女人！"

齐凤瑶也激动地说："我也是，我的心在慢慢靠近你……"

说到这里，齐凤瑶停住了话头。苏江礼鼓励地说："凤瑶，请说下去，我在认真听。"

齐凤瑶轻轻地说："江礼，让我留一半说给自己听，好吗？"

苏江礼微笑着点点头，说："你有理由这样做。"

齐凤瑶望着苏江礼，说："我们走吧……"

沿海公路上，苏江礼驾驶着"奔驰"轿车行驶着，前面的路被几块大石头挡苏江礼停住车，对坐在副驾驶位置上的齐凤瑶说："这刚修成的公路就是不太好，石头都不清理。凤瑶，你在车上等我，我去把石头挪开。"

苏江礼刚刚下车，一个身材高大的男人从路旁树林里蹿出来，一棒把苏江礼打晕在地。这个家伙是马三儿。

车内的齐凤瑶惊叫起来："啊？你是什么人？想干什么？来人哪，有坏人啦——"

马三儿瞥了一眼瘫软在地上的苏江礼，又看了看齐凤瑶，阴阳怪气地说："敢情车里还有一个靓姐儿啊，对不起，我可得把你们一勺儿烩了！"

马三儿说着，强行把齐凤瑶拖下车，拉到树林里，把她反绑到一棵树上。

齐凤瑶知道遇上劫匪了，她惊怕，但更为气愤，大声地冲马三儿喊道："放开我们，放开我们！"

马三儿用手中的匕首轻轻拍了拍齐凤瑶的脸蛋，得意地说："放开你？哼，说容易也容易，说不容易真就不容易。等我把那个家伙弄过来再说！"

两分钟后，苏江礼也被马三儿拖进树林，绑到齐凤瑶对面的一棵树上。

苏江礼苏醒过来，望着马三儿，问："你……你想干什么？"

齐凤瑶也继续高喊着："救命啊——救命啊——"

马三儿笑起来，望望齐凤瑶，又望望苏江礼，说："这条沿海公路刚刚修成，一两个小时也过不了一辆车，就算过车谁又能听得见呢？老老实实待着吧！"

齐凤瑶怒视着马三儿，质问道："你是谁？我们和你无冤无仇，你为什么这样对待我们？"

马三儿手一挥，锋利的匕首砍断了齐凤瑶头顶上一根手指粗的树枝，恶狠狠地说："你问我为什么这样对待你们吗？我可以告诉你们，我缺钱花，想从你们身上弄点儿钱！"

齐凤瑶苦口婆心地劝说马三儿："你没有钱可以靠自己的能力去挣，最起码也要同我们好好商量，你绑架我们是犯罪，犯重罪！"

马三儿瞪着齐凤瑶说："别给我上课了，我知道这是犯罪，这个世界上天天都有人犯罪，有人犯罪能抓得着，有人犯罪却抓不着。不管怎么说，我不怕犯罪，因为我本身就是犯人！"

苏江礼稳稳心神，喘息着说："你是什么人我们不关心，可我们……我们身上没有钱……"

马三儿转过身，沉下脸，对苏江礼说："放你妈的屁，开'奔驰'车的人能没有钱？你哄老子老子可不上套，咱们看谁能哄得过谁！"

苏江礼祈求地说："我们的确没有带钱，连信用卡都没有带，不信你搜搜看。你放了我们，咱们交个朋友，日后少不了你钱花。"

马三儿万万不会想到，眼前这个被他出其不意治服了的男人就是他贩毒的后台老板，他固执地摇摇头，对苏江礼说："算了吧，我才不信这一套呢，我也不想交什么朋友，过些日子老子做完一桩大生意就远走高飞了，可今天我不想白白放过你们！"

齐凤瑶哭泣着说："你为什么要这样做？为什么要这样做？你害我们也等于害你自己，你杀死我们也得不到钱啊……"

马三儿傲慢地耍了一个刀花，对齐凤瑶说："我现在还没有决定杀你们，但我讨厌你们，你们不是夫妻，肯定不是，这不仅是年龄的关系。小姐，你很像我心中的一个女人。不，其实你们不像，她没有你这么漂亮，但你哭起来很像她，兴许女人们哭起来都那么相似。你让我想起了她，她是不会让我杀人的，所以我不杀你们，但也不放你们，如果你们能够逃生的话算你们命大，逃不了也别怨我心黑。你们不是没有钱吗，'奔驰'车只好归我了！"

苏江礼也没有想到这个劫匪和自己能够有什么联系，也知道再向他哀求也没有什么用处，加上头部伤痛，他闭上了眼睛，不再说话了。

马三儿望着苏江礼那无可奈何的神情，嘿嘿笑了几声，拔腿走出了树林。须臾，从马路上传来了轿车发动继而开走的声音。

齐凤瑶惊叫道："江礼，他把你的车开走了！"

苏江礼睁开眼睛，说："这个可恶的东西！凤瑶，这件事都怪我，我本来应该想到已经通车的路面上一般不会设置障碍的，我真该死，怎么就没有多想一想呢？"他的语气里充满了深深的自责，心里也确实是在责备着自己。

齐凤瑶望着苏江礼头上的血迹，难过地说："江礼，这不怪你，真的一点儿都不怪你，要怪只能怪我，你是为了接我才走这条沿海公路的……这里太偏僻了，没有人能来救我们，我们凶多吉少了……江礼，你怎么骂我、怨我都不过分啊！"

苏江礼望着齐凤瑶，眼睛里闪动着温柔的光，脸上也飘荡着真诚的笑纹，轻声说："凤瑶，这件事发生得太突然了，我怎么会怨你呢？要不是那小子突然袭击，倒霉的不一定是咱们呢。凤瑶，也许命中注定我们这样待在一起，只是这种方式对你太残酷了，某种程度上，我愿意这样和你待在一起，即使死也无所谓。这是我的心里话，苍天在上，我绝对没有半点虚假……"

齐凤瑶嗔怨地说："江礼，都到什么时候了，你能说假话吗？"

苏江礼继续凝视着齐凤瑶那张俊美的、依然带着惊恐神色的脸，深情地说："凤瑶，从你的眼里我读出了你是爱我的，而且爱得很深，压抑得也很深。"

此刻，齐凤瑶心里除了惊惧还有一种说不出来的滋味，她用明澈、同样饱含真诚甚至火辣辣的目光望着苏江礼，说："是的，我在压抑着对你的爱，因为我必须这样做。"

苏江礼咽了几口唾液，说："凤瑶，正因为你是正确的，所以我更加爱你，你像阳光一样照耀着我，我的心就这样被你的光辉融化了，这是一个幸福的过程，是一个美丽的结局……"

齐凤瑶眼里涌出了泪水，轻声说："江礼，我爱你！"

苏江礼激动地说："凤瑶，你终于把这三个字说出口了，你知道，我等这三个字等得是多么的艰难！"

齐凤瑶微笑着说："江礼，我们都不要说什么了好吗，因为我们需要说的话太多太多了，我们就这样望着对方吧！答应我。"

苏江礼点点头，说："这是我们之间此刻最好的交流方式，我只有遵从，不会反对！"

这次意外的事件，仿佛一柄重锤，砸破了齐凤瑶和苏江礼之间最后的一道樊篱，拉近了他们的距离，使齐凤瑶的心真正靠近了苏江礼。他们不再说话，就这样互相默默对视着，但彼此的眼光里却含着比火还要热的深情……

马三儿驾驶着苏江礼的"奔驰"车离开沿海公路后，去了市里，他把车停在一个隐秘的地方，立刻去了徐兰娟的住处，和杜桥、徐兰娟商量卖车挣钱的事情。

马三儿一进门，躺在床上的杜桥就不高兴地问道："马三儿，你说的那笔'生意'到底做还是不做，都拖这么长时间了，我看十有八九做不起来了吧？"

马三儿掩好房门，坐在杜桥身边，说："亏你杜桥还是个生意人，这笔买卖弦绷得越紧越是有戏，这是进监狱上刑场的事，哪个老板不是不见兔子不撒鹰。你着什么急，比你急的大有人在！"

徐兰娟和杜桥站在了一起，也对马三儿说："那也不能干等着呀，越等事情越麻烦。"

马三儿望着杜桥和徐兰娟，说："我今天来找你们就是和你们另做一笔买卖。我弄了一辆车，'奔驰'，你们帮我卖掉，对半儿分成，怎么样，不吃亏吧？"

杜桥问："'奔驰'？你怎么弄来的？不是好道来的吧？"

徐兰娟在杜桥脸上掐了一把，说："人家怎么弄来的这不重要。杜桥，这笔买卖我们做得来！"

杜桥把徐兰娟搂在怀里，说："做来做不来都得做！"然后对马三儿说，"你放心，不出五天，我就让那辆车从永平市消失掉。"

马三儿却摇了摇头，以不容辩驳的口气说："不行，五天时间太长了，最晚明天这个时候得把车弄出去，否则夜长梦多！"

杜桥犹豫起来，徐兰娟接话说："好吧，我和杜桥去找找路子，你先把车藏到一个保险的地方，一有结果我们立即告诉你！"

马三儿见自己的事情办完了，不想再和这对男女待下去了，站起身往外走。杜桥说："马三儿，你可得小心点儿，我看见街上贴着你的通缉令，当心警察抓住你。"

马三儿说："我知道，所以我才想方设法要弄一笔钱跑到南方去，然后能出国就出国，顶不济身上挨几颗枪子儿。你们想办法吧，我得走了！"

"等等。"杜桥再次叫住了马三儿，抽着鼻子问，"马三儿，你身上有股什么味道？"

马三儿打量了几眼自己，奇怪地说："什么味道？我怎么没有闻到……没有啊？"

杜桥下了床，走到马三儿身边，肯定地说："有，绝对有。这种味道我非常熟悉，好像是一个女人的味道……"

马三儿皱着眉头对杜桥说："女人的味道？你说我玩儿女人？笑话，我不像你那么风流成性，我早就对你说过，除了我老家那个寡妇，我对其他女人都他妈不感兴趣！我就对钱感兴趣！"

杜桥摆摆手，说："哦，马三儿，你走吧，也许我闻错了。"

马三儿走了，杜桥依然站在地上发呆，而且自言自语地说："真奇怪，明明他身上是有一股我所熟悉的味道……"

徐兰娟一边把杜桥往床上拉一边说："算了吧，他都走了你还发什么神经？咱俩赶快合计一下怎样把那辆'奔驰'车卖掉吧！"

杜桥像一个大木偶似的被徐兰娟拉坐在床上，但嘴里还在喃喃着："那股味道像谁的呢？她……"

徐兰娟不耐烦地冲他叫起来："你他妈的有完没完哪，我和你商量正事呢！"

其实，杜桥并没有说错，马三儿身上确实有一股淡淡的香水的味道，是齐凤瑶的味道。

齐凤瑶和苏江礼被绑在树上四个多小时了，这期间，他们都曾挣扎过，但被绑得死紧的绳子使他们的努力无济于事。他们渐渐嗅到了死亡的气息，但奇怪的是，齐凤瑶并没有多少恐惧，要不是牵挂着女儿华华，她甚至连泪都不想流了。一切皆因这个她心里一直暗恋着的男人在身边，他给了她无形的力量！

苏江礼心里则充满了浓重的悲哀，他实在不甘心完蛋在一个普普通通的劫匪手下，但现实又使他清清楚楚地意识到：这里十天半月也不会有人来，用不了多久他们就会因渴饿而死。真他妈的没办法。不过，能和这个美丽的少妇一同走向天国也算是有些幸运了，何况他还那么爱她。

他们又渴又饿，身子被绳子绑得又酸又软，别说他们不想用语言交流，就是想交谈也没有力气了，只有用目光和对方交流着。

"江礼，我们就这样等待死神的来临吗？"

"凤瑶，你怕吗？"

"我不希望这样没有价值地离开这个世界、离开我的女儿和我的旅行社啊……"

"我的心情和你一样，这里不应该是我们的墓场，可是我们没有办法离开这里。"

"我在努力挣扎，可是……"

"是的，绳子绑得太紧了……凤瑶，如果我们能够活下去……"

"如果我们能够活下去，我要给你快乐和安慰。"

"不再等待？"

"是的！"

一条蛇向齐凤瑶的腿部爬来，齐凤瑶吓得大叫起来，下意识地使劲挣扎。蛇爬走了，齐凤瑶惊魂甫定，汗水湿透了衣衫。

"凤瑶，看着你遭受这么大的痛苦，我倒真的想立刻死去了。"苏江礼苦楚万分地闭上了眼睛，轻声说。

激动的泪水再次从齐凤瑶眼里涌出来，她望着苏江礼头上的伤，问："江礼，你还疼吗？"

苏江礼缓缓地吐出了一口气，说："我没事，和你在一起，再重的伤我也不觉得疼……"

苏江礼的话还没说完，齐凤瑶突然叫了起来："江礼，我的手能稍微动一点儿了！"她说得不错，刚才还被捆得紧紧的两个手腕现在稍微有点松动了，尽管活动的余地很小，但毕竟有了希望。

苏江礼眼前一亮，鼓励齐凤瑶说："这可能是刚才你使劲挣扎的结果，再试试吧，或许会成功的！"

齐凤瑶不停地挣扎，两个手腕都被绳子磨破了，但她依然咬紧牙关努力着。十几分钟后，绳子终于被她挣脱了。

齐凤瑶刚一自由，顾不上察看自己的伤口，忙跑到苏江礼身边，以极快的速度把他的绑绳解开了，边解边兴奋地说："江礼，我解脱了，我们都解脱了！"

苏江礼把那条可憎的绳子甩到一旁，说："一定是方才你看见蛇时使劲挣扎的结果，老天真是有眼啊！"

"这么说……我们应该感谢……那条蛇了？"齐凤瑶抬起胳膊，为苏江礼擦了擦额头上的血迹，喘息着说。

"凤瑶，我们告别死亡了。这个荒芜的鬼地方我们再也不来了！你的伤……让我看看！"苏江礼说着，一把把齐凤瑶搂在怀里，不由分说捉住她的双手仔细地查看手腕处的伤情。只见齐凤瑶两只手腕处白皙的皮肤被磨得血肉模糊，他心痛地要用嘴去吮吸血珠。

齐凤瑶晃了晃手，以此表示自己的伤无关紧要，倒是焦急地对苏江礼说："江礼，我们快打电话报警……"

"不能报！"苏江礼几乎不假思索地打断了齐凤瑶的话。

齐凤瑶不解地问："为什么？"

苏江礼依然紧紧搂着齐凤瑶，说："我不想闹得满世界人都知道四方旅行社的老总在鬼门关前游荡了一回，这将成为许多人酒桌上的话题。我无论如何也不想这样！"

齐凤瑶虽然不反对苏江礼的说法，但还是有些不甘心地问："可那是'奔驰'车啊，难道就这样被歹徒抢走了？"

苏江礼望着齐凤瑶，眼里又漫起了潮水般的柔情，说："丢一辆'奔驰'车对我来说并不是什么伤筋动骨的大事，何况我也许还能让它回到我手中……这不是你们女人要懂的事情。我们还是快回市里吧,这里离市区不到十公里路,我们就是走也能走回去了。来,凤瑶,拉紧我的手……你的手好软、好热,让我的血都快沸腾了!"

齐凤瑶疲累地把身子靠在苏江礼的胸脯上,颤抖着嗓音说:"江礼,我们死里逃生,真像你说的那样,连老天爷都在帮助我们。"

苏江礼紧接着齐凤瑶的话茬说:"所以我们更应该珍惜我们的缘分,是上天把你赐给了我。凤瑶,我可以这样认为吗?"

齐凤瑶由衷地点点头说:"上天也给予了我许多,你是最最珍贵的!"

苏江礼双手捧住齐凤瑶的脸,微笑着说:"凤瑶,回到市里我们最先去海边,让大海见证我们的两颗爱心!"

齐凤瑶也笑起来,说:"好的,你总是这么富有诗情。"

"不,不是诗情,是激情!"苏江礼一字一顿地纠正道。

他俩相拥相依着慢慢走出了这片给了他们恐怖同时又拉近了他们之间距离的树林。

两个半小时后,齐凤瑶和苏江礼相互拥抱着坐在了沙滩上。

由于连续行走,他们都显得很疲惫了,苏江礼轻轻抚拍着齐凤瑶的肩头,像一个饱经沧桑的兄长哄劝玩耍累了的小妹妹一样,说:"凤瑶,你累了,闭上眼睛在我怀里睡一会儿吧!"

齐凤瑶果真把身子躺在了苏江礼怀里,并且闭上了眼睛,忧心重重地对苏江礼说:"一场惊心动魄的经历使我彻底走近了你,你是我生命的支柱,但我同时发现自己钻进了一张无形的网,我不敢面对它,它让我沮丧、让我胆怯。江礼,你知道我说的是什么。"

苏江礼点点头,说:"我知道,我会及早为你撕破那张网的。"

齐凤瑶仿佛怕苏江礼从身边消失掉一样,紧紧抱住他,说:"我会不会成为别人眼里一个可悲的角色?会不会?你对我说实话。"

苏江礼把目光投向辽阔的海面,说:"爱有时候就是一种勇气的表现,像中国的梁山伯与祝英台、英国的罗密欧与朱丽叶……"

齐凤瑶眼角再次涌出了晶亮亮的泪珠,嗓音凝重地说:"他们的故事非常感人,但那是遥远的,更是虚无的,我面对的是现实,是可怕的现实。"

苏江礼把目光落回到齐凤瑶的脸上,抬高嗓门,说:"凤瑶,战胜它!"

不知为什么,齐凤瑶的身子微微颤抖了一下,她睁开了眼睛,望着苏江礼,眼光里含着浓浓的哀怨,说:"我没有勇气,江礼,我真的没有勇气……"

"爱会给你勇气的。"

"爱让我脆弱……"

齐凤瑶说完又闭上了眼睛。她不知道,此时此刻,就在离她和苏江礼不远处的海滩上,丹明面海而立。此刻,他的心情既轻松又沉重,轻松的是市旅游局已经做出了撤销对碧海旅行社进行处罚的决定;沉重的是齐凤瑶离他越来越远,他内心里涌荡着一股浓重的悲哀，默默地说着："凤瑶，你在哪里？你知道吗，你躲过了一场暴风雨，可我面临的依然是痛苦与悲伤，我爱你，爱你，爱你！我心中对你的爱是永远那么晶莹剔透的，这些洁白的浪花就是我对你的爱……我愿意品味孤独和痛苦，我想让爱和我的灵魂一起融进这蕴含着无穷力量的大海！凤瑶，你能够听到我的心声吗？凤瑶，接受我的爱吧，我期待着，永久地期待着！"

海风吹湿了丹明的眼睛，他下意识地把头扭向了一旁。猛然，他的眼睛像被钢针扎了一样剧烈疼痛起来。这种痛几乎令丹明窒息了：因为他清清楚楚地看到，齐凤瑶正和苏江礼拥抱在一起，两个身子贴得那么紧……

丹明无法再看下去了，他猛地转过身，流着泪水跑走了。

齐凤瑶和苏江礼在海涛声中度过了一个夜晚。早上，她和苏江礼分手后，径直去了碧海旅行社。

坐在熟悉而冷清的办公室里，齐凤瑶的胸腔又被失落、无奈和痛楚塞满了。她在心里对自己说："办公室空了，我的心也空了，我不知道该怎么办，我的眼前一片迷雾。是谁打伤了游客，他们为什么这么做？为什么承担痛苦的是我呢？"

随着一阵敲门声，上次送处罚通知单的那两名市旅游局监察大队的工作人员走了进来。

齐凤瑶望了他们一眼，冷冷地说："你们是来催罚款的吧，我没有做错任何事，你们可以勒令我停业，但我拒绝交罚款，你们把我抓到哪里去我都不怕！"

一名工作人员冲齐凤瑶友好地笑了笑，说："齐总，你不要激动，我们不是向你催罚款的，我们是来通知你，你们碧海旅行社可以正常开业了，自然也涉及不到罚款了。"

齐凤瑶猛地睁大了眼睛，惊诧地问："什……什么？你们准许我……营业了……"

另一名工作人员也对齐凤瑶说："经过调查，在保龄球馆闹事的人与你们碧海旅行社没有关系，所以今天撤销上次的处罚决定，希望你继续合法经营。"

那名工作人员的话说得清清楚楚，可齐凤瑶依然没有完全从惊诧中走出来，她喃喃地问道："这……这是……真的吗？"

先前说话的那名工作人员郑重地说："我们是执法部门，能在这种事情上开玩笑吗？"

齐凤瑶眼里一下子涌出了泪水，激动地说："谢谢你们认真调查，还我和我的旅行社清白！"

那名工作人员说："你最应该感谢的是晚报的丹明记者，我们没有做到的事情他做到了。没有丹明记者，碧海旅行社不会这么快重新营业的。至于什么人出于什么目的冒充你的员工在保龄球馆闹事，我们已经正式提请公安部门调查了。昨天的晚报上登了丹明记者的文章，你看看就知道了。好，我们走了。"

市旅游局的两名工作人员走后，齐凤瑶跑到走廊上，从信报箱里取出昨天的晚报，迫不及待地翻开，果然在一版看到了一篇文章，标题十分醒目：《保龄球馆

海南游客遭殴打　碧海旅行社未曾参与其中》，标题下的署名是：本报记者丹明。

望着"丹明"这两个字，一种说不出来的情愫荡漾在了齐凤瑶的心里，她喃喃自语地说："丹明……我该怎样面对他呢？"

这时，脚步声响，张婷婷走过来，调皮地冲齐凤瑶做着鬼脸。

齐凤瑶抬起头，望着张婷婷，惊奇地问："婷婷，你怎么来了？"

张婷婷像一只纤灵的百灵鸟一样扑到齐凤瑶怀里，高兴地说："凤瑶姐，我在晚报上看到了丹明大哥为咱旅行社澄清事实的文章了。我想既然事实澄清了，市旅游局就没有理由处罚咱们了，我自然就该上班了！"

齐凤瑶拿着报纸和张婷婷走进办公室。齐凤瑶抚摸着散发着油墨清香的报纸，问张婷婷："婷婷，我该怎样感谢丹明呢？"

张婷婷认真地对齐凤瑶说："凤瑶姐，丹明大哥爱你，他不需要你感谢的！"

齐凤瑶沉吟了几秒钟，说："可是……可是我早已经对他说过了，我们不可能走到一起的，他不是我心目中的伴侣。"

张婷婷眨着一双清澈的眼睛望着齐凤瑶，直言不讳地说："凤瑶姐，你爱上苏总了，所以你拒绝了丹明大哥。是这样吗？"

在张婷婷面前，齐凤瑶不想隐瞒自己的一切，她说："婷婷，我是爱上苏总了，尽管我知道他是有妻室的人，但他答应我很快就会离婚的，因为他的婚姻非常不幸福。"

张婷婷把一杯纯净水递到齐凤瑶手里，说："我总觉得丹明大哥是一个真正的好人！"

齐凤瑶接过杯子，对张婷婷说："我承认丹明是一个好人，可我和杜桥失败的婚姻告诉我，婚姻应该是一个人一生中最现实的事情，现实使我决定应该放弃丹明对我的爱。我始终认为自己的选择是正确的。"

张婷婷不知道自己还应该继续说什么，一时停住了话头。齐凤瑶也不想再继续谈论感情的话题了，就说："婷婷，不管怎么说，市旅游局撤销了对我们的处罚决定总归是好事，我们要抢抓时间做业务，把耽误的损失补回来！"

"是的，凤瑶姐，我也是这样想的，否则我就不会这样着急来上班了。"张婷婷真诚地对齐凤瑶说。

《保龄球馆海南游客遭殴打　碧海旅行社未曾参与其中》这篇报道给苏江礼的心头带来了一丝震撼，他看完后，有了一种西洋镜被人戳穿了的羞怒感。为此，他专门打电话把曾晖叫到了四方旅行社。

苏江礼敲着放在办公桌上的晚报郑重其事地对曾晖说："那个记者最终还是把事情捅出去了，市旅游局又变了口风，警察很可能要调查那件事。曾晖，你可得盯紧了，千千万万别让警察抓住把柄，否则这件事够我们喝一壶的。"

很少看报纸的曾晖把晚报抓起来，稀里哗啦地翻了几下，说："舅舅，你就把心思全用在做那笔大买卖上吧，在保龄球馆闹事那哥几个都藏起来了，警察找不到他们，再说又不是什么大案要案。没事的。那个姓丹的记者倒也是条汉子，腿上挨了一刀还给报社卖命！"

苏江礼把弄着一只手枪形状的打火机，幽幽地说："不管怎么说，我把海南来的游客的钱挣到手里了，这是我的胜利。我不是故意害齐凤瑶，这是我的性格，我要赚钱，我不允许别的旅行社做大做强！有时候，在齐凤瑶面前我内心里感到自己是一个罪人，一个彻头彻尾的罪人，我爱她，可又在折磨她。我常想，如果她知道我是一个毒品贩子时会是怎样的心情呢？我不敢说出这个答案……"

苏江礼的话使曾晖似乎找到了某种根据，他望着苏江礼，问："我早就说过，你为了这个女人把大事忘掉了。舅舅，你是不是想退却了？"

苏江礼"啪"一声把枪形打火机扔在老板桌上，嗓音低沉但很坚决地说："退却？哼，我只有前进，我不会为一个女人放弃做大生意赚大钱的，尽管她是我最爱的人。我答应过你，一个月内发'货'，绝不食言！"

曾晖满意地笑起来，说："好，舅舅，你这句话我爱听，也佩服你！"

苏江礼自嘲地笑了笑，对曾晖说："我的'奔驰'车被一个王八蛋给偷了，干事的人肯定在市外低价出售，你找几个人，在周边城市看到我的车后花钱买回来。记住，不要报案，我不能和警察打交道，更不用声张，就当我走了一回麦城。"

曾晖点了点头："舅舅，这事不难，我会办好的！"

"谁他妈偷了我舅舅的车呢？"离开四方旅行社后，曾晖这样想着。但他万万想不到那个所谓的"偷"车人会是他的"好朋友"马三儿。

现在，马三儿就在徐兰娟的住处。

不到两天的时间，徐兰娟和杜桥就把那辆"奔驰"车低价出售了，速度之快出乎马三儿的想象。钱已经到手了，下面要做的事情自然就是分赃了。

徐兰娟拍着一大摞百元钞票，炫耀地对马三儿说："马三儿，那辆'奔驰'车卖了十万元，你一个人拿五万，我和杜桥两个人拿五万。怎么样，交易公平吧？"

马三儿满意地点点头，说："公平，我没别的话说。这么短时间就把车出手了，我从心里佩服你们！"

徐兰娟瞥了瞥坐在身边一直紧紧盯着那摞钞票的杜桥，说："我嘛，大本事没有，几个能跑事的朋友还是有的！"

马三儿接过徐兰娟抛给他的五万元钱，揣进怀里，说："有朋友好啊，有朋友有钱赚，我他妈的还是有财运哪！行了，你们该干什么干什么吧，我走了！"

马三儿走后，徐兰娟掩好门，问杜桥："杜桥，这五万元钱你想怎么分啊？"

杜桥望了一眼徐兰娟，眼光又迅速落回放在床头的钱上，说："怎么分？还用说吗？二一添作五吧。卖车时你尽了不少力我也没有干看着。这样行不？"

徐兰娟沉下脸，不高兴地说："杜桥，你对我越来越抠门儿了，连一个零头儿都不肯多让给我？我可是死心塌地地跟着你呀！"

杜桥不服气地瞪着徐兰娟，说："你真是一条喂不熟的母狼，我给你的钱还少吗？我的血汗钱不都让你榨光了吗？没有我杜桥，你不还在歌舞厅里坐台挣几个小钱吗？我的'桑塔纳'让你卖了，我一分钱没见着，你还想怎么样？"

徐兰娟眼珠转了转，像是下定了什么决心似的对杜桥说："行了行了，就按你说的二一添作五分，这是你的两万五千元，收好了！"

杜桥收好钱，拍了拍徐兰娟的脸蛋，奖励似的说："这还差不多。来吧，宝贝儿，睡觉吧。"

徐兰娟推了杜桥一把，风骚地说："你先睡吧，我去冲个澡。"

杜桥躺上床，说："去吧，去吧，限你半小时。"

徐兰娟走进了洗澡间，开始洗澡。在哗哗的水声中，这个机灵的女人咬牙切齿地自言自语道："这个杜桥没有几个钱了，没有用了，老娘该离开他了！他动不动就打老娘，老娘这回给他来个骨头也疼肉也疼！"

徐兰娟洗完澡穿好衣服走进卧室的时候，杜桥已经入睡了。天赐良机，她俯身从床脚处抓起一个空啤酒瓶，高高举起来，向杜桥头部砸了下去。

"啊——"睡梦中的杜桥头上顿时淌出了鲜血，没明白是怎么回事就惨叫一声，晕了过去。

徐兰娟从杜桥衣兜里搜出了那两万五千元钱和一个信用卡，收拾好东西，踩着高跟皮凉鞋，一溜风地走出了屋子。

"杜桥，老娘和你拜拜了！"

第十三章 死里逃生

第十四章　猝然相逢

齐凤瑶的心情就像狂风暴雨过后风平浪静的海面一样充满着明媚的阳光。尽管在保龄球馆冒充碧海旅行社员工打人者仍逍遥法外，但碧海旅行社一切恢复了正常，她没有理由不以愉快的心情投入到经营当中。

这天上午，齐凤瑶正在整理资料，苏江礼走进来，从背后轻轻抱住了她。

苏江礼在齐凤瑶耳边亲昵地说："凤瑶，你摆脱了困境，我来向你祝贺。"

齐凤瑶握住苏江礼的手，说："江礼，我知道你会来的。"

苏江礼替齐凤瑶合上资料，柔声说："我当然会来的。"

齐凤瑶轻声说："江礼，旅游市场什么时候才能有一个公平、良好的秩序呢？究竟是谁给了我一次近乎致命的打击呢？我不明白他们为什么这样做！"

苏江礼略略沉默了一会儿，说："凤瑶，不要再去想任何不开心的事情了，多想一想我们的事，多想一想我。"

齐凤瑶侧过头，望着苏江礼说："是啊，过去的事情我也不愿意再去多想了，时间也不允许我多想业务以外的事，殴打海南客人的肇事者公安局正在调查。"

苏江礼劝慰地说："凤瑶，听我的话，不要把希望完全寄托在警察身上，事已至此，调查只不过是走走过场而已，不会查出什么结果来的。"

齐凤瑶脸上浮现出一丝恬淡的笑容，说："那我也没有太多的遗憾，因为我没有做错什么。"

苏江礼在齐凤瑶脸上轻吻了一下，说："凤瑶，你真善良，上帝会赐给你幸福的。"

两朵红云飘上了齐凤瑶的脸颊，她小声问："你是说和你在一起吗？"

苏江礼肯定地点了点头。

齐凤瑶却没有再说话。苏江礼紧忙说："凤瑶，你为什么不说话？其实你的心在说话，我已经听到了！"

齐凤瑶垂下头，说："江礼，给我一点时间，好吗？"

苏江礼抚摸着齐凤瑶的长发，说："与其说给你一点时间不如说给我一点时间，凤瑶，我现在找不到她，如果找到她，我会用一切方式甚至哀求她离婚的！"

齐凤瑶眼里渐渐漫上了一层水雾，嗓音凝重地说："我相信你，但是我不知道这个过程要等待多久。"

苏江礼像朗诵诗歌一样对齐凤瑶说："如果等待是一种甜蜜，那会变得非常富有情趣。"

齐凤瑶摇了摇头，说："不，不是甜蜜，是痛苦、是彷徨、是煎熬，是一切我不应该承受的重负。"

苏江礼愈发抱紧了齐凤瑶，说："凤瑶，为了爱，为了我，请承受一些重负吧。我无法想象和描述我们的未来，但现在我们是相爱的……凤瑶，你哭了，我为你擦干眼泪吧。"

齐凤瑶喃喃自语着："为什么为我擦泪的是你呢？为什么……"

苏江礼轻声说："凤瑶，来，我们静静地坐一会儿吧。"

杜桥醒转过来了，他感觉自己头上好像压着一块大石头，又好像有人拿着一支钢针在他额头上钻孔，令他疼痛难忍，不由自主地呻吟起来："哎哟……哎哟……"疼痛使他渐渐从懵懂中清醒过来了，他揉着头，爬起身，费力地环视着屋子。当他的目光落到搭在床头的衣服上时，他忘记了疼痛，"蹭"一下蹿过去，抓过衣服翻找那两万五千元钱，但是他什么也没有找到。"啊？钱呢？我的钱呢？信用卡也不见了？兰娟，兰娟，徐兰娟……"杜桥先是小声嘟囔着，继而大声叫喊起徐兰娟来，然而没有人回答他。

杜桥发疯似的跳下床，在屋里转了几圈，床上已经凝固了的鲜血和破碎的啤酒瓶告诉他发生过什么事情了。明白了，杜桥什么都明白了：徐兰娟那个骚娘们儿偷了他的钱和信用卡跑了，把他给甩了！

杜桥失魂落魄地胡乱穿好衣服，跑出屋子，在社区私营诊所里包扎好伤口，然后直奔附近工商银行营业所。他扑到窗口前，用急切的嗓音对年轻的女营业员说："小姐，我的一张信用卡丢失了，我要挂失，卡主的名字是我，杜桥。"

女营业员纤细的手指敲了几下电脑键盘，然后抬起头对杜桥说："对不起，先生，您卡上的钱已经在昨天被提走了。"

杜桥脑子里仿佛钻进了几百只蜜蜂，嗡嗡乱响，几乎要栽倒在地上，底气不足地问女营业员："都……都提……提走了？"

女营业员从杜桥的神态上意识到了事情的严重性，但她只能以实相告："对，都提走了，一共是八万元。如果这笔钱是在您不知情的情况下被人提走的，那就赶快报警吧……"

女营业员的话还没说完，杜桥已经走出营业所了。他知道，女营业员的话是针对一般情况的，而他是绝对不能报警的。他如同喝醉了酒一样跌跌撞撞地走着，嘴里不停地咒骂着："徐兰娟，你这个骚货，你把老子的钱全都拐走了，老子见着你非捅你几刀子不可！老子的家被你毁了，老子的公司也被你毁了，老子什么也没落着，你的心比蛇蝎还毒哇！"

如果此刻徐兰娟出现在街上，杜桥肯定会毫不犹豫地把她撕成碎片！

齐凤瑶为了表示对丹明的感激之情，特意在市内一家饭店的雅间请丹明吃饭。

"丹明，你为我做了一件值得我感动一生的事情，没有你，我不知道我的碧海旅行社会有多惨，我以姐姐的名义感谢你！"齐凤瑶的话语里充满着真诚，却又分明保持着一种距离。

丹明清澈的目光望着齐凤瑶,轻声重复道:"姐姐?"

齐凤瑶点点头,说:"对,是姐姐。丹明,我要做你很好的姐姐。"

丹明轻轻笑了笑,依然望着齐凤瑶,激动地说:"调查海南游客被打事件真相是我的职责,即使这件别有用心的事情不发生在你身上,我也会这样做的。凤瑶,我真心希望你把事业做大,少一些波折,多一些快乐,因为我爱你,一直在爱你。这些日子,我每时每刻都被爱的烈火炙烤着……"

齐凤瑶拦住了丹明的话头,说:"丹明,我早已经对你说过了,我们两个人只能是朋友或者姐弟的关系,在我眼里,你是一个好记者,可你不是我的好伴侣,不要再为我浪费感情了。"

丹明痛苦地说:"浪费感情?你说我是在浪费感情吗?我的感情是珍贵的,它像我的血液一样宝贵……"

齐凤瑶再次打断丹明的话,说:"对不起,丹明,也许我的措词是不恰当的,但我真的劝你忘掉我,这样你心里会轻松的。"

丹明加重了语气,说:"不,那样只能让我心里更加痛苦。凤瑶,你是一个优秀的女人,我不会忘掉你的,永远不会的!"

齐凤瑶叹了口气,责备地说:"丹明,你太固执了,我们……"

丹明打断了齐凤瑶的话,说:"是爱让我固执的!"

齐凤瑶把一只虾夹到丹明面前的碗里,说:"丹明,我简直不知道该怎样对你说了。我不是你心目中的优秀女人,真的不是,请你不要这样评价我。"

丹明眼里涌起了泪花,不无冲动地说:"凤瑶,我知道你爱上别人了,那是一个很有钱的男人……"

齐凤瑶的心房颤栗了一下,说:"丹明,不要说了,我们都不要说这个话题了!我求求你,丹明!"

丹明仿佛没有听到齐凤瑶的话,顾自地说:"凤瑶,我无意于指责你,但我还是要告诉你,你的幸福可能不在我身上,可也不在这个人身上,也不应该在他身上!"

齐凤瑶不知道自己在丹明面前是故意掩饰还是辩解,说:"不管怎么说,丹明,我感谢你对我的帮助,但我无法接受你的爱,如果你……"她适时停住了话头。

尽管如此,丹明还是明白了齐凤瑶话中所指,他郑重地对齐凤瑶说:"你以为我帮助你澄清事实是取悦于你甚至是以此来换取你的爱吗?如果你这样想就错了!那是低级的爱,是我所不齿的,是对我丹明人格的侮辱!"

齐凤瑶急忙解释说:"丹明,你想得太多了,我没有侮辱你人格的意思,我只是强调我们两个人之间……希望你理解我。"

丹明直视着齐凤瑶:"凤瑶,我会面对现实的,尽管这个现实对我来说是那么无情和痛苦。我知道,我们之间横亘的是世俗的高山,就像你所说的,我只不过是一个普普通通的记者，在社会上没有职权，事业上不能帮助你，你太爱你的事业了，所以你把生活中的一切都和事业联系起来，包括珍贵的感情。"

齐凤瑶点点头，说："丹明，你说得没错，我是一个事业至上的人，我的事业就是我的一切！"

丹明问："难道感情比赚钱还重要吗？"

齐凤瑶反问道："难道这不现实吗？这是错误吗？"

丹明再次激动起来，说："是错误，是很大的错误！我不反对赚钱，更不反对事业至上，但我反对把感情作为筹码去获取什么，如果那样，就是人性的悲哀！"

齐凤瑶摆摆手，说："丹明，我们的争执是不是太没有意义了，我的追求和你的想法相差那么远，我们连最基本的观点都不能统一，更谈不到什么感情了。也许你认为我很俗气，可是我必须面对活生生的现实。这句话我已经不是第一次对你说了！"

丹明摇着头，说："凤瑶，在我心目中，你不是一个俗气的人，我不知道什么时候你变得让我陌生起来了！"

齐凤瑶语气平静地说："丹明，我们本来就很陌生，要不是你送我母亲去我家，恐怕我们到现在还互不相识。我承认你对我的爱是发自内心的，是十分真诚的，可是你忽略了我的感情，你以为真诚就可以得到感情，我失败的婚姻能够为此作出很好的注脚。你要认真地认识自己、认识我。"

"我承认自己生活中不是一个成熟的人，但我懂得感情可以追求不可以强求，再说我的性格也不允许我向他人强求感情。我尊重你的人生选择，从此以后，我会把对你的爱封闭在心头……"说到这里，丹明的嗓音哽咽了。

齐凤瑶的心里也有些酸楚，她歉疚地说："丹明，请原谅我，我伤你的心了。"

丹明脸上浮现出了凄凉的笑纹，说："凤瑶，你是一个善良的人，即使我受到伤害责任也不在于你，你根本没有必要自责。"

齐凤瑶望着丹明，说："把我们之间这段故事变成一阵风，让它轻轻消失掉，好吗？丹明。"

丹明轻叹了一声，说："风会消失，故事永远不会消失，我要让它融进我的血液里。凤瑶，祝你幸福，永远幸福。"

一场关于爱情的争辩结束了，齐凤瑶微笑着对丹明说："我们一起吃点什么吧，你为我解除了一场危机，我只能用请你吃饭来表示一下感激的心情，否则我会非常不安的。"

丹明刚要说话，手机响了。丹明按下了手机的接听键："是小李啊……对，我在外面……好了，我知道了，我马上就去！"

丹明收了线，对齐凤瑶说："文化西路口发生了一起车祸，一个行人被当场撞死了，编辑部让我马上赶到现场去。"

"好吧，你快去工作吧！"

"再见！"丹明急匆匆走了，齐凤瑶正想也离开，苏江礼闪身走了进来，坐在齐凤瑶的对面，笑着说："他爱你爱得很深啊。"

齐凤瑶问："你都听见了？"

苏江礼点点头："是的。听得出来，他是一个很真诚的人，他很痛苦。"

齐凤瑶说："没有办法，我只能拒绝他，尽管他给了我非常大的帮助。"

苏江礼凑到齐凤瑶身边，握住齐凤瑶的手，说："凤瑶，你把爱情和友情分得很清楚，我很高兴。"

齐凤瑶轻轻摇了摇头，说："你以为我拒绝丹明的爱完全是为了你吗？不，不是的。"

苏江礼一怔，问："为什么不是呢？凤瑶，你不是爱我吗？"

齐凤瑶望着苏江礼，问："江礼，你能告诉我我还要等待多久吗？"

这是苏江礼最不愿听到然而又不能不回答的问题，他用一种无所谓的口气问齐凤瑶："你就那么在意她的存在吗？"

齐凤瑶说："我必须在意，因为我是一个女人，有时候，女人的尊严是用什么也换不来的！"

苏江礼笑了笑，说："我知道……哦，对了，我来找你是有两件比较重要的事情告诉你的。我在永平市最好的写字楼天伦大厦A座为你租了三间豪华型办公室，你马上可以搬到那里去办公，你现在的办公室太寒酸了，这样做起业务来会被人看不起的。这是第一件事。还有一件事是过些日子我要在国际酒店举行一场酒会，答谢社会各界对四方旅行社的支持。这两件事你都不要拒绝我，好吗？"

齐凤瑶迎着苏江礼的目光说："我早就想租一个好一点儿的办公场地了，你想到我心里去了。我总是需要别人来帮助，真是无能。"

苏江礼心里舒了一口气，说："凤瑶，你是女人，女人就需要别人来帮助的。我对你说过，在永平市，我就是你的靠山，我要为你做你需要的一切！"

齐凤瑶动情地说："江礼，你是一个好男人，我真想永远和你在一起！"

苏江礼更加激动地说："凤瑶，能听到你这句话我就心满意足了。谢谢你的夸奖！"

"我们走吧。"

"好的。"

齐凤瑶和苏江礼从饭店走出来，正碰上喝醉了酒的杜桥。

杜桥把衬衣斜搭在肩膀上，双眼被酒精刺激得通红，一边一步三摇地走着一边含糊不清地说着："跑了……'二奶'他妈跑了，把我……把我他妈耍了……老婆也……也走了……"

杜桥脚下没跟，撞到了一个过路人的身上，那个过路人狠狠踹了他一脚，冲他鄙夷地吼了一嗓子："滚一边儿去，酒鬼，哪个好女人愿意嫁给你？"

杜桥冲那人傻笑起来，说："让我滚我……我他妈的就滚……滚……喝酒来喝酒……凤瑶……你杀了……我吧……杀了……我吧……"

齐凤瑶再也看不下去了，她疾步走过去，气恨地对杜桥说："你怎么醉成这个样子？快回家去吧！"

杜桥的醉眼认出眼前的人是齐凤瑶，努力站稳了身子，愧疚地说："凤瑶……你是一个好……好女人……"

齐凤瑶继续冲杜桥说："你快走吧，别在大庭广众之下丢人了！"

杜桥点点头，眼睛发潮地说："好……我……我走……凤瑶，我不是个人哪……"

杜桥渐渐走远了。

苏江礼走到齐凤瑶身边，漫不经心地问："凤瑶，这个家伙是谁？"

齐凤瑶说："你别问了，这和你没有关系。"

苏江礼望着齐凤瑶的神情，说："我知道他是谁了。他是一个失败的男人，一个被幸福抛弃的男人，他永远不会有我这样幸运。"

不知是出于女人的天性还是别的什么原因，齐凤瑶真的不想让苏江礼知道太多杜桥的事情，就扭头对苏江礼说："江礼，我们分手吧。"

苏江礼显然有些意犹未尽，近乎恳求地说："凤瑶，你总是不肯多陪陪我。"

齐凤瑶扬手拦了一辆出租车，说："决定一切的是时间。"

苏江礼点点头，说："时间不能决定一切，但是它能使一切缩短，我非常渴望和你在一起。晚安。"

"晚安。"

市区文化西路路口，车祸现场。

执勤的交警指着停在路边的一辆"切诺基"对采访他的丹明介绍那起车祸发生的经过："当时的情况是这样的，这辆肇事轿车的司机是一个新手，他在转弯时没有减速，也忘了打转向灯，结果把一个女孩儿撞倒了。我们接到报案后立即赶到了现场，对司机采取了措施，把那个女孩儿送到了医院，其实她已经不行了……真可怜，一个漂亮的20岁刚出头儿的女孩儿就这样结束了生命……"

"你们知道她叫什么名字、在哪里工作吗？"丹明问交警。

交警轻轻摇了摇头。

齐凤瑶搬进了苏江礼为她租下的市中心豪华写字楼的三间宽敞的房间里。这三间房，不要说装修，就连每一个角落里都散发着现代化办公楼的气息。在这样的环境里办公，难怪齐凤瑶和张婷婷的心情非常愉快。

此刻，齐凤瑶和张婷婷在一间稍微宽大一点的房间里收拾刚刚搬过来的东西。张婷婷手脚一边忙乱着一边欢快地笑着说："凤瑶姐，这下我们的办公条件可好了，再不用好几个人挤在一间小屋里！"

齐凤瑶脸上也洋溢着抑制不住的笑容，说："婷婷，这三间办公室一间做总经理办公室，另外两间将来给财务室和导游用，我们两个用一间办公室。怎么样？"

张婷婷急忙摇着头说："那怎么行呢，我们是好姐妹，可你是总经理，我还是和导游在一起吧,我本身就是导游嘛。"

齐凤瑶把一摞全国各地旅游景点宣传图册整整齐齐地摆放到墙角的文件柜里,说:"婷婷,这件事就这样定下来了,和你在一起办公我心里才能够踏实。你是我最好的朋友,在我最困难的时候你没有离开我,现在条件好了我也不想让你离开我,哪怕是办公。"

张婷婷被齐凤瑶真诚的话语打动了,激动地说:"凤瑶姐,你对人真好,你的事业肯定会越做越大的!"

齐凤瑶关好文件柜的柜门,望着张婷婷说:"婷婷,不瞒你说,这三间办公室是苏总帮我租下的,我想拒绝他,但是又没有理由拒绝他。我是不是一个经不起诱惑的人?"

张婷婷皱着眉头想了一会儿,说:"凤瑶姐,我觉得人最难经受的就是诱惑,感情的诱惑、金钱的诱惑、官职的诱惑等等,你和苏总的关系……怎么说呢,我不懂。"

齐凤瑶笑了笑,说:"我们不说这些了,招聘导游的事情办得怎么样了?"

张婷婷说:"我的一个同学向我介绍了一个旅游职高的毕业生,名叫白琳,我和她谈了,条件很不错,她下午过来应聘。"

齐凤瑶点点头,说:"婷婷,这件事你就可以敲定了,只要合格,我们就聘用她。"

张婷婷说:"那好,下午我抽时间专门做这件事。过几天我们又可以接山东一个旅行团了。"

齐凤瑶叮嘱说:"这次接团一定要把方方面面的环节做好,千万不要再出现意外的事情。"

说起那件令人气愤的事情,张婷婷问齐凤瑶:"上次有人冒充我们旅行社打人的事情公安局调查得怎么样了?"

齐凤瑶摇摇头,说:"后来公安局来人找我调查过,说估计是一般的社会治安案件,没有太多的线索,可能会不了了之的。"

张婷婷不满地说:"不了了之?那些坏家伙给我们造成了多大的损失啊,要不是丹明大哥,我们碧海旅行社就死定了!"

齐凤瑶叹了口气,说:"那又有什么办法呢?公安局也有好多事情要做,我们就当一次教训来吸取吧。"

张婷婷随口说道:"丹明大哥真是一个好人。"

齐凤瑶把几本新买的旅游法规之类的书递给张婷婷,说:"别说别人了,我们赶快做自己的事情吧。"

齐凤瑶的话音刚落,一个30多岁的女人出现在了门口。

张婷婷很有礼貌地迎上前,问那女人:"这里是碧海旅行社,您有什么事情吗?"

女人拘谨地望了望张婷婷,又望了望齐凤瑶,说:"两位小姐,我叫黄白菊,是从外地来打工的,你们旅行社里需要打杂的人吗?我什么都可以干,只要你们留下我就行!"

见眼前这个看上去十分老实厚道的女人是来找工作的,齐凤瑶走到她面前,和善地说:"黄大姐,我们碧海旅行社规模很小,只需要业务人员,不需要像您所说的什么打杂的,就是有一些杂七杂八的事情,我们自己也能处理得了。所以您的要求我们没有办法满足。"

黄白菊失望地点点头,说:"你们不用我我没什么可说的。打搅你们了,再见。"

齐凤瑶叫住黄白菊,对她说:"黄大姐,街对面有一家家政公司,据我所知,他们正在招聘工作人员,你可以到那里去试试,我觉得你肯定能行的。"

黄白菊感激地笑了笑,说:"那我就去试试吧,谢谢你。"

齐凤瑶转身刚要继续收拾东西,手机响了。是苏江礼打来的。

"我正在收拾东西,感觉真的不错。你在哪里?"齐凤瑶接通了手机。

手机里传来苏江礼有些得意的声音:"凤瑶,我就在你楼下,我要请你下楼看一样东西,相信你会惊喜的!"

齐凤瑶对着手机问:"什么东西?"

"你下楼就知道了。"苏江礼说完挂断了电话。

齐凤瑶不知道苏江礼葫芦里卖的是什么药,没来得及和张婷婷打招呼就坐电梯到了楼下。

"江礼,你要我看什么东西,还要给我惊喜?"在写字楼门口,齐凤瑶一见到苏江礼就问。

苏江礼照旧用那种含着无限柔情的目光望着齐凤瑶。手往身边指了指,说:"请往这边看。"

齐凤瑶扭过头,看见苏江礼身边停着一辆"奔驰"车,车上的牌照告诉齐凤瑶:它就是那天被人抢走的车子。一时间,齐凤瑶惊讶地脱口而出:"'奔驰'车?它……它那天不是被人抢走了吗?"

苏江礼伸手揽住齐凤瑶肩头,说:"不错,它那天是被人抢走了,那个家伙把这辆车低价卖到了外市,我又把它买了回来。怎么样?你难道不惊喜吗?"

齐凤瑶高兴地对苏江礼说:"这件事真出乎我的预料,我还以为车找不回来了呢。你是怎样发现这辆车的?又怎样买回来的呢?"

苏江礼冲齐凤瑶做了个鬼脸,说:"凤瑶,这些事情我就不用跟你说了,就是说你也不会太明白,总之车完璧归赵我们皆大欢喜就是了。"

齐凤瑶靠紧苏江礼,说:"回想起那天的事情来真像是做了一场梦,我好后怕。"

苏江礼郑重地说:"你我共同经历了一场生与死的磨难,事情本身确实让人后怕,但也就是这件事才真正拉近了我们之间的距离,在危急时刻你向我说出了我期待已久的话,即使这辆车回不来也值得!"

第十四章 猝然相逢

233

齐凤瑶忽然想起了什么似的，大声叫起来："我们快报警吧，把抢车的那个人抓住，这样他就不能再去害别人了！"

苏江礼嗔怨地对齐凤瑶说："车都回来了还报什么警啊？破财免灾吧。哦，要不要我上去帮你收拾一下？"

齐凤瑶摇摇头，说："啊，不用了，没有多少东西，我和婷婷两个人足能忙过来的。"

苏江礼顿了一会儿，说："中午我们一起吃饭吧。就这样说定了，中午我来接你！"

就在这天上午，丹明被一个突如其来的噩耗击倒了！

十点钟的时候，贾民给丹明打电话说他就在报社门口，有要紧的事情要告诉丹明。丹明放下手中的稿子赶到了报社门口，贾民果然等在那里。

丹明快步走过去，热情地问道："贾民，你找我有什么事情呢？"

贾民未曾说话，眼泪像泉水一样涌了出来，哽咽着对丹明说："丹大哥，你再也……再也见……见不到我……我姐姐了……"

丹明被贾民的神情搞懵了，一时间竟然没有反应过来，吃惊地问贾民："你姐姐去哪儿了？"

"她……她不在……人世了……"贾民艰难地吐着字音。

"什么？贾民，你……你说什么？"丹明的身子猛地一颤，脑海里"嗡"地响了一声，说话的声音都变了。

贾民一双泪眼望着丹明，继续重复着："我姐姐……她……她死了……"

丹明猛地抓住贾民的手，大声问："这……这怎么可能呢？"

贾民擦了擦眼泪，说："丹大哥，如果不是事实，我会跟你开这样的玩笑吗？这是千真万确的事情。"

丹明相信贾民的话了，吃力地问贾民："她……她是什么时候……"

贾民回答道："就是前几天上午文化西路路口那起车祸……这件事发生得太突然了，谁也没有想到……"

贾民的话还没说完，早已经泪流满面的丹明近乎疯狂地大叫起来："贾红，贾红！怎么会这样，怎么会这样啊？"喊完，他已经没有力气站立了，心头痛楚得仿佛被一千只手撕扯着，蹲在地上放声大哭起来。他没有想到，那个漂亮、时尚、开朗、善良的贾红会这样突然离开了这个繁华的世界，而且就是他那天采访过的那起车祸的受害者，可是他当时竟然没有……他在心里咒骂着自己："丹明，你是一个什么记者啊，你怎么没有问清楚受害者的情况啊？你是一个混蛋记者！混蛋！混蛋——"

丹明的巨大悲痛使贾民震惊了，他虽然同样无法控制自己的泪水，但还是抱起了丹明。

丹明浑身颤栗着，他握住贾民的手，哭着连声问："她现在在哪儿？她现在在哪儿？"

贾民轻声说："我和爸爸妈妈已经把我姐姐安葬了。丹大哥，我来告诉你这个不幸的消息不是让你悲伤的……"

丹明冲动地喊起来："我无论如何做不到不悲伤，贾红是我的朋友，她还没有品尝到生活的甘甜就走了，我应该为她悲伤的！"

贾民点点头，激动地说："丹大哥，你是我姐姐生前最好的朋友，也是她最爱的人，为了让她的灵魂在天堂得到安息，请你答应我一个要求。"

丹明一双红肿的眼睛望着贾民，坚定地说："贾民，只要我能够做到，不要说一件事，就是一百件我也会答应的！"

贾民从衣袋里掏出一部红色的精致的女式手机，递到丹明眼前，说："这是姐姐的手机，我想把它送给你，希望你不仅仅是留作纪念，而且要天天带在身旁，这样，我姐姐就永远在你身边了，她就会含笑九泉了。这就是我的要求，你能做到吗？"

丹明一把捧过手机，紧紧搁在胸前，说："能，完全能！我要把它带在身边，永远记住她、怀念她！"

贾民低下头，眼里再次涌出泪水，说："其实姐姐是带着深深的遗憾走的，她的遗憾就是……"

丹明打断了贾民的话："贾民，你不要说了，我知道你说的是什么。我有负于她，这个世界上最对不起她的人就是我，我会负疚终生。贾民，你是不是恨我？"

贾民真诚地说："丹大哥，我没有恨你，因为姐姐不恨你，所以我也不会恨你的。"

丹明喃喃自语着："为什么死神要夺去她的生命？为什么？为什么？这是为什么啊？"

贾民握住丹明的手，说："姐姐的突然离去使我一下子懂得了很多事情，包括爱情……姐姐临走前脑子里最先想到的那个人肯定是你，丹大哥，这一点虽然是我的推测，但我坚信不移！"

丹明把那部漂亮的手机收好，迫不及待而又不容反驳地对贾民说："贾民，请带我去看看她，我要和她静静地待上一会儿！"

一辆出租车把丹明和贾民拉到了位于市区西郊的墓地。

丹明默默地伫立在贾红的墓碑前，眼里含满了泪水，轻声说着："贾红，你不该走这么早，你的离去使我失去了一个完美的朋友，你的热情、善良就像一团火烧灼着我的胸膛，你让我的心在颤抖。我相信，你的灵魂在那个世界里依然绽放着芬芳的色彩，你不会孤独的……我没有给你带来欢乐，却给你带来了伤害，在你面前，我是一个缺少温情的人，这是我一生难以弥补的缺憾，如果有来世，我愿意付出一切治疗你的伤痛。这个世界上，我最爱的人是齐凤瑶，最愧对的是你，但我真的无法从齐凤瑶身边走开，更不能欺骗你，欺骗你就是对真诚的亵渎，就

第十四章 猝然相逢

是道德上的罪人，或许生活本来的面目就是这样的，是很难改变的。其实，我也在承受着爱的痛苦啊，我爱齐凤瑶，可是我难以走进她的心中，这些天，我总是在想她是不是真的值得我爱，但我没有答案，我无法强迫自己忘记她，因为她在我心目中是那样的重要。也许我不该对你说这些，可除了你我再也找不到能够倾诉心曲的人了。贾红，好妹妹，原谅我吧，我永远不会忘记你，我每个周末都会来看你。和你说话，给你看我写的稿件，告诉你我们这个城市里发生的每一个变化。爱情无价，友情同样无价！"

忽然，丹明眼前出现了幻觉，看到贾红站在了他面前，笑靥像艳阳下刚刚绽放的鲜花，那么美丽、那么清甜、那么自然、那么纯洁。丹明听见她对自己说："丹明，谢谢你来看我。你不用自责，你其实没有做错什么，我们都没有做错什么，爱情是要选择的，选择齐凤瑶是你的权利，如果你能够和她在一起，这是你的幸福，也是我的幸福，因为我愿意我爱的人得到幸福！"

丹明听见自己愧疚地对贾红说："贾红，你是一个高洁的人，你纯真得像天使，美丽得像仙子，你应该去爱比我优秀的男孩子！"

贾红俏皮地撅起了小嘴，说："在我心目中，你就是最优秀的男孩子，我为能够爱你而自豪，和你在一起的每一个瞬间都成了我美好的记忆，它们将伴随我在天国中祝福你。爱情有时候是需要磨炼的，这个过程是痛苦的，也是最富有意义的，她是你爱的人，你就应该去努力地追求她，用你的真心去打动她。执子之手与子同行，这很可能就是你和齐凤瑶的归宿，祝福你们，祝福你们！"

丹明还想对贾红说什么，可是贾红的身影却像一片白云似的从他眼前飘走了。丹明心情激荡，轻轻吟出了一首小诗："贾红，贾红——一个飘逸的身影走了，如同一片柳絮被风卷走，留下的是缕缕真情，带走的是阵阵欢歌。你微笑着走进地平线，青春的身影把我的心儿照亮，孤独时唱一支久别的歌吧，我们是永久的朋友。贾红，就让这首没有什么文采的小诗陪伴着你吧，朝阳和雨露会使你更加漂亮、迷人的！我走了，贾红！"

市内某商场儿童服装专柜前迎来了一个风姿绰约的少妇，她就是齐凤瑶。

齐凤瑶为女儿华华挑选了两条裙子，去收银台交完款，走出商场，欲招手打车，苏江礼像突然从地下冒出来似的开车停在了她身边。

"凤瑶，上车吧。"苏江礼摇下车窗玻璃，说。

齐凤瑶惊讶地问："你怎么在这里？"

苏江礼很随意地拍了拍方向盘，说："我在准备那个酒会的事宜，这家商场在我的联系范围之内，我刚刚同总经理敲定完礼品的事情。来，到车上来，我要告诉你一件事情。"

齐凤瑶坐到了副驾驶的位置上，问："什么事情？"

苏江礼扭过头，望着齐凤瑶的脸色，慢慢地说："我决定通过法院登报声明和她离婚，我要和你在一起，我没有耐力再等下去了！"

齐凤瑶目视着前方，说："我们走吧。"

苏江礼不解地问："怎么？凤瑶，你不高兴吗？横在我们之间的那座无形的高山就要坍塌了，你可以毫无顾忌地说爱我了。你听，我的心都激动得'咚咚'直跳呢！"

齐凤瑶把目光移到苏江礼那张写满了疑惑的长脸上，说："所以我说'我们走吧'，难道表达一种情感非要表现在脸上吗？"

苏江礼恍然大悟地笑起来，说："凤瑶，你让我吃了一惊，看我怎么罚你！"

齐凤瑶也笑起来，问："怎么罚我啊？"

"罚你对我说一整天爱我。"

"不，才不呢！"

"小傻瓜，我说罚你你还当真了？你只要说一句爱我我就满足了。现在能说给我听吗？"

齐凤瑶娇羞地把身子靠在了苏江礼的身上。

翌日下午，曾晖拿着一张报纸走进了"天伦大酒店"苏妻住的房间内。其时，苏妻正在临窗远眺。

见曾晖走进来，苏妻先是从坤包里摸出一沓钞票扔给曾晖，然后坐在椅子上，问："你又给我带来什么消息了？是坏消息还是好消息？"

曾晖把报纸递到苏妻手上，说："您自己看吧。"

苏妻接过报纸，刚扫了几眼，就"霍"地站了起来："怎么？他登报声明和我离婚？好，好啊，他终于迈出这一步了。他输了……哈哈，他输了，不过他不是为我而输的，他是为那个齐凤瑶而输的！"

曾晖稀里糊涂地问："舅母，您说我舅舅什么输了？"

苏妻在房间里来回踱着步子，话语里分明有一种烦躁："你不要问了，你不知道这里面的含义。他输了，我就赢了吗？我也没赢啊，我输的是什么我最清楚，最清楚！曾晖，你走吧，走吧，这里不需要你！对了，从现在起，你不要再叫我舅母了！"

曾晖摸了摸已经揣在衣袋里的钞票，见好就收地说："好，好，我走。我本来没什么事情，就是想把这张报纸送给您的……"

曾晖走了，苏妻神色暗淡地重新走到窗前，再次向远处眺望着。远处的景致模模糊糊的，俨若笼罩在一片水雾中。她知道自己流泪了。

她朦朦胧胧地看到，不远处一座高楼下似乎围了一大群人。

高楼下确实围了一大群人。戴着长舌帽和墨镜、正在街上闲逛的马三儿挤进人群，见一个身穿家政公司工作服的30多岁的女人仰面朝天躺在地上，昏迷不醒。他惊呆了——这个女人竟然是他熟悉的那个老家的寡妇！

"白菊？白菊，白菊——"马三儿扑过去，一把抱起黄白菊，大声呼喊着，"白菊，你怎么在这里？"喊完，他见黄白菊双眼依然紧紧闭着，抬起头来问围观的人:"谁能告诉我,她怎么躺在这里?"

一个老太太问马三儿:"她是你什么人哪?"

马三儿眼里含着泪水,说:"她是我的一个亲戚。你们快告诉我啊!"

老太太叹了口气,同情地望着黄白菊,说:"这还用问吗,她是家政公司的,肯定是在干活时从楼上摔下来的。"

一个小伙子马上接口说:"对,她是从三楼上摔下来的,我亲眼看见的。哥们儿,你是她的亲戚,那就赶快送她去医院吧,晚了说不定会出什么事呢!"

马三儿醒悟了似的把黄白菊抱上了一辆出租车。

在出租车赶往医院的途中,马三儿一边不断地亲吻着黄白菊一边嗓音哽咽地说:"白菊,你怎么到永平市来了?我做梦都没想到你会到这里来干家政。白菊,你醒醒,我是马三儿啊……白菊,白菊……"

第十五章 意外罪证

晚上的时候，黄白菊苏醒后，马上认出来守在自己床边的那个眼里含满泪水的男人是谁了。她喃喃地说："马三儿？马三儿，我们……不是……做梦吧？"

马三儿脸上浮现出了舒心的笑容，他把黄白菊消瘦、发凉的手捧到自己胸前，说："不是做梦，是真的。你摔倒在大街上，我赶上了，就……这都是老天爷给我马三儿安排下的缘分，我还以为今生今世再也见不着你了呢……"

黄白菊蜡黄的脸上也露出了淡淡的笑容，说："马三儿，我也是，我也没有想到咱俩还能见面。"

马三儿望着黄白菊的脸，问："你怎么到永平市来了？"

黄白菊边端详马三儿边说："自从你杀死了那个局长被警察抓走后，我发誓这辈子再也不嫁人了，可在家里待着坐吃山空，我就到永平市打工来了，没想到手脚不利索出了事。"

马三儿在黄白菊的手背上重重吻了一下，温柔地说："白菊，你是个好女人，也是个可怜的女人，我这辈子没喜欢过别的女人，就喜欢你，你拿我马三儿当大老爷们儿看，我这辈子感激你，下辈子还感激你！"

黄白菊闭上眼睛，叹了一口气，说："马三儿，其实你是一个挺好的人，都是被那个局长逼的，可是他再欺负咱们，你也不该杀他啊，法律是不能饶过你的。你越狱后，警察找过我，让我一有你的消息就通知他们。马三儿，你救了我，我也不说什么感激的话了，你答应我一件事吧。"

马三儿慢慢摇了摇头，说："白菊，我知道你要我做什么，可是你想过没有，即使我投案自首了又能怎么样？你刚才说过了，法律是不会饶过一个杀人犯而且又是越狱杀人犯的。我知道警察正在通缉我，我随时得走那条路，也许就在今天晚上，也许明天，我做好了准备。在我心目中，你就是我的女人、我的老婆，有你在我心里，我没白做一回男人。你安心养伤吧，我不会连累你的。"

黄白菊慢慢睁开了眼睛，忧伤地说："马三儿，这不是连累不连累的事情，你走的不是正道，我不能眼看着自己喜欢的男人往绝路上走啊。我就知道劝不动你，你不会听我的话……"大颗大颗的泪珠顺着黄白菊的脸颊滚淌下来。

马三儿强忍住泪水，说："白菊，你要是让我做别的事情我连不字都不会说的，这件事你就不要多想了，等你养好了伤，找一个好点儿的工作，咱凭力气吃饭心里踏实，再找一个能疼你、照顾你的男人安安稳稳过下半辈子。听我的话，啊？"

黄白菊声音不高但很坚定地说："马三儿，我不想找男人了，真的不想了，除了你，我……"

马三儿打断黄白菊的话，说："别说孩子话了，一个男人不能没有女人，一个女人也不能没有男人，你心里惦着我我就高兴了，你为我一个杀人犯守一辈子不值得。不过我对你说句心里话，别看我现在落到这种地步，但杀死那个王八蛋局长我一点儿都不后悔，他欺负你、糟蹋你，他这种人活在世上祸害人，我就不答应！"

黄白菊痛苦地说："可是你这样做毁了你也毁了我呀……"

马三儿咬了咬牙，说："那有什么办法，他大小是个当官儿的，我明里能斗得过他吗？"

黄白菊颤抖着声音问马三儿："你知道吗，你出事以后，我为你哭了多少天、流了多少泪、揪了多少心吗？"

马三儿点点头，说："知道，这些我都知道……"

黄白菊却反驳他说："你不知道，你什么都不知道，你不知道一个女人想的是什么！"

马三儿急切地辩解说："白菊，不管怎么说，我是爱你的，我说过这辈子爱你，下辈子还爱你！"

黄白菊的脸上现出了一丝苦笑，说："下辈子？人们都'下辈子下辈子'地说，可下辈子是什么样子谁能知道呢？马三儿，今天能够遇见你，我高兴，也痛苦，你对我简直就是一种折磨，一种比杀了我还要可怕的折磨啊。我一直都在深深地责怪着自己，是我让你走上了这条不归路，如果你不认识我，就不会喜欢上我，就不会为我去杀人了。我是一个最该谴责的女人。马三儿，你恨我吧！"

马三儿用一种轻松的口吻对黄白菊说："我杀人不仅仅是为了你，也是为了我自己的尊严，那小子侮辱你就是侮辱我。我知道我选择的方式不对，但对于我来讲那却是最好的方式！我不怨你，更不恨你！"

黄白菊艰难地吐出了一句话："可是你得为他去偿命啊！"

马三儿冷笑了一声，说："我现在什么都……"

马三儿刚说到这里，病房外突然响起了一个男人的叫喊声："抓住他——抓住他，他在这里哪——"

马三儿的身子一激灵，猛然从腰中拔出手枪，对准了房门，只要警察一闯进来他就开枪！

但是，病房外只是嘈乱着，并没有人闯进来。

"小偷跑下楼了，快去报警啊！"走廊里，那个男声又喊了起来。几分钟后，病房外恢复了平静。马三儿长出一口气，收起了枪。

黄白菊像看到了一件非常可怕的事情一样，惊恐地望着马三儿，说："啊？马三儿，你……你有枪？你怎么会有……有枪呢？"

马三儿走到黄白菊身边，安慰她说："没事的，你安心养病吧，跟你没关系的事情少操心。啊？"

黄白菊急得流出了眼泪，说："马三儿，你说的什么话呀？你的事情怎么和我没有关系呢？你……你快告诉我，枪是哪里来的？快说，快说呀！"

马三儿拍拍掖到腰间的手枪，说："你别急，我告诉你不就行了，枪是我从一个朋友那里拿来的。"

黄白菊紧盯着马三儿，眼里闪动着哀求的光，说："你……你太可怕了。你把枪还给人家吧，你已经杀过人了，不能再闯祸了，你心里要是真有我就听我一次话，把枪还给他！"

马三儿摇摇头，说："白菊，你心肠好，怕我再出事，怕我用枪再杀人，可是你想过没有，要是没有这东西，我……都到这时候了，我不可能把枪还回去了，不过我向你保证，我绝对不用它杀好人！"

黄白菊挣扎着坐起身，一把抱住马三儿的胳膊，声嘶力竭地说："不，马三儿，你答应我什么人也不要再杀了，不要开枪，不管到什么时候都不能开枪！你答应我我就在医院里养病，你不答应我我就真的跳楼去死！"

马三儿抚摸着黄白菊的头发，说："白菊，你……你……好吧，只要你安心养伤，我答应你不开枪。"

黄白菊依然不错眼珠地望着马三儿，说："那你得给我发一个重誓，无论到什么时候都不反悔。你快发誓啊！"

马三儿站直身子，一本正经地说："我向我最爱的女人发誓，不论到什么时候都不开枪杀人。白菊，这下儿你可以放心了吧？"

黄白菊重新躺下，轻松地说："我放心了，马三儿，你听我的话了，我心里真高兴，真高兴啊！"

马三儿拿拳头在墙壁上使劲捶了一下，说："其实我何尝不想好好跟你过日子，如果不是那个王八蛋局长逼我，我怎么会杀他呢？我想做好人，可生活偏偏不让我做好人。下辈子我他妈宁做一条狗也不做人了！"

黄白菊摇摇头，反驳说："我不像你这么想，做人是难，做普普通通的老百姓难，做住洋楼坐轿车的人也难，可是再难人也得活呀……马三儿，你哭了？哭吧，我知道你心里苦……"

马三儿抹了一把泪水，说："白菊，你知道我现在最想说的一句话是什么吗？"

黄白菊不假思索地说："我猜你是想说有我在你心中你没有白来世上一场。对吗？"

马三儿重重地点了点头，说："对，我就是想说这句话。有你在我心里，我这个杀人越狱犯真是没白活一场！"

黄白菊陶醉般地闭上了眼睛，轻声说："马三儿，我们都别说话了，就这样静静地待着吧。我需要安静，你也需要安静，不过，你别忘了刚才发过的誓。"

"我不忘，不忘……"马三儿把头俯在黄白菊胸口，喃喃地说着。

夜在向深处潜行。

半夜里，齐凤瑶被华华叫醒了："妈妈，我头痛得厉害。妈妈……"

齐凤瑶的心房一颤，睡意全无，把华华抱在怀里，关切地说："来，妈妈看看……妈妈送你去医院吧。走！"

齐凤瑶抱起华华出了家门，乘坐一辆出租车去了医院。

医生告诉齐凤瑶，华华是感冒引起的头痛，在临时病房里打一瓶点滴即可。齐凤瑶在护士的引导下把华华送进了病房，然后到药房买了口服药，拿着药往病房里走。一个危重病人被推了过来，医生、护士、家属跟了许多人，齐凤瑶本想把身子靠在一间病房门口，让过这群人。没想到，她还是被挤得推开了房门，一眼瞧见了马三儿，急忙闪身到人群中。

齐凤瑶把身子靠在墙上，一颗心紧张得"怦怦"直跳，暗说道："这个绑架我和江礼的家伙就在医院里。我没有认错人，就是他，我一辈子都不会忘记这张可恶的脸。不能让他逃脱法律的制裁，应该马上报警。对，报警！"

齐凤瑶打开了挂在胸前的手机。

马三儿没有发现齐凤瑶，他坐在黄白菊的身边看护着她。这是马三儿花普通病房数倍的价钱为黄白菊要的单人间，很静。

黄白菊关切地对马三儿说："你忙一天了，快点儿休息一会儿吧。"

马三儿苦笑着说："自从从监狱里逃出来那天起，我就不知道什么是休息了。白菊，伤好后你就离开永平市吧，不要让任何人知道我和你有过接触，否则……"

黄白菊脸上浮现出了一种凝重的神色，说："我知道，我可能会犯包庇罪的，可是我已经管不了那么多了。不管怎么说，有你在我身边我没有感到孤独，甚至觉得这次受伤也是一种幸运。"

马三儿捋了捋黄白菊的头发，说："好了，别说了，你休息吧，有什么话明天说。"他说完，走到窗前去拉窗帘，无意间发现楼下停着好几辆闪着警灯的警车，而且院内也有许多持枪的警察。

"不好了，警察来了！"马三儿的心念刚一闪动，七八名警察破门而入，乌黑的枪口对准了他。

为首的一名警察立刻认出了马三儿，严厉地说："马三儿，你逃到今天算是到头儿了，你现在需要做的就是老老实实跟我们走，否则你只有死路一条！"

马三儿瞪着那名警察，恶声恶气地说："我老老实实跟你们走就能有活路了吗？哼，别用这种口号式的话对付我了！"

那名警察依然冲马三儿大声喝道："你除了认罪伏法没有别的路可以选择了！"

马三儿阴冷地笑了几声，说："我知道我没有路可走了，我一直都在等着这一天，我比你们明白我的下场是什么！"

那名警察点点头，说："你能够明白这一点说明你还没有到丧心病狂的地步，那就跟我们走吧！"

黄白菊哭着对马三儿说："马三儿，你听警察的话，跟他们走吧！"

马三儿望了一眼黄白菊，以不容反驳的口气对警察们说："我可以跟你们走，但你们要退后五米！"

为首的警察警惕地考虑了几秒钟，对马三儿说："只要你老老实实配合我们工作，我们会以人道的方式对待你的。你出来吧！"

马三儿和警察们退出病房，来到了走廊里，慢慢地往楼梯口走。路过值班室时，马三儿发现一名女护士正扒着门缝往外看，眼里流露出好奇的光，便猛地撞开门，把那名女护士拉到怀里，迅速用枪顶住了她的头部。

女护士大惊失色地尖叫起来："放开我……救命啊……"

为首的警察冲马三儿大声喊道："马三儿，把枪放下，你这样做是救不了自己的！"

"不管救了救不了自己，总之挟持人质这种最简单也最有用的方式很适合我现在的处境，因为你们不可能让这位护士小姐死在我的枪下！"马三儿占了先机，有些得意地对警察说。

为首的警察镇定地说："马三儿，你要冷静！"

马三儿大声说："我很冷静，我知道早晚会被你们抓住的！"

为首的警察凛然说道："马三儿，既然你知道自己逃脱不了法律的制裁，那就应该放下枪，和政府合作！"

马三儿用胳膊勒紧了那名倒霉的护士，枪口始终不离开她的太阳穴，望着面前几支黑洞洞的枪口，发狂般地说："我刚才的话还没说完呢，我知道自己早晚得挨枪子儿，但能多活一天我绝不少活两个半天！你们闪开，放我走！"

为首的警察摇了摇头，厉声说："白日做梦，放你走我们就是失职，也是警察的耻辱。你肯定不知道，就因为你的越狱，好多警察都受了处分，今天在永平市你无论如何也逃不走了！"

马三儿从警察们冷峻的目光中知道了他们的态度，于是，他恶狠狠地说："那好，那就让这位护士小姐为我送行吧。而且我还可以告诉你们，我的枪里共有八发子弹，不会都送给她的！你们不让开我就开枪了！"

马三儿的话音还没有落地，黄白菊跌跌撞撞地从病房里跑出来，大声喊叫着："马三儿，把枪放下，放下，放开她！"

马三儿一边使劲拖着女护士往楼梯口走一边冲黄白菊喊："白菊，你走开，这里没你的事！"

黄白菊抢前几步，大声说："马三儿，就算你今天能跑得了，还能跑过明天吗？老老实实跟警察们走吧，我会记住你的！"

马三儿望着黄白菊，说："白菊，你别说了，别说了，就算我求你了！"说完又冲警察们喊："你们放不放我走？不放我真的开枪了！"

黄白菊双手扶着墙壁，声嘶力竭地对马三儿哭喊着："马三儿，你不是个男人，你发过誓，无论什么时候都不开枪杀人的，你说话不算话，你欺骗了我，你是个骗子！"

马三儿不服气地回应道："我怎么会是骗子呢？白菊，我不是骗子！"

黄白菊用手指着马三儿，伤心欲绝地说："那你为什么口口声声要开枪？你不放下枪就是骗子！马三儿，你太让我伤心了，我认错人了……"

马三儿急切地表白说："白菊，你没有认错人，我是爱你的！"

黄白菊以命令的口气对马三儿说："那你就应该放开她跟警察走，你不这样做就是骗我，我就是到死也这样骂你！"

马三儿沉默了，他望着黄白菊，眼里闪动着一种令人费解的光。一分钟后，他郑重地对黄白菊说："白菊，你骂我什么都可以，唯独不要骂我是骗子，因为我从来不会骗你。白菊，我爱你——"

最后那三个字，马三儿是攒足了全身的力气喊出来的，喊完，他把枪口对准自己的太阳穴，扣动了扳机。

"砰——"走廊里响起了一声闷雷般的枪声，一股鲜血崩溅到了雪白的墙上。马三儿的身子靠着墙壁慢慢滑倒了。

随着枪声，黄白菊也像中弹了一样，眼前一黑，扑倒在了地上。

警察们忙乱起来，为首的那名警察抱起黄白菊，大声喊道："快抢救她，快抢救她——"

齐凤瑶目睹了这一切。

圈套背后

阴沉沉的上午，空气潮湿得很。近日，街上纷纷有人传言说永平市将有一场十年才能遇到一次的大暴雨。

苏江礼不怎么关心这件事。

他坐在四方旅行社总经理办公室里翻看着几份报表，这时，神色慌张的曾晖闯了进来。

"你怎么了？慌慌张张的像掉了魂儿似的？消停点儿行不行？"苏江礼瞪了曾晖一眼，没好气地说。

曾晖反锁好门，气急败坏地说："哎呀舅舅，我消停什么呀，出大事了！"

苏江礼盯着曾晖问："出大事了？什么大事？"

曾晖咽了口唾沫，说："马三儿死了，被警察们围在医院里自己开枪自杀了！"

苏江礼反应平平地说："我对他的死不感兴趣。"

曾晖着急地说："舅舅，你别忘了，他可是为咱们运'货'的人哪，没有他我们……"

苏江礼接过曾晖的话茬说："没有他我们更安全了！"

曾晖怔住了，迷惘地望着苏江礼，说："舅舅，我听不明白你的意思。"

苏江礼耐心地向曾晖解释着："他如果活着被警察抓住，十有八九得供出我们要做的这笔生意，虽然我没有和他联系过，但你是逃不了干系的，你一出事我不也就完了吗？现在他死了，封了口，你我不就安全了吗？"

曾晖对苏江礼说："这些我不是没有想过，可是马三儿一死，谁给咱们运'货'呢？总不能你我出面去送吧！"

苏江礼冷笑了一声，嘲弄地说："你我当然不能做马仔，但是你以为我把所有的希望都寄托在马三儿这种人身上了吗？笑话！"

曾晖语塞了："那……那……"

苏江礼站起身，老成地拍了拍曾晖的肩膀，说："即使马三儿不死，我也不一定把'货'交到他手里的，但我会让他们出面做挡箭牌。明修栈道，暗度陈仓这句话的意思你不会不知道吧？"

曾晖双手拍了一下，恍然地说："说白了你这就是障眼法，我懂了。不过您答应我一个月之内把'货'发出去，不会让我失望吧？"

苏江礼点点头，说："不会的，但我一定要选一个神不知鬼不觉的方法把'货'运出永平市，绝对不能出一点儿差错，和钱比起来我更看重命。你也应该这样想。好了，这几天我要筹办一个酒会，没有特殊的事情你不要来打搅我！"

"好的，舅舅，我不打搅您，我等您的消息！"曾晖说完，转身就走。

"等会儿，我还有话要和你说。"苏江礼叫住曾晖，把一个手机卡交给他说，"这些日子是非常时期，你找一个安静的地方躲起来，家就别回了。为了你的安全，也为了我们生意的安全，你必须这样做，你平日里做事情不是很严谨，我怕警察盯上你，另外，把这张手机卡换到手机上，这个号码只有咱两个人知道就行了！"

曾晖接过手机卡，当场换好，转身走了出去。

张全在赌场里栽了。

从早晨到中午，张全总共输了八千元钱，虽然都是欠的账，但也够懊丧的了。最后，他把手中的扑克牌一甩，骂骂咧咧地说："不赌了，老子今天手气特背，走人！"

一名赌徒揪住了张全的衣襟，阴沉着脸说："我说张全，你小子今天不赌了行，走人也行，可总得把输的这八千元钱留下吧，不然你可走不出这个门儿去！"

张全蛮横地梗着脖子说："别你妈的咋唬了，阎王爷能欠小鬼儿的钱吗？我今天没钱，过几天保证给你！"

那名赌徒恶狠狠地对张全说："没钱你他妈上什么赌桌儿？今天咱把话说明白了，你要是不掏钱我就给你放血！"

张全嘿嘿笑了几声，说："你这样说话我可就没办法了，你要能放了老子的血，老子能把你剁成肉泥烂酱，不信咱就玩玩儿看！"

二人说着，扭打在了一起。厮打中，张全抄起一把凳子把对方的头砸破，刚想跑，被冲进来的民警扭住了。

就这样，张全被铐在了派出所办公室里，民警小齐对他进行了讯问："为什么打架？"

张全顾左右而言他，哀求小齐说："大哥，求求你，让我打个电话吧，我给四方旅行社的总经理苏江礼打个电话……"

小齐蔑视地望着她，说："打电话？想找人帮忙？想得美！你把人家打成了重

第十五章　意外罪证

伤，已经触犯了刑法，谁也帮不了你。老老实实交代问题吧！"

张全不死心，继续央求着："大哥，求你了，求你了……"

小齐一拍桌子，大声说："不行！"

随着小齐的声音，林伟走了进来。林伟和小齐是警校同学，他一进门就问小齐："哥们儿，审人呢？"

小齐对林伟说："一个打架的小痞子，问题没交代清楚，还想打电话呢。哎，你们市局刑警队不是正在办大案吗，你怎么有空到我们这基层单位来了？"

林伟掏出二百元钱，说："你要不是下个月结婚我就不用来了，我是忙里偷闲给你送份子钱来了。收好吧。"

小齐接过钱，塞进抽屉里，说："感谢老同学，等你结婚时我加倍给你随份子！"

"大哥，求求你让我给四方旅行社的苏总打个电话吧。求你了，大哥，我给你磕头了……"一旁，张全的话引起了林伟的注意，他这才认真打量了几眼满脸苦相的张全，立刻认出来他就是那天晚上从自己眼皮底下跑掉的那个在饭铺吃饭不给钱的假警察，眼睛一亮，揶揄地对张全说："是你小子啊，你的警服呢？怎么不穿着警服混酒喝了？得了，先不问你这些了，你刚才说什么？想给谁打电话？"

张全也认出了林伟，嬉皮笑脸地说："大哥，我认出你来了，你是真神。我想给四方旅行社的总经理苏江礼打电话，我在他的旅行社里当过保安，我为他办过事，今天我出事了，他不会不管……"

林伟沉下脸，严厉地打断了张全的话，说："打住，你认识马晓强吗？老老实实回答我的话！"

张全连连点头，说："认识，太认识了，马晓强是我一个朋友，苏总让我带他外甥曾晖去找的马晓强……"

林伟继续问道："苏江礼让你和曾晖找马晓强做什么？"

张全犹豫了一会儿，老老实实地说："马晓强带我和曾晖三个人穿上警服去火车站接从云南来的两个毒贩子，说要是那两个人如果没有麻烦就算了，要是有了麻烦就冒充刑警队的人假装把他们铐起来带走。当时曾晖在马晓强住的屋里谈事，我在曾晖的车上睡觉来着。那天晚上那两个毒贩子真的差点儿出事，我们就打着市公安局刑警队的旗号把那两个人铐了起来。眼看就要上车了，那个铁路警察非要我们的证件不可，马晓强拿不出证件，情急之下就捅了那个警察一刀，下手挺狠的。后来我们和那两个人动起了枪，马晓强被人家打死了，他们带来的十公斤海洛因落在了我们手里。这么大的事情办成了，我没收苏总一分钱，现在我摊上了事，他不管我可不够意思……"

林伟抑制住内心的喜悦，问张全："'货'现在哪里？"

张全摇摇头，说："这事只有曾晖知道，我可说不清……"

林伟兴奋地对小齐说："小齐，我结婚时你的份子钱可以省下了，这个人我们刑警队要了。我先带他回队里，回头再给你办手续！小子，你现在是最大的活宝贝,走!"

晚七点整,齐凤瑶和苏江礼来到了一家咖啡厅。

苏江礼端起杯子,对齐凤瑶说:"凤瑶,告诉你一件事,我在宁昌市投资六百万元和人合伙建了一个高尔夫球训练场,预计今年十月份就可以开工了。"

齐凤瑶兴奋地说:"祝贺你,你的事业真是越来越顺了!"

苏江礼自我炫耀地说:"这次我可是把家底都投上了,也算是一种风险投资吧。另外,我那个答谢社会各界的酒会明天就要举行了,到时候你必须到场为我祝贺。"

齐凤瑶问:"一定要我去吗?"

苏江礼肯定地说:"当然,没有你我会索然无味的。"

齐凤瑶微笑着轻轻点了点头。

第二天中午,苏江礼的酒会在国际大酒店隆重举行。苏江礼穿了一套崭新的西装,整个人显得格外潇洒、格外春风得意。他手托酒杯,向百十位来宾发表热情洋溢的祝酒辞:"各位来宾、各位朋友,作为四方旅行社总经理,我非常感谢大家以往对我本人和四方旅行社的鼎力支持,所以,我今天略备薄酒,以示谢意。用不了多久,四方旅行社将推出一系列特色旅游线路,服务于市民,服务于社会,让永平市的灵山秀水别添风韵,让更多的人欣赏到全国各地的美丽风光!当然,我的想法离不开在座各位的帮助,你们是我的好朋友,永远的好朋友!来,让我们为事业和友情而干杯吧!"

一名宾客恭维地说:"苏总,您是永平市旅行社里的老大,短时间内不会有人能超过您,我们酒店好多客源都是您的客人,要说发财咱们可是彼此彼此啊!"

另外一名宾客随声附和道:"旅游业是块肥肉,旅行社是吃肉的人,而苏总吃得最多,哈哈……"

在他们的笑声中,一个女人从外面走了进来,走到了苏江礼的面前。是苏江礼的妻子。

苏江礼意外地问:"你?你怎么来了?"

"你感到意外吗?"苏妻的语气很平和。

苏江礼放下酒杯,不无戒备地问:"我想知道你这个时候出现在我面前的目的,想让我难堪吗?"

苏妻把一张纸递给苏江礼,说:"我没有兴趣也没有时间给你制造难堪,我想我们该结束这一切了。算了,我不想多说什么了,我下午必须飞回日本,而且短时间内不可能回永平市。这是离婚协议书,我已经在上面签了字。"

苏江礼生气地问:"你为什么要选择在今天、在这么多人面前和我了结呢?"

苏妻不紧不慢地说:"没有办法,我的时间很紧。其实你应该感到高兴才对。"

苏江礼压低声音说:"至于心情我无可奉告,但我想请你立即从这里走出去!"

苏妻不为所动地说:"在这么多朋友面前和你提离婚的事确实让你感到难堪,我尊重你的意见,但我想提醒你的是,我今天给你送离婚协议书并不是你登报声

第十五章 意外罪证

明起的作用。"

苏江礼嘲讽地问:"能告诉我真正的原因吗?"

苏妻笑了笑,说:"可以,一个日本生意人想娶我……"

苏江礼不置可否地说:"好吧,我们今天就说到这里吧,我还要招待客人呢。"

"请你把离婚协议书收好。"苏妻说完,把那张纸交到苏江礼手中,转身走了。

苏江礼把纸揣进衣袋里,脸上重新浮现出笑容,双手抱拳,歉疚地说:"各位朋友、各位来宾,实在是不好意思,由于我的一点私事耽误大家开怀畅饮了,我连干三杯,以示惩罚!"

苏江礼刚刚第二次端起酒杯,他的手机响了。

"对,我是苏江礼……什么?什么?怎么会这样……"苏江礼还没有接听完手机,脸色猛然大变,眼睛一闭,跌倒在地。

人们慌乱起来,齐凤瑶从宾客中间第一个冲出来,抱住了苏江礼。有人很快拨通了市医院的急救电话……

在医生的抢救下,苏江礼渐渐苏醒过来。他一睁开眼睛,守在他身边的齐凤瑶就急切地说:"江礼,你终于醒过来了。能告诉我发生什么事情了吗?我真为你担心。"

苏江礼脸上笼罩着一层暗灰色,望着齐凤瑶那双盈满了泪水的眼睛,嗓音凝重地说:"宁昌……宁昌那个高尔夫球训练场工程出事了……"

齐凤瑶吃了一惊,问:"出事了?什么事,要紧吗?"

苏江礼有气无力地说:"手续不全,被勒令下马了。"

齐凤瑶马上意识到了事态的严重性,颤抖着嗓音问:"那……那你投入的……六百万资金呢?"

苏江礼闭上了眼睛,声音很小地说:"最多退回来……两百万,那四百万就算……打水漂儿了……"

齐凤瑶失声惊叫起来:"天哪,四百万啊,你能承受得起吗?"

苏江礼像刚刚爬过了一座高山那样疲累至极地说:"我当然承受不起了,你不知道,这六百万元里面我自己的钱只有一百万,剩下的全是银行贷的款或者向朋友借的,今天的酒会就是我为感谢他们借钱给我而举办的。现在我输了,输惨了!"

齐凤瑶想了想,问:"江礼,就算是工程下马了也不至于搭进那么多的钱啊?"

苏江礼睁开眼睛,目光盯着洁白的屋顶,说:"你以为搞这样的工程跟办旅行社一样吗?包括送礼在内的先期投资就得几百万元。他妈的,我完了……"

齐凤瑶从苏江礼的声音中听出了凄凉和焦虑,她眼里涌起了泪水,轻声说:"江礼,你不要这么灰心,急坏了身子什么事情也做不了了,别说你现在还有四方旅行社这份产业,就是真的赔光了,还有我在你身边,不论到什么时候,我都不会离开你的。相信我,好吗?"

苏江礼把目光落在齐凤瑶脸上,说:"凤瑶,我相信你,在我目前的境况下,只要你能说出这样的话来我就高兴了。我没有爱错人,你的的确确是我的真爱……"

齐凤瑶着急地打断苏江礼的话,说:"现在不是我们柔情蜜意的时候,我想知道你下一步打算怎么办。"

苏江礼摇了摇头,说:"能怎么办?等着……"

放在苏江礼枕边的手机响了,苏江礼拿起手机望着显示屏,没有接听。

齐凤瑶问:"谁的电话,要不要我替你接听?"

苏江礼把手机塞到枕头底下,说:"肯定是要账的,能搪塞一时是一时吧。世事就是这样,一个富商转眼间就会成为穷光蛋,所以人不要活得太认真了。"

齐凤瑶握住苏江礼的手,望着他的脸,坚定而真诚地说:"江礼,让我和你共同分担那些债务吧!"

苏江礼心头一热,拍着齐凤瑶白嫩柔软的手,嘴角挤出一丝苦涩的笑纹,说:"你?凤瑶,就是把你的碧海和我的四方合在一起也不过几十万元的资产,你负担不起的。"

齐凤瑶执拗地说:"江礼,我知道眼下我负担不起几百万元的债务,可是我要为你尽一点力,我能挣一元钱就要为你偿还一元钱的债务。我已经是你的人了,我们难道不可以同舟共济吗?"

苏江礼喃喃自语着:"我的人了?"

齐凤瑶娇羞地小声说:"难道你忘了那个夜晚吗……"

苏江礼坐起身,把齐凤瑶揽到怀里,激动地说:"没有,我永远不会忘记那个夜晚的,你让我体会到了男人的活力和快乐。凤瑶,我们马上就可以结婚了,你是个好女人,是个让我感动一生一世的好女人,我们会有无数个美好夜晚的!"

齐凤瑶陶醉地闭上眼睛,深情地说:"嗯,我是你的人,你也是我的人。在巨大的困难面前,我们的感情只能加深而不会削减……"

苏江礼在齐凤瑶脸上吻了一下,说:"凤瑶,你真是一个好女人!"

齐凤瑶摇摇头,说:"江礼,你不要总是这样夸我,我没有那么好。"

苏江礼认真地说:"这是我的权利,也是我发自内心的话。凤瑶,我给你讲一讲我和她之间的事情吧。"

齐凤瑶伸出手挡在苏江礼的唇边,说:"我不想听,你们之间不论谁是谁非我都不想听,就让你们的那段恩怨在我心中留下一个永远不能破解的谜吧,这样对你对我都没有什么坏处,最起码你现在是非常时期,应该解决生意和债务上的事情,不应该讲这些。"

苏江礼注视着齐凤瑶说:"好,我听你的。我们回去吧。"

齐凤瑶担心地问:"你的身体能行吗?"

苏江礼笑着抻了抻腰,说:"晕倒只是我一时激动造成的,现在已经没有什么事情了,我还不至于被那四百万元债务压窒息的,也许命中注定我要有此一劫。说到这里,我想起了《封神演义》这本书,我认为中国文化的精髓不是蕴含在

第十五章 意外罪证

《红楼梦》等四大名著里面,而是在《封神演义》里,'遭劫的在数,在数的难逃',这是一句包罗万象、充满着无限玄机的话。细想想,自古以来,芸芸众生哪一个不是在这句话下生存呢?"

齐凤瑶轻松地说:"你能振作起来我就放心了。"

曾晖正在自己的办公室里玩电脑游戏,苏江礼走了进来。

曾晖眼睛一眨不眨地盯着显示器,嘴里说:"舅舅,您怎么来了?您可是很少到我办公室里来呀。"

苏江礼伸手把显示器关掉了,望着曾晖的脸,说:"我做生意赔了好几百万的事情你肯定听说了,我现在虽然还没到被债主堵着门要账的地步,但这只不过是一个时间问题,我现在是比穷光蛋还要穷了!"

曾晖点上一根烟,说:"您赔钱的事情永平市有头有脸儿的差不多都知道了,我更是听说了。这么多的债务这下可够您好好喝一壶的了。"

"你小子幸灾乐祸还是落井下石?"

曾晖皱了皱眉头,说:"您这话说得真没劲,怎么着您也是我亲舅舅,您发达了我也跟着沾光露脸,您倒霉了我也没有半点好处,我犯不上对您幸灾乐祸和落井下石。"

苏江礼笑了,说:"你呀,还真就说出几句像模像样的话了。行,像我亲外甥的样子!"

曾晖调侃地说:"情场得意商场失利,舅舅您……"

苏江礼摆摆手打断曾晖的话,说:"算了,别跟我耍贫嘴了,你应该知道我现在最想谈的不是女人,而是钱。"

曾晖小声嘟囔了一句:"您终于知道钱重要了。"

苏江礼正色说:"废话,我什么时候不知道钱重要?我要是不把那几百万元的债务偿还上,永平市就没有我的立锥之地了,要知道,借给我那么多钱的人都不是碌碌之辈,他们各方面的关系都比我强许多,谁的账也赖不掉。我把保龄球馆兑了出去,虽然是杯水车薪,可也能用做不时之需。一招棋走错,我输惨了!"

曾晖望着苏江礼那张变得有些发黄的脸,也一本正经地说:"舅舅,您还是闲言少叙书归正传吧,您要是只跟我说这些话就不会亲自来找我了。是吧?"

苏江礼点点头,说:"是的,如果说前几天我还在做不做那笔生意上有所犹豫的话,那么现在我可以肯定地告诉你,我要把它做到底,只要不出事,我一直做下去,因为现在我什么都可以离开,唯独不能离开钱!你现在最应该做的事情就是把知道我们要做这笔生意的人牢牢地控制住。"

曾晖使劲吸了几口烟,说:"这您就放心吧,知道这件事的人本来就不多,除了您和我之外就是马三儿、杜桥和他那个情妇徐兰娟了,马三儿已经死了,徐兰娟和杜桥闹崩后离开永平市了,再说她即便告发也没有实质性的证据,知情的就剩下一个花花公子杜桥了,只要许诺让他挣到钱,他是不会有什么问题的,我了解他胜过了解您。"

苏江礼进一步叮咛曾晖说:"为了预防万一,不要让那个杜桥到处乱跑,必要时让他永远开不了口!"

曾晖问:"您不是让他做我们的马仔吗?"

苏江礼点点头又摇了摇头,说:"那是以前,我现在改变主意了。别多说了,照我的话去做!"

曾晖顺从地说:"好的,我一定按照您的话做,但我还是那句话,我急等钱用,'货'要尽快出手,一个月的时间快到了!"

苏江礼阴沉地说:"一个月确实快到了,所以我才这样安排!"

曾晖和苏江礼同时离开了宏海贸易公司,苏江礼回了四方旅行社,曾晖去了一家歌舞厅,他要好好"照顾"可爱的杜桥先生。

杜桥正在那家歌舞厅的吧台旁喝酒,已经有了醉意,一个妖艳的三陪女朝他走了过来。

三陪女凑到杜桥身边,高耸的乳房在杜桥眼前晃来晃去,问:"您是杜桥先生吗?"

杜桥懵里懵懂地点点头,喷着酒气说:"是……是我……你……你应该叫我……叫我……杜……杜老板,懂吗?真……真不会说话!"

三陪女浪笑着,继续挑逗地问:"杜老板,我想陪您玩玩儿,您赏脸吗?"

杜桥兴奋得两只眼睛放出了绿光,说:"玩玩儿……就玩玩儿,来……来……"说着,他抱住三陪女就吻。

三陪女拍了拍杜桥的下身,嘲讽地说:"哎哟,杜老板,您可真是急性子,哪能在这里玩儿呀,应该去包房里嘛。还老板呢,连这么点儿规矩都不懂!"

杜桥连连点头,说:"好……好……去包房……"

三陪女搀扶着杜桥走进了一间包房,杜桥躺在沙发上,望着三陪女那张妖艳的脸,嘴里嘟嘟囔囔地说着:"来……来吧……凤瑶……我想你……真的好……好想你……"

三陪女站在门口,冲杜桥撇了撇嘴,说:"什么凤瑶风车的,你他妈的就要倒霉了还想玩儿老娘呢!"

几个壮汉冲进来,不由分说一顿拳脚,把杜桥打晕,架走了。

四方旅行社,总经理办公室里,苏江礼正在闭目养神,女秘书走进来,轻声对他说:"苏总,刚才我接到了一个电话,有人约您在天伦宾馆404房间谈一些事情。"

苏江礼仍然闭着眼睛,漫不经心地问:"有人约我谈事情?什么事情?"

女秘书摇摇头,说:"苏总,对方没有对我说约您谈话的内容,我也不方便多问。"

苏江礼冲女秘书挥挥手,说:"我没有时间也没有兴趣赴约。你去工作吧!"

女秘书非常负责地说:"苏总,对方说这件事情对您非常非常重要,要您一定去。"

苏江礼睁开眼睛,以惯有的口气说:"那是什么样的人?凭什么这样和我说话?是不是……是不是找我催要欠款的?"

女秘书谨慎地说:"好像不是讨债的,听口气确实是有很重要的事情,而且对方是一位女士。"

苏江礼一怔:"女士?这个女人是谁呢?"他拨通了曾晖的手机,说:"我们到天伦宾馆去一趟!"

苏江礼在一种莫名其妙的诱惑下和曾晖去了天伦宾馆,当他走进404房间的时候,一下子惊呆了——在房间里化妆的女人是即将和他离婚的妻子。他望着妻子,问:"你?怎么是你……你约我?"

苏妻放下化妆笔,冲苏江礼点了点头,说:"对,是我约你,你没有想到吧?"

苏江礼收起了窘态,坐在椅子上,说:"这已经不重要了,你有什么对我来说非常非常重要的事情?"

苏妻以外交的口气对苏江礼说:"你能主动坐下这我很高兴,今天我们一不要吵嘴,二不要动气,换句话说就是心平气和地谈事情。"

苏江礼眯起眼睛,嘲弄地说:"既来之则安之,我倒要听听你有什么高论,不会是送我离婚协议的补充协议吧?"

苏妻双肩抱拢,说:"我们今天谈话的内容和任何协议书都没有关系。"

曾晖在一旁插话问苏妻:"我听说您已经回日本了,怎么……"

苏妻笑了笑,对苏江礼说:"我的确是回了一趟日本,本来短期内也不打算回国了,但是你宁昌的工程赔了六百万元这件事改变了我的想法,当然也改变了和我相关的一些事情。"

苏江礼尴尬地问:"我赔钱的事情连你都知道了?"

苏妻直言不讳地说:"我是在你知道自己陷入绝境之后几个小时内获得的这个消息。"

苏江礼追问道:"你是怎么知道的?"

苏妻姿态优雅地对苏江礼说:"你也是生意人,应该懂得信息对于一个企业的重要性,作为一家跨国公司的主要管理者,我的电脑里每天甚至每个小时都有许多信息供我做各种各样的决策……"

苏江礼此时此刻绝对没有心思听别人尤其是眼前这个女人大谈生意经,他不耐烦地说:"这纯属你的事情,我不感兴趣,我感兴趣的是你约我谈话的内容。如果没有大事,你是不会跟我见面的。我们不是夫妻,是冤家,但愿这不是谈话的内容!"

苏妻冷笑了一声,说:"你以为我改变既定计划专程从日本回永平市就是为了和你谈论你刚才说的这个问题吗?我就是无所事事到了极点也不会这样做的。好了,在我们正式开始谈话之前我想让你看一份我公司员工收集到的资料,它的真实性你不必怀疑。"

　　苏江礼接过一叠打印的资料，翻看起来，立刻条件反射般地问："什么？我在宁昌的那个高尔夫球训练场工程下马不是因为手续不全？"

　　苏妻点点头，用极其肯定的语气说："对，不是因为手续不全，而是因为承办方的官员出了问题。说实话，我很赞赏你在宁昌市投巨资修建这个高尔夫球训练场，你本身是做旅行社的，宁昌市也是旅游城市，地理位置得天独厚，这是人们公认的。随着人们健身热潮的到来和旅游热的兴起，越来越多的游客会成为高尔夫球迷，而且这确是一项高雅的运动，旅行社开发这个项目自然有着最为便利的条件，说白了，旅行社一方面组织游客旅游一方面把游客送到高尔夫球训练场玩乐，一只手挣两只手的钱，用不了几年就能收回成本。当然，这一切必须以高尔夫球训练场建起来并良性运转起来为前提条件。你的承办方是宁昌市体委，体委主任在工程筹备期间就贪污了两百多万元，已经被'双规'了，而且还涉及到方方面面，所以工程只能下马，官方对外的口径就是手续不全……"

　　苏江礼面如死灰，虚脱般对妻子说："你不用说了，我全明白了，算我倒霉，一个很好的项目胎死腹中了！"

　　苏妻收回了资料，说："你应该再把这个项目捡起来。"

　　苏江礼瞪了妻子一眼，不高兴地说："你在讽刺我，我不是开银行的，就是把我自己卖掉，欠下的几百万元债都没有能力偿还，还谈什么开发项目？真是笑话！"

　　苏妻望着苏江礼，说："只要你想干，有人为你偿还债务并投资。"

　　苏江礼怔愣了半分钟后问："谁？"

　　苏妻的回答着着实实令苏江礼大吃了一惊——准确地说是极其震惊。

第十五章　意外罪证

第十六章 卑劣交易

"我,我为你投资!"苏妻的音量不高,但却异常肯定。

苏江礼和同样震惊得睁大了眼睛的曾晖对视了一眼,然后望着妻子的脸,说:"你?你为我投资?我没有和你开玩笑的兴致,尤其是在这么大的事情上。"

苏妻居高临下地望着苏江礼,说:"玩笑?你总喜欢把自己的想法强加在别人心里。我可以郑重地告诉你,我看中了宁昌市的那个高尔夫球训练场,想把这个工程以及经营权都拿过来,我有办法让它重新上马,建成后你可以作为中方主要管理者管理训练场。"

尽管从妻子的话里没有听出半点玩闹的意思,但苏江礼仍然没有从极度惊讶中走出来,说:"为什么要我做中方管理者?我想知道原因。"

苏妻淡淡地说:"原因很简单,不管你为人怎么样,作为旅游业的一名经营者你绝对够格。"

苏江礼急迫地说:"我想知道你目前能为我投多少资金。"

苏妻洞察一切似的说:"我理解你现在的心情,欠了几百万元的债放在谁身上都难以承受,如果我们能够合作,用不了半个月,我就给你划过来三百万元。这一点你也不必怀疑。"

苏江礼眉峰一挑,有些喜不自禁地问:"三百万?没有什么条件?"

苏妻伸出一根手指,在苏江礼面前晃动着,说:"要说条件倒是有一个,你很容易就能做到,甚至可以说是举手之劳。"

苏江礼不相信地问:"你给了我那么大的恩惠,要求我的条件会是举手之劳?"

苏妻把手伸到苏江礼面前,说:"把离婚协议书还给我。"

苏江礼愣了一会儿,小心地问:"为什么?我可不可以拒绝你的要求?"

苏妻撤回手,以命令的口气对苏江礼说:"如果你想得到我的帮助和参与未来的高尔夫球训练场管理的话就必须把离婚协议书交给我,即使你不交,也要保证和我保持夫妻关系。也就是说,在高尔夫球训练场筹建以及经营期间我们不能离婚!"

苏江礼皱着眉头说:"这我就糊涂了,那些事情和离婚不离婚有什么关系,纯粹是风马牛不相及的事嘛!"

苏妻摇摇头,说:"不,这是非常关键的一个环节,如果这个环节出了问题,我不但不能帮你解脱困境,而且高尔夫球训练场的事情也会付之东流的。我从你的眼光里读出了困惑,我不会把你装在闷葫芦里的。说实话,凭我一个人的实力我还没有足够的胆量把巨资投到那个高尔夫球训练场上,也许是天作之合吧,去年的时候，日本一家旅游公司的董事长就想和我共同开发中国的旅游市场，但一直没有找到好项目，碰巧你投资的高尔夫球训练场由于官方的原因下马了，我得到这个消息后，立即和那个董事长紧急商谈，一致决定把这个项目搞到手，因为这里面太有市场潜力了。他非常有钱，但也有一个怪癖，那就是所有的合作伙伴必须是已婚者，否则他绝不会合作。"

苏妻的话音刚落，曾晖笑起来："哈哈，真是林子大了什么鸟儿都有，做生意找合作伙伴还得必须结过婚的？真有意思，我笑得肠子都疼了！哈哈……"

苏江礼也不无讥讽地说："这个日本人确实令人可笑，他大概，不，他肯定有人格障碍，精神卫生有问题。"

苏妻解释说："最初我也这样认为，但经过查看他的详细资料后才知道，他的家族中很多人都是离异的，他本人六岁时就由于父母离异而流浪街头，靠捡拾别人的剩菜剩饭度日，他结婚后妻子携带着他的一笔血汗钱和他离婚了，所以在他的人生词典里不能有离婚这个词。我很理解他，并不反对他这样做。不管怎么说，我需要他的财力，你也需要我的财力；我给你三百万是为了让你为我效力，你也可以偿还债务了。事情再清楚不过了，我想你不会拒绝我的。请记住，是共同的利益或者强烈的诱惑让我们无法离婚的，虽然我们会为此付出情感的代价。"

曾晖"哼"了一声，双手一摊，说："情感是什么？情感是虚的，是没有实际意义的，只有钱是真实的，为了挣到钱，别说你们还是真夫妻，就是假扮夫妻也未尝不可！我替舅舅答应了，不同您离婚，把那个高尔夫球训练场的事进行到底！"

苏江礼瞪了曾晖一眼，说："曾晖，你乱咋唬什么？我又不是三岁小孩子！"

至此，这对奇特的夫妻之间奇特的口头协议达成了。苏妻满意地说："我知道我会不虚此行的。"

苏江礼自我解嘲地说："可是我成你的马仔了！"

苏妻耸了耸肩，说："这是没有办法的事，在利益和诱惑面前，商人是最知道应该怎么做的！你们可以走了。"

苏江礼知道再待下去也没有什么意义了，就起身和曾晖离开了天伦宾馆。街上，曾晖一边驾驶着车子一边对坐在后排的苏江礼说："舅舅，这下您可有救了，她白白送您三百万哪，可帮了您大忙了！"

苏江礼长长舒了一口气，兴奋而又感慨地说："是啊，我也没想到会有这样的好事，我还以为我栽到底了，再也翻不过身来了，有了那三百万，我就不怕有人堵着门要账了。不过你也别认为她这是帮我，说到底她是在帮自己，她送我三百万是为了让我给她挣回来六百万、九百万，'天下没有免费的午餐'这句话到什么时候都有道理，宁昌市那个高尔夫球训练场从策划到启动我全都参与了，情况最熟悉不过了，所以她才让我做她的马前卒呢！"

曾晖恭维地说："不管怎么说，事情总是对您有利的，将来这高尔夫球训练场经理的位置肯定是您的，到时候您有的是方法把钱弄到自己腰包里。舅舅，您可别忘了给我谋一个好差事。"

苏江礼脸上浮现出一种历尽沧桑的神情,说:"至于将来她让不让我管理高尔夫球训练场我倒没有太在意,毕竟还是好几年以后的事情,话说回来,眼下那三百万元比我身家性命一点儿都不差。其实这件事本身就是一笔生意,懂吗,我们都清楚这笔生意是用什么换来的,说来也是一种悲哀啊!"

曾晖不以为然地说:"悲哀什么呀,不就是不离婚吗,这算什么大事啊?换我有这样的老婆打死我也不和她离婚,可别的女人照样可以玩儿。您哪,就是有时候做事太认真了,像我这样除了钱什么都不在乎就好了。"

苏江礼用训导的口吻对曾晖说:"你以为你多懂得做事情吗?要是没有我指点你,你连到海边儿上卖螃蟹都卖不好。也别总说玩儿女人玩儿女人的,有的女人可以玩儿,她也乐得让男人玩儿,可有的女人不仅不能玩儿,还要去爱她、亲近她,因为她是优秀的女人,让人一旦爱上心里就放不下。曾晖,你没有爱过女人,不知道真正的女人有多么好……"

曾晖不服气地说:"舅舅,您又说到那个漂亮的女总经理了,她再好、再优秀有什么用呢,关键时刻您还不是向您不喜欢的女人缴械投降了?而且投得那么心甘情愿。"

苏江礼把身子仰靠在靠背上,闭上眼睛,说:"迫不得已,迫不得已啊,我是个男人,也是个生意人,有些事情是要付出代价的,有时是暂时的代价,有时是终生的代价。我的代价是终生的还是暂时的我现在还不能知道。两个齐凤瑶,两个女人,像是两个漩涡,把我紧紧地漩在里面了。女人,女人哪,这个世界上要是没有女人该有多好啊!"

曾晖被苏江礼的话逗笑了:"哈哈……舅舅,您真滑稽,世界上要是没有女人那咱们男人从哪里来?像孙悟空那样自己生出来?不可能的……真有意思。"

苏江礼点上一支烟,说:"曾晖,我刚才说话的意思你没有听懂,不要说女人,你连我都没有真正弄懂。哦,这样吧,下午你从我那里拿一些包括高尔夫球训练场图纸复印件在内的资料给她送到宾馆去,这些资料对她来说也是花多少钱都弄不到的。"

曾晖收起了玩笑的神态,郑重地说:"套用您的一句话说这件事我不关心,我关心的是咱们的那笔生意怎么做。"

苏江礼握紧了拳头,大声说:"经过这场变故,我感觉自己经受了一场金钱的洗礼,我需要钱,尤其现在最需要,她给我三百万,我还有两百万的亏空,我要还上债,还要把保龄球馆再买回来。风平浪静之后,我也要让自己成为永平市数一数二的富豪!"

曾晖设身处地地说:"舅舅,十公斤'货'也不是太大的数目,就算挣的钱全部归您也远不够您还债的。"

苏江礼把烟灰弹到车窗外,说:"这个问题我不是没想过,也想从我们云南的上家多要一些'货',可是人家信不过我们,怕在永平市翻了船。不过他们说了,只要这批'货'在永平市不出问题，他们下次就会把几十公斤的'货'给我们，让我们做永平市贩毒龙头老大。所以我们也要放长线钓大鱼，让永平市成为他们在北方沿海城市和东北交易的一条通道，那时我们真的有大笔大笔的钱挣了！"

曾晖被打足了气，说："好，舅舅，我跟着您挣大钱，虽然我干过一两件让您不高兴的事，可我心里还是跟您最近的！"

苏江礼忽然想起了什么似的坐直身子，对曾晖说："你送我回旅行社后就找个地方藏起来，不要让任何人看见你的影子，说不定警察已经注意上你了。你必须听我的话！"

"我听您的话，让谁也找不到！"

苏江礼的手机响了，他按下接听键后先是听了一会儿，然后气恼而又无可奈何地说："这是我预料之中的事情……让他们等着，不要往会客室领，就让他们'买站票'！"

苏江礼一走进四方旅行社就看见几个衣冠楚楚的人站在总经理办公室门口，对走过来的他施以冷眼。

苏江礼脸上堆着笑，热情地说："几位老兄，百忙中让你们候在我的门口茶都没喝上一口，真是失敬啊！"

一个留"大背头"的中年人以纯粹的外交辞令说："苏总，最起码我不是来你四方旅行社喝茶，茶本人有的是地方喝，包括市委市府甚至省里的大机关都能有我喝茶的地儿。我们今天来的目的就是想问一下你向我们借款的事情……"

苏江礼摆出一副大家风范，拍了拍"大背头"肩头，说："老兄，跟我苏某人说话不用兜圈子，你们完全可以直接问我什么时候还款。我可以开诚布公地告诉大家，我最近在生意场上是走了背字儿，赔了好几百万，可这并不代表着我苏某人生意场上永远是败将。你们是我的债主，我向你们承诺，半个月之内保证归还你们每个人百分之六十的欠款！"

虽然听苏江礼的言辞很坚定，但"大背头"还是哭丧着脸说："苏总，您也别怨我们几个人找上门来向您讨债，毕竟我们每个人借给您的款项都不是小数目，有的还是公款，一旦出了事情可不是闹着玩儿的，身败名裂不说，闹不好还得进监狱呀！"

另外一个来人接着"大背头"的话茬说："是啊，不是我们对您苏总落井下石，当初借给您那么多钱是觉得您做生意赔不了钱，而且大家利益均沾，现在您赔了钱，我们实在是担心得很……"

苏江礼拦住他的话头，说："你们不用往下说了，我是生意人，理解你们现在的心情，不过咱们当着真人别说假话，你们借给我的款项都不是小数目是事实，有的挪用了公款也是事实，但要说进监狱这可是吓唬我。我刚才不是已经说了吗，半个月之内保证还你们每个人百分之六十的欠款，而且这还是最低的限度。你们要是不相信我的话那就没有办法了，不过事实最终会让你们满意的。"

"大背头"点点头,对同行者说:"行了,苏总把话说到这份儿上,我们就什么也别说了。苏总是个聪明人,事情该怎么办不该怎么办他比谁都清楚。我单位里还有事情要处理,反正我们的账他是赖不掉的!"

一行人带着愤愤不平之色走了,苏江礼站在门口想了几分钟,拨通了妻子的手机:"是我,你什么时候回日本……哦,是这样,我现在急需资金还债,那些债主随便站出来一个都有很深的背景……我已经承诺他们半个月之内最少还每个人百分之六十的欠款。"

苏妻的声音清晰地传进了苏江礼的耳朵里:"我可以在近日内把款子给你划过来,但在有关高尔夫球训练场的事情上你一定得全力关注,这其中的利害关系我不用多说了。"

苏江礼声音坚定地说:"请你放心,我会把我应该做的事情做好的!"

张全的交代使苏江礼浮出了水面,永平市公安局市刑警队队长姜正做出了拘捕曾晖和苏江礼的决定。然而,就在刑警队员们打算行动的时候,毛建强急匆匆地闯进了办公室,满脸愧疚地对姜正说:"队长,不好了,曾晖失踪了!"

姜正吃了一惊,生气地质问毛建强:"什么?你是怎么监视他的?"

毛建强红涨着脸,说:"我……这几天我实在是太困了,今天上午我看见曾晖和苏江礼进了天伦宾馆后就在车上睡着了,醒来后无论他家里还是公司里都没有他的影子了……都怪我没盯住他,我检讨……"

林伟向姜正提议说:"要不要全市紧急搜捕曾晖和苏江礼?"

姜正果断地说:"绝对不行,这样贩毒分子就会携带毒品隐藏起来。这样吧,我们不要公开搜捕曾晖,对苏江礼也不要急于采取措施了。让他们再嚣张几天,逼迫他们跳出来进行交易——他们抢夺毒品也好贩卖毒品也好,目的只有一个,那就是挣钱,而挣钱就必须进行交易,我们一定在他们交易时人赃俱获!"

毛建强眼里含着泪水,说:"队长,我一定百倍警惕,不再有一丝一毫的疏忽!"

姜正问毛建强:"那个女总经理有什么可疑之处吗?"

毛建强回答说:"齐凤瑶每天除了在自己的旅行社忙业务、回家照顾女儿外,没有什么值得怀疑的地方,据我们侧面调查和张全的交代,齐凤瑶这个人比较单纯,品行端正,事业心很强,没有贩毒的动机,她和苏江礼只是男女感情方面的交往,可她对苏江礼并不了解。"

姜正望着严阵以待的刑警队员,说:"我们不希望任何人犯罪,我们希望能够排除所有人的疑点,包括曾晖和苏江礼,可这只是幻想,犯罪永远是社会的痼疾,我们就是清除痼疾的医生。我可以负责任地说,真正的较量就要开始了!"

在市郊某楼层地下室里,杜桥苏醒过来了,当他发现自己被关在这间只有七八平方米的小屋子里的时候,便使劲撞击着铁门,大声叫喊着:"这……这是哪里？妈的，谁把我弄这里来了？放我出去，放我出去，你们关我干什么？放我出去！"

几分钟后，一个汉子打开门锁走进来，冲杜桥阴冷地说："姓杜的，你他妈的放明白点儿，老子们把你弄这里来是眼里有你，要不然你早就下地狱了。老老实实给老子待着，有你吃有你喝的，再敢咋唬，老子给你放放血，不信就试试！"

杜桥身子哆嗦了几下，哀求说："你……你们是什么人？抓我……抓我干什么？朋友，你……你放了我吧……"

汉子踹了杜桥一脚，吼道："我们是什么人到时候再告诉你，少他妈多嘴多舌！"说完，汉子走了出去，使劲关上了铁门。

杜桥呆呆地站在地上，哭丧着脸自言自语："这是怎么回事啊？我……我真倒霉啊……"

那个汉子走到关押杜桥房间的隔壁，坐在床头吃起熟食来。门一开，另外一个汉子领着黄白菊走了进来。

后进来的汉子对吃熟食的汉子说："我从街上找来了一个干杂工的女人，这些日子她就专门给咱们和那个姓杜的送饭，省得咱们哥们儿跑腿了。"

黄白菊给吃熟食的汉子鞠了个躬，说："我是外地人，来永平市打工挣钱，你们多多关照我，我谢谢你们了！"

吃熟食的汉子打量了几眼黄白菊，挥挥手，说："算了，别多说话了，只要你听我们的话，每天按时送饭，我们不会亏待你的！"

黄白菊脸上绽放出了笑容，说："哎，我一定好好干，按时送饭，保证不出差错。"

蓝天。白云。苏江礼面海而坐。

苏江礼的心情从来没有像此刻这样复杂过，只有面对大海，他才能让心绪稍稍平稳一些。他想和自己好好说说话，以作为对自己的人生总结。他在心里说："我的性格是不喜欢看大海的，在永平市这么多年来，我从来没有一个人来看过海，也不理解别人为什么喜欢看海。可是今天，我必须来到大海身边，因为我发现除了这个地方，任何一个角落都不适合我的心境，直到今天我才仿佛突然发现自己非常孤单，像一只损伤了翅膀的雄性秃鹰，尽管内心里想和同伴们在一起飞翔，却不得不离开它们，连哀鸣一声都没有气力了。我不是秃鹰，我是一个人，一个被女人伤害过又即将伤害女人的男人。在我的生命历程中，我曾经踏上过婚姻这艘船，但它的航程非常短暂。那时，我是市属旅行社一个普通而没有什么经济基础的小职员，所有对未来的浪漫和激情被婚后的生活击得粉碎。旅行社里几个年轻漂亮的女人都通过各种关系出国了，而且混得还不错，这使得许多人尤其是女人们非常眼热，我妻子就是其中的一个。在对出国者的极度羡慕和国外生活的诱惑下，她发疯似的也想出国，并且有了偏执型人格障碍，发誓不达到目的不罢休，她知道凭我的能量是不可能帮助她实现梦想的，于是就拼命巴结有能力让她出国的人，终于用女人特殊的手段换取了一本去日本的护照，接受她奉献身子的男人居然是我的顶头上司，最可悲的是，她把这件事的每一个细节都讲给了我。震惊、痛苦使我狠狠揍了她一顿，尽管这样，她带着满足的微笑和满身的伤痕去了日本，我在国内独饮苦酒。就是从那时起，我不再把自己当成是有妻室的人，也不把她当作自己的妻子，我厌恶她到了连听见她的名字都恶心的地步。她在日本发展得很好，结识了一些商界名流，开始做起了生意，逐渐有了钱。她回国的时候很是风光，没有回家，也没有见我的意思，更不为自己付出的一切感到羞愧。我们就这样僵持着，内心里都鄙视对方。我也发疯似的立下了誓言，一定要挣到钱，让她在金钱上重视我。我辞了职，自己办起了旅行社，用许多不光彩的手段挣了一些钱，包括贿赂、雇佣漂亮女人拉客，本来我以为自己做得很隐秘，没想到这一切都在她的掌握之中，她人在国外，却派人在永平市专门打探我的一举一动，我用什么手段当上了永平市旅行社行业的老大、什么时间什么地点玩儿什么样的女人她都一清二楚，然后以此为乐事。我气愤，但又无可奈何。我们都知道双方不可能走到一起了，但谁也不肯先提出离婚，都在用一种发狠的近乎变态的沉默想把对方拖垮，我们甚至心照不宣地约定，谁先提出离婚谁就是这场对抗战中的失败者。我们是中国这个古老国度里一对奇怪的夫妻，像敌人，却不能把对方杀死；像亲人，却没有半点可以沟通的地方，十几年的时光就这样没有任何价值地过去了。没想到，今天在我陷入困境的时候，为我解围的竟然是她，尽管我内心里不愿接受她的帮助，但冷酷的现实和巨大的诱惑使我最终难以拒绝她，好在她帮助我也是具有私欲的。我必须摆脱她，不能让她高高在上地对我颐指气使，我要挣钱，这是我唯一的选择，不是为了人格，也不是仅仅为了生计，究竟为什么连我自己也说不清楚了，但我的决心不能改变，我要在那条可怕的、充满着毒刺的路上走下去，它是不是罪恶对我来讲已经不重要了！这个世界上现实就是诱惑，诱惑就是现实，没有现实的诱惑是不存在的，没有诱惑的现实是空泛的，我没有能力逃出诱惑这张天罗地网！我承认，我的选择是非理性的，是对另外一个女人的伤害，我是痛苦的，也是残忍的，我就是恶之源、孽之根，我是一个人，但我的灵魂正在逐渐离我而去，就像那些往事一样……"

齐凤瑶的身影映入了苏江礼的眼帘。

苏江礼头也不回地轻声问："你来了？怎么知道我在这里？"

齐凤瑶走到他身边，也轻声说："凭感觉。感觉告诉我你在这里和大海对话。"

苏江礼扬起头，望着齐凤瑶那张俊美的脸，问："你知道我在说什么吗？"

齐凤瑶没有回答苏江礼的话，而是反问道："你心底的秘密很多吗？"

苏江礼冲齐凤瑶张开了双臂，说："凤瑶，来，和我一起坐坐吧。"

齐凤瑶在苏江礼身边坐下，把身子轻轻靠在他的肩膀上。

"凤瑶，你的身子在颤抖。"

"是吗，我没有感觉到，但我知道自己的心在颤抖。"

"凤瑶，找我有什么事情吗？"

"江礼，你现在承受着巨大的压力，尽管我相信你像自己说得那样不至于被压趴下，但我还是有些为你担心。我说过，我愿意和你共度风雨、同挑重担，我要实现自己的诺言。这张信用卡你收下吧，密码我写在标签上面了，里面有四万元钱，是我旅行社的流动资金和我从姐姐厂里借来的。钱确实不多，哪怕能够为你帮一点点忙我也高兴。收下吧，就像当初你借给我钱让我办旅行社一样。"

"凤瑶，你的举动在我意料之中，我知道你会这样做的……"

"我也知道你会这样说的。不要说感谢我的话，除了你的心，我什么都不需要。"

苏江礼捏着齐凤瑶递给他的那张信用卡，说："好，我收下。以前我帮助你，今天你帮助了我，除了感慨，我还真不知道说什么好了。"

齐凤瑶淡淡笑了笑，说："生活中有些事情是可以重复的。"

苏江礼抚摸着齐凤瑶的头发，说："是的，该重复的重复，该结束的结束，该开始的开始，生活和地球一样，也是椭圆形的。"

齐凤瑶惊奇地睁大了眼睛，说："生活是椭圆形的？真有意思！"

这个周末，丹明再次来到了贾红的墓碑前。他轻轻地说："贾红，今天是周末，我如约来看望你了，你在那个陌生的世界里还好吗？你不要感到孤独，我每天都在为你祝福，为我们之间真挚的友情祝福，如果有来世，我相信你还是一位美丽的天使！"

离贾红的墓碑不远处是马三儿的墓碑，黄白菊把一瓶酒倒在墓前，流着泪喃喃地说："马三儿啊，我看你来了，你本不应该留在这里的，可我又知道你不愿意回咱们老家，就在这里为你买了一个地方。你放心，我没有做过对不起你的事情，这钱是干净的，是我自己挣的和卖血的钱……说到底，你是为了我才走到这一步的，你在九泉之下再不用东躲西藏了，公安局的人说，不论多大罪过的人死了就不再追究了。我……我会在心里记你一辈子的，只要你肯要我，下辈子咱们做名副其实的夫妻……"

丹明走过来，对黄白菊说："大嫂，您太激动了，当心身子。他不是您爱人吗？"

黄白菊一双泪眼望了望丹明，说："说是也……不是，他是个自杀了的杀人犯……"

丹明吃了一惊，说："什么？杀人犯？"

黄白菊点点头，说："他是个杀人犯，可他是被坏人逼的，是为了我才杀人的，他其实不是个坏人哪！"

丹明慨叹地说："爱能让天使变魔鬼，也能让魔鬼变天使啊。大嫂，您是外地来永平市的吧？"

黄白菊说："是的，我是外地人，最早做家政工，干活儿时摔伤了腰，到现在也干不了重活儿，就给人家做送饭的杂工。大兄弟，你来这里也是悼念亲人吗？"

丹明眼里涌起了泪水，嗓音哽咽地说："我来看一个小妹妹，她长得非常漂亮，也非常纯洁。"

黄白菊痛惜地说："真可惜，老天爷怎就不留住她呀？"

丹明望着黄白菊，真诚地说："大嫂，看得出来，您和他可能有过一段刻骨铭心的恋情，一个男人能得到一个女人的真爱也应该满足了。"

黄白菊问丹明："看年龄你应该也谈恋爱了吧？你爱过一个姑娘吗？"

虽然和黄白菊还很陌生，但丹明还是真诚地说："不仅爱过，而且我现在还爱着她，但是她……"丹明说不下去了。

黄白菊问："她不爱你？"

丹明点点头，说："大嫂，世界上什么东西都可以强求，唯独爱不能强求，她的选择是有道理的。"

黄白菊赞同地说："你这是说的明白话，你们两个没有缘分，你就是望穿了眼睛也没有用。有一点你可要记住，就算是她不爱你，你也不要恨她，因为爱不成就生恨最没有气度了。知道吗？"

丹明仔细回味着黄白菊直白但富有哲理的话，说："大嫂，我知道了，也记住您的话了，不能因爱生恨。"

黄白菊看了看表，对丹明说："小伙子，我还要去给人家干活儿，再见吧。"说着，她望了一眼马三儿的墓碑，转身离开了墓地。

圈套背后

暑期的永平市火车站永远人满为患，在熙熙攘攘的人流中，碧海旅行社导游白琳在接站。她身材不高，圆脸蛋，披肩发，长得小巧玲珑。

"山东来的游客请往这边来，我是碧海旅行社的导游白琳，这是我的导游证……来，大家请跟我上站外那辆车号为永C08554的面包车，我先陪大家到宾馆休息，下午我们再按照既定的线路旅游。欢迎大家对我的工作提出批评指正，我将竭尽全力为朋友们服务！"白琳举着小喇叭，用甜润而标准的普通话把30多名山东来的游客招徕到了身边。

一名秀气的女游客问白琳："白小姐，永平市是全国有名的优秀旅游城市，我们这次到永平市来旅游感觉真的不错。我们在火车上就商量好了，听说永平市境内有一座天阳山，山下有一个碧波荡漾的天阳湖，我们想去那里看一看，行吗？"

白琳眼珠转了转，说："哦，你们……你们想去天阳湖啊，当然可以了！"

女游客欢快地拍了拍手，说："那太好了，我们说定了，先去天阳湖，然后再去别的景区游览！"

另一名身材较胖的女游客也神往地说："记得小时候，爷爷奶奶就带我去过天阳湖，我们还在湖里划了船呢。这次再去就是故地重游了，太有意义了，我一定多拍一些照片带回去！"

白琳晃着印有"碧海旅行社"字样的蓝色小旗子，大声说："我一定满足大家的要求！"

上了车后，秀气的女游客迫不及待地对白琳说："白小姐，你能不能先给我们介绍一下天阳湖呢，让大家对天阳湖先有所了解？"

白琳知道自己没有任何理由拒绝这个要求，于是便讲解起来："天阳湖属于人工湖，离永平市区大约有 30 公里，是天阳山景区迎接游客的第一个风景胜地，碧水悠悠，涟漪阵阵，游船漂荡在湖面上，游客的欢笑声在凉爽的微风中能传出去很远。站在湖畔举目四望，可以看见湖的东西两侧有两座像两扇敞开的门又像两个大馒头一样对峙的山峰，我们当地人都叫它们'馒头山'，传说当年秦始皇北巡时来过这里……"

听到这里，秀气的女游客兴奋地叫起来，说："秦始皇还来过这里？我是学历史的，特别崇拜秦始皇，也曾专门研究过秦始皇，没想到在永平市找到了他的踪迹。这次旅游对我来说收获可真大呀！"

那名身材较胖的女游客也说道："我真想马上就去天阳湖！"

白琳偷偷地笑了起来，眼里闪动着狡黠的光。

旅行车向宾馆开去。

下午的时候，白琳带着众游客来到了一个大水库旁。她指着水库说："大家看，这就是天阳湖啊！"

秀气的女游客兴致高涨地跑到水边，望着水面，抒情般地说："这里的水还是不错的嘛，清清的，柔柔的……"

那名身材较胖的女游客却皱紧了眉头，疑惑地说："咦，这里怎么和我小时候的记忆不太一样呢？我依稀记得站在天阳湖边上能看到渤海岸边燕山群落的最高峰'娘娘顶'的，怎么现在看不到了呢？白小姐，白小姐……"

白琳闻声跑过来，说："这很好解释，您小时候来过，时间一长您肯定是记错了，站在天阳湖上是看不到'娘娘顶'的。这一点您尽管相信我好了！"

那名较胖的女游客含含糊糊地说："是吗？是我记错了……也许吧，都 20 多年了，免不了记错的……"

白琳肯定地说："就是嘛，我现在就经常把小时候去过的景点记混了。"

秀气的女游客说："这些谁都免不了的。白小姐，你上午在车上说的秦始皇到过的那两座'馒头山'在哪里呢？"

白琳抬起胳膊随便一指，说："您顺着我的手指往那边看……看清了吗，那两座山就是秦始皇到过的'馒头山'。"

秀气的女游客极力往远处望，寻找"馒头山"。远处倒是有两座山峰，但怎么也没有"馒头"的感觉，又不好意思再问白琳，只好作罢了。

白琳对众游客说："到了天阳湖不下湖泛舟可是一件遗憾的事。那边有出租游船的，大家可以在保证自身安全的前提下租船尽情游玩，走啊，我带大家去租船，保证最低价！"

白琳带领游客们向一个出租游船的农民走去，插在背包上的写有"碧海旅行社"字样的小旗子不小心掉在了地上。

就在白琳带着众游客租了几条小游船在水面上泛舟的时候，张婷婷唱着歌走进了碧海旅行社总经理办公室。

正在写东西的齐凤瑶停下笔，望着张婷婷那张红扑扑的脸蛋，说："婷婷，看你高兴的样子，一定是业务有所进展了。"

张婷婷在齐凤瑶对面自己的办公桌前坐下，说："凤瑶姐，这回你可说错了。"

齐凤瑶问："怎么，业务没有谈成吗？"

张婷婷晃着头说："不是有所进展，而是成——功——了！"

齐凤瑶嗔怪说："你个坏丫头，跟姐姐耍贫嘴！"随即，她又真诚地说："婷婷，不论是作为朋友还是总经理，我都感谢你，你为碧海立下了大功，没有你，前一段时间我真的不知道该怎么做呢。"

张婷婷郑重地对齐凤瑶说："凤瑶姐，你对我好，只要你不离开碧海，我死也不离开……"

齐凤瑶打断张婷婷的话，说："别说不吉利的话！对了，婷婷，我想向你宣布一件事情，从现在开始，你就是咱们碧海旅行社副总经理了，可以代替我处理日常事务。"

张婷婷刚要推辞，齐凤瑶严肃地说："婷婷，这件事我已经决定了，不可能更改。你完全有能力做我的副总，你是不可多得的人才，从品行到相貌都无可挑剔。现在咱们碧海规模大了，业务多了，人员也越来越多了，你有责任替姐姐挑些担子。还是帮助我，可以吗？"

张婷婷激动地说："凤瑶姐，你的真诚是一种别人身上所没有的力量，这力量能够征服所有的困难，我无法拒绝你的真诚，不过不要让我放弃做导游的机会，好吗？你知道我非常爱这个职业。"

齐凤瑶点点头，说："婷婷，姐姐理解你，也答应你。我们共同继续努力，抓好服务质量，把碧海的牌子打出去！碧海是我的灵魂，也是你的灵魂，我们都深爱着它，不容它有一丝污点！"

张婷婷微笑着说："凤瑶姐，这也是我想对你说的话，用不了多久，碧海一定能够成为永平市最具规模和效益的旅行社，这不是空谈！"

齐凤瑶说："我们现在最需要的还是人才，从下周开始，我们就在媒体上做长期招聘人才的广告！"

张婷婷问："凤瑶姐，我介绍来的白琳怎么样？能力行吗？"

齐凤瑶说："白琳人挺机灵，也会说话，给我的感觉还是不错的，她今天去带山东来的游客，这个时间该回来了。"

齐凤瑶说得不错，白琳的确带着众游客离开"天阳湖"返回了市里。

他们一行人离开不久，丹明来到了岸边。近来，有不少市民打电话给晚报热线说市内个别旅行社用水库冒充天阳湖欺骗外地游客，丹明就是来暗访这件事的。

此时，"天阳湖"没有一个游客，只有那个出租游船的农民在收拾游船。

丹明走到那个农民面前，问："大叔，这里是天阳湖吗？"

农民瞥了丹明一眼，嘲讽地说："小伙子，听口音你不是外地人，怎么净说让人笑掉大牙的话呀？这儿哪是天阳湖啊？整个一啥看头儿也没有的破水库！天阳湖是建国初期修的人工湖，都干好几年了，这座水库前年才建成，专门儿给县城里几家企业供应水。"

丹明不动声色地继续问："听说市里有的旅行社把这座水库当成天阳湖，让外地游客到这里来游玩。有这档事情吗？"

农民嘿嘿笑起来，显摆似的说："咋没有啊，还不是一家两家旅行社这样干呢！有的旅行社纯粹就是骗人，啥黑心钱都敢挣，把客人往这儿一领，绕一圈，得，钱到手了。外地游客知道个啥呀，傻乎乎地真就把钱掏了。不过这样一来倒是成全了我，我就专门儿在这儿出租游船，每租一条船我给导游六块钱回扣。天阳湖是假的，可钱是真的！"

丹明气愤地问："这些旅行社太缺乏职业道德了，他们赚的是黑心钱，那你赚的不也是黑心钱吗？"

农民尴尬地说："这……这……小伙子，话别这样说嘛，这样说多难听啊，反正就那么回事吧，谁跟钱有冤有仇哇？"

丹明紧接着问："今天有哪家旅行社带外地客人来啦？"

农民不错眼珠地盯着丹明，说："我只管租船挣钱，从来不问他们是哪家旅行社的，问多了人家烦咱呢。哦，不过你想知道刚走的这拨儿人是哪家旅行社带来的也不难，我可以告诉你！"

农民说着，突然一把把丹明推进了水库里。

丹明猝不及防，"哎哟"一声落入水里，所幸水只没到腰部。

丹明站在水里，不解地问农民："你……你干什么？"

农民冷笑着说："干什么？小伙子，别看你脑门儿上没錾着字，可冲你刚才问我的这几句话我就能猜出你不是报社记者就是旅游局的人，你想把旅行社拿水库冒充天阳湖的事捅出去，断我的财路，我不收拾你谁收拾你？我这是给你一个不大不小的警告，你要是不讲情面，下次在这里碰见你我可就真对你不客气了！"

丹明一边往岸上爬一边气愤地说："你把我推下水，我可以向公安机关报警！"

农民摆出一副无赖相，阴阳怪气地说："谁把你推下水的？谁看见了？是你自己不下心掉到水里去的，跟我啥关系也没有，你没有证据，别说公安局就是公安部拿我也没有办法！嘿嘿嘿……"

丹明上了岸，望着农民，说："你真卑鄙，你的人格低到了极点！我也可以告诉你，我确实是晚报的记者，就是专程来暗访个别旅行社拿水库冒充天阳湖欺骗外地游客的事情，我不会被你的话吓倒的，我一定要给那些不法经营的旅行社和你这样赚黑心钱的人曝光！"

农民瞪着眼睛问："你铁了心了？"

丹明点了点头，大声说："对，铁了心了，这件事太令人气愤了！你要想不被曝光只有一个办法，那就是有本事杀了我！"

农民被丹明坚定的神情镇住了，服软地说："兄弟，我吓不着你就算了，你爱曝光就曝光，我一个小老百姓怕啥呀，要说杀人，我一是真不敢，再就是犯不上掉脑袋。世上有这么三种人，有的人要钱不要命，有的人要命不要钱，有的人是既要命也要钱，我他妈差不多算是第三种人，既要命也要钱，从在这里租游船那天起我就知道这好事长不了，不过我们庄稼院儿有句俗话，小车儿不倒只管推，只要有旅行社往这里带人、政府部门一天不管我我就把船租下去。天儿不早了，我得回家了。"说完，他一溜小跑走了。

"自私、狭隘、嬉皮士！"丹明冲农民的背影喊了几声，把衣服拧干，忽然发现了身边地上的那面印有"碧海旅行社"字样的小旗子。丹明拾起小旗子，心像被火烧了似的一下子缩紧了，禁不住自言自语道："碧海旅行社？不会是凤瑶的……可这是证据啊……"

丹明决定要和齐凤瑶见上一面。

第十七章　殒命山崖

丹明和齐凤瑶见面的地点是在新时代公园。这是第二天上午。

"什么？丹明，你说我的碧海旅行社利用水库冒充天阳湖欺骗游客？不可能，这是绝对不可能的事情！"丹明刚刚把昨天傍晚自己在水库发现碧海旅行社小旗子的事讲给齐凤瑶，齐凤瑶就坚决地予以了否认。

丹明望着齐凤瑶说："凤瑶，你不要激动，我也希望这不是真的，可问题是我在现场发现了碧海旅行社的标志———一面小旗子。就是它。"丹明从背包里掏出拾到的那面小旗子，展示给齐凤瑶。

齐凤瑶望着小旗子，说："这面小旗子的确是我的，可这也不能证明那个旅行团就是碧海旅行社的……先听我把话说完好吗？我否认这件事和我的碧海有关系有两个理由，第一个理由是碧海在永平市的旅行线路是我亲自制定的，因为天阳湖在几年前就已经干枯了，它根本不可能出现在我的旅行线路上；第二个理由是我本人最鄙视欺客宰客的行为，即使倒闭也不会做这种事情，如果你对我有足够了解的话就不会怀疑我了。除此之外，我还要说明一点，昨天我的碧海确实接了一个旅游团，但旅游地点是在山海关的老龙头和长寿山，而不是什么水库。"

丹明有些吃惊地说："凤瑶，你说我不了解你？你错了，我是最了解你的人，我欣赏你的勇气和自强自立的精神，赞赏你的经营策略，可是有的时候发生的事情可能会超出你的想象，不论碧海欺骗游客与否，这件事毕竟牵扯到了你、牵扯到了碧海，最起码，现场遗留的小旗子就能说明这一点。作为朋友，我有义务提醒你！"

齐凤瑶倔犟地说："我刚才已经说了，那面小旗子说明不了任何问题。小旗子是半个月前我做宣传时制作的，总共一千多面，市内主要路口和大商场都插上了，就连我们现在谈话的新时代公园里都有。你看，前面那个长廊上不也插着几面碧海的小旗子吗？这说明我的宣传有了成效。你在水库捡了一面小旗子就怀疑我欺骗了游客，这说明你对我的为人还不了解！"

丹明看见，公园前面那个葡萄架形的长廊上果真插着十多面和自己手中一模一样的小旗子，但他还是觉得昨天的事情非常蹊跷，便真诚地对齐凤瑶说："凤瑶，我知道你非常爱自己的事业，爱护碧海旅行社的名声，因此深怕它受到玷污，可是你想过没有，如果过分地看中一些外在的东西而忽略了潜在的危机那会是什么样的后果？那样会迷失方向的！"

齐凤瑶被丹明的话刺痛了心，说："丹明，我不否认你确确实实在上次碧海停业那件事上给了我别人不可能给予的帮助，我发自内心地感激你，但我觉得我们之间的差别也很大。"

丹明眼里闪动着痛苦的光，轻声说："过去的事情已经成了一种追忆，我们之间发生的事情我永远不会忘记，我尊重你的选择，尽管我为此痛苦、难过，但只要你幸福，我无怨无悔。我们两个人的性格是有差距，你看中的是现实，和你比起来，我的性格中多了一些幻想，这些都是正常的事情。我不会因为你拒绝了我的爱而疏远你、冷淡你，更不会怨恨你……"

齐凤瑶打断丹明的话，坚定地说："丹明，我不想和你说这个话题了，不论你理解我与否，对于一个经历了失败婚姻的年轻女人来讲，生活的的确确是现实的，现实容不得半点幻想。与其说我拒绝你对我的爱倒不如说我在拒绝一种生活方式，但我向你保证，我绝对不会欺骗游客的，昨天那件事不会和碧海有任何关系！"

丹明激动地踱了几步，说："凤瑶，上次确实不是你的错，可是这次在事情没有搞清楚之前你不能武断地下结论，万一你的导游擅自改变路线……"

齐凤瑶固执地说："丹明，在这件事上没有万一，我相信我手下导游素质不会低到这种地步！"

丹明继续耐心地说："凤瑶，你要冷静地想一想，这样对事情有好处。"

齐凤瑶望着丹明，生气地说："丹明，你对我的事情太过关注了，你认定我欺骗了游客，我不能不怀疑你的诚意！"语气里充满着讥讽。

丹明没有想到齐凤瑶会用这样的口气对他说话，不由得抬高嗓门说："凤瑶，你……你怀疑我对你的诚意？你变了，变得刚愎自用了！"

齐凤瑶显然认为丹明的话伤害了自己，也大声说："丹明，我不仅怀疑你的诚意，而且还认为你这样做是侮辱我的人格！平心而论，我是一个合格的旅行社总经理，我有自己独立的人格和做事情的方式！"

丹明强迫自己冷静下来，用和缓的口气说："我承认这些都是你的优点，可我还是想说你对待某些事情的态度太过主观了。凤瑶，不论发生什么事情，我都会尽自己最大努力帮助你的。"

齐凤瑶由于激动眼里涌出了泪水，嗓音硬邦邦地对丹明说："丹明，我希望你不要因为对我有过帮助就可以随意怀疑我！"

丹明望着齐凤瑶的脸，说："凤瑶，你的话越来越让我难以接受了，我不想在帮助你的事情上过多地表白什么，因为那样太无聊了，但我必须声明一点，我今天绝对没有侮辱你的意思，是你把事情想得太复杂了！"

齐凤瑶嗓音凝重地说："侮辱？哼，我为什么要遭受侮辱呢？上次有人冒充碧海旅行社员工打伤游客就是对我的一种最大的侮辱。丹明，你知道吗，这件事情虽然过去了，但它对我的伤害是无法用语言来表述的，它不仅让我在创业的路途上精疲力竭，更让我的心在滴血，最让我痛苦的是，直到现在，我也不知道是谁、为什么这样做，总之，它像一个幽灵一样时时刻刻缠绕着我。这些你能理解吗？"

"凤瑶，我能理解你的痛苦，也愿意分担你的痛苦。"

齐凤瑶摇摇头，说："不，你不理解我的痛苦，也无法分担我的痛苦。你要是真的理解我的痛苦就不会往我的伤口上撒盐了，就不会在没有确凿证据的情况下怀疑我欺骗游客了！你可以恨我，甚至可以诅咒我，但不要怀疑我和我的旅行社，我永远不会做欺骗游客的事情，我的员工也不会做这样的事情！我旅行社里还有许多事情处理，我先走了，希望我们都能好好想一想！"

丹明还想再说什么，可是齐凤瑶已经走了。丹明呆呆地站着，眼角慢慢溢出了泪水……

谁也不知道，此时此刻，杜桥也在哭泣。

杜桥都不知道自己被关在地下室里几天了，他现在最恨的不是抓他来这里的人，而是那个风骚浪荡而又诡计多端的小妖精徐兰娟。他仰躺在床上，哽咽着咬牙切齿地说："我他妈的活得怎么就这么窝囊啊？老婆没了，钱没了。徐兰娟，老子这一辈子全毁在你手里了，有朝一日让我撞见你我非把你掐死不可！我完了，完了……"

这时，黄白菊提着快餐盒进来，说："杜先生，吃饭吧。"

在这个神秘的地下室里，黄白菊是和杜桥接触的人中唯一称呼他为先生的人。他问黄白菊："你知道他们是什么人、想把我关到什么时候吗？"

黄白菊摇摇头，说："这我可不知道，我就管给你和他们那几个看着你的人送饭。"

杜桥讨好地问黄白菊："大姐，你看我像坏人吗？"

黄白菊小心地说："我看你还真就不像是坏人，你可能是得罪他们了吧？"

杜桥皱着眉头，哀求说："我连他们是什么人都不知道怎么会得罪他们呢？哎，你能不能帮帮我？"

黄白菊睁大了眼睛，说："帮你？我一个打杂的妇女能帮你什么？"

杜桥望了望门外，嘴巴凑到黄白菊耳根前，说："这事很简单，我告诉你一个电话，你到外面打电话找一个名叫马三儿的人，他会来救我的。我们有一笔大生意要做，能赚了钱我重重谢你。我说话算话！"

黄白菊吃惊地问："什么？找马三儿？是不是那个……那个犯了人命案的马三儿？"

杜桥连连点着头，说："对，就是他，只要你能帮我找到他我就有救了！我求你了，大姐，你行行好，帮帮我吧，我要是不报答你天打五雷轰！"

黄白菊眼角溢出了泪花，说："你找不到他了。"

杜桥不解地问："为什么？"

黄白菊抽泣着说："他……他已经……死了。"

杜桥震惊地瞪大了眼睛，说："啊？你……你……说什么？他……他死了？不，不会的，不会的！"

黄白菊说："我不骗你，他确实是死了，公安局的人把他围住了，他开枪自杀了。"

杜桥依然不相信地问："自杀？你是听别人瞎说的吧？"

黄白菊用肯定的语气对杜桥说："不是，是我……从报纸上看见的。"

杜桥失望地一屁股坐到床上，说："马三儿死了，死了，我怎么办？大姐，你想办法放我出去吧？啊？求你了，我在这里一天也待不下去了！"

杜桥的可怜相打动了善良的黄白菊，她思忖着说："这……你落到这些人手里也真够可怜的，我想想办法吧。"

黄白菊说完，走了出去，没过十分钟，她又打开门锁走了进来。

杜桥再次急切地对黄白菊说："大姐，你想办法儿救我出去吧……"

黄白菊打断杜桥的话，小声而着急地说："嘘，别说了，我就是来放你走的！"

杜桥喜出望外地问："真的？那我怎么走啊？"

黄白菊说："该着你命大，看着你的那几个人平时中午谁也不喝酒，今天中午不知为什么都喝了不少酒，正在屋里睡觉呢。你快走吧，你走了我也不在这里打工了。走，走啊！"

杜桥答应一声，和黄白菊跑了出去。

四方旅行社总经理办公室里，苏江礼在和妻子通电话。

苏妻以老板的口气对苏江礼说："我说话算话，把答应给你的钱全划到你的账号上了。我已经和日本那个老板定好了，将来你就是那个高尔夫球训练场中方经理。"

苏江礼不得不以感激的口气说："将来的事情将来再说吧，说句心里话，这次我是真心实意感谢你，要不是你这几百万，我在永平市就不仅仅是凄惨了，那些债主会把我吞掉都不吐骨头啊。"

苏妻说："这也是你幸运，正赶上我想投资搞旅游产业，否则别说几百万，就是一分钱我也不会给你的。当然，你要不是赔了血本，我就是把钱送到你手边你也不会接的。说到底，不是我帮你，是我们共同的利益把我们这对奇怪的夫妻拴在了一起。你让曾晖给我送来的高尔夫球训练场的资料非常棒，就资料本身的商业价值来讲也能够值二百万，我给你三百万并没有吃太多的亏。哦，对了，有一件事我应该告诉你，我改名字了，叫黎曼了，算是对过去的一种告别吧。"

苏江礼沉吟了一会儿，说："名字可以改变，过去的事情也可以说是告别，但却是不能改变的。知道我最不爱干、不敢干的事情是什么吗？怀旧。生活中好多人都喜欢怀旧，别人怀旧是一种享受，我怀旧是一种痛苦。"

黎曼以一种揶揄的口气问："你要把对我的恨带到骨灰盒里去吗？"

苏江礼冷笑了一声，说："你说错了，不是带到骨灰盒里，而是带到来世！"

黎曼也冷笑了一声，说："可来世是没有的。"

苏江礼淡淡地说："这无所谓。"

黎曼并不在意地说："好吧，你自便，但愿我们在生意上能够愉快合作。拜拜。"

苏江礼刚刚放下电话，曾晖神色慌张地闯了进来。

苏江礼有了一种不祥的预感，问："曾晖，怎么了？出什么事了？"

曾晖喘着粗气说："舅舅，不好了，杜桥跑了！"

苏江礼猛地站起身，气恼地问："跑了？他怎么跑了？你怎么连一个花花公子都没有看住？"

曾晖也气急败坏地说："哎呀，舅舅，这事一句两句话跟您说不清楚——"

苏江礼烦躁地挥挥手，说："算了，说不清楚就不要说了！"

曾晖担心地说："舅舅，我怕他跑出去把我们做生意的事说出去。"

苏江礼问曾晖："他不是不知道你和我在操纵这件事吗？"

曾晖说："事情虽然是这样的，可毕竟让人不放心哪。这个浪荡鬼，还真他妈的有两下子！"

苏江礼让自己冷静下来，说："既然他已经跑了就顺其自然吧。"

曾晖望着苏江礼的脸色，说："马三儿死了，杜桥跑了，舅舅，我们是不是有些不顺啊？"

苏江礼沉着脸没有说话。

由于和丹明吵了一架，齐凤瑶的心情很郁闷，她回到旅行社办公室后，还没有来得及把事情的经过讲给张婷婷，在水库出租游船的那个农民走了进来。

张婷婷站起身，问那个看上去颇为世故的农民："先生，你好，这里是碧海旅行社，请问您有什么事情需要帮助吗？"

农民冲张婷婷点点头，说："哦，哦，这里不错嘛。我找的就是碧海旅行社，找白导游白小姐。"

张婷婷微笑着说："她为旅游团导游去了，我是她的同事，您找她有什么事情我可以转告给她。好吗？"

农民奉承地对张婷婷说："你这个小姐说话比白小姐还受听。我是来给她送钱的。"

张婷婷不解地问："什么钱啊？"

农民从裤兜里掏出一把钱，说："前天她带着你们旅行社的那个旅游团到水库去了。往下不用我说你就明白了吧？"

张婷婷没有听明白农民的话，有些发怔，一旁的齐凤瑶却大吃了一惊，快步走到农民面前，说："什么？我们碧海旅行社的游客到水库去了？您请坐，把事情讲清楚！"

农民大大咧咧地往椅子上一坐，打量了齐凤瑶几眼，说："旅行社的闺女一个比一个漂亮，你也是白小姐的同事？"

齐凤瑶点点头，急迫地问："你欠白琳什么钱？"

农民咂了咂嘴，说："还能是什么钱？游客租游船的回扣呗。她带了40个游客，租了我20条游船，我们讲好游客每租我一条游船我给她6块钱回扣，20条游

第十七章 殒命山崖

船就是120块钱。得，这120块钱你们转交给她吧，我这是来市里办事顺便给她捎来了，我可是个讲信用的人哪。要说你们办旅行社的真是能蒙外地人，天阳湖干了愣用水库冒充，把那些外地人哄得真事儿似的。哈哈哈，有能耐，有能耐！"

齐凤瑶的头"嗡"地响了一声，脸色苍白地问："你……你是说我们碧海旅行社的游客被白琳蒙骗了？白琳答应收你回扣了？"

农民故意打趣地对齐凤瑶说："你这个小姐呀，看你长得挺聪明伶俐的，咋就听不明白我的话呢？白小姐要是不把游客领到水库去，我能给她回扣吗？我信得过你们，把钱放这儿了！"说着，他把手里那叠钱放在了齐凤瑶面前的办公桌上。

张婷婷望着钱，迟疑地对齐凤瑶说："凤瑶姐，这……"

齐凤瑶也望着那叠钱，像望着一摊令人作呕的东西似的对农民说："你把钱拿走，碧海旅行社的员工不收这些黑心钱！"

农民大概第一次遭到了这种拒绝，吃惊地说："咋的？不收？我这钱可不是给你们俩的，是给白小姐的……"

齐凤瑶气愤地打断他的话，说："你别再说了，白琳是私自带游客去你那里租游船的，她没有任何理由收你的回扣。你快走！"

农民不高兴地问齐凤瑶："你是啥人敢替白小姐当家做主？我要是不把这回扣给白小姐她以后就不会替我揽生意了，你这不是断我财路吗？"

齐凤瑶直视着农民，掷地有声地说："我是碧海旅行社的总经理，我有权利替白琳回绝你。拿上你的钱，走吧，碧海旅行社再也不会带游客去水库了！"

农民不服气地说："好多旅行社都这么干……"

齐凤瑶大声说："我的碧海旅行社就不这么干，而且我也不相信永平市所有的旅行社都这么干！你走，我不想再和你说话了！"

农民尴尬地说："好，好，我走，我走。这事儿弄的，真没意思！"说完，抓起钱，头也不回地走了出去。

张婷婷气愤地说："凤瑶姐，白琳怎么能做这种事情呢？真没想到啊！"

齐凤瑶难过地说："是啊，我也没有想到白琳会私自改变旅游路线，而且用水库冒充天阳湖，欺骗游客，收取回扣。这件事太严重了，它直接影响了碧海的形象，更让我无法面对丹明。"

张婷婷惊讶地问："丹大哥？他和这件事有什么关系呢？"

齐凤瑶愧疚地低下头，说："他在去水库暗访旅行社用水库冒充天阳湖这件事时就怀疑白琳带游客去过那里，可是我坚决不相信，和他狠狠吵了一架，还指责了他许多。他说我变得刚愎自用了，现在看我真是……我肯定伤他的心了。"

张婷婷握住齐凤瑶的手，说："凤瑶姐，我虽然和丹大哥接触不多，但是我感觉他是深爱着你的，他一直在热心而真诚地帮助着你，他会理解你的。"

齐凤瑶的泪水扑簌簌地流下来，说："婷婷，我做错了事情，会向丹明道歉的。现在我们最需要面对的是怎样处理白琳私自改变旅行线路、欺骗游客、收取回扣的事情。我不能容忍这样的事情发生在我的碧海旅行社，这是对我人格真正的侮辱!"

张婷婷眼角也涌出了泪水,自责地说:"凤瑶姐,这件事我应该负有责任的,因为白琳是我介绍来的,她犯了错误我心里非常难受。我不是一个合格的副总,我向你辞职。"

齐凤瑶摇摇头,说:"婷婷,白琳是你介绍来的不假,可是我同意录用她的,你没有错误,更不用辞职。"

张婷婷望着齐凤瑶,颤抖着嗓音说:"凤瑶姐,我知道你爱碧海旅行社就像爱华华一样,容不得它受到半点伤害,可是事实证明白琳严重违反了规章制度,使旅行社蒙受了损失,白琳应该受到处罚,我作为分管业务的副总必须引咎辞职,这是现代企业管理的一个重要方面。如果你不接受我辞职,我心里会非常难过的,甚至终生都为这件事感到愧疚的!"

齐凤瑶动情地说:"婷婷,你是我的好妹妹,有你在我身边帮助,什么困难我都能克服的。感谢上苍,把你这个优秀的人才赐给了我!"

张婷婷关切地说:"凤瑶姐,我们接受这次惨痛的教训吧……你脸色很不好,是不是……"

齐凤瑶轻声说:"婷婷,我没有事,让我静静地坐一会儿吧……"

晚上,杜桥揣着早上在市中心血站卖血的钱走进了一家按摩房,潇洒地点了漂亮的按摩女红红为他按摩。

杜桥躺在床上,一双眼睛紧紧盯着红红,放荡地说:"小姐呀,你的手真软哪,软得让我的心直发颤。"

红红朝杜桥抛了一个意味深长的媚眼,嗲声嗲气地说:"是吗?我有那么大的魅力吗?"

杜桥得到了暗示,挑逗地说:"有没有魅力哥哥我试试就知道喽。哥哥这阵子是落魄了,想当初大小也是个老板哪!"

红红不相信地撇了撇嘴,说:"什么呀,现在动物都能当老板,就看你有没有钱了,你要是有钱,妹妹我就是你的人了,还能让你来刺激的!"

一听"刺激"这两个字,杜桥一下子来了精神,抓住红红的手,说:"什么刺激的?这屋里没有外人,你说给哥哥听听,哥哥要是感兴趣就陪你玩玩儿。"

红红压低声音,神秘地说:"妹妹这儿有'摇头丸'让你刺激,你有票子吗?南方一个姐们儿在干这个。"

杜桥摆出一副见过大世面的样子,说:"这算什么呀,哥哥当初可是吸过毒进过戒毒所的。要不是怕把小命儿吸丢了,我能把它玩儿到底。你信不?"

红红引诱地说:"这次你再玩玩儿妹妹的玩意儿,妹妹高兴了,怎么陪你都行哟。"

杜桥在红红的带领下走进按摩房后面的一间小屋里。他一进屋,发现红红的那个弄"摇头丸"的"南方姐们儿"居然是徐兰娟!

第十七章 殒命山崖

"你？是你？"杜桥万万没想到在永平市还能碰到徐兰娟，惊讶地问。

徐兰娟见是杜桥，也震惊地说："杜桥？你……我……我们……"

红红颇感意外地问杜桥："怎么，你们认识？"

杜桥眼睛里闪动着一种得意而又凶狠的光，恨不能一口把徐兰娟吞下肚去，他冲到徐兰娟面前，说："世界真是太小了，我们又见面了！你跑啊，你跑跑我看看！"

徐兰娟依然没有服软的样子，说："算我倒霉，落到你手里了。你想怎么弄我？"

杜桥盯着徐兰娟，咬牙切齿地说："我他妈想杀死你，你这个半点儿良心都没有的臭婊子，我杜桥被你弄得妻离子散，车没了，公司没了，一切都没了，到头来砸了我一酒瓶子跑了，倒腾起'摇头丸'来了。对了，我不应该感到奇怪，我想和马三儿贩毒就是你鼓动的。不用说，你做生意的本钱肯定是我的！说，是不是？"

徐兰娟不置可否地说："事已至此，我无话可说了，反正你的钱是回不来了，有本事你就杀了我！"

杜桥冷笑着说："姓徐的，今天我不强求你别的，你要是把偷我的钱乖乖给我吐出来，那你就走你的阳关道去，如果跟我耍赖皮，我真就敢弄死你！你信不信？"

徐兰娟眼珠转了转，说："我……好吧，我还你钱。哎呀，不好了，警察来了！"

杜桥惊骇地回头往外望，就在这片刻间，徐兰娟推开杜桥，连身边那个盛有"摇头丸"的箱子都没来得及拎就向屋外跑去。杜桥知道又上了徐兰娟的当，恼羞成怒地追出屋子，在院子里死死掐住了徐兰娟的脖子。

徐兰娟一边挣扎着一边用尽力气喊叫着："救……救……救命……红红……救……命……"

失去了理智的杜桥双眼充血，双手越来越用力，嘴里说着："臭婊子，我……我杀死你也不解气！"

红红见事情不妙，惊恐地尖声叫起来："快来人哪，杀人了——杀人了——"

在红红的叫声中，徐兰娟被杜桥掐死了。

杜桥又在徐兰娟的尸体上踹了两脚，转身想走，红红一把揪住了他，说："你不能跑，你跑了我就说不清了！来人哪——杀人了——"

两名巡警跑进院子，红红冲警察喊道："警察大哥，人是他杀死的，跟我没关系。你们快抓他呀！"

杜桥挣脱了红红的手，想往院外跑，一个警察厉声喝道："站住，不要跑！"

杜桥自言自语地骂了一句："他妈的，我这一辈子全毁在女人手里了！"他见警察追过来，和警察争斗起来，把一名警察推倒在地后欲夺路而逃。另一名警察果断地拔出枪，对天鸣放了两枪。清脆的枪声并没有使杜桥停下逃窜的脚步，于是，那名警察果断地将枪口对准了杜桥的后心……

今天事情比较少，齐凤瑶难得轻松了一些。她在办公室里临窗而立，眼前不由自主地浮现出了苏江礼的身影，感到自己的脸颊有些发烫……

随着一阵脚步声，齐小梅走了进来。

齐凤瑶担心地问："小梅，你应当是无事不登三宝殿的，是华华出了什么事情吗？"

齐小梅笑了笑，说："凤瑶，华华很好，她什么事情也没有，我今天是为公事来找你的。为了进行热爱自然、热爱家乡的主题教育，我们班决定明天利用星期天去风景区爬山、游览，我是教师，对组织游览是外行，所以请你的旅行社帮助组织。怎么样，老同学，你不会拒绝我吧？"

齐凤瑶认真地说："当然不会了，我不仅要让孩子们玩好，而且也要作为学生家长参加你们的活动，和华华好好玩玩儿。哦，对了，小梅，这是我们旅行社的导游张婷婷。婷婷，这位是玉华路小学的老师，我的同学齐小梅，华华的班主任。"

齐小梅和张婷婷握了手，说："凤瑶、婷婷，你们说带孩子们去什么地方游览好呢？既要景色美对孩子们有教育意义，还要考虑到孩子们的体力。"

齐凤瑶想了想，说："那就去碣石山风景区吧，碣石山是历史名山，景区内有革命烈士陵园，景色也很美，很适合孩子们游览，而且离市区也很近，过了治安检查站三公里就到了。"

齐小梅赞同地拍了拍手，说："真不愧是搞旅游的，找你算是找对了。就这样说定了，明天早晨七点钟在我们学校门口集合，坐我们学校的面包车去！"

齐凤瑶放在办公桌上的手机"滴"地响了一声，是短信息提示音。她拿起手机，查看短信息，只见屏幕上显示着："晚六点你办公楼下见。"

晚六点的时候，齐凤瑶站在马路边，苏江礼开着"奔驰"车停在了她身边。齐凤瑶坐到了副驾驶的位置上。

苏江礼柔声说："凤瑶，我想你，我不能不和你在一起！"

齐凤瑶望着苏江礼，没有说话。

苏江礼知道齐凤瑶沉默的含义，说："凤瑶，你要给我时间。"

齐凤瑶开口了，她用一种异乎寻常的平静的口气对苏江礼说："其实我早就想和你说如果你们无法分手的话，我会坦然面对一切的，我绝不会埋怨你什么。"

苏江礼握住齐凤瑶的手，说："凤瑶，你身上有一种力量，它能征服一切。我不会负你的，请相信我。"

齐凤瑶慢慢地说："我有了一种感觉，你在远离我，是被某种力量左右的结果。"

苏江礼笑了笑，说："凤瑶，你太敏感了吧？"

齐凤瑶点点头，又摇了摇头，说："我不知道。我爱你，所以我不逼迫你，我

第十七章　殒命山崖

们可以在情感的坐标系中重新找回自己的位置。"

苏江礼有些慨叹地说:"爱让我们两个人的神经都快不正常了。"

齐凤瑶反驳说:"不,我的神经非常正常。江礼,在爱面前,最不可以做的事情就是强迫,本来我就不应该……"

苏江礼打断她的话:"不是这样的,凤瑶……"

齐凤瑶的目光里蕴含着一股既明澈又含混的东西,轻声说:"江礼,我们暂且分开一段时间吧,这样对我们只会有好处。因为我要为你缓解内心的压力,更因为我爱你!将来不论你和她分不分手,爱的感觉都会陪伴我一生的。"

苏江礼猛地把齐凤瑶抱在怀里亲吻起来。

齐凤瑶努力推搡着苏江礼:"江礼,别这样,别这样……"

苏江礼眼里闪动着男人那种本能的冲动的欲火,急迫地说:"凤瑶,再给我一个晚上吧,我求你了……今晚无论如何我们也要在一起,就算上天怪罪只怪罪我一个人好了。答应我,凤瑶!"

齐凤瑶摇摇头,说:"原谅我,江礼,明天一早我还要和小学生们一起去碣石山风景区。"

"去碣石山?几点?"

"七点。江礼,真的请你原谅。再见。"

齐凤瑶下车走了。

苏江礼眼里的欲火熄灭了,他掏出手机,拨通了电话:"曾晖,你立刻到我家里去……对,我们的机会就在明天!"

十分钟后,苏江礼回了家,曾晖也到了他家。

苏江礼把那个装有十公斤海洛因的帆布袋交给曾晖,说:"你按我的计划去行事,保证不会有差错,我不仅要齐凤瑶这个人,而且还让她在无形中为我建立'白色通道'。曾晖,这次买卖成了,我给你一笔钱,送你去国外,省得你害怕警察抓你,你毕竟是我亲外甥,然后我们再做下一笔生意。"

曾晖抱着帆布包,仿佛抱着一堆钞票,得意地说:"谁也不会想到您利用别人的旅行社建立'白色通道',又利用小学生带'货'出市区的。这招肯定没问题!"

晚上11点多钟,市内一条比较偏僻的马路上,一个女孩骑着自行车走了过来。她是我们可爱的张婷婷,和同学们在饭店聚会唱歌晚了抄近路往家里赶。

一个醉汉骑着摩托车从对面冲过来,张婷婷躲闪不及,被撞到路边一棵柳树下,昏了过去。肇事者回头看了几眼,骑着车逃走了。

不知过了多长时间,张婷婷醒过来,她扶着树爬起来,正不知所措间,一辆轿车停在了身边。张婷婷刚想求援,见曾晖从车上下来,急忙躲到了树后,心说:"都这么晚了,这个家伙到这里来干什么?准没好事!"

须臾,一个30多岁的男人幽灵一样从另一个方向走到了曾晖面前。

曾晖把手中一个帆布包交给那个男人说:"明天早上七点钟,玉华路小学有一群孩子在学校门口集合，你只要想办法把这十公斤海洛因藏到孩子们坐的车上，让那辆车带出检查站，我舅舅就能给你三万元钱。"

树后的张婷婷紧张地听着曾晖和年轻人的谈话，惊愕地张大了嘴巴。

男人接过包，自信地说："放心吧，这不算难事。不过我想知道咱们这桩买卖的后台老板也就是你舅舅是谁。"

曾晖挥挥手，说："不该问的你就别问了。"

男人冷笑了一声，说："你不说我也能猜得出来，他就是四方旅行社的总经理苏江礼，你在永平市认识谁我都知道。你舅舅还算是个'人物'，前几年我开桑拿房时他没少到我那里玩儿小姐！"

曾晖见对方已经知道了底细，点着了一根香烟，借题发挥地说："岂止玩儿小姐，碧海旅行社那个姓齐的漂亮总经理不也乖乖地上了我舅舅的床，她还幻想着等我舅舅离婚再嫁给我舅舅呢。其实，我舅母在日本做大生意，现在我舅舅根本不敢在我舅母面前提离婚这两个字。再有，全永平市闹得沸沸扬扬的保龄球馆打伤海南游客这件事就是我舅舅让人冒充碧海旅行社员工干的，目的是把客人拉到四方旅行社。"

男人不知是赞叹还是讽刺地对曾晖说："一只手抱女人上床一只手推她进火坑，你舅舅是个成大事的人！"

曾晖望着男人，阴冷地说："这些事本来不能告诉外人，我之所以告诉你一是因为我曾晖佩服我舅舅，我舅舅玩儿女人、设计谋的本事你我一辈子也学不来，二是让你知道我舅舅不是好得罪的，你要小心行事！"

男人哼了一声，说："事情该怎么办我心里有数，你用不着对我敲山震虎！"

曾晖抛掉了烟蒂。烟蒂落在张婷婷的胳膊上，早已经听得瞠目结舌的张婷婷不由自主地叫出了声。

曾晖惊诧地叫了一声："他妈的，有人！"

张婷婷转身欲跑，被蹿上来的曾晖和那个男人挡住了去路。

曾晖一双色眼认出了张婷婷，奸笑着说："张小姐，这么晚了你在这儿干什么，我们说的话你都听见了，我们真是有缘分哪。今天我可不能让你走掉了，不仅因为我喜欢你，想跟你上床，还因为你知道了许多根本不该知道的事！"

张婷婷怒视着曾晖，说："你这个坏蛋，你和你舅舅苏江礼合伙欺骗凤瑶姐，还要利用孩子们贩卖毒品，我要把这些事情全都告诉凤瑶姐，告诉公安局……"

张婷婷话未说完，曾晖一拳把张婷婷打昏在地，然后把张婷婷抱进轿车里。

曾晖对那男人说："没你的事了，你回去吧。"

男人转身消失在了夜色里。

曾晖马上钻进车里，发动车子回了家，把依然昏迷的张婷婷抱进卧室，放在床上。

曾晖望着张婷婷俊美的脸，色迷迷地说："小娘们儿，你他妈的这回可跑不了了！"说着，他坐在床头优哉游哉地吸起烟来。他要等眼前的猎物醒过来后再好好

第十七章 殒命山崖

享受，那才"够味儿"呢。

此刻，永平市公安局刑警大队会议室里灯火通明，刑警队员们正在开会。会场的气氛异常凝重。

姜正神情严肃地说："同志们，我们刚刚得到内线的报告，明天碣石山风景区内将有一桩毒品交易，毒品就是由云南流入我市的那十公斤海洛因，贩毒分子这次携带毒品的方式十分巧妙，线人只能为我们提供这些情况。看来，那个想赚大钱的大毒贩就要出场了！从现在起，各个车站、码头、治安检查站必须增加警力，对过往车辆、人员严格检查，绝不能让毒品危害社会，务必把贩毒分子缉拿归案。开始行动！"

天，渐渐亮了。

张婷婷恢复了神志后的第一个反应就是："七点钟就要到了，我必须逃出去，把曾晖一伙人利用孩子们偷运毒品和苏江礼欺骗齐总的事情告诉给公安局和凤瑶姐！"

张婷婷使劲挣扎起来，一抬头，见曾晖正奸笑着站在面前。

曾晖肉麻地说："张小姐，真是委屈你了，来，我们脱衣服吧。"

张婷婷拿起挂在脖子上的手机欲打电话，曾晖一把将手机从张婷婷脖子上摘下来，关掉电源，扔在一旁。

张婷婷气愤地冲曾晖骂道："你这个臭流氓，快放我走！"

曾晖淫笑了一声，说："走？张小姐，你能走得出去吗？自从第一次见到你，我就喜欢上你了，从了我吧，我马上就能挣一大笔钱了，我们生活在一起，比你在那个破旅行社当导游强多了。来，让我亲亲！"说着，俯下身欲亲吻张婷婷。

张婷婷气得涨红了脸，大声而坚定地说："曾晖，你这个跳梁小丑，我就是死也不会让你沾到身子的！"

曾晖恶狠狠地望着张婷婷说："你他妈的别拿死吓唬我，我可是杀过人的！"说完，他再次扑向张婷婷。张婷婷抓起枕头砸过去，同时瞟了一眼墙上的时钟。

曾晖躲过枕头，说："张小姐，马上就要七点了，我相信海洛因已经藏到小学生中间了，只要过了治安检查站，我和我舅舅的钱可就算挣到手了，知道我们挣多少吗？最少八十万！哈哈哈……"

曾晖的手机响了。曾晖接听，手机里传出一个男人的声音："我已经把事情办妥了，没露一丝痕迹，什么时候付钱？"

曾晖兴奋得两眼直放光，说："你放心，三万元一分也少不了你的，我会以最快速度给你的！"

曾晖收了线，得意洋洋地冲张婷婷晃着手机，说："听见了吧，海洛因真的藏到小孩儿中间了，除了我们几个，世界上再没有人知道这件事了！"

张婷婷厌恶地望着曾晖，斥责说："你们真是卑鄙到了极点！苏江礼帮助凤瑶姐的背后竟然包藏着祸心，欺骗她的感情，伪君子！"

曾晖夸张地叹了口气，说："你们女人哪，聪明起来比什么都聪明，糊涂起来也比什么都糊涂，齐凤瑶就是其中的一个，她永远不会成为我舅母的，她只能成为我舅舅的情妇。我舅舅玩儿女人可是一绝呀！"

张婷婷痛苦地喃喃自语道："凤瑶姐，你没有想到吧，你深爱着的人是一个……"

曾晖用笑声打断了张婷婷的话，说："这个世界上你没想到我没想到的事情多着哪，今天你要是答应跟我睡觉咱就一好百好，要是跟我玩儿倔脾气可别怪我心狠手辣！"

墙上的时钟指向了七点。

这个时候，齐凤瑶已经在小学校门口焦急地等待张婷婷好长时间了，她曾经拨打过张婷婷的手机，但得到的回音是"你拨打的手机已关机"的电子录音声。

"小梅，时间到了，让孩子们上车吧。"齐凤瑶无可奈何地对站在身边的齐小梅说。

齐小梅说："婷婷还没来，再等一会儿吧！"

齐凤瑶果断地说："不等了，我了解婷婷，如果没有十分特殊的情况她是不会迟到的，再说诚信是我们碧海旅行社的准则。走吧！"

齐小梅点点头，对小学生们说："同学们，大家上车吧，我们马上就去碣石山风景区！"

华华等孩子们欢呼着和齐凤瑶、齐小梅陆续上了停在学校门口的面包车。谁也没有想到，20分钟前，一个男人悄悄蹿上车，把一个帆布包塞到了一个座位底下，然后溜下车走了。

面包车驶离了学校门口。苏江礼驾驶着"奔驰"车悄悄尾随在面包车后面。

"齐凤瑶啊，借你的手发财是我最得意的一件事情，警察也不会想到我来这一招的！"苏江礼在心里说。按照事先的约定，他必须"护送""货"到碣石山风景区，然后才能和买方交易。

曾晖家里，一场力量相差悬殊的对抗仍在进行。

曾晖甩掉上衣，蹿上床，双手掐住张婷婷的脖子，说："小娘们儿，老子熬不住了，看我怎么收拾你！"

张婷婷挣扎了几下，闭上眼睛不动弹了。

曾晖以为张婷婷昏过去了，开始脱张婷婷的上衣，刚刚解开一个扣子，张婷婷突然跳起身，头部猛地向曾晖的颧骨撞去。曾晖始料不及，被撞个正着。张婷婷趁曾晖疼得双手捂住脸的瞬间在他裆部使劲踹了两脚。曾晖惨叫着疼晕了过去。

张婷婷迅速冲出了曾晖家，在楼下上了一辆出租车，对司机急切地大声说："师傅，去治安检查站！"

齐凤瑶和孩子们乘坐的面包车驶出了市区，齐凤瑶抱着华华和孩子们一起唱着歌："鲜花告诉我你怎样走过，大地知道你每一个角落……甜蜜的梦啊谁都不愿错过，终于迎来这欢聚的时刻……"

前面到了治安检查站，姜正、林伟、毛建强等几名全副武装的刑警正在严格检查过往车辆及人员。

面包车驶过来，在两名刑警的示意下停了下来。

那两名警察上了车，检查完齐凤瑶和齐小梅的证件后望了孩子们一眼，毫无戒备地下了车，挥手示意放行。

司机启动了车。这时，张婷婷乘坐的出租车戛然停在了警察身边。

张婷婷跳下车，冲警察大声喊道："警察同志，不要放走了这辆车，车里有毒品！"

警察们立刻拦住了面包车，姜正、林伟、毛建强同时飞身上了车。

面包车后面"奔驰"车上的苏江礼见状脸色陡变，掉头欲逃跑。张婷婷发现了苏江礼，急忙冲到苏江礼车前，同时再次冲警察高喊道："警察同志，他就是贩卖毒品的后台老板！"

这一刻，苏江礼脑子里一片空白，他几乎下意识地加大油门向张婷婷撞去。

"奔驰"车从张婷婷身上轧了过去，像一只受惊的公羊一样顺着公路拼命向前奔逃。

几名警察驾驶着警车追赶苏江礼，另外几名警察在紧急抢救张婷婷。

齐凤瑶跳下面包车，扑到张婷婷面前，抱起张婷婷，大声呼喊："婷婷，婷婷，这是怎么回事啊？"

鼻孔、嘴角血流不止的张婷婷慢慢睁开眼睛，望着齐凤瑶，艰难地说："凤瑶姐……昨天夜里……我被那个……流氓曾……晖绑架了……他……他是苏江礼的……外甥，苏江礼不……不可能和你结……婚……他是在欺骗你……保龄球馆的事……就是他……让曾晖带人……今天早晨……往车上……藏毒品也是……苏……江礼指使的。凤瑶姐，这……这都是……真的……"

齐凤瑶如同五雷轰顶，瞠目结舌。

一名警察用微型录音机录下了张婷婷的话。

这时，姜正、林伟、毛建强从座位底下搜出了那个帆布包，打开，里面满是毒品。

姜正脸上露出了笑容，轻声说："好险哪……"

面包车旁，齐凤瑶怀抱张婷婷泪如雨下。张婷婷惨白的脸上浮现着淡淡的微笑，断断续续地对齐凤瑶说："凤瑶姐……我……我不能和你……一起……创业了……我的……心……永远和碧海……旅行社在……一起……"

张婷婷停止了呼吸。

齐凤瑶撕心裂肺地哭喊起来："婷婷，婷婷，我的好妹妹，你不能走啊，不能走啊——"

齐小梅也泪流满面地说："凤瑶，婷婷真是个好妹妹，她是为了查禁毒品惨遭毒手的，你要节哀啊。"

齐凤瑶紧紧抱住张婷婷的尸体。泪水像瀑布一样不断地倾泻着，说："她也是为了我的旅行社而……我今生今世也不会忘记她……"

齐小梅郑重地说:"凤瑶,我们谁都不会忘记婷婷的。今天发生的事情给孩子们上了一堂最生动的课,他们幼小的心灵里一定懂得了什么是美什么是丑、什么是邪恶什么是正义!"

在姜正、林伟、毛建强的劝说下,齐凤瑶把张婷婷抱上了一辆警车。齐凤瑶胸腔里突然激愤地爆发出了一声怒吼:"苏江礼,你这个混蛋,你在哪里——"

打击贩毒,国家重任。盘山公路上,一辆警车正在紧紧追赶苏江礼驾驶的"奔驰"车。警车越追越近,苏江礼清醒地知道自己面前只有一条路可走了。他绝望地大叫一声,开车坠下了悬崖。

"奔驰"车起了火,轰然爆炸。随后,天地间平静了。

第十七章 殒命山崖

尾声　获得真爱

晴空下，海边。

黎曼神情极其怆然地站在沙滩上。她眼光空洞地望着翻卷的波涛，嗓音凝重："苏江礼，你这个畜生，我知道你不是一个善良的人，可万万没有想到你竟然是一个万劫不复的魔鬼！你口口声声指责我为了达到目的不择手段，其实你的手段更卑劣、更无耻。你毁了我，毁了我啊，你毁了我的事业，毁了我的三百万，我无法回日本面见合作伙伴了，你的罪孽永远洗刷不尽！我也是个罪人，我只有融进这碧波里灵魂才能得到解脱……苏江礼，作为你的妻子，我感到莫大的耻辱……"

丹明和齐凤瑶从远处走过来。他俩肩并肩走着，谁也没有说话，但他俩却能够感觉到对方心里在想什么。

齐凤瑶脸色苍白、憔悴，仿佛经历了一场炼狱。对，她的的确确经历了一场炼狱。此时，她需要沉默，丹明也需要沉默。

沉默是他们最好的交流情感的方式。

他们接近黎曼了。黎曼正慢慢向海水深处走去。

齐凤瑶和丹明之间的沉默被打破了。丹明惊叫起来："不好，那是谁？她要……"

"是她！"齐凤瑶轻呼了一声。

丹明大声说："凤瑶，我们快去救她！"

齐凤瑶和丹明手拉着手向黎曼跑去。

海水打湿了他们的衣服。